Ahmad Vincenzo

Das Buch, das vom Himmel kam

PIPER ORIGINAL

Ahmad 'Abd al Waliyy Vincenzo

Das Buch, das vom Himmel kam

Roman

Aus dem Italienischen
von Christel Galliani

Kalligraphien von Abd al Haqq Matteo Croce

Piper München Zürich

Mehr über unsere Autoren und Bücher:
www.piper.de

Die italienische Originalausgabe erschien 2005 unter dem Titel »Il libro discesco dal cielo« bei Salani Editore in Mailand.

Deutsche Erstausgabe
Oktober 2008

Satz: Filmsatz Schröter, München
Druck und Bindung: CPI – Clausen & Bosse, Leck
Printed in Germany ISBN 978-3-492-27158-5

Für Anna, Omar und Zakaria

Vorwort

Schon lange hegte ich den Wunsch, eine Geschichte über den Ursprung des Islam zu schreiben, in der der flüssige Stil eines westlichen Romans sich mit den Grundlagen der orientalischen Weisheit verbindet. Also begab ich mich auf die Suche nach literarischen Vorbildern, um mich von ihnen inspirieren zu lassen. Doch war mir dabei kein Glück beschieden – vielleicht habe ich auch nicht gründlich genug gesucht. Dagegen hat mich die überraschende Fülle der religiösen und literarischen Quellen, die mir Anregungen boten, geradezu überwältigt.

Ich hoffe, dass Ihnen die Lektüre einige angenehme Stunden bereiten wird. Sollten Orient und Okzident einander am Ende näher gerückt und in Ihnen der Wunsch erwachsen sein, Angst und Misstrauen abzulegen und den anderen besser kennenzulernen, so empfände ich das als gebührenden Lohn für meine Arbeit.

Die Entstehung des Islam wird in diesem Buch mit den Augen eines Jungen gesehen, der zu Beginn der Erzählung etwa acht Jahre alt ist – er heißt Zayd und ist der Sohn Thabits. Es handelt sich bei Zayd um eine historische Gestalt, obgleich wir über ihn nur wenige gesicherte Daten besitzen. Das Heranwachsen Zayds vom Kind zum Mann verläuft parallel zur Enthüllung des Korans, dem Wort Gottes oder »Buch, das vom Himmel kam«. Zayd wurde zu seinem größten Verfechter und Interpreten, dem die endgültige Niederschrift des Korans, der bis dahin vorwiegend mündlich weitergegeben worden war, zu verdanken ist.

Zayd und sein Bruder Yazid, die durch den Tod ihres Vaters zu Halbwaisen wurden, lebten in einer außergewöhnlichen geschichtlichen Epoche. Eine neue Religion erblühte in der Wüste, die sich wenig später über die gesamte Welt auszubreiten begann. Diese Epoche ist das Thema dieses Buches. Beduinen, christliche Eremiten, Juden aus Arabien und Araber, die zu Götzenanbetern oder Anhängern Abrahams wurden, begegnen einander, bis schließlich Muhammad selbst, der Prophet Gottes, in ihrer Mitte erscheint, um sein Leben mit ihnen zu teilen. *Muhammad* bedeutet auf Arabisch »der Gepriesene«, allerdings wurde für die deutsche Übersetzung die Adaption »Mohammed« verwendet. Die in jedes Kapitel eingefügten Kalligrafien stellen einige der neunundneunzig Namen dar, die die islamische Tradition als die »schönsten Namen« Gottes kennt. Zusammen mit dem allerhöchsten Namen Allah oder »Gott« bilden sie die Zahl Hundert, das Symbol der Gesamtheit des Seins.

Der Fokus dieses Buches liegt auf der Biografie des Propheten Mohammed. Sie wird in eine Erzählhandlung einbezogen, die sich zwar stark am Kontext der islamischen Geschichte orientiert, aber mit den handelnden Personen und ihren Erlebnissen völlig frei verfährt. Die Hinweise in der Bibliografie am Ende des Buches machen die Trennlinie zwischen den geschichtlichen Ereignissen und dem Roman deutlich, informieren über die herangezogenen Quellen und geben Tipps über weiterführende Literatur.

الوكيل

al-Wakil:
Der Sorgetragende

Die Oase von Yathrib

Es ging auf das Ende des Monats Juli im Jahr 620 nach Christus zu. In Arabien wurde dieser Monat Dhul-Hijja, *der Monat der Pilgerfahrt, genannt. Er war der zwölfte und letzte Monat eines Kalenders, der sich nach den Mondphasen richtete. Das Mondjahr ist etwa zehn Tage kürzer als das Sonnenjahr, weshalb sich die Mondmonate gegenüber den Sonnenmonaten jedes Jahr mehr verschieben.*

Kurz vor der Verbreitung des Islam in Arabien waren Kriege und Stammesfehden an der Tagesordnung. Viele Kinder verloren ihre Väter, auch in der Oase Yathrib. Einer dieser Halbwaisen war der junge Zayd. Das Kostbarste, was ihm sein Vater Thabit neben einem Stück Land mit ein paar Dattelpalmen hinterlassen hatte, war die Freundschaft mit Burayda, dem Anführer eines beduinischen Nomadenstammes.

In der Geschichte traditioneller Kulturen war die Beziehung zwischen den Nomaden und den Sesshaften von außerordentlicher Bedeutung. Das Nomadentum entsprach dem Leben der Menschen aus alter Zeit, die von edler Gesinnung waren und an irdischen Gütern nur geringes Interesse zeigten. Auch das Volk Israels war bis zum Bau von Salomons Tempel ein Nomadenvolk gewesen, und selbst Christus hatte behauptet: »Die Füchse haben ihre Höhlen, die Vögel des Himmels ihre Nester, der Menschensohn aber hat nichts, wohin er sein Haupt legen könnte.« Bis in die jüngere Zeit galt noch der alte Pakt in Arabien, dass die sesshaften Völker dem Nomadenvolk der Beduinen jährlich eine »Steuer der Brüderlichkeit« zahlten, die als khawa *(oder* ikhawa*) bezeichnet wurde. Damit handelten sie sich nicht nur die Garantie ein, von den Beduinen nicht überfallen und ausgeplündert zu werden, sondern die Sesshaften machten ihren Brüdern aus der Wüste, die das edle Leben ihrer Ahnen fortführten und ihr Andenken lebendig hielten, ein Geschenk des Respekts.*

In jenem Jahr fiel die Pilgerfahrt mitten in den Sommer, in dem in Yathrib die Dattelernte stattfand. Die Oase war wegen ihrer süßen Datteln in ganz Arabien berühmt. Bei den Völkern der Wüste ging die Kunde, in Yathrib wüchsen so viele Datteln, dass die Menschen dort sogar ihren Kamelen davon zu fressen gäben.

Zayd beobachtete, wie sein größerer Bruder Yazid behende die Palmenstämme hinaufkletterte. Sobald Yazid den Wipfel der Palme erreicht hatte, schnitt er geschickt die Dattelbüschel ab, lud sie sich auf die Schulter und brachte sie hinunter zur Erde. Dass sein Bruder der beste Pflücker der gesamten Oase war – davon war Zayd vollkommen überzeugt, während er die Früchte in die Körbe legte, die seine Mutter Nawar aus Palmblättern geflochten hatte und die später das Eselchen nach Hause schleppen würde.

In den Augen der meisten Araber hätten die frisch gepflückten Datteln bereits eine Köstlichkeit bedeutet, doch für die Menschen aus Yathrib mit ihrem feinen Gaumen waren sie noch viel zu hart und würden erst nach zwei oder drei Tagen unter der glühenden Sommersonne so weich und zuckersüß sein, wie sie die Leute dieses Landstrichs schätzten.

Die Oase von Yathrib stellte in der Wüste ein echtes Wunder dar. Sie erstreckte sich entlang der Karawanenstraße, die seit Jahrtausenden die Halbinsel von Süden nach Norden durchquerten, um die kostbare Essenz namens Weihrauch zum Mittelmeer zu transportieren und die heiligen Orte der gesamten Welt mit ihrem würzigen Duft zu versorgen. Wie die Datteln durfte auch der Weihrauch an keiner der edlen Tafeln des Mittleren Orients oder Europas fehlen. Ohne diese beiden Spezereien wäre Arabien sicher unbekannt geblieben, denn es bestand über weite Flächen aus größtenteils völlig ausgedörrtem Land, das viele für nahezu unbewohnbar hielten. Doch gerade in der Nähe eines dieser Orte, die von den Beduinen als Harra oder »Hitze« bezeichnet wurden, an denen es nicht einmal mehr Sand, sondern nur noch jene beklemmend wirkende Fläche aus Vulkangestein gab, die so schwarz war, als habe ein Feuer sie verkohlt, lag in einem Tal die Oase von Yathrib. Während der Regenzeit gluckerten hier mehrere Wasserläufe, die von den nahen Bergen herabflossen und, kaum dass sie die Wüste berührten, den Sand in einen duftenden Garten verwandelten. Wer sich bis in dieses Tal vorwagte, geriet über den Anblick zahlloser Orangen- und Zitronenbäume, Granatapfel- und Pfirsichbäume, Aprikosen- und Feigenbäume, Bananen- und Dattelpalmen ins Staunen. Und als besonderes Wunder unter diesen Wundern erhob sich Zayds Palmenhain am äußersten nördlichen Ende der Oase in der Nähe des Bergs Uhud, wo die Flüsse Qina und Aqiq einen kleinen See bildeten.

Die Einheimischen nannten den kleinen See Aqul, »voll des Geistes«, was auch auf Zayds Charakter zutraf. Der Knabe war acht Jahre alt, voller Lebensfreude und er stand niemals still, sondern nahm mit gespannter Aufmerksamkeit all das auf, was rings um ihn geschah. Seine dunklen Haare, die er nach arabischem Brauch schulterlang und in der Mitte gescheitelt trug, rahmten eine breite Stirn und zwei scharfblickende Augen ein. Im Augenblick konnte er es kaum erwarten, dass seine Mutter ihm erlaubte, die Arbeit niederzulegen, und ihn zum Wasserholen schickte, damit sie und sein Bruder sich frisch machen konnten.

Doch es sollte noch eine ganze Stunde vergehen, bis Yazid mit einem prächtigen Büschel brauner Datteln auf den Schultern endlich die Palme herabstieg. Yazid war fünfzehn Jahre alt, wirkte aber älter, da er die gedrungene Statur und die kräftigen Schultern eines Ringers hatte. Seit ihr Vater Thabit in der Schlacht von Bu'ath gefallen war, hatte Yazid die Verantwortung und die Sorge für den Palmenhain der Familie übernommen, ihren einzigen, kostbaren Besitz. Seinen strahlenden, fröhlichen Gesichtsausdruck hatte er darüber nicht verloren; der lag in der maßvollen Erziehung und den vornehmen Prinzipien der Wüstenvölker begründet.

Zayd wartete ungeduldig auf ein Zeichen seiner Mutter, um zum Wasser zu laufen, doch Nawar hielt noch immer den Kopf über das Blättergeflecht gesenkt. Ihr Haar, das sie nach der Mode der Beduinen zu zwei langen Zöpfen geflochten hatte, war dunkel, glatt und leuchtete wie Seide, weshalb sie der Vater Malik Nawar genannt hatte, was so viel wie »Lichter« bedeutet – ein Begriff, mit dem in der Wüste Arabiens die umherziehenden Zigeuner bezeichnet wurden, deren Frauen lange glatte Haare haben. Manche meinten sogar, der Vater des Jungen habe tatsächlich eine Frau aus diesen aus dem Norden stammenden Nomadenvölkern geheiratet, die in dem Ruf standen, Wahrsager zu sein. Für Zayd zählte indes nur, dass seine Mutter immer zu verstehen schien, worüber er sich gerade den Kopf zerbrach.

»Du musst nicht ständig zu mir herübersehen«, sagte Nawar, »du weißt doch, dass heute noch viel Arbeit vor uns liegt. Wenn es nach dir ginge, könnten die Datteln wohl an den Bäumen verfaulen.«

»Es ist sehr heiß, Mutter«, kam Yazid seinem jüngeren Bruder zu Hilfe.

Nawar blickte auf. Sie war noch jung und schön. Seit sie Witwe geworden war, hatten ihr etliche Männer von den Beduinenstämmen außerhalb der Oase einen Heiratsantrag gemacht, da sie wie sie selbst auch eine Nomadin war. Die Frauen der Oase verstanden nicht, warum sie keinen der Anträge angenommen hatte, da für eine Witwe das Leben sehr schwer war. Nie konnte sie sich einmal ausruhen, da die ständige Sorge um ihr Leben und die vaterlosen Waisen all ihre Kraft in Anspruch nahm. Viele Männer waren vom Krieg hinweggerafft worden, sodass es eine große Zahl von Witwen gab. Und Nawar hatte sehr wohl daran gedacht, sich wieder zu verheiraten und zurück in die Wüste zu gehen, doch da sie ihre Söhne über alles liebte, brachte sie es nicht übers Herz, ihnen ihr Zuhause zu nehmen.

»Heute ist es heißer als sonst«, sagte sie und blickte empor zur Sonne. Und nach einer langen Pause sagte sie: »Jetzt geh, Zayd, und hol ein wenig Wasser!«

Während sich Yazid schweißüberströmt neben seine

Mutter auf dem Boden niederließ, lief Zayd zwischen den Palmenreihen auf die kurzgewachsenen Obstbäume und die mit Korn bepflanzten Felder zu, hinter denen das spiegelnde Wasser zu finden war. Blitzschnell hatte er sich von seiner Tunika befreit. Nur wer weiß, wie heiß die Sonne der Wüste auf die Haut niederbrennt, kann die Berührung mit dem Wasser auch wirklich genießen, wie auch nur der, der schon nahe am Verdursten war, wirklich mit Lust zu trinken versteht.

Obwohl das Wasser nicht tief war, versuchte Zayd, ein wenig darin zu schwimmen. Er ließ sich auf dem Rücken im Wasser treiben und spritzte mit seinem Mund kleine Springbrunnen in die Luft. Dabei träumte er vor sich hin, bevor er bemerkte, dass sich etwa eine Handbreit neben seinem Kopf der riesige Umriss eines Kamels abzeichnete. Es war eine Kamelkuh mit Beinen so hoch wie Baumstämme. Und während Zayd sich vergeblich mühte, wieder auf die Beine zu kommen, hörte er, wie ihn jemand anherrschte: »Was ist denn das für ein Ort, an dem ein Kamel nicht in Frieden trinken kann?«

Überrascht blickte Zayd auf. Er brauchte einige Augenblicke, um seinen Blick an den Läufen des Tiers emporgleiten zu lassen und die Gestalt auf dem reich verzierten roten Sattel klar zu erkennen, deren Haupt und Gesicht fast völlig von einem riesigen ockergelben Turban verdeckt wurde. »Burayda!«, rief er freudig aus. Den Schreck hatte er bereits vergessen.

Der Mann schob den Stoff seines Turbans beiseite und enthüllte ein breites Lächeln, dann stieß er mehrmals einen dumpfen Laut aus. Daraufhin knickte die Kamelkuh zuerst an den Vorderläufen, dann auch an den Hinterläufen ein, bis Burayda seine Füße bequem auf den Boden aufsetzen konnte.

Zayd fiel dem Mann, der ihn vergnügt anblickte, voller Freude um den Hals.

»Burayda, warum hast du uns nicht schon viel früher einmal besucht? Wie bist du hierhergekommen, und welche Neuigkeiten bringst du mit?«, fragte Zayd.

»Behandelt man so einen Gast, indem man ihn mit unzähligen Fragen überfällt?«, wehrte sich der Mann lächelnd. »Ist das etwa die berühmte Gastfreundschaft der Stämme von Yathrib?«

»Unsere Mutter ist hinten im Palmenhain. Komm mit!«

»Natürlich komme ich mit«, sagte Burayda, »deswegen bin ich ja hergekommen!«

Er war noch keine dreißig Jahre alt, wirkte aber sehr viel reifer. Als er zum Anführer der Aslam gewählt worden war, eines kleinen, stolzen Nomadenstammes, der sich in einem breiten Wüstengürtel zwischen der Stadt Mekka und der Oase von Yathrib aufhielt, war er kaum älter als ein Knabe gewesen. Burayda hatte ernste Augen, regelmäßige Gesichtszüge und einen kurzen dunklen Bart, und man sah ihm an, dass er Verantwortung trug und bereits harte Zeiten durchgestanden hatte. Von Kindheit an war er ein Freund von Zayds Vater gewesen und hatte Thabits Söhne in den ersten Lebensjahren bei sich aufgenommen, da die Bewohner der Oasen ihre Kinder gern den Wüstennomaden anvertrauten, deren Leben sie für die gesündeste und beste Art zur Abhärtung und Erziehung von Kindern hielten. Seit damals fühlten sich Zayd und Yazid dem Stamm der Aslam eng verbunden.

»Dann los. Und pass gut auf Zayd auf!« Mit einem Schwung schob Burayda den Jungen, der gerade in seine Tunika schlüpfte, auf den Rücken der Kamelkuh, die sich wieder erhob. Sie warf einen prüfenden Blick auf den neuen Reiter. Zum Zeichen, dass sie nichts gegen ihn einzuwenden hatte, wackelte sie kurz mit den Ohren, dann trabte sie hinter Burayda den Weg zum Palmenhain her. Zayd strich ihr immer wieder lachend über das struppige Fell, da er sehr wohl darum wusste, dass es in der Wüste kaum etwas Unberechenbareres gab als ein Kamel, dem sein Reiter missfiel.

»Guten Tag!«, rief Nawar aus und erhob sich, als sie Burayda und Zayd entdeckte.

»Dir auch einen guten Tag!«, antwortete Burayda. »Ich hoffe, ich störe nicht.«

»Thabit liebte deine Gesellschaft, wie wir sie jetzt lieben«, antwortete die Mutter.

Der Hinweis auf Thabit berührte Burayda so tief, dass er einen kurzen Moment der Besinnung benötigte, bevor er weitersprach:

»Nachdem König Harit ibn Amr gestorben war,
nach dem guten Hujr, dem Herrn der Zelte,
darf ich denn auf die Milde des Schicksals hoffen,
das selbst die unbiegsamen Berge nicht verschonte?«

Yazid und Zayd lächelten. Burayda ehrte das Andenken an ihren Vater, indem er ihn mit zwei der edelsten Persönlichkeiten vergangener Zeiten in Verbindung brachte und die Verse des großen arabischen Dichters Imru' al-Qays rezitierte.

»Wir sind glücklich, dich bei uns zu haben«, sagte Nawar, die der erhabene Ton des Gedichts entzückte. »Komm her und setze dich zu uns, Burayda, und erlaube uns, dass wir die Früchte mit dir teilen.«

»Sehr gern«, antwortete dieser.

Nawar legte eine Matte in den Schatten der Palmen und trug das bescheidene Mahl auf.

Alle wollten den Grund erfahren, warum der Anführer der Aslam ihnen die Ehre seines Besuchs erwies. Natürlich bemerkte Burayda das erwartungsvolle Interesse seiner Gastgeber, doch er erklärte, er sei gekommen, um Datteln für sein Volk zu kaufen, da ihre Vorräte fast aufgebraucht waren. Die Ernte des Hains entsprach seiner Aussage nach genau dem, was sie benötigten, sodass sie umgehend in das nicht allzu weit entfernt liegende Zeltlager der Aslam transportiert werden könne.

Nawar wurde immer misstrauischer, auch wenn sie es sich nicht nehmen ließ, nach allen Regeln der Höflichkeit über den Verkauf der Früchte zu verhandeln. Ihr erschien es widersinnig, dass ein *sayyid* der Wüste, ein Stammesführer, persönlich von einem Palmenhain zum nächsten ritt und um ein paar Datteln feilschte, zumal ein Aslam fast niemals so weit in den Norden vordrang – und dann noch über Yathrib hinaus. Nachdem sie den Preis für die Dattelladung festgelegt hatte, konnte Nawar nicht länger an sich halten.

»Burayda, du Freund und Milchbruder Thabits. Warum hast du dir die Mühe gemacht hierherzukommen, wenn du ebenso gut einen deiner Männer hättest schicken können?«

Burayda schien zunächst verblüfft, aber nachdem auch Yazid und Zayd ihn bedrängten, erklärte er: »Unsere Familie und die eure waren immer sehr eng miteinander verbunden«, setzte er umständlich an. »Wie ihr wisst, war auch ich an jenem unseligen Tag in Bu'ath. Schon bald hatte ich euren Vater Thabit in dem Schlachtgemenge aus den Augen verloren. Erst als sich der Staub legte, erkannte ich, dass er tödlich getroffen war. Natürlich eilte ich ihm sofort zu Hilfe, doch seine Wunden waren zu tief. Er ließ mich schwören, euch immer zu beschützen, auch in den schwierigsten Zeiten. Um dieses Gelübde zu erfüllen, habe ich mich auf den Weg gemacht. Ich bin fest davon überzeugt, dass ihr nur in der Wüste in Sicherheit sein werdet!«

Nawar schwieg überrascht, und so antwortete Yazid als Erster: »Aber wir sind doch gar nicht in Gefahr!«

»Doch! In großer Gefahr!«, erwiderte der Beduine und begann über die Feindschaft zwischen den beiden größten Stämmen der Oase von Yathrib, den Aws und den Khazraj zu sprechen, die schon den Anlass für mehrere Kriege gegeben hatte. Seit die jüdischen Stämme von Yathrib ihre alte Vorherrschaft verloren hatten, war das Leben in der Oase gefährlich geworden. Es gab keine Autorität mehr, die von allen anerkannt war und an die sich die Menschen wenden konnten, um die ständig aufflammenden Streitigkeiten unter Kontrolle zu halten. In den meisten Fällen ging es um die Nutzung der fruchtbaren Äcker oder die Wasserversorgung, Fragen, die für das Leben in der Oase von zentraler Bedeutung waren. Auch die Schlacht von Bu'ath war durch einen Streit über Grundeigentum ausgelöst worden. Voll des Unmuts und Hasses waren die Stämme der Aws und der Khazraj übereinander hergefallen, wobei die Fehde noch dadurch ausgeweitet wurde, dass ein jeder von ihnen seine Bündnispartner und Anhängerschaften in die Schlacht führte. Am Ende waren so viele Wüstenstämme in die Kämpfe verwickelt, die zum Tod der Anführer beider Parteien führten, dass sich die gegnerischen Seiten vor lauter Erschöpfung zu einem Waffenstillstand durchringen mussten.

Die Schlacht von Bu'ath war erst vor drei Jahren geschlagen worden, doch nun sah es so aus, als strebte ein anderer danach, König der Oase zu werden, was gewiss erneut zu einem Krieg führen würde. Außerdem hatte Burayda erfahren, dass sich viele Männer der Khazraj nicht nach

Mekka begeben hatten, wo die heilige Kaaba stand, sondern die Zeit dazu nutzten, einen neuen Kampf vorzubereiten.

Obwohl für Araber zu dieser Zeit ein heiliger Waffenstillstand galt, nutzten die in Yathrib verbliebenen Männer der Khazraj diese Wochen zu ihrem Vorteil – um neue Bündnisse zu schließen, ihre Waffen zu prüfen und herzurichten. Und da es nur noch eine Frage von Tagen war, bis die Pilgerfahrt beendet wäre, machte sich die Karawane der Männer von Yathrib zurück auf den Weg in die Oase. Während die Rückreise andauerte, unternahmen die Khazraj in der heiligen Stadt Mekka einen letzten Versuch, einen der Ihren zum König der Oase zu wählen, auch wenn es mehr als unwahrscheinlich war, dass ihre langjährigen Gegner, die Stammesmitglieder der Aws, diese Wahl akzeptierten. Daher erschien es Burayda als Unumstößlichkeit, dass die verfeindeten Parteien binnen weniger Wochen zum Kampf gegeneinander antreten würden.

»Unglücklicherweise sind die Blutsbande und Bündnisse zwischen den Stämmen der Yathrib und den übrigen Wüstenvölkern so zahlreich, dass ein Krieg in der Oase die meisten Stämme im Umkreis vieler Tagereisen beteiligen würde.« Für einen kurzen Moment hielt Burayda hier inne, dann nahm der Beduine einen tiefen Atemzug, um mit klangvoller Stimme die Verse zu rezitieren, die ein edler Stammesführer seines Volkes einst vor einem König deklamiert hatte, der sich anmaßte, die Macht über die Völker der Wüste anzustreben:

»Wenn der König das Volk demütigt,
weigern wir uns, diese Beleidigung anzunehmen.
Sie nennen uns unverschämt, auch wenn wir das
niemals waren,

doch von nun an werden wir unseren Übergriffen
freien Lauf lassen.
Und sobald eines unserer Kinder entwöhnt ist,
haben sich die Mächtigen vor ihm niederzuwerfen,
bis ihre Stirn den Boden berührt.
Wir haben die Erde bevölkert, bis sie eng wurde,
und wir haben die Oberfläche des Meeres mit
unseren Schiffen übersät.
Daher wage es niemand, uns mit Hochmut zu
begegnen,
denn sonst könnte es sein, dass unser Hochmut
tatsächlich erweckt wird.«

»Warum nur haben sich die Menschen in zwei so unterschiedliche Gruppen aufgeteilt – die, die in Häusern, und die, die in der Wüste leben?«, fragte Yazid seine Mutter aufgebracht.

Nawar lächelte. »Mein Vater, euer Großvater, erzählte mir einmal eine Geschichte, die aus den alten Büchern der Juden stammt: Einst lebten zwei Brüder. Einer von ihnen war ein Nomade, der frei von allen Bindungen und Sorgen lebte und sich nach der Art seiner Väter von der Jagd auf wilde Tiere ernährte. Der andere hatte diese edle Gewohnheit längst aufgegeben. Er war ein Bauer geworden, der in einem Haus aus Stein lebte. Er neigte zu Ungerechtigkeit und Gewalt. Beide Brüder entschlossen sich, Gott ein Opfer darzubringen, doch schien es, als sei Gott das Opfer des Nomaden willkommener als das des Bauern. Der entwickelte aus lauter Neid auf seinen Bruder immer heftigere Hassgefühle, bis er beschloss, ihn zu töten. Also lud er seinen Bruder eines Tages dazu ein, zusammen mit ihm die Früchte der Erde zu essen. Während sie aßen, ergriff der Bauer eine eiserne Spitze seines Pfluges und tötete damit seinen Bruder, den Nomaden. Doch hatte er mit dieser Tat nicht nur gegen die heiligen Bindungen der Familie, sondern gleichzeitig auch gegen die Regeln der Gastfreundschaft verstoßen. Und so sandte Gott einen Fluch über den Bauern, der von nun an seine Anstrengungen um ein Vielfaches erhöhen musste, um von seinen Feldern, die er mit dem Blut seines Bruders verunreinigt hatte, ernten zu können. Seit damals fühlen sich die Bewohner der Häuser gegenüber ihren Nomadenbrüdern schuldig, auch wenn sie ihnen gleichzeitig ihr freies Leben neiden, während die Nomaden den jähzornigen Charakter der Sesshaften und ihren Mangel an edlem Mut verachten.«

»Töten denn die Bewohner der Häuser noch immer die Wüstenvölker?«, fragte Zayd besorgt.

»Nicht mehr so häufig. Doch sollten beide wirklich alles daransetzen, miteinander in Frieden und Eintracht leben zu lernen«, antwortete sie.

Der Beduine sah sie an und ergriff wieder das Wort: »Ich muss euch bitten, mit mir zu gehen!«, sagte er entschlossen.

Nawar blieb lange in Gedanken versunken, bis sie plötzlich ausrief: »Wir brauchen ein Wunder!« Dann wandte sie sich an Burayda: »Hast du nicht gesagt, dass in Mushallal ein letzter Versuch unternommen werden soll, mit all den Stämmen der Oase ein Abkommen zu treffen?«

Burayda nickte.

»Dann sollten wir uns der Nachhut der Karawane anschließen und mit ihr zum Tempel der Mondgöttin Manat reiten, um dort auf ein Wunder Gottes zu hoffen«, sagte Nawar. Sie wandte sich an Burayda: »Dein Stamm lebt im Süden, also musst du unseretwegen keinen Umweg machen. Mushallal liegt auf halber Strecke zwischen Yathrib und Mekka am Meer.«

Burayda zögerte eine Weile. Einerseits wäre er gern in

die Wüste zurückgekehrt, andererseits war er ein Mann, der die Wünsche der Frauen respektierte, besonders einer Frau wie Nawar. Zayd sah, dass Burayda zögerte. Zwar waren die Beduinen davon überzeugt, dass das Leben der sichtbaren Welt nicht von materiellen Dingen allein bestimmt wurde, dennoch konnten ihre religiösen Vorstellungen als kaum mehr als ein Aberglaube bezeichnet werden, dem gegenüber die Hoffnungen Nawars ungeheuer neu wirkten. Sein Vater Thabit, soviel wusste Zayd, hatte sich niemals dafür interessiert, zum Tempel der Manat zu pilgern. Auch gab es im Unterschied zu den meisten arabischen Häusern in ihrem Heim weder eine Statue der Göttin Manat noch anderer Götzenbilder, da man sie gelehrt hatte, nur an den Einzigen Gott zu glauben.

»So soll es geschehen«, sagte der Beduine nach einer Weile, »doch sollte es in Mushallal zu Unruhen kommen, werde ich euch unverzüglich zu meinem Volk in die Wüste mitnehmen. Wir sollten uns nicht allzu tief in die Angelegenheiten von Yathrib hineinziehen lassen, sondern für eine Weile verschwinden, bis sich die Dinge beruhigt haben.«

»Wann brechen wir auf?«, fragte Zayd.

»Uns bleibt nicht viel Zeit. Mein Volk lagert nicht weit von hier, und morgen wird die Karawane der Pilger Mekka verlassen. Wenn wir sofort aufbrechen, können wir sie am Tempel der Manat einholen. Mögen die Götter Yathrib und allen Völkern Arabiens beistehen.«

al-Wahid:
Der Einzige

Die Wüste

Wer sie nicht kennt, hält die Wüste für leer und unbewohnt. Aber die Nomaden wussten schon immer, dass es in den sonnendurchglühten Dünen oft zu außergewöhnlichen Begegnungen kommt. So berichten die islamischen Geschichtsschreiber, dass etwa dreißig Jahre vor der Zeit, in der sich unsere Erzählung zutrug, ein syrischer Mönch die Zeichen der neuen Prophezeiung, die in den heiligen Schriften der Juden und Christen angekündigt wurden, an einem jungen Araber entdeckte. Der Name dieses jungen Mannes lautete Mohammed. Er war der letzte von Gott gesandte Prophet.

So geschah es also, dass Zayd und sein Bruder in einem abgelegenen Winkel der Wüste den entscheidenden Unterschied zwischen der kultischen Verehrung in Stein gehauener Götzenfiguren und der Anbetung des wahren Gottes, des Schöpfers des Universums, begreifen lernten. Als Hilfsmittel dienten ihnen die Symbole eines alten jüdischen Amuletts, wie es ähnliche im Europa des Mittelalters gab, da Symbole oft eine deutlichere Sprache als Worte sprechen.

Zayd wachte auf, weil ihm eine stechende Kälte in die Knochen drang. Er schlang seinen Mantel noch ein wenig enger um sich, aber er fror weiterhin. Das Dunkel der Nacht hatte sich über die Wüste gesenkt, doch das Zelt, in dem er vor wenigen Stunden erst eingeschlafen war, war nicht mehr da. Nach ein paar Augenblicken gelang es ihm, einige Gestalten auszumachen, die sich langsam den Horizont entlang bewegten. Er begriff, dass eine weitere Etappe ihrer Reise nach Süden anbrach. Schon bei der Vorstellung, wieder auf das Kamel steigen zu müssen, krampfte sich sein Magen erneut zusammen, doch er fasste sich ein Herz und hoffte darauf, sich bald an die rasende Geschwindigkeit zu gewöhnen, die die Beduinen aus ihren Kamelen herauszuholen verstanden und bei der weniger kundige Passagiere in diesem Aufbau aus Holz und Stoff, der als Sattel diente, hin und her geschleudert wurden. Schon bald war er hellwach und tröstete sich mit dem Gedanken, dass ihnen das nächtliche Reisen wenigstens die erstickende Tageshitze ersparte.

Zayd erhob sich. Ringsum herrschte ein ständiges Kommen und Gehen von Menschen und Tieren, und durch die staubige Luft hallten das Pfeifen und die Rufe der Klanchefs nach ihren Tieren. Die Aslam züchteten vorwiegend Kamele, die die Beduinen mit allem versorgten, was sie benötigten. Des Weiteren waren die Aslam nur an den flinken schwarzen Pferden interessiert.

Zayd saß bereits zusammen mit Yazid auf demselben

Kamel, als sich plötzlich und ohne jede Vorankündigung sämtliche Angehörige des Stammes gleichzeitig in Bewegung setzten und wie ein Schwarm schwarzer Vögel in geschlossener Formation vorrückten. Bald lag der Brunnen, an dem sie ihr Lager aufgeschlagen hatten, weit hinter ihnen, und Zayd konnte gerade noch die Umrisse einer Gruppe kleiner Gazellen erkennen, die, kaum, dass die Menschen das Feld geräumt hatten, herbeiliefen, um ihren Durst zu stillen. Die beiden Jungen bemerkten ein Aufblitzen im Blick eines der Kameltreiber und erkannten, dass er, wenn er die Zeit dafür gehabt hätte, mit Wonne einem dieser herrlichen schwarzen Pferde die Sporen gegeben hätte und den davonspringenden Gazellen nachgeeilt wäre. Beduinen, das war bekannt, liebten die Jagd zu Pferde und betrachteten sie als eine große Kunst.

Schon bald war es so dunkel, dass der Boden unter den Hufen des Kamels nicht mehr zu erkennen war.

»Schau nicht nach unten«, rief Yazid, »sonst wird dir wieder übel!«

Einen Moment lang befürchtete Zayd, dass alle seine Schwäche bemerkt hätten, um wenig später jedoch zu begreifen, dass er nicht der Einzige war, dem es schlecht ging. Auch sein Bruder litt unter der beschwerlichen Reise.

»Wo ist unsere Mutter?«, fragte Zayd nach einer Weile.

»Wahrscheinlich am Ende der Karawane bei den Frauen«, antwortete Yazid.

Bald würde der Mond am Himmel aufsteigen und die Nacht erhellen, doch bis dahin wäre es mehr als unvernünftig, den jetzigen Platz zu verlassen und sich in die Finsternis hinauszuwagen, um die Mutter zu suchen. Die Karawane bewegte sich in langen, parallel angeordneten Reihen in raschem, gleichmäßigem Schritt voran. An der Spitze jeder Gruppe ritt ein Führer, der leise ein Lied sang oder rhythmisch Verse deklamierte und die nachfolgenden Mitreisenden in der Dunkelheit so durch den Klang seiner Stimme geleitete. Der gleichmäßige Rhythmus, in dem sich die Karawane bewegte, wurde von Zeit zu Zeit von dem gellenden Gelächter einer Hyäne oder den Lauten anderer Tiere unterbrochen. Zayd erschauderte.

»Wenn man sich hier verläuft, wie kommt man dann wieder auf den richtigen Weg?«

»Nachts ist das gar nicht so schwer«, erklang die Stimme des Kameltreibers direkt neben ihm, der bislang kein Wort hatte verlauten lassen. »Alles, was man tun muss, ist nach oben zu schauen und sich an den Gestirnen des Himmels zu orientieren.«

Einen Erwachsenen in seiner Nähe zu wissen, mit dem er reden konnte, ließ Zayd erleichtert aufatmen.

»Habt auch Ihr Angst vor der Nacht?«

Der Beduine lächelte. »Ja, manchmal schon! Es macht aber nichts, wenn man Angst hat!« Dann fuhr er fort: »In der Nacht nämlich kehren die Seelen all derer auf die Erde zurück, die einen gewaltsamen Tod erlitten haben, den niemand rächte. Ihre verhaltenen Stimmen flößen uns Menschen entsetzliche Angst ein, denn sie dringen direkt in unser Herz.«

Zayd und Yazid drängten sich noch enger aneinander. »Wie kann man denn die Angst besiegen?«, fragte Zayd.

»Entweder man tut alles, um immer stärker zu werden, oder man behilft sich mit einem Amulett!«, antwortete der Mann. »Amulette wurden von den Priestern der Götter geschmiedet und helfen uns Menschen, die Dämonen und Geister der Verstorbenen fernzuhalten.«

»Hast du so ein Amulett?«, fragte Yazid.

»Nicht nur eines, sondern viele, so viele wie es Götter gibt!«

»Hast du auch eines des größten Gottes? Von dem Gott, der über allen steht?«, rief Zayd. Von ihm hatte Thabit, ihr Vater, gesprochen. Yazid empfand es als Verletzung ihres Familiengeheimnisses, dass Zayd davon erzählte, und unwillkürlich legte er seinen Finger an dessen Lippen, um sie zu versiegeln.

»Ja, ich habe auch ein Amulett, das von den Juden hergestellt wurde«, sagte der Mann nach einer kurzen Weile leise. »Sie beten nämlich zu einem Einzigen Gott, den sie als den absolut Einzigen bezeichnen.«

Während der Mann noch sprach, hörten sie, wie seine Stimme näher an sie herankam, bis schließlich der Aufbau seines Sattels mit dem ihren zusammenstieß. Es war so dunkel, dass man die Hand vor Augen nicht sah.

»Streckt eine Hand aus!«, hörten sie die Stimme des Mannes.

Zayd zögerte einen Augenblick, dann stieß er seinen älteren Bruder leicht an, sodass der seinen Arm ausstreckte.

»Nehmt es an euch und passt gut darauf auf! Es ist sehr kostbar! Wenn ihr einmal keine Angst mehr habt, dann könnt ihr es mir ja wiedergeben!«, mahnte die Stimme des Beduinen, bevor er sich wieder von ihnen entfernte.

Aufgeregt reichten Zayd und Yazid einander das denkwürdige Objekt. Es fühlte sich wie eine große Münze an. Eine Seite war aus glattem Metall und trug einige Gravuren, die sich zu einem Relief vereinten, aber es war viel zu dunkel, als dass sie etwas hätten erkennen können. Nach einer Weile fiel Yazid ein, dass er einen Zünder in seiner Tasche trug und holte ihn hervor. Er bestand aus einem Metallstück, in dessen Mitte einige Pflanzenfasern steckten, die aus den Blättern eines Wüstengrases gewonnen wurden, indem man das Gras in die Asche einer Feuerstelle schob, wodurch der holzige Anteil verbrannte, während eine Art weicher Flaum übrig blieb, der sich zum Feuermachen eignete. Er wurde in den Zünder gesteckt und durch den Funken, den man durch den Schlag eines Kieselsteins gegen das Metall erhielt, entfacht. Wenig später züngelte zwischen Yazids Fingern ein blasses blaues Flämmchen empor, sodass die beiden Brüder endlich das Amulett sehen konnten, das die Form einer großen Münze aus Leder und Silber hatte. Es waren sonderbare Zeichen, die in das rote Leder eingeritzt waren. Doch selbst wenn sie in ihrer Sprache geschrieben gewesen wären, hätte keiner von ihnen die Worte verstanden, da sie weder lesen noch schreiben konnten. Aber beide waren felsenfest davon überzeugt, dass es sich um eine fremde oder vergessene Sprache handelte. Auf der anderen Seite war auf dem oberen Teil der Metallplakette ein goldfarbenes Dreieck angebracht, in dessen Mitte ein Sternenstreif reliefartig erhöht war, während unten eine kleine Kugel aus einem dunkleren Metall, vielleicht Blei, eingesetzt war. Das Geschenk sah sehr kostbar aus, und die beiden Knaben drehten es so lange zwischen ihren Fingern hin und her, bis die gesamten Pflanzenfasern von dem Feuer aufgezehrt waren.

»Behalte du es!«, sagte schließlich Yazid zu seinem Bruder.

»Wir wissen nicht einmal, was es damit genau auf sich hat!«, meinte Zayd nach einer Weile, als wollte er damit zu verstehen geben, dass er sich seiner Schwäche schämte.

»Hauptsache, es wirkt!«, erwiderte sein Bruder knapp.

Das wollte sich Zayd nicht zweimal sagen lassen, also zog er ein Lederband aus seiner Tasche und fädelte es durch das obere Loch des Amuletts. Er legte sich seine neue Kette um den Hals und hatte sofort ein Gefühl von Ruhe und Sicherheit. Vielleicht lag es aber auch daran, dass der Mond am sternklaren Himmel emporstieg und die Dunkelheit zurückdrängte. Yazid rückte ganz nah an seinen Bruder heran, um ebenfalls in den Genuss des Amulettschutzes zu kommen. Die Kälte wurde immer beißender, und so hielten sie sich umschlungen, während der schaukelnde Tritt des Kamels sie immer müder werden ließ. Das Letzte, was Zayd noch deutlich wahrnahm, war ein dünnes Flämmchen, das weit entfernt, nahe des Horizonts zwischen einigen Felsen aufleuchtete. Oder träumte er bereits?

In dieser Nacht ließ Burayda die Karawane seines Stammes früher als gewöhnlich anhalten, da sie einen Brunnen erreicht hatten, an dem sie ihre Wasservorräte auffüllen konnten. Er hatte sich entschlossen, den Weg nach Mushallal zu nehmen, der geradewegs durch die Wüste führte, sodass sie mit größerer Geschwindigkeit vorankamen. Doch davor mussten sie mindestens einen Tag lang rasten, um Menschen und Pferden genug Ruhe zu gönnen. Und so wählte Burayda sorgfältig eine ebene Stelle aus, an der sie die Zelte aufbauen konnten.

Die Wüstenbeduinen nannten ihre Zelte »Häuser aus Haaren«, da sie aus langen Streifen grob gesponnener Wolle gemacht waren, die über ein Gerüst aus Akazienholz gelegt und mit Schnüren und Pflöcken am Boden befestigt wurden. Diese Häuser wurden sorgfältig aufgestellt. So musste die kurze Seite immer von Norden nach Süden verlaufen, während die lange von Osten nach Westen wies. Die Verteilung der Zelte erfolgte nach einer strengen Ordnung. In der Mitte des Lagers stand das Zelt des Anführers, des *sayyids*. Auf derselben Linie reihten sich die der edelsten Familien aneinander, wobei die Entfernung zur Mitte nach dem Grad der Verwandtschaft bestimmt wurde. In dem Raum zwischen den Zelten der einzelnen Familien wurden die Kamele zusammengetrieben, damit auch sie in den Genuss des Schattens, den die Zelte warfen, kamen. Wäre es möglich gewesen, von oben auf diese Anordnung herabzublicken, hätte man gesehen, dass das Lager eines Wüstenvolkes die gleichen Farbtöne und geometrischen Muster aufwies wie die Teppiche, die von den Bewohnern der Zelte so sehr geschätzt wurden, da sie ein Abbild der natürlichen Schönheit und Eleganz des freien Lebens waren.

Endlich durften die beiden Knaben ihre Mutter Nawar begrüßen, die während der Nacht in Begleitung der Mutter Buraydas gereist war. Außer ihr und einigen entfernteren Verwandten besaß der Beduinenführer keine Familie mehr, seit sowohl seine Frau als auch seine Kinder bei dem grausamen Angriff eines feindlichen Stammes getötet worden waren. Fehden zwischen den Wüstenstämmen kamen auch nach der großen Schlacht von Bu'ath immer wieder vor. Aufgrund dieser furchtbaren Erfahrung war Burayda bereit, alles nur Erdenkliche zu tun, um einen weiteren Krieg von der Oase abzuwenden.

Zayd und Yazid boten sich an, beim Zeltaufbau zu helfen. Unter der kundigen Anleitung einiger Stammesmitglieder waren nach einer halben Stunde bereits einige der überdachten Räume aufgestellt, sodass die Frauen zu kochen anfangen konnten. Die Mutter Buraydas befahl, rasch ihre Küchenutensilien von den Kamelen abzuladen, dann machte sie sich mit Nawar daran, das Brot zu backen.

In Windeseile hatte sie vier Steine von der Größe einer Faust ausgesucht, von denen sie einen zur Seite tat und einige Salzkörner darauflegte.

»Dieser Stein stellt den Gott dieses Ortes dar!«, rief sie. Anschließend ordnete sie die anderen Steine in Form eines Dreiecks an und warf etwas trockenen Kamelmist dazwischen, den Yazid mit seinem Anzünder in Brand setzte. Währenddessen begann Nawar Weizen- und Gerstenkörner grob zu zermahlen und anschließend durch ein Tuch aus Ziegenwolle zu sieben. Das Mehl vermischten die beiden Frauen mit ein wenig Wasser und Salz, formten einige flache Laibe daraus und legten sie anschließend zum Trocknen in die Sonne, die inzwischen hoch am Himmel stand. Danach stellten sie den *saj*, einen großen metallenen Topf, auf das Feuer. Als Erstes gossen sie Wasser hinein und lösten getrockneten Käse darin auf, sodass eine würzige Brühe entstand, die sie in Tonschüsseln füllten. Nachdem sie die Brühe herausgeschöpft hatten, drehten sie den *saj* um, damit sie auf ihm die Brotlaibe backen konnten. In diesem Augenblick betrat Burayda das Zelt, der bis dahin den Aufbau der Zeltstadt überwacht hatte. Alle nahmen auf einem ausladenden Teppich Platz, dann holte Buraydas Mutter aus einem dicken Schlauch aus Ziegenleder einige Klumpen gewürzter Butter und verteilte die Stücke in die Tonschüsseln. Burayda zitierte ein arabisches Sprichwort, das als Willkommensgruß für seine Gäste gedacht war, wobei seine Lippen die Wangen der beiden Jungen streiften. Das Gleiche tat seine Mutter bei Nawar.

»Es gibt kein Brot ohne Salz, und es gibt kein Wohlergehen ohne euch!«

Dann begannen sie zu essen, und Zayds Augen leuchteten. Er konnte sich nicht erinnern, seit dem Tod seines Vaters so viel Glück und Freude empfunden zu haben.

Wieder und wieder buk Buraydas Mutter einen Brotlaib auf dem *saj*. Das fertige Brot brach sie in kleine Stücke, die sie in eine Schüssel legte und mit zerlassener Butter übergoss. Plötzlich bemerkte sie, dass aus einer Stelle des Schlauchs ein dünnes Rinnsal flüssiger Butter heraustroff.

»Burayda, du siehst, dass dieser Schlauch alt und löchrig geworden ist«, sagte sie zu ihrem Sohn, »auch andere Mitglieder unseres Stammes benötigen neue. Du musst ein paar Ziegen heranschaffen!« Aus den Häuten der Ziegen wussten die Nomaden die wunderbarsten unzerbrechlichen und leichten Gefäße und Behälter zu fertigen, die sie zum Transport ihrer Grundnahrungsmittel wie Wasser, Milch und Butter nutzten.

»Ich werde den Mönch aufsuchen, der hier in der Nähe lebt«, sagte der Beduine. »Das ist zwar ein sehr griesgrämiger Mann, aber im Umkreis von vielen Nachtreisen sind seine Ziegen die besten!«

Die beiden Jungen konnten sich nicht vorstellen, wie irgendjemand an diesem menschenleeren Ort, an dem sie lagerten, leben konnte. Doch dann erinnerte sich Zayd an das dünne Licht, das er zwischen den Felsen hatte flackern sehen.

»Dürfen wir auch mitkommen?«, fragte er, ohne seine Mutter um Erlaubnis zu fragen. Sie warf ihm einen tadelnden Blick zu.

Burayda begann zu lachen. Vielleicht, dachte er, würde der Mönch beim Anblick des netten Knaben weniger abweisend sein. »Einverstanden!«, antwortete er und stand auf. »Lasst uns keine Zeit verlieren, denn wir müssen so bald wie möglich weiterziehen. Doch zuvor benötigen wir einige Stunden der Ruhe.«

Der christliche Mönch – Burayda bezeichnete ihn als *rahib* – lebte in einer kleinen einsamen Zelle, die in eine Seite eines Felsens gehauen war und gleich neben der Stelle lag, an der die Aslam ihr Lager aufgeschlagen hatten. Unterhalb des gegenüberliegenden Felsabhangs war schon vor sehr langer Zeit ein tiefer Brunnen gegraben worden, in dem man das ganze Jahr über Wasser finden konnte. Die Zelle befand sich im oberen Bereich des Steinfelsens; um dort hinaufzugelangen, musste man eine große

Anzahl grob behauener Stufen emporsteigen. Wäre die Treppe nicht gewesen, hätte allenfalls ein sehr kundiges Auge sehen können, dass dieser Ort bewohnt und tatsächlich im Inneren sehr viel geräumiger und komfortabler war, als man von unten annehmen konnte. Auf Höhe des Bodens war an einer Stelle, an der sich der Fels zu einem natürlichen Bogen krümmte, eine große Höhle entstanden, in der die ansehnliche Ziegenherde, die dem Mönch als Lebensunterhalt diente, Schutz fand.

Kaum hatte er mit den beiden Jungen den Felsen erreicht, begann Burayda mit lauter Stimme nach dem Eremiten zu rufen. Es dauerte eine ganze Weile, bis dieser sich an einer Seitenöffnung zeigte, die Zayd gar nicht bemerkt hatte. Er war ein alter Mann mit struppigen weißen Haaren, der in eine zerlumpte graue Kutte gehüllt war. Trotz seines vernachlässigten Aussehens flößte der strenge, würdevolle Ausdruck seines Gesichts den Menschen große Ehrfurcht ein.

»Was willst du, Beduine?«, fragte der Mönch schroff.

»Ich bin gekommen, um ein paar Ziegen zu kaufen«, antwortete Burayda höflich.

»Ich verkaufe nichts und ich brauche auch nichts!«, erwiderte der Mönch und zog sich in das Innere seiner Höhle zurück.

Burayda wollte nicht mit leeren Händen wieder bei seiner Mutter erscheinen. Also machte er ein paar Schritte vor und zurück, dann ließ er sich mit betrübter Miene auf einem flachen Stein gegenüber dem Felsen nieder – was ein Teil des Rituals war, das unweigerlich jeden Handel einleitete. Nachdem ein paar Minuten vergangen waren, gab Burayda Yazid ein Zeichen, neben ihm das neue Gewand auszubreiten, das er für den Mönch mitgebracht hatte.

»Wir haben ein paar Stoffe mitgebracht, die meine Mutter gewebt hat«, begann Burayda erneut in versöhnlichem Ton. »Ihr wisst ja, dass sie die besten Webwaren von ganz Arabien macht!« Tatsächlich gehörten die Stoffe, die von den Aslam auf ihren kleinen, hohen Webstühlen hergestellt wurden, zu den weichsten und feinsten der damaligen Zeit.

»Ich bin keine Frau und brauche kein zweites Gewand!«, antwortete die Stimme des Mönchs aus der Felsenzelle.

»Du guter Mönch«, fuhr Burayda fort, »um ein ›zweites‹ Gewand zu besitzen, muss man zuerst einmal ein erstes haben. Mit Verlaub und ohne dich beleidigen zu wollen, ist es eine völlige Fehleinschätzung, das, was du trägst, als ›Gewand‹ zu bezeichnen. Im Übrigen handelt es sich hierbei auch nicht um irgendein Gewand, sondern um eine Kutte, das Kleid eines Mönchs, das aus einer wundervollen schwarzen Wolle gewebt ist, rein wie eine sternenklare Nacht, mit einer bequemen Kapuze versehen, die das Haupt vor Sonne und Kälte schützt.« Schwarze Wolle war sehr geschätzt, da sie nur von den seltenen Tieren mit einem Vlies dieses Farbtons gewonnen wurde.

»Mein altes Gewand tut es noch eine ganze Weile«, meinte der Mönch, auch wenn seine Stimme bereits weniger überzeugt klang.

Da sich der Mönch nicht wieder zeigte, gab Burayda Zayd ein Zeichen und bedeutete ihm, das Kleidungsstück auf die Schwelle der Felsenstange zu legen. Der Knabe eilte zur Zelle hinauf und blieb einige Augenblicke am Ende der Treppenstufen stehen. Da erklang unvermittelt die Stimme des Mönchs so nahe an seinem Ohr, dass er vor lauter Schreck einen Sprung zurück tat.

»Wie kannst du es wagen, hier heraufzukommen!«

Instinktiv zog der verängstigte Junge die Kutte von seiner Schulter und hielt sie dem Mönch hin. Dabei sprang das Amulett, das er um den Hals trug, aus den Falten seiner weißen Tunika und leuchtete unter den Sonnenstrahlen auf, die durch die enge Öffnung hereindrangen.

»Welch ein wunderliches Ding trägst du da um deinen Hals, Junge?«

Zayd zögerte. Das hagere Gesicht des Mönches mit dem langen weißen Bart wirkte aus der Nähe sehr viel milder und vertrauenerweckender auf ihn. »Das ist ein Amulett des Einzigen Gottes!«

»Gelobt sei Gott!«, sagte der Mönch und setzte sich hin. Er bedeutete dem Jungen, näher zu ihm zu treten und ihn einen Blick auf das Amulett werfen zu lassen. »Es gibt ja doch etwas Gutes, das den Wüstenbeduinen zu eigen ist«, meinte er und betrachtete das Amulett. »Sehr schön, wirklich interessant!«, sagte er immer wieder mit leiser Stimme.

Zayd atmete erleichtert auf.

»Was bedeuten die Zeichen, die darin eingeritzt sind?«, fragte der Junge dann.

Der Mönch lächelte freundlich. »Wohl besser, dass ich mir erst ein anständiges Gewand überziehe, damit wir in Ruhe reden können«, sagte er. Dann nahm er die Kutte aus Zayds Händen und verschwand hinter einem Vorhang. Zayd sah, dass in dem anderen Teil des Raumes eine große Anzahl Rollen aus ägyptischem Pergament und feiner Ziegenhaut gestapelt waren. Noch nie hatte er derart viele Schriftrollen gesehen, noch nicht einmal in den Häusern der Juden, die in seiner Heimat-Oase lebten. In einer Ecke war auf einem Gemälde eine junge Frau dargestellt, die ein Kind in ihren Armen hielt. Sowohl ihr Antlitz wie auch das des Kindes waren von einem goldfarbenen Schein umgeben.

Die Stimme des alten Mannes unterbrach die Gedanken Zayds. Er bat ihn, Burayda mitzuteilen, dass er ihm im Austausch für die Kutte zwei Ziegen überließe. Voll Freude streckte Zayd seinen Kopf aus der Tür, um die gute Neuigkeit weiterzugeben. Erstaunt erkannte der Beduine, dass sein kleiner Gast die wundersame Gabe besaß, mit allen Menschen auszukommen. Dann aber machte er ihm mit den Fingern ein Zeichen, den Mönch um vier Ziegen zu bitten.

Derweil war der alte Mann bereits in der Tür aufgetaucht. »Ich werde dir allerhöchstens drei Ziegen geben«, rief er dem Beduinen zu, »und weil heute ein besonderer Tag ist, lasse ich sie dich sogar selbst aussuchen. Aber lass mich jetzt endlich mit dem Jungen reden!«

Burayda war verblüfft, doch dann zuckte er mit den Achseln und ging mit Yazid auf die Ziegenherde zu. Er vertraute dem alten Mann, der in dem Ruf stand, ein Heiler und Heiliger zu sein. Im Übrigen begann Burayda langsam zu glauben, dass Zayd mit einer besonderen Gabe ausgestattet war, ganz so, als wache das Auge eines unbekannten Gottes über ihn. In den vielen Jahren war ihm selbst nur vergönnt gewesen, einige wenige Worte mit dem Mönch zu wechseln, umso neugieriger war er darauf zu erfahren, was der Alte mit dem Knaben zu bereden hatte. Auf einmal bemerkte er, mit welch flehendem Gesichtsausdruck ihn Yazid betrachtete.

»Wenn du zu deinem Bruder willst, dann geh ruhig hinauf. Ich passe derweil auf die Tiere auf.«

Im Nu kletterte Yazid bis zur Felsspitze empor und streckte seinen Kopf ins Innere der Zelle. Noch immer hielt der alte Mann das Amulett in den Händen und murmelte merkwürdige Worte – *»Elohim, Schamaym, Arets«*. Plötzlich entdeckte er Yazid. »Was machst du denn hier! Weg, verschwinde, du Schnüffler und Schurke. Was erlaubst du dir!«

»Das ist mein Bruder!«, stellte Zayd klar.

»Dann tritt ein«, rief der Mönch, »aber störe uns nur ja nicht.«

Und schon beugte er sein Haupt wieder über das Amulett. »Wo waren wir stehen geblieben? Aja, bei *Elohim*, *Schamaym* und *Arets*, was ›Gott‹, ›Himmel‹ und ›Erde‹ bedeutet. Das aus einem Goldfaden gemachte Dreieck ist eindeutig ein Symbol für Gott.«

»Warum ein Dreieck?«, fragte Zayd den Mönch, als seien ihm der Mann und das Thema bestens vertraut.

Mit einer verkohlten Wurzel begann der Mönch, einige Linien auf die Tierhaut zu zeichnen. »Willst du eine Figur zeichnen, die durch gerade Linien begrenzt ist, so ist es am einfachsten, eine mit drei Seiten zu skizzieren. Und außerdem …« – der Alte zeichnete eine komplexere Figur, die er mit weiteren Grenzlinien versah – »… kann eine solche Figur ständig in noch weitere Dreiecke zerlegt werden.«

Der Mönch demonstrierte Zayd, dass eine komplizierte Figur durch den Weiterverlauf einiger Linien von der Mitte bis zu den Scheitelpunkten so aussah, als bildete sie eine Gesamtheit nebeneinanderliegender Dreiecke. Yazid, der noch nie jemanden schreiben gesehen hatte, kam das alles wie Zauberei vor, und er befürchtete, sie könnten jeden Moment von einer geheimnisvollen Kraft hinweggetragen werden.

»Was sagst du dazu?«, fragte der Mönch Zayd und sah ihm dabei in die Augen.

»Soll das heißen, dass Gott sich in einem jeden Ding befindet?«, fragte der Junge, nachdem er lange und aufmerksam die schwarzen Linien auf der Ziegenhaut betrachtet hatte.

»Gott ist die Grundlage aller Dinge und der Geist, der sich in allen Dingen verbirgt!«, erwiderte der Mönch. Dann ergriff er erneut das Amulett und zeigte mit dem Finger auf das Sternenband, das unterhalb des Dreiecks und über der kleinen Bleikugel abgebildet war. Er gab Zayd zu verstehen, dass sich das Wesen des Menschen, das mit Blei zu vergleichen war, falls sich der Mensch zu den Sternen emporerhöbe, in das Gold der göttlichen Existenz verwandeln würde.

»Der Geist Gottes schwebt weit über den Sternen und residiert sehr viel höher, als Himmel und Erde sind. Gott steht weit über allen uns bekannten Dingen. Das ist es, was die Götzenanbeter niemals verstehen werden!«

»Es sagen ja viele, dass die Götter zwischen den Sternen wohnen«, gab Yazid zu bedenken.

»Was sie als ›Götter‹ bezeichnen, sind hauptsächlich die sichtbaren oder unsichtbaren Dinge und Kräfte wie der Wind, die Sonne oder das Wasser, zuweilen auch die Seelen der Verstorbenen. Doch ist das alles nicht Gott, da diese Dinge im Angesicht Gottes über keinerlei Macht verfügen. Eigentlich haben sie noch nicht einmal Macht über Menschen, wenn diese die Erhabenheit des Herrn wirklich erkennen und vor ihr erzittern.«

»Warum glauben die Menschen dann an die Götzen?«, fragte Zayd.

Den Mönch erfreuten die Fragen des Knaben. Er erläuterte, dass manche Konzepte nur durch Symbole zum Ausdruck gebracht werden können. Selbst Christus hatte seine Lehre immer wieder durch Gleichnisse verdeutlicht und durch einzelne Geschichten ihren universellen Sinn veranschaulicht.

»Kennt ihr die Geschichte von Abraham?«, fragte der Mönch.

»Erzähle sie uns, bitte!«, antwortete Zayd.

»Vor langer Zeit herrschte in der Stadt Ur ein mächtiger Herrscher, der überaus ungerecht war«, begann der

Mönch. »Er betete ohne Maß sämtliche Götzen an, aber verlangte von seinen Untergebenen, dass sie nur ihm als Einzigem Gott auf der Erde huldigten. Ihm zur Seite stand sein Minister, der ständig neue Reichtümer für ihn anhäufte, aber zugleich ein tüchtiger Bildhauer war und immer neue Götzenbilder für ihn herstellen musste. Eines Tages wurde diesem Minister ein Sohn geboren, dem er den Namen Abraham gab. Doch von Kindesbeinen an weigerte sich Abraham, die Götzen anzubeten, die sein Vater für den Herrscher fertigte. Er betete nur den Einzigen Gott an, der weit über allen weltlichen Dingen steht. Und da er in diesem starken Glauben lebte, erwählte ihn Gott zu seinem Propheten. Er unterrichtete ihn in den Grundlagen seiner Religion und wies ihn an, diese wiederum den Menschen zu lehren. So geschah es, dass Abraham begann von Gott, dem Einen und Einzigen, zu sprechen und sich gleichzeitig über die fruchtlose Ohnmacht der Götzen in aller Öffentlichkeit lustig zu machen. Verwundert über den Mut des jungen Mannes, fragte ihn der König, welchen Gott er denn anbete.

›Gott ist es, der uns Menschen Leben und Tod gegeben hat. Er ist es, der der Sonne befiehlt, im Osten aufzugehen. Wenn du, o König, denkst, du seiest selbst ein Gott, warum bringst du dann die Sonne nicht dazu, im Westen aufzugehen?‹

Da der Herrscher der Rede Abrahams nichts zu entgegnen wusste, ließ er ihn ins Gefängnis werfen, um ihn zu töten. Doch Gott eilte Abraham zu Hilfe und rettete ihn, auch wenn dieser anschließend die Stadt verlassen und mit seinem Volk, das ebenfalls an den Herrn glaubte, nach Palästina ziehen musste. So geht Abrahams Geschichte.«

Eindringlich bestürmten die beiden Knaben den Mönch, ihnen die Geschichte weiterzuerzählen.

Und so beschrieb er, wie Abraham aus seinem Land aufbrach und so lange gen Westen reiste, bis er nach Palästina kam, von wo aus er sich durch die Wüste Negev in die Stadt Hebron aufmachte. Mit ihm gingen seine zwei Söhne, Ismael und Isaak, denn Gott hatte bestimmt, dass Abraham zum Patriarchen aller Gläubigen werde und alle Familien der Welt durch ihn gesegnet würden. Sein Erstgeborener, Ismael, bekam den Auftrag, in der Wüste Arabiens den Tempel von Mekka, die heilige Kaaba, wieder aufzubauen und zu beschützen. Er hinterließ zahlreiche Nachkommen, die sich über die gesamte Halbinsel verbreiteten und den Ursprung der arabischen Geschlechter bildeten. Im Lauf der Zeit jedoch vergaßen die Araber den Gott Abrahams und Ismaels und stellten in ihren Tempeln Statuen auf, die aus Persien und Syrien stammten.

Der Alte hielt lächelnd inne. Die beiden Knaben betrachteten forschend sein Gesicht. Vielleicht ahnten sie, dass sich der Mönch in Gedanken nach Hebron aufgemacht hatte, seiner eigenen Geburtsstadt, in der Abraham begraben lag. Wie einst Ismael, der erstgeborene Sohn Abrahams, war auch der Mönch in die Wüste Arabiens aufgebrochen, um dort nach langer Zeit wieder das Wort des Herrn zu verkünden.

»Und Isaak? Was tat Abrahams zweiter Sohn?«

Es erfreute den Mönch, dass Zayd – obwohl ein Araber – nicht nur von seinem eigenen Stamm erfahren, sondern die Gesamtheit der heiligen Geschichte verstehen wollte. Gelassen machte er sich daher daran, auch die Geschichten von Isaak und seinen Söhnen zu erzählen – bis hin zu dem auserwählten Volk Israel, dessen Propheten Mose Gott auf dem Berg Sinai das heilige Gesetz übergab, das von nun an für das jüdische Volk Gültigkeit hatte. Und schließlich begann der Mönch tief bewegt über einen Menschen zu sprechen, den er als »Unseren Herrn Jesus Christus, den von Gott Gesalbten« bezeichnete und von dem er sagte, dass dessen Körper, der von einer Jungfrau geboren worden war, das Wort Gottes versinnbildlichte. Dann schob der Eremit den Vorhang beiseite, hinter dem sich die Gesichtszüge der Heiligen Jungfrau und ihres Sohnes Jesus Christus auf einem Bild verbargen, und erklärte, dass Christus als lebendiges Opfer für uns Menschen auf die Erde gesandt wurde. Mit so einfachen Worten wie möglich legte er dem Knaben dar, wie durch den Segen Gottes zur Stärkung der Glaubensgemeinschaft Brot und Wein zu Blut und Leib Christi umgewandelt würden, was den Menschen erlaubte, direkt mit Gott zu kommunizieren und Sein Wort in alle Völker zu tragen. Viele Jahrhunderte zuvor hatte Gott einst in Jerusalem von Abraham gefordert, ihm einen seiner Söhne und damit sein eigenes Fleisch und Blut zu opfern. Bevor dieser aber das Messer ansetzen konnte, hatte ein Engel die Hand des Patriarchen aufgehalten, sodass seit damals zum Gedenken an diesen Tag die Nachkommen Abrahams einen Hammel als Zeichen ihres unbedingten Glaubens an den Einzigen Gott opferten.

Schließlich bemerkte der Mönch, dass die Stunde des Gebets gekommen war. Da er die Knaben nicht wegschicken wollte, bat er sie, ihn für eine Weile zu entschuldigen.

Kurz darauf begann er hinter dem Vorhang in einer Zayd und Yazid unbekannten Sprache Psalmen vorzutragen, was harmonisch, ja friedvoll klang. Die Knaben überlegten, ob sie nicht besser gehen sollten, verwarfen diesen Gedanken aber sofort wieder. Sie hätten es nicht übers Herz gebracht, den alten Mann zu verlassen, ohne sich von ihm verabschiedet zu haben. Plötzlich wurden sie von einer bleiernen

Müdigkeit erfasst und legten sich eng nebeneinander auf den Boden, wo sie einschliefen. Als der Mönch wenig später wiederkam, nahm er den Knaben gegenüber Platz und betrachtete sie lange Zeit. Da drängte sich die Erinnerung an seine Heimat so machtvoll in sein Bewusstsein, wie er es zuvor noch nie erlebt hatte. Ohne die Augen zu schließen, sah er den Eingang der Grotte, die Abraham als ewige Wohnstatt seiner Familie erworben hatte, in allen Einzelheiten vor sich, und der Gedanke, sich im Geiste an diesen heiligen Ort zu begeben, überkam ihn wie ein dringliches Gebot.

Der Mönch blieb in seine Bilder versunken, bis die frische, kühle Abendluft hereinströmte, in diese Grotte, die für ihn jahrelang das Symbol für Abraham und seine Nachkommenschaft gewesen war. Wenig später erhob er sich, ergriff seine alte, zerschlissene Kutte und breitete sie über die beiden Knaben, die mit einem Lächeln auf den Lippen schlafend dalagen. Und es fielen ihm die Worte Jesu Christi ein, der zu seinen Jüngern gesagt hatte: »Lasset die Kinder zu mir kommen.«

Der Mönch erhob sich, bereitete einen Teig zu und legte ihn auf den *saj*, um dort Brot daraus zu backen. Als es fertig war, nahm er es, schob den Vorhang, der als Raumteiler diente, beiseite und ging zu dem Altar an der gegenüberliegenden Wand hinüber. Langsam und bedächtig begann er die Eucharistie zu zelebrieren, jenen Dank an Gott, der von Christus selbst eingeführt worden war. Er spürte, wie an diesem gesegneten Tag das Gebet direkt aus seinem Herzen kam, während er leise die Worte der Liturgie sprach. Er nahm das Evangelium zur Hand, das immer auf dem großen, steinernen Lesepult lag, schlug es an einer beliebigen Stelle auf und las:

»Aber ich sage euch die Wahrheit:
Es ist auch gut, dass ich hingehe.
Denn so ich nicht hingehe,
so kommt der Tröster nicht zu euch;
so ich aber gehe,
will ich ihn zu euch senden!«

Das waren die Worte aus dem sechzehnten Kapitel des Johannes-Evangeliums. Er hatte sie bereits viele Male gelesen, doch erst jetzt schienen sie ihm die Gewissheit zu geben, dass er Arabien unbedingt verlassen musste. Alles musste er hinter sich lassen, wie es einst Christus getan hatte. Nie hatte er die Gegenwart Christi stärker gespürt, und er fühlte deutlich, wie er ihm zur Seite stand. Mit aller Macht stieg die Rührung in ihm auf, und Tränen strömten ihm über die runzeligen Wangen. Er fiel auf die Knie und erst nach einer langen Zeit gelang es ihm, sich wieder zu erheben und fortzufahren. Er brach das Brot und trank den Wein, dann warf er sich erneut auf die Knie und fühlte, wie der sanfte, süße Geschmack des Leibs Christi sein ganzes Sein erfüllte. In dieser Haltung verharrte er eine Zeit lang, während ihm die Tränen weiter aus den Augen rannen.

»Kehre nach Hebron zurück!«

Die Stimme ließ den Mönch zusammenfahren. Noch begriff er nicht, ob sie in ihm selbst oder von draußen erklungen war. Rasch wandte er sich um, doch niemand war sonst in der Zelle, in der er nur den leisen, regelmäßigen Atem der beiden Knaben hörte. Mit einem Blick zum Himmel sank er erneut auf die Knie.

»O mein Herr Jesus!«, betete er mit lauter Stimme. »Du hast mich in diese Wüste gesandt, um für die Ankunft des gepriesenen Mannes zu beten, in dem sich der neue Prophet Gottes verkörpert. Und jetzt rufst du mich zurück! Doch ist deinem ergebenen Diener zu jeder Zeit das Gehorchen süß!«

Und der Geist Gottes durchwehte die Seele des Mönchs mit Stimmen und Bildern, in die sich die Erinnerungen seines bisherigen Lebens mischten. Alles schien durchscheinend geworden zu sein. In seinem Inneren erblickte er deutlich das Antlitz seines ehemaligen Klostervorstehers, eines aus Syrien stammenden Ordensbruders. Der hatte in einem jungen Mann namens Mohammed, was auf Arabisch so viel wie »der Gepriesene« bedeutet, die Zeichen der Prophezeiung erkannt, die Jesus verkündet hatte und die im Evangelium des Johannes niedergeschrieben waren. Doch wurde dieses Wissen strikt geheim gehalten, um das Leben des jungen Propheten während der Zeit zu schützen, in der man darauf wartete, dass sich die ihm zugedachte Aufgabe offen manifestierte. Der Mönch aber wurde in die Wüste gesandt, um mit der Kraft des Gebets über den von Gott gesandten jungen Mann zu wachen, und so hatte er sich über dreißig Jahre lang in die Einsamkeit der arabischen Wüstenei zurückgezogen, um dort zu leben und zu beten. Nun vollendete sich nach einer schier endlos langen Zeit seine Aufgabe, da es inzwischen genügend junge Männer gab, die bereit waren, den neuen Propheten anzuerkennen und zu unterstützen. Doch war es dem Mönch selbst nicht vergönnt, dem Propheten gegenüberzutreten. Er bedauerte das nicht. Vielmehr war er ganz damit beschäftigt, sich auf die neue Situation einzustellen. Er hatte keinen Zweifel, dass Gott nach ihm gerufen hatte, und empfand tiefe Dankbarkeit, da Gott ihm diese neue, bedeutungsvolle Freude geschenkt hatte. Dann richtete er seine Augen wohlwollend und zufrieden auf Zayd und Yazid.

Inzwischen war die Sonne fast gänzlich am Horizont versunken, und Buraydas Geduld war endlich erschöpft. Ängstlich stieg er zu der Grotte empor, und seine Sorge verflüchtigte sich erst, als er die beiden Knaben schlafend in einer Ecke liegen sah. Auf der anderen Seite des Vorhangs sah er den Mönch ausgestreckt auf dem Boden liegend, und Burayda befürchtete, dass er tot sei. Vorsichtig berührte er ihn an der Schulter und als er den schmächtigen Körper des Mönchs unter seinen Fingern erschauern fühlte, half er ihm, wieder auf die Beine zu kommen.

»Mit mir ist alles in Ordnung! Ich habe nur gebetet«, sagte der alte Mann.

Burayda senkte verlegen den Kopf, dann ging er hinüber zu den beiden Knaben.

»Auf, auf, wir müssen weiter!«

»Vergiß nicht, die Ziegen mitzunehmen! Ich meinte übrigens nicht nur die, die du schon hast. Du kannst auch alle anderen mitnehmen!«

Verwundert blickte Burayda auf.

»Ja, nehmt alle Ziegen«, fuhr der Mönch fort, »aber pflegt sie liebevoll. Ich gehe von hier fort und kann sie nicht mitnehmen.«

Burayda wusste nicht, was er darauf antworten sollte.

Zayd fragte: »Wohin wirst du gehen, du lieber alter Mann?«

»Ich gehe zurück in meine Heimat, dorthin, wo der Patriarch Abraham seine letzte Ruhestätte gefunden hat.«

Burayda verstand noch immer nicht, und es verwunderte ihn, dass Zayd zu wissen schien, was der Mönch, der ihn auf sein dunkles Haar küsste und ihm das Amulett wieder um den Hals legte, da sprach.

»Gebt sehr gut Acht auf diese Jungen!«, ermahnte der Mönch Burayda, während er sie alle aus der Zelle geleitete.

»Ich werde dir eins unserer Kamele bringen«, meinte Burayda, bevor er sich mit den beiden Knaben an den Abstieg machte, »das wirst du gut brauchen können!«

Der alte Mann lächelte ihn voller Dankbarkeit an.

Als sie, umringt von zahlreichen weißen und schwarzen Ziegen, ins Lager zurückkamen, überlegte Burayda, was er von diesen beiden Knaben wohl zu erwarten hatte, die ihm das Schicksal bereits zum zweiten Mal anvertraut hatte. Und ein wenig bange fragte er sich, ob sich in eben diesem Moment wohl auch sein Leben veränderte und niemals wieder so sein würde, wie es bisher gewesen war.

Was ihn tröstete, war der Gedanke, dass er von nun an eine ganz außergewöhnliche Geschichte zu erzählen hatte.

al-Rashid:
Der Erkennende

Der Tempel der Manat

Obwohl sich das Judentum wie das Christentum immer weiter verbreitete, beteten große Teile der Völker Arabiens immer noch ihre Götzen an. Die arabische Götzenanbetung war so etwas wie die degenerierte Form der alten Religion Abrahams, die jedoch auf den reinen Aberglauben reduziert worden war. Die Araber hielten sich für die Nachfahren Ismaels, des erstgeborenen Sohns des Patriarchen, der zusammen mit seiner Mutter Agar von Palästina nach Arabien gekommen war. Später traf Abraham mit Ismael in Mekka zusammen, wo sie das Haus Gottes wieder aufbauten und die Riten der jährlichen Pilgerfahrt einführten, die eine Pflicht für alle Araber war. Doch hatten die Stämme die Lehren Abrahams und Ismaels im Laufe der Zeit vergessen und stattdessen damit begonnen, Götzen und steinerne Statuen anzubeten. Allerdings blieb der Name von Abrahams Gott nicht vollständig vergessen: In dem

Götzenbuch von Ibn al-Kalbi, einem muslimischen Historiker des neunten Jahrhunderts, wurden mindestens fünfundzwanzig verschiedene Gottheiten aufgeführt, die zusammen mit Allah, »dem Gott und Herrn«, angebetet werden mussten.

Mushallal war ein kleines Dorf am Roten Meer, das in der Nähe eines Berges lag, der von den Einwohnern der Gegend für heilig gehalten wurde und dessen steile Hänge direkt zum Meer abfielen. Weite Fels- und Schotterfelder reichten bis tief zu den Wogen des Meeres hinein und umarmten den kleinen Ort wie ein schäumender Titan. Die Küste war überall rau und zerklüftet, ständig blies der Wind, als wollte auch der Himmel an diesem wilden Naturschauspiel teilhaben.

Die Karawane der Aslam erreichte Mushallal, und die an die Wüste gewohnten Beduinen waren von den lichtumspielten Wassermassen des Roten Meeres ungemein beeindruckt, die sie, kaum dass sie die Anhöhen des Bergs Mushallal überwunden hatten, vor sich erblickten.

Bei dem Gedanken, wieder das Meer zu sehen, empfand Zayd große Aufregung. Nur ein einziges Mal hatte ihn sein Vater die unermessliche Weite des Wassers sehen lassen. Aber nachdem der Vater gestorben war, hatte Zayd die Oase nie mehr verlassen. Dennoch hegte er seitdem die heimliche Hoffnung, eines Tages zu reisen und ferne Länder kennenzulernen – eine Form der Zukunft, die ein Dattelerzeuger vernünftigerweise nicht erwarten konnte, es sei denn, dass sich die Dinge grundlegend für ihn änderten.

Wie Burayda es vorausgesehen hatte, waren die Aslam trotz der größeren Entfernung, die sie zu überwinden hatten, unmittelbar nach der aus Mekka kommenden Pilgerkarawane in Mushallal angelangt. Aber die Pilger hatten bereits in aller Eile ihr Lager aufgebaut und waren zum Tempel der Göttin Manat aufgebrochen. Ganz in Weiß gekleidet, wirkten sie wie eine lange Schlange, die sich langsam auf den Berg an der Küste voranbewegte, der so steil abfiel, als stürze er sich in die Wogen aus Schaum und Gischt, die der Wind aufwühlte. Ehrfürchtig betrachtete Zayd die Prozession. Direkt hinter den Männern folgte eine Herde von Tieren, die für die Opferung bestimmt waren und vor ihrem Tod der Göttin vorgeführt wurden. Es war ein großartiger Anblick, faszinierend und furchterregend zugleich.

Die Opferung von Schafen und Kamelen entsprach einem sehr alten Ritus, der ursprünglich auf den Patriarchen Abraham zurückging, der einst Gott seinen Sohn Isaak als Opfer darzubringen bereit war. Jedoch konnte sich die Mehrheit der Araber kaum noch an den Patriarchen erinnern, sodass sie die Tiere zumeist im Namen der Götzen opferten, die sich die einzelnen Stämme zu ihrem Schutz auserkoren hatten. Daher hatten die Männer aus Yathrib ihre Pilgerfahrt von Mekka nach Mushallal verlegt, denn sie hofften, mehr Hilfe und Unterstützung von der Göttin Manat zu erlangen, wenn sie direkt in ihrem Tempel um die Vermehrung ihrer Güter und Reichtümer beteten. In dem Maße, wie sie Abraham vergaßen, hatten sie die Sitten und Gebräuche der alten heidnischen Völker Griechenlands und des Mittleren Orients angenommen. So hieß es, die Statue der Manat mit den Gesichtszügen einer jungen Frau, die ein Zepter in der Hand hält, sei ursprünglich aus Syrien gekommen.

Während die Aslam hinter dem heiligen Berg in gebührender Entfernung von den Pilgern ihr Lager aufschlugen, schritt eine Gruppe der bedeutendsten Persönlichkeiten des Stammes zusammen mit Burayda, Zayd und seiner Familie auf den Tempel zu. Sie trafen ein, als die Pilger gerade damit begannen, sich ihre Köpfe zu scheren, eine Handlung, mit der das Ende der Pilgerfahrt bestätigt wurde. Seit den Zeiten Abrahams hatten die Pilger einen besonderen Stand, den »Weihestand«. Dafür mussten sie sich, noch bevor sie in Mekka eintrafen, ein schlichtes Gewand aus zwei nicht aneinandergenähten weißen Stoffbahnen anlegen, mit denen sie ihre Lenden und Schultern bedeckten. Dieser Zustand der »Reinheit« wurde erst mit dem Scheren der Haare beendet, von diesem Augenblick an war die Pilgerschaft beendet und den Männern war es erlaubt, wieder ihre alltägliche Kleidung zu tragen.

Mit großem Interesse beobachtete Zayd die Pilger. »Warum schneiden sie sich die Haare ab?«, fragte er seine Mutter.

»Die Ältesten sagen, dass die Haare auf den Köpfen der Männer wie die Sterne an der Himmelskuppel wachsen. Der Kopf ist die Kuppel des menschlichen Körpers, wie das Himmelsgewölbe schließt sie den Raum über der Erde ab. Der Mensch ist ein Universum im Kleinen, und dementsprechend gleicht das Universum einem erwachsenen Mann. Was über der Himmelskuppel liegt, ist ein großes Geheimnis, vom Licht der Sterne verborgen. Dort halten sich die Seelen auf, bevor sie auf die Welt kommen. Und in Erinnerung des Zustands, in dem sie sich vor ihrer Geburt befanden, rasieren sich die Männer die Haare ab.«

Während seine Mutter sprach, ließ Zayd das Amulett, das er um den Hals trug, durch seine Finger gleiten und gedachte dabei der Worte des Mönchs. Er und Yazid bewunderten Nawar wegen ihrer Weisheit sehr. Auch Burayda hatte ihr anerkennend zugehört, obwohl es ihm seit dem

Tod seiner eigenen Frau widerstrebte, Frauen seine Aufmerksamkeit zu erweisen.

Ein Stück von der Schwelle zum Heiligtum entfernt, neben Zayd und den Seinen, stand ein jüdischer Händler namens Isaak, der allseits bekannt war, unter anderem deshalb, weil er der Bruder des Rabbiners der Banu Qaynuqa war, einem der größten jüdischen Stämme der Oase von Yathrib. Den Juden widerstrebte die Götzenverehrung ungemein, sie stellte in ihren Augen die Ursache aller Übel dar. Aber die Pilger reisten gewöhnlich mit all ihren Waren nach Mekka, die sie auf einem dort eigens eingerichteten Markt anboten, an dem sich alle Völker Arabiens beteiligten. Die Juden, die ja vorwiegend Händler waren, boten ihre Waren ebenfalls dort an, also reiste Isaak stellvertretend für alle Juden der Oase ebenfalls nach Mekka.

»Guten Tag«, grüßte ihn Zayd. Er hatte sich schon immer sehr für die Juden interessiert, vor allem für die Qaynuqa-Familie, die seine Nachbarn waren. Nicht selten besuchte er die Söhne des Rabbis, die Isaaks Neffen waren.

»Dir auch einen guten Tag, kleiner Sohn Thabits«, erwiderte Isaak.

»Wie war die Reise?«

»Sie war gut, dem Herrn sei Dank, wenn ich es auch kaum erwarten kann, wieder in die Oase zurückzukehren!«

»Doch ist das hier ist ein großer Augenblick! Meinst du nicht?«

»Er ist groß, weil viele Leute anwesend sind. Aber wie du weißt, verabscheuen wir Juden die Götzen, da sie uns von unserem Herrn ablenken wollen.«

»Warum bist du dann nach Mekka gegangen, wo es so viele Götzenbilder gibt?«, fragte Zayd.

»Ja, weißt du, vor langer Zeit, als es im Tempel von Mekka noch keine Götzen gab, besuchten auch wir das

Haus des Herrn, um darin unsere Gottesdienste abzuhalten. Ich hoffe, dass sich die Dinge bald wieder so gestalten wie früher, damit in Yathrib endlich wieder Friede einkehrt!«

Burayda hatte den Worten des Juden über die Situation in der Oase aufmerksam gelauscht. »Einen guten Tag auch dir, Mann der Qaynuqa, was verstehst du unter Frieden für Yathrib?«

»Wir wurden von derselben Amme gestillt wie Burayda!«, beeilte sich Yazid zu erklären.

Auch Zayd nickte. Beide verstanden das Misstrauen, das die Juden bei Gesprächen mit Fremden an den Tag legten. Zurückhaltung war ein wichtiger Bestandteil in der Charakterbildung und Geschichte dieses außergewöhnlichen Volkes, das die römischen Heere vor mehr als fünfhundert Jahren aus Palästina vertrieben hatten. Seither zogen die jüdischen Stämme durch die Wüste, und einige hatten sich schließlich in der Oase von Yathrib niedergelassen. Mehrmals hatte Zayd sie dort über das erzwungene Exil des Volkes Israel klagen hören.

Isaak lächelte. Es kam nicht jeden Tag vor, dass er mit einem Beduinenanführer über derlei bedeutsame Dinge sprechen konnte, außerdem waren ihm die Beduinen lieber als die Sesshaften.

»Vor zehn Jahren«, begann Isaak, »kam ein alter, ehrwürdiger Rabbi aus Syrien in die Oase, der den Namen Ibn Hayyaban trug. Er verkündete die baldige Ankunft eines Propheten Gottes, der die wahre Religion wiederherstellen und uns den Frieden bringen würde.«

Das Geschlecht der Qaynuqa, dem Isaak angehörte, stammte von den alten Priestern von Salomons Tempel ab. Was immer sie auch über die heiligen Dinge sprachen, fand bei den Beduinen große Beachtung, und so traten Burayda und Zayds Familie näher, um besser hören zu können, was Isaak erzählte. Er sprach von dem Tag, da Ibn Hayyaban zum ersten Mal die Oase sah und von ihr überaus beeindruckt war, da sie sich auf einer Hochebene zwischen zwei Bergen ausbreitete, umgeben von der Felswüste Harra und durchzogen von zahlreichen Wasserläufen, die das Land erblühen ließen. Der alte Rabbi war überzeugt davon, dass eines Tages in dieser Oase ein Prophet auftauchen würde, daher las er den Juden von Yathrib die Worte des Propheten Jesaja vor, die sich direkt auf ihre Oase zu beziehen schienen:

> Jedes Tal soll sich heben, jeder Berg und Hügel sich senken. Was krumm ist, soll gerade werden, und was hüglig ist, werde eben. Dann offenbart sich die Herrlichkeit des Herrn, alle Sterblichen werden sie sehen. Ja, der Mund des Herrn hat gesprochen.
> (Jesaja 40, 4–5)

> Die Wüste und das trockene Land sollen sich freuen, die Steppe soll jubeln und blühen. (…) Man wird die Herrlichkeit des Herrn sehen, die Pracht unseres Gottes. (…) In der Wüste brechen Quellen hervor und Bäche fließen in der Steppe.
> (Jesaja 35, 1–6)

Niemand hatte diese Ankündigung Ibn Hayyabans seit damals vergessen. Als der Krieg um Bu'ath ausgebrochen war, hatten die Juden gekämpft, um ihre Ehre zu retten, doch wussten sie bereits damals, dass durch Krieg niemals Frieden erreicht würde.

»Welchen Rat sollte man in dieser schwierigen Situation geben?«, fragte Burayda besorgt.

»Alles, was nötig ist, um Zeit zu gewinnen und weitere Schlachten zu vermeiden. Auch müssen wir darauf warten, bis sich uns der Prophet zeigt. Ihm wird es gelingen, den Frieden zurück in die Oase zu bringen«, antwortete Isaak.

»Woran werdet ihr diesen Propheten erkennen?«, fragte Zayd.

Zayds Frage blieb jedoch unbeantwortet, da genau in diesem Augenblick Zarifa erschien, die Priesterin des Tempels, eingehüllt in eine Wolke aus Funken und Rauchschwaden. So erschien die Priesterin jedes Jahr. Die Pilger waren fasziniert und verängstigt zugleich. Denn ihr Anblick war tatsächlich Grauen erregend: Ihr langes, strohiges Haar hatte durch das beständige Färben mit Henna einen grotesken Farbton angenommen, der an eine Languste erinnerte. Und immer schien Zarifa geradewegs aus dem Nichts aufzutauchen. Im Halbdunkel glitt sie hinter der Statue der Göttin hervor, die in der Mitte eines weitläufigen Runds stand, das an drei Seiten von einem auf breiten Säulen ruhenden Portikus umgeben war. Die Schatten der Nacht hatten sich inzwischen auf die Statue der Manat herabgesenkt, sodass sie jetzt nur mehr von den Flammen eines mächtigen Kohlebeckens beleuchtet wurde.

Die Priesterin umrundete mit wankenden Schritten das Feuer, wedelte dabei mit den losen Enden ihres weiten Gewandes und murmelte in einem fort unzusammenhängende Worte und Silben. Während Zarifa das Feuer umkreiste, schleuderte sie in regelmäßigen Abständen eine Substanz in das Kohlebecken, die aus dem Feuer dicke Rauchschwaden aufsteigen ließ. Zayd hörte, wie Isaak leise über die Hexen und ähnliches Teufelszeug der Götzenanbeter schimpfte.

Was nun folgte, war noch erschreckender. Mithilfe zweier schwarz gekleideter Männer hob die Priesterin ein großes Gefäß hoch über ihren Kopf, das mit dem Blut einiger Opfertiere gefüllt war, und schwang sich auf ein Gerüst hinter der Statue der Manat empor. Plötzlich fingen die anwesenden Pilger an, mit den Füßen auf den Boden zu stampfen, schlugen sich dabei voller Ekstase mit den Händen auf die Schenkel und stießen spitze Schreie aus. Als Zarifas Kopf über dem Haupt der Statue auftauchte, verstummten die Pilger. Die Priesterin hob das Gefäß und schüttete das Blut über dem steinernen Götzenbild aus, sodass es über und über in unheilvolles Dunkelrot getaucht war. Nun entzündeten die Anwesenden zahlreiche Fackeln und skandierten immer wieder rhythmisch den Namen der Göttin: »Manat, Manat ...«

Verstohlen beobachtete Zayd das fahle Gesicht des Juden, dessen Worte ihm unentwegt durch den Sinn gingen. Die Schönheit und die natürliche Reinheit der Pilgerreise, die in den Scharen von weiß gekleideten Pilgern zum Ausdruck kamen, standen im Gegensatz zu der Atmosphäre in diesem eingefriedeten Tempel, in der jede Geste auf dramatische Weise falsch und grotesk wirkte.

Als die Erregung den Höhepunkt erreichte, erhob sich vor dem Kohlebecken ein Mann. Da er mit dem Rücken zum Licht stand, war er nicht zu erkennen, doch musste es jemand sein, der dem Stamm der Khazraj von Yathrib angehörte, aus dem auch Zayds Familie stammte.

»Im Namen von Manat: O ihr Einwohner der Oase von Yathrib! Wie ihr wisst, wird unser Volk immer wieder von Zwietracht zerrissen, und schon etliche Male zerstörte das Gespenst des Krieges den Frieden unserer blühenden Palmenhaine und unserer Häuser!«

Der Mann hielt plötzlich inne, und über den Tempel senkte sich Schweigen herab. Burayda und die Männer der Aslam traten, gefolgt von Zayd und seiner Familie, langsam weiter nach vorn. Selbst Isaak kletterte über die Absperrung des Tempels, um ihnen zu folgen und besser hören zu können.

Dann fuhr der Redner fort: »Dass wir hier alle im heiligen Tempel der Manat versammelt sind, ist ein gutes Vorzeichen für die Wahl unseres Königs, der hoffentlich die lange Zeit der Kriege und Zwistigkeiten beenden wird. Während andere kämpften, hat Abd Allah ibn Ubayy vom edlen Stamm der Khazraj nicht an der Schlacht von Bu'ath teilgenommen, sodass seine Hände nicht mit Blut befleckt sind. Daher empfehle ich, ihn als den Besten von uns zum König von Yathrib auszurufen!«

Seine Rede wurde von einer einzelnen Stimme unterbrochen: »In Yathrib gibt es auch viele Juden, die aber nicht an den Versammlungen in den Tempeln teilnehmen. Wenn wir jetzt einen König wählen, wäre er nur König für die nichtjüdischen Stämme!«

Der Streiter für Abd Allah ibn Ubayy ergriff erneut das Wort: »Die Beziehungen zwischen den Juden und den Arabern waren immer vortrefflich. Die Juden sind mit unseren Absichten vertraut, und wenn wir einen König ausrufen, werden auch sie ihn gewiss mit Freuden anerkennen.«

Die jüdischen Stämme mussten zu einer Entscheidung gekommen sein, was nicht nur großen Eindruck machte, sondern auch offensichtlich Abd Allahs Ansprüche auf die Königswürde unterstützte. Um unerwünschte Einwürfe zu vermeiden, rief der Mann der Khazraj die Zuhörenden dazu auf, ihre Meinungen in Ruhe abzuwägen, bevor die Debatte fortgesetzt würde. Dann nahm er direkt am Fuße der Statue der Göttin Platz und hieß die anderen, es ihm gleichzutun.

Unter den Umstehenden machte sich zunehmend ein

leises Flüstern breit. Sie scharten sich um Abd Allah ibn Ubayy, einen Mann von kleiner Statur, mit breitem Unterkiefer und strengem Blick, der stets eine hochmütige Haltung zur Schau stellte, selbst wenn er mit Kindern sprach.

Plötzlich richtete sich die Aufmerksamkeit auf eine kleine Gruppe, die still in einer Ecke gestanden hatte und nun langsam auf die blutbespritzte Statue der Göttin zuging. In ihrer Mitte war deutlich Saad, ein entschlossener, kluger Anführer der Aws, des gegnerischen Stammes der Khazraj, zu erkennen. Saad würde es niemals zulassen, dass ein Mann des rivalisierenden Stammes zum König der Oase ausgerufen würde.

Langsam ging das Grüppchen um Saad auf Abd Allah ibn Ubayy zu. Jeder wusste, dass böse Worte fallen würden, wenn sich die beiden Anführer gegenüberstünden, und obwohl keiner Waffen trug, war nicht gesagt, dass nicht tags darauf einer ein Schwert zöge.

In diesem Augenblick stand ein Mann auf und lenkte alle Aufmerksamkeit auf sich. Es war Asaad ibn Zurara, auch Abu Umama genannt, ein Ältester aus dem Stamm der Khazraj, der vorher noch nie im Tempel gewesen war. »Im Namen Gottes, des Gnädigen und Barmherzigen! Brüder von Yathrib, neue Dinge von höchster Bedeutung haben sich ereignet. Nichts ist mehr, wie es einmal war, und was gestern noch hätte beschlossen werden können, ist heute überholt!«

Was die Anwesenden am meisten in Erstaunen versetzte, waren die Worte, mit denen Abu Umama begonnen hatte. In wichtigen Situationen wandten sich die Araber an die Gottheit, die in ihrer Stadt am häufigsten verehrt wurde, weshalb die Bewohner von Mekka ihre Worte oft mit der Formel »im Namen von al-Lat«, »im Namen von al-Uzza« oder, besonders häufig, »im Namen von Hubal« unterstrichen. Daher erwarteten im Tempel von Mushallal alle die Anrufung der Göttin Manat und empfanden die Würdigung der Gottheit eines anderen arabischen Volkes als Beleidigung.

Tatsächlich aber hatte Abu Umama »im Namen Gottes und *Allahs*« gesprochen, sich also nicht an den Gott der Stämme aus der Oase oder einen Götzen gewandt. Er hatte Gott beschworen und ihn als *Rahman*, »den Sanften«, und *Rahim*, »den Barmherzigen«, bezeichnet, alles Namen, die zu damaliger Zeit, als die Barmherzigkeit nicht zu den wichtigsten Tugenden zählte, mehr als ungewöhnlich klangen.

Nun erkannte Abd Allah ibn Ubayy, dass er etwas tun musste. Also erhob er sich hilflos. Abu Umamas Worte waren für ihn ganz unerwartet gekommen, aber langsam begriff er, dass der alte Mann nicht beabsichtigte, ihn zu unterstützen. Abu Umama war ein bedeutendes Mitglied des Stammes, und so einflussreich Abd Allah auch war, er konnte doch gegen den Willen Abu Umamas niemals den Königstitel erwerben.

Während Abd Allah noch darüber nachdachte, was er sagen sollte, fürchtete Saad, Abd Allah habe sich eine besonders originelle Methode ausgedacht, um seine Kandidatur von einem der einflussreichsten Ältesten seines Stammes unterstützen zu lassen. Daher beschloss Saad, dem zögernden Abd Allah eine empfindliche Schlappe zuzufügen.

»Abu Umama! Wir haben nichts verstanden! Kannst du bitte näher erläutern, was du meinst, damit wir wissen, wie wir uns zu verhalten haben?«

Abu Umama antwortete darauf mit einem Gruß, den noch niemand aus der Oase je zuvor gehört hatte. »Friede und Barmherzigkeit Gottes über dich, o Saad, Bruder des

Iyas, und Sein Segen umhülle dich. Auf unserer Pilgerfahrt durch das Mina-Tal, nahe der heiligen Stadt Mekka, sind wir einem gerechten Mann namens Mohammed begegnet, der dem Stamm der Quraish, der heiligen Wächter des Tempels Gottes, angehört. Seine Worte sind weise und vom Geist Gottes durchdrungen. Viele halten ihn für einen Propheten des Herrn, und das berichten auch die Juden und die christlichen Mönche.«

Er sah dem verblüfften Saad ins Antlitz. »Männer von Yathrib«, fuhr der Alte laut fort, »ich schlage euch vor, dass ihr Mohammed als Propheten anerkennt und ihn zum Schiedsrichter für die Zwistigkeiten macht, die unsere Oase zerrütten!«

Das war ein durchaus überzeugendes Argument, umso mehr als es bei den Arabern üblich war, sich an einen Weisen oder *hakim* als unparteiischen Schiedsrichter zu wenden. Auch war es sicher, dass Mohammed, der aus Mekka stammte, sowohl von den Aws als auch von den Khazraj akzeptiert würde.

»Ich hoffe, dass dies kein Winkelzug der Khazraj ist!«, platzte Saad heraus.

Ohne jede Scheu antwortete Abu Umama dem starken Krieger: »Die Khazraj haben damit nichts zu schaffen! Mohammed ist ein Mitglied des edlen Stamms der Quraish von Mekka. Du kannst uns nicht dafür tadeln, dass wir an ihn glauben, da doch Iyas, dein armer Bruder, der Erste war, der von ihm überzeugt war!«

Abu Umamas Worte trafen Saad wie ein Peitschenhieb. Er erinnerte sich daran, wie sein geliebter jüngerer Bruder Iyas vor der Schlacht von Bu'ath gemeinsam mit einigen Männern vom Stamm der Aws versucht hatte, die Verantwortlichen der heiligen Stadt Mekka davon zu überzeugen, mit ihnen ein Bündnis wider den gegnerischen

Stamm zu schließen. Leider kam es nicht zu diesem Pakt, obgleich Mohammed versuchte, sie von ihren militärischen Vorhaben abzubringen, indem er ihnen vom Islam erzählte und einige der göttlichen Worte verkündete, die ihm vom Himmel offenbart worden waren. Einige Männer der Aws waren davon sehr beeindruckt gewesen, besonders aber Iyas, der im Kreis der Krieger als Erster das Wort ergriff: »Im Namen Gottes, das ist besser als das, weshalb wir hergekommen sind!«

Da nahm der Älteste der Gruppe eine Handvoll Erde und warf sie in Iyas' Gesicht. »Schweig!«, herrschte er ihn voller Verachtung an. »Deshalb sind wir sicher nicht hier!«

Da niemand es sonst gewagt hatte, dem Anführer der Delegation zu widersprechen, waren die Männer von Yathrib in die Oase zurückgekehrt, ohne dass irgendein Bündnis geschlossen wurde, und sie kamen auch nicht der geistlichen Einladung Mohammeds nach, sich dem Islam anzuschließen. Nur der junge Iyas hatte die Worte des Propheten Gottes niemals vergessen.

Gleich darauf – man schrieb das Jahr 617 der christlichen Zeitrechnung – war die Schlacht von Bu'ath entbrannt. Iyas' Schmerz darüber, Mohammeds Aufforderung zum Frieden nicht unterstützt zu haben, überwältigte ihn. Im Bewusstsein um das Leid und Elend, das dieser Krieg mit sich gebracht hatte, wurde er krank und starb einige Monate darauf. Bis zu seinem letzten Atemzug pries er den Einzigen Gott *Allah*.

Saad befand sich in einer unangenehmen Situation. Wenn er sich Abu Umama widersetzte, würde er damit das Andenken seines Bruders Iyas schädigen, das ihm kostbarer war als sein eigenes Leben. Darüber hinaus waren wegen der komplizierten verwandtschaftlichen Beziehungen zwischen den Männern von Yathrib Saad und Abu Umama, obwohl Angehörige verschiedener Stämme, Vettern. Wenn Saad also den Alten öffentlich angriff, bedeutete das eine doppelte Beleidigung seiner Familie. Blass vor Zorn sah Saad keinen anderen Ausweg als den sofortigen Rückzug. Er drehte sich um und begab sich aus dem Tempel in die Dunkelheit der Nacht.

Plötzlich flammte ein grelles, flackerndes Licht über den Tempelboden. Die Priesterin Zarifa versuchte erneut, mit teuflischen Spielereien die Aufmerksamkeit der anwesenden Pilger auf sich ziehen: »Im Namen von Manat, ihr Leute von Yathrib! Wie könnt ihr es wagen, ein Sakrileg zuzulassen, das sich direkt vor unseren Augen in dem von uns allen geehrten Tempel vollzog? Warum unterstützt ihr nicht das Recht eines Herrschers, der das Gespenst des Krieges für immer von der Oase fernhalten wird, und vertreibt nicht all die, die im Namen eines uns unbekannten Gottes und seiner Religion nur Krieg und Zerstörung bringen?«

Die Schar der Gläubigen verharrte still, blickte zwischen Zarifa und Abu Umama und Abd Allah hin und her. Da durchdrang die Stimme des alten Mannes, dem sich fünf Männer vom Stamm der Khazraj zur Seite gestellt hatten, den Raum: »Der Prophet Mohammed empfängt seine Worte von Gott und gibt sie weiter an die Menschen. Dank seiner sind Himmel und Erde jetzt nicht mehr voneinander getrennt! Er ist gekommen, um uns die wahre Religion zurückzugeben! Mohammed ist der Prophet des Einzigen Gottes!«

»Was ist das für eine Religion, die Mohammed bringt?«, fragte die Priesterin mit krächzender Stimme.

»Er ist von Gott beauftragt, die Überlieferung Abrahams wieder in Kraft zu setzen!«

Als sie den Namen ihres Patriarchen vernahmen, erzitterten die Zuhörer vor Angst und schwiegen still.

Nach einer Weile fasste sich Zarifa ein Herz und fragte: »Und was soll das für eine Überlieferung sein?«

»Es ist die friedliche Unterwerfung unter Gott. Es ist der Islam!«

Nun schien es, als fände die Auseinandersetzung nicht mehr zwischen den Thronanwärtern, sondern zwischen Abu Umama und der Priesterin der Manat oder gar zwischen einem kraftvollen Gott und den schwächeren Götzen statt.

Zarifa versuchte, die Gunst der Zuhörer zurückzugewinnen. Doch Abu Umama und seine Gefährten erhoben ihre Stimmen zu einem Chor und verkündeten die Formel ihres Glaubens, die wie ein Schwur klang: »Ich bezeuge, dass es keinen Gott gibt außer Allah und Mohammed ist von Ihm gesandt! Das sind die Worte, die uns der Prophet gelehrt hat. Wir sechs, die wir da stehen, alles Männer aus Yathrib, sind ihm am Ende unserer Pilgerfahrt in der Nähe von Mekka begegnet und sind mit diesen Worten der Religion des Islam, der ›friedlichen Unterwerfung unter Gott‹ beigetreten. Wir haben uns von der Unwissenheit entfernt, in der wir so lange verharrten! Möge Gott denen barmherzig sein, die noch immer die steinernen Götzen anbeten und sie von ihrem Irrtum befreien!«

Die fünf Männer vom Stamm der Khazraj, die dem Islam beigetreten waren und von nun an »Muselmanen« genannt wurden, was so viel bedeutet wie »die Gott Unterworfenen«, gingen langsam auf den Ausgang zu. Ihr Zeugnis war nicht länger mit irgendwelchen einfachen, rein rationalen Äußerungen zu vergleichen, sondern hatte das Tor zum Absoluten geöffnet. Viele der anwesenden Pilger hegten den Wunsch, ebenfalls über sich selbst und die

Grenzen des Menschlichen hinauszuwachsen und damit in Gefilde einzutauchen, die jenseits der Sterne beginnen. Vielleicht war Nawar nicht die Einzige, die darauf hoffte, dass ein Wunder ihre Oase retten möge. Jetzt war das Wunder geschehen.

Vielen war deutlich geworden, dass es sich bei den Männern, die sich Mohammeds Botschaft angeschlossen hatten, um edle, untadelige Leute handelte. Keiner bezweifelte ihre Begegnung mit Mohammed, in dem sie einen Menschen erkannt hatten, der nur höchste Wertschätzung verdiente. Und als die Kunde umzugehen begann, dass Mohammeds Vorfahren mütterlicherseits aus Yathrib stammten, verbreitete sich ein zustimmendes Gemurmel unter den Pilgern. Jemand erzählte, dass in der Oase sogar seine Eltern begraben lagen, die ihn schon früh als Waise zurückgelassen hatten. Mohammed war also kein Fremder. In seinen Adern floss dasselbe Blut wie in den ihren.

Abd Allah ibn Ubayy aber, der erwartet hatte, dass er zum König ausgerufen würde, war bitter enttäuscht. Er sah jedoch ein, dass er keine Möglichkeit hatte, sich in dieser Situation gegen die Männer aus seinem eigenen Stamm zu stellen. Also verkündete er lauthals: »Wir werden über Abu Umamas Worte nachdenken, aber zunächst einmal kehren wir in die Oase zurück!«

Doch niemand schien noch an seinen Befehlen interessiert zu sein. Die Menge der Pilger machte sich bereits auf den Heimweg. Als sei ein Zauber gebrochen, eilten sie los, um diesen Ort, womöglich für immer, zu verlassen. Sie drängten und schoben dem Ausgang zu und verloren sich in den Schatten der Nacht. Ein seltsames Geräusch, halb Schrei und halb Schluchzen, das wieder und wieder aus Zarifas Kehle emporstieg, begleitete den Strom der Menschen, doch niemand achtete darauf.

Zayd bemerkte plötzlich, wie aufgeregt Isaak auf das Schauspiel vor seinen Augen reagierte. Vielleicht lag es daran, dass er wie kein anderer die Tragweite dessen, was da vor sich ging, erfasst hatte. Und Burayda, der gerade neben ihm eine Fackel entzündet hatte, um der kleinen Gruppe den Weg zu leuchten, machte eine verdrießliche Miene. Natürlich wusste Zayd, dass Juden und Beduinen allen Neuerungen immer sehr misstrauisch gegenüberstanden, eben weil sie Nomaden waren. Doch begriff er nicht, warum der Jude so abwesend wirkte, ebenso wenig teilte er die Skepsis des Mannes aus der Wüste. Gern hätte er Burayda seine Gedanken mitgeteilt, doch hielt er es für klüger, sie vorerst für sich zu behalten.

Seine Mutter Nawar dagegen strahlte. Sie ahnte, dass sich das Leben in der Oase verbessern würde. Das Wunder, auf das sie gehofft hatte, hatte sich tatsächlich ereignet, auch wenn es wahrscheinlich zu groß und neu war, als dass ein jeder es als solches akzeptierte.

Nun, da die schlimmste Gefahr für die Oase abgewendet schien, meinte Burayda, dass seine Aufgabe, Zayd und seine Familie zu beschützen, erfüllt sei. Er meinte, getrost in die Wüste zurückkehren und sein Schicksal von dem der Oase wieder loslösen zu können. So marschierte er eiligen Schritts auf das Lager der Männer von Yathrib zu, um sie zu bitten, Zayd und seine Familie nach Hause mitzunehmen. Doch machte ihm die Vorstellung, sich von den Freunden zu trennen, schwer zu schaffen, auch wenn er sich das nicht eingestehen wollte. Kurz darauf vertraute er Zayd und seine Familie den Männern der Khazraj an und verschwand mit den Männern seines Stammes zwischen den Schatten der Nacht. Die Dunkelheit umschloss sie, während es im Lager der Leute aus Yathrib unruhig wurde. Alles drängte zu einem schnellen Aufbruch. Vom Meer wehte ein feuchter Wind, der das ferne, unheimliche Grollen der Wellen herübertrug.

Als sich die Karawane auf den Heimweg machte, saß Zayd zusammen mit Abu Umama auf derselben Kamelkuh. Dem Knaben kam es so vor, als geschähe nach dem großen Wunder im Tempel nun ein kleines nur für ihn, denn es bot sich ihm die Gelegenheit, sämtliche Fragen zu stellen, die ihm in den Sinn kamen. Der alte Mann schien Freude daran zu haben, seine Fragen zu beantworten, und berichtete immer neue Einzelheiten von seiner Begegnung mit dem Propheten.

Die Rückreise erschien Zayd wie ein langer Traum. Oft fielen ihm die Augen zu, dann sah er sich im Geist auf dem Rücken eines geflügelten weißen Pferdes sitzen, das mit einem einzigen Schritt bis an den Horizont auszuschreiten vermochte. Und so glitten unter dem engelsgleichen Pferd die Wüsten dahin, in der die Karawanen wie die Spreu des Weizens vom Wind hinweggefegt wurden. Dank des wunderbaren Tieres überwand Zayd auch jede Entfernung, mühelos stürmte er über Yathrib, bis er schließlich gar nach Jerusalem gelangte. Während er über den Fluss Jordan schwebte, erschien vor ihm mit einem Mal die heilige Stadt, die sich auf einem ringsum von höheren Bergen umgebenen Hügel ausbreitete. Vom Gipfel des Hügels führte eine goldene Treppe direkt in die Höhe. Wenn man sie emporstieg, durchschritt man die sieben Himmel und auch den Himmel der Fixsterne. Höher und höher ging es hinauf, weit über Raum und Zeit hinweg, hinweg über die Schleier aller nur erdenklichen Welten, bis sich schließlich die majestätische, allumfassende Präsenz von Gottes Thron vor ihm auftat.

al-Ali:
Der Allerhöchste

Die Himmelsreise

Die Taten und Verlautbarungen aus dem Leben des Propheten sind ein wesentlicher Bestandteil der islamischen Offenbarung. Unter den Geschehnissen, die diese Jahre kennzeichnen, ist die Himmelsreise des Propheten eine der herausragendsten, vor allem da die Kunde von dieser wundersamen Reise innerhalb der kleinen islamischen Gemeinde in den Anfängen des Islam ungeheures Aufsehen erregte. Die Himmelsreise des Propheten Mohammed wurde zum Symbol für die spirituelle Askese, die die Heiligen und Weisen mit göttlicher Hilfe zu erreichen suchten. Die islamische Literatur ist sehr vielfältig und wurde nicht nur in der islamischen Welt verfasst. Tatsächlich ist eine lateinische Version der »Reise Mohammeds«, das sogenannte »Buch von Mohammeds Treppe« (Liber Scalae Maometti), eine der Quellen, von der sich Dante Alighieri bei seiner »Göttlichen Komödie« inspirieren ließ.

Nach der Rückkehr der Pilgerkarawane herrschte in Yathrib eine unwirkliche Atmosphäre. Vielleicht wollte niemand glauben, dass die Gefahr eines Krieges nicht länger bestand. Alle Bewohner verbarrikadierten sich in ihren Häusern und verhielten sich still. Doch als tatsächlich nichts geschah, begannen die Leute wieder die Gassen und Wege zu bevölkern. Innerhalb weniger Tage wich die Angst einer großen Sorglosigkeit.

Über eines aber schienen sich alle einig – niemand besuchte Abu Umama, außer den fünf Männern, die zusammen mit ihm die Formel der neuen Glaubens-Offenbarung gesprochen hatten. So waren der alte Khazrajit und seine Freunde isoliert, die Menschen blickten mit großem Argwohn auf sie und mieden sie, ganz so, als fürchteten sie, dass ein Gespräch mit ihnen den zerbrechlichen Zauber zerstören könnte, der es nicht zu einem Krieg kommen ließ. Doch konnten sich die sechs Muselmanen den Grund für dieses Verhalten nicht erklären.

Diese seltsame Situation dauerte bis zum Morgen des dritten Tages, als Zayd auf der Türschwelle Abu Umamas erschien. Als Geschenk brachte er eine Handvoll Datteln mit, die er ihm freundlich lächelnd entgegenhielt.

»Was willst du, Sohn des Thabit?«, fragte ihn der alte Mann ernst.

»Es gibt noch vieles, das ich dich fragen will!«, antwortete Zayd mit kindlicher Schlichtheit.

Von da an besuchte Zayd Abu Umama regelmäßig. Er stellte ihm viele Fragen und lauschte sehr aufmerksam seinen Erklärungen. Mit der Zeit entwickelte sich zwischen dem Knaben und dem alten Mann eine echte Freundschaft, die sich auf die gesamte Oase auswirkte, denn zunehmend legten die Bewohner ihr Misstrauen ab und Abu Umama bereitete sich allmählich auf die Fragen vor, die ihm – so hoffte er zumindest – die Menschen bald stellen würden.

Doch hatte der alte Mann nicht mit der Unberechenbarkeit der jungen Leute gerechnet. Eines Nachmittags nämlich stand Zayd mit einer Gruppe anderer Knaben vor seiner Tür, darunter auch sein Bruder Yazid. Abu Umama betrachtete sie ein wenig unsicher, auch wenn er sich bereits an seine neue Rolle als Erzieher gewöhnt hatte. Er wusste, dass die Knaben den Anfang machten und dass sich bald auch die Erwachsenen an ihn wenden würden.

Abu Umama führte die jungen Leute in den Garten gegenüber seines Hauses und forderte sie auf, Platz zu nehmen. Er selbst lehnte sich mit dem Rücken gegen den Stamm einer großen Palme und fragte, was sie denn wissen wollten.

»Wir würden gern die Erzählung von der Himmelsreise hören«, sagte Karima, ein Mädchen, das ebenso alt war wie Zayd.

Abu Umama ließ seinen Blick über die Häuser schweifen. Beinahe bereute er, dass er Zayd von dieser wundersamen Reise erzählt hatte, die Mohammed von Mekka nach Jerusalem und dann weiter bis zum Himmel emporgeführt hatte. Sie war so einzigartig, so fern des Alltäglichen, dass es den Menschen schwerfiel, daran zu glauben. Die Himmelsreise Mohammeds hatte bei den Einwohnern von Mekka – den ersten Personen, die davon erfahren hatten – Anlass zu zahlreichen Diskussionen gegeben. Selbst unter den Muselmanen zögerten viele zu glauben, dass ein Mensch in einer einzigen Nacht bis ins ferne Jerusalem gereist, dann nach Mekka zurückgekehrt sein und den folgenden Tag heiter lächelnd verbracht haben sollte. Für Menschen, die die Götzenanbetung noch nicht ganz aufgegeben hatten, so dachte Abu Umama, war diese Geschichte wahrlich nicht leicht zu akzeptieren, zumal sie noch keine klare Vorstellung von Gott oder der Welt des Heiligen Geistes hatten.

Obwohl Mohammed vorher noch nie in Palästina gewesen war, konnte er nach seiner Reise mit großer Genauigkeit sämtliche Orte beschreiben, die er gesehen hatte. Ebenso berichtete er von den Karawanen, denen er unterwegs begegnet war, und war überdies imstande, exakt vorauszusagen, wann diese in Mekka einträfen. Viele bezweifelten diese Geschichte, auch wenn sie es durchaus für wahr hielten, dass er ein Gesandter Gottes war. Daher machten sich einige Muselmanen aus der Stadt auf den Weg zu Abu Bakr, um seinen Rat einzuholen, denn der Händler hatte sich als einer der Ersten dem Islam angeschlossen und gehörte zu den engsten Freunden Mohammeds.

»Wenn Mohammed das sagt, ist es wahr!«, erklärte Abu Bakr. »Warum sollte das unmöglich sein? Er hat immer wieder bezeugt, dass Gott ihm zu bestimmten Stunden des Tages und der Nacht seine Botschaften offenbart, und ich weiß, dass er dabei die Wahrheit sagt.«

Dennoch war Abu Bakr, der Jerusalem gut kannte, später zu Mohammed gegangen, um mit ihm zu sprechen. »O Prophet, ich bitte dich, mir Jerusalem zu beschreiben!«, sagte er zu ihm.

Und so begann Mohammed von den Stadtmauern zu berichten, von der großen Tempelmauer, von den engen Gassen, durch die er gegangen war, um den heiligen Berg zu umrunden, bis hin zu dem Felsen Abrahams. Und er sprach von der heiligen Stadt, wie es nur einer tun konnte, der sie wirklich gesehen hatte. Abu Bakr war darüber so erschüttert, dass er in Tränen ausbrach: »Du sprichst die Wahrheit! Ich bezeuge, dass du der Gesandte Gottes bist!«

Von da an gaben die in Mekka lebenden Muselmanen Abu Bakr den Beinamen *al-Siddiq*, was so viel bedeutet wie »der, der die Wahrheit spricht«. Wenige Tage drauf trafen dann auch in der von Mohammed vorausgesagten Zeit und Abfolge die Karawanen in Mekka ein. Die fassungslos staunenden Götzenanbeter der Stadt reagierten mit einem Gefühl tiefsten Befremdens, während die Muselmanen darin einen Nachweis für die Allmacht des Einzigen Gottes erkannten.

Solche Gedanken und noch zahlreiche andere hatte Abu Umama, während er zu den Mädchen und Knaben der Oase sprach. Er blickte die Kinder an, die ihn im Garten umringten. »Ich kann heute nicht von der Reise Mohammeds sprechen«, begann er schließlich, »ich werde euch etwas anderes erzählen.«

»Was ist das, was man diesen Kindern heute nicht erzählen kann?«, fragte plötzlich eine Stimme hinter Abu Umama. Der Alte zuckte zusammen.

»Mutter! Wir haben uns ganz plötzlich entschlossen herzukommen!«, rief da Yazid, als wolle er sich rechtfertigen.

»Keine Sorge«, sagte Nawar, während sie neben ihren Söhnen Platz nahm, »auch ich bin gekommen, um zuzuhören.«

»Liebe Nawar, dein Mann Thabit und ich waren gute Freunde ...«, setzte Abu Umama unsicher an.

»Das weiß ich wohl! Mein Mann hielt dich für einen der weisesten Männer in dieser Oase! Du bist weit herumgekommen und hast Dinge gesehen, wie sie hier nur wenige kennen. Was ist es, was du über Mohammed weißt und nicht preisgeben willst?«

»In letzter Zeit geschah vieles, was durch Alter und Erfahrung nicht besser verstanden werden kann. Es scheint, als senke sich ein bedeutsames Wissen direkt vom Himmel über uns, das für die Ältesten und Weisesten ebenso schwer zu durchdringen ist wie für die Kinder. Manchmal fürchte ich, ich hätte bereits zu viel gesagt, sodass manche denken könnten, diese Geschichte, die Mohammed widerfahren ist, sei nur der Ausbund meiner Phantasie«, fuhr der Alte fort.

»Du bist ein gerechter und besonnener Mann, wie es keinen zweiten hier in Yathrib gibt«, stellte Nawar fest, »kein Mitglied unseres Stammes hat genügend Ansehen und Autorität, um deine Behauptung anzuzweifeln!«

»Das ist wahr, wir glauben dir!«, sagte Zayd. Und auch die anderen Kinder bekräftigten die Worte Nawars.

Abu Umama hob ein wenig den Kopf und warf einen Blick auf den Garten. Die Schatten der Palmen waren bereits länger geworden. Still bat er Gott um Hilfe und wartete einige Zeit, als hoffte er auf eine Antwort. Wieder gingen seine Gedanken zu Mohammed zurück. Vielleicht, so hoffte er von ganzem Herzen, könnte der Prophet eines Tages den Geist des Friedens und Glaubens zurück in die Oase bringen. Und wenn Gott die Absicht hatte, ein solches Wunder geschehen zu lassen, was zählten dann noch die Befürchtungen eines alten Mannes?

Also gab Abu Umama seine Bedenken in der Hoffnung auf, dass sein Bericht das Schicksal der Oase positiv beeinflussen könnte. Und da alle ihre Aufmerksamkeit auf ihn richteten und still waren, erzählte Abu Umama Mohammeds Geschichte.

Vor einigen Monaten hatte Mohammed im Tempel von Mekka übernachtet, direkt neben dem Haus Gottes, der Kaaba, und genau an der Stelle, al-Hidschr genannt, an der der Prophet Ismael und seine Mutter Agar bestattet sind. Kurz nachdem Mohammed nach einem Gebet eingeschlafen war, weckte ihn jemand, indem er ihn am Fuß berührte. Vor sich erblickte er einen alten Mann in einem leuchtenden weißen Gewand. Es war der Engel Gabriel, der Mohammed bereits öfter erschienen war. An seiner Hand führte der Engel ein weißes geflügeltes Tier, das nur ein wenig größer als ein Esel war und ein menschenähnliches Gesicht hatte. Gabriel sagte zu ihm, dass der Namen dieses Tiers Buraq laute, »derjenige, der Blitze schleudert«, und dass es mit jedem seiner Schritte riesige Entfernungen zu überbrücken in der Lage sei. Mohammed bestieg das Tier, und schon kurz darauf befanden sie sich in Palästina.

Sie trafen auf dem leeren Platz vor dem Tempel von Jerusalem ein. Mohammed band das geflügelte Tier an einen Ring und betrat dann das Gebäude, das »die Ferne Moschee« genannt wurde und sich gegenüber dem Opferfelsen des Patriarchen Abraham befand. Dort traf er auf eine Gruppe anderer Propheten Gottes, darunter Abraham, Jesus und Moses. Als einer zum Gebet rief, stellten sich die Propheten in einer Reihe auf. Gabriel legte Mohammed eine Hand auf die Schulter und schob ihn nach vorne, damit er das Gebet vorspreche. Mohammed wunderte sich über die Ehre, die ihm widerfuhr, und betete zusammen mit seinen Brüdern, den anderen Propheten.

Als er wieder auf den Platz vor dem Tempel zurückgekehrt war, erschien der Engel Gabriel erneut. Er hielt einen Becher mit Wein in der Hand und einen mit Milch in der anderen. Mohammed war wohl bewusst, dass es sich hierbei um eine Prüfung handelte, und er griff nach der Milch.

Da sprach der Engel Gabriel zu ihm: »Du wurdest ausersehen, Mohammed, den Weg des Geistes für die Menschen offenbar zu machen, und du wirst deinen Stamm dazu anleiten, diesen Weg zu beschreiten. Deiner Gemeinschaft wird es nicht erlaubt sein, Wein zu trinken.«

Dann kehrte der Prophet nach Mekka zurück. Normalerweise benötigte eine Karawane mindestens einen Monat, um nach Palästina zu kommen, und einen weiteren für die Rückreise. Mit der Hilfe Buraqs aber hatte Mohammed die gesamte Strecke innerhalb einer Nacht zurückgelegt.

»Und das ist vorläufig alles«, schloss Abu Umama.

Die Kinder begannen zu tuscheln. Die kleine Karima fragte: »Und das soll alles sein? Zayd berichtete von einer langen Reise, die über sämtliche Sterne hinweg bis in die höchsten Himmel emporführte. Warum erzählst du uns nicht davon?«

»Ich habe euch vorläufig genug erzählt«, sagte Abu Umama, »doch ich verspreche euch: Wenn ihr morgen Nachmittag wieder herkommt, werde ich, so Gott mir beisteht, die Geschichte zu Ende bringen.«

Die Schar der kleinen Zuhörer löste sich auf und auch Nawar und ihre Söhne begaben sich nach Hause. Lange Zeit sprachen sie kein Wort und gleich nach dem Abendessen gingen sie alle zu Bett.

In dieser Nacht konnte Zayd neben seinem Bruder nur schwer einschlafen. Aus Nawars Zimmer, das direkt neben dem ihrer Söhne lag, waren ständig Schritte zu hören. Er wagte es jedoch nicht, seine Mutter zu fragen, warum sie noch wach war. Vielleicht hatte er Angst vor ihrer Antwort, vielleicht spürte er aber auch selbst zu stark, dass dies keine Nacht wie alle anderen war.

Als die Familie am nächsten Morgen erwachte, stand die Sonne schon hoch am Himmel. Aus dem Garten vernahmen sie die Stimme Buraydas, der laut nach ihnen rief. Der Beduinenanführer war in Begleitung einiger Männer seines Stammes, die ihre Dattelvorräte aufstocken wollten und dazu eine kleine Gruppe von Kamelen mit sich führten. Um die Datteln aus dem Lager der Familie unversehrt durch die Wüste zu transportieren, mussten sie sehr sorgfältig in stabile Holzkisten verpackt und musste zwischen jede Schicht Datteln eine Lage Feigenblätter oder Blätter vom Weinstock gelegt werden. Zayd und Yazid, die mit dieser Aufgabe betraut waren, fanden an diesem Morgen keine Zeit, sich miteinander zu unterhalten. Burayda hingegen, der den geschäftlichen Aspekt seines Besuchs wohl eher als Vorwand nutzte, eilte auf Nawar zu und begann ein Gespräch mit ihr.

»Ich bedauere zutiefst«, sagte er, »dass sich die Sache zum Guten gewendet hat. Denn ich war bereits voller Freude darüber, dich und deine Söhne bei mir in der Wüste willkommen zu heißen.«

Obwohl diese Worte die junge Frau nicht wirklich überraschten, errötete sie doch leicht. »Ich dachte, deine Mutter schätzt die Anwesenheit Sesshafter nicht besonders.«

»Sie mag manchmal ein wenig mürrisch wirken, aber in Wirklichkeit hätte sie sich ebenso darüber gefreut wie ich!«, widersprach Burayda.

»Auch über meine beiden Jungen?« Nawar begann zu begreifen, dass die Sache ernster wurde.

»Sie sind das Licht deiner Augen, Nawar! Es gibt keinen Mann, der nicht stolz wäre, sie bei sich aufzunehmen und sie großzuziehen.«

Als ihr der Beduine tief in die Augen blickte, begriff Nawar, dass der Beduine sie bat, ihm in die Wüste zu folgen.

»Heute gehen wir zu Abu Umama, um seinen Geschichten zu lauschen. Ich würde es von Herzen begrüßen, wenn du mich dabei begleitest.«

Burayda konnte einen Anflug von Ärger nicht verbergen. Was hatten sie denn mit den Geschichten des alten Mannes zu schaffen?

»Im Grunde haben wir es doch ihm zu verdanken, dass die Bedrohung des Krieges abgewendet wurde«, sagte Nawar.

Burayda spielte ernsthaft mit dem Gedanken, wieder eine Familie zu gründen. Aber die schon immer problematische Verbindung zwischen Beduinen und Sesshaften wurde durch die jüngsten Ereignisse noch weiter infrage gestellt. Zu diesem Zeitpunkt Yathrib zu verlassen bedeutete, dem Schicksal, das Gott dieser Oase zugedacht hatte, den Rücken zuzuwenden, das war Burayda klar.

»Ich spüre deutlich, dass in Yathrib etwas sehr Wichtiges vor sich geht«, griff Nawar den Faden wieder auf.

Der Beduine betrachtete sie fragend. »Aber ich bin doch gekommen, um über unser beider Zukunft zu entscheiden!«

Als die Kamele der Aslam endlich beladen waren, senkte sich die Sonne bereits nach Westen. Buraydas Männer harrten mit den Tieren in geringer Entfernung zum Haus des weiteren Verlaufs der Dinge. Inzwischen waren Nawar und Burayda zu den anderen getreten. Zayd und Yazid warfen einander einen verschmitzten Blick zu. Sie mochten Burayda wirklich gern.

Plötzlich kam die kleine Karima atemlos angelaufen: »Friede sei über euch, Familie von Thabit. Dürfen Zayd und Yazid zu uns zum Essen kommen?«

»Friede sei über dir, kleine Nachbarin. Freilich dürfen sie!«, antwortete Nawar. »Mir macht es nichts aus, wenn ich heute allein bleibe.«

Nach einem kurzen Blick auf die bereits beladenen Kamele wollte Zayd seiner Mutter eine Frage stellen, doch er hielt sich zurück und folgte mit Yazid Karima. Karimas

Familie hatte ihnen in der schwierigen Zeit nach dem Tod ihres Vaters immer beigestanden.

Der Weg zu Karimas Haus führte über einen schmalen, steinigen Weg, der sich eine Anhöhe oberhalb eines weitläufigen Palmenhains hinaufschlängelte. In Yathrib gab es etwa zweihundert kleine Burgen, doch war die von Karimas Familie einzigartig. Ubada, ihr Vater, stammte aus einer alten Familie arabischer Kaufleute. Einer seiner Vorfahren, der von den Bauten im römischen Stil, wie sie in Syrien noch häufig vorkamen, sehr angetan war, hatte das Gebäude errichten lassen.

Der weitläufige Hof im Zentrum der Anlage war von Säulengängen umgeben. Hier herrschte ein überaus angenehmes Klima, weshalb sich die Familie den größten Teil des Tages an diesem Ort aufhielt, der im Falle einer Gefahr auch als Zuflucht diente. An der rückwärtigen Seite des Hofs stand ein langes, niedriges Gebäude, an dessen Seite zwei massive Türme errichtet waren, von denen aus das gesamte Gebiet überblickt werden konnte. Ihre terrassenförmigen Dächer reichten weit über den Säulenhof hinaus. Der ganze Komplex wurde von einem gewaltigen Mauerring geschützt, hinter dem sich die Ställe für die Tiere befanden. Um die Schutzmauer freundlicher aussehen zu lassen, hatte der Erbauer eine Reihe von kleinen Kuppeln anbringen lassen.

Die drei Kinder betraten den Hof. Unter einem Baldachin saß Karimas Familie. Der einladende Duft von *mashwi*, einem im Ofen gebratenen Hammel, gefüllt mit Datteln und Pflaumen, lag in der Luft.

Zayd und Yazid genossen die Mahlzeit und die unerschütterlich wirkende Ruhe, die innerhalb dieser mächtigen Mauern herrschte. Erst als sie alle genügend von dem großen Teller gegessen und ihren Durst mit Wasser gestillt hatten, das mit Zimt aromatisiert war, begann Ubada Zayd einige Fragen zu stellen. Da begriffen die beiden Jungen den Grund für die plötzliche Einladung.

»Lieber Zayd, wir haben erfahren, dass du dich in letzter Zeit öfters mit Abu Umama triffst. Was hältst du von seinem Verhalten? Kommt er dir nicht verändert vor?«

»Sehr verändert! Er sagt immer, dass im Augenblick etwas geschieht, das für uns Menschen in Yathrib von allergrößter Bedeutung ist. Und während er betet, fließen oft Tränen über seine Wangen.«

»Was meinst du mit ›beten‹?«, fuhr Ubada fort.

»Abu Umama wiederholt in einem fort die Formel ›Gott ist groß‹, dann spricht er einige Sätze, die ihn Mohammed gelehrt hat, der Prophet, dem er in Mekka begegnet ist. Danach beugt er sein Haupt, kniet nieder und legt Stirn und Hände auf den Boden. Das tut er mehrmals hintereinander, bis er sich wieder erhebt und mit einer Kopfbewegung nach links und rechts seinen Gruß entbietet.«

»Wen grüßt er denn?«, fragte Ubada erstaunt.

»Die Engel!«, erklärte Zayd.

Ubada sorgte sich um seine Tochter, die, ebenso wie Zayd, geneigt schien, Abu Umama regelmäßig zu besuchen. Obwohl der Kaufmann eine gute Meinung von dem alten Mann hatte, war er sich angesichts dieser Umstände nicht sicher, ob es gut war, ihn aufsuchen.

»Noch ein Letztes, Zayd«, fragte Ubada, »erinnerst du dich vielleicht an einige der Worte, die Mohammed Abu Umama beigebracht hat?«

»Natürlich«, antwortete Zayd und war sonderbar aufgeregt. »Abu Umama sagt immer, dass die Worte, die ihn Mohammed gelehrt hat, direkt von Gott kommen. Sie gehören zu einem heiligen Buch, das Abu Umama ›den Koran‹ nennt, was so viel wie ›die Lesung‹ bedeutet.«

Dann begann Zayd, daraus vorzutragen, und Yazid blieb vor Erstaunen über das außergewöhnliche Gedächtnis seines Bruders der Mund offen stehen. Obwohl die Stämme Arabiens, die keine geschriebenen Texte kannten, an mündliches Lernen gewohnt waren, hatten Zayd nur wenige Stunden genügt, um von Abu Umama und den anderen Muselmanen lange Passagen aus der Offenbarung zu lernen. Auch schienen diese Worte zu einer völlig neuen Sprache zu gehören, obwohl sie nach wie vor Arabisch waren. Es hörte sich so an, als sei die Sprache des Alltags verwandelt und in eine neue Dimension erhoben worden, wodurch sie eine bis dahin völlig unbekannte Musikalität und Tiefe gewann. Was Zayd da rezitierte, klang rhythmisch und harmonisch, und kaum je hatte man eine Rede vernommen, die in einem so feierlichen Ton und mit so ausdrucksstarker Betonung gesprochen wurde. Die Themen waren schlicht und klar, doch von grundlegender Bedeutsamkeit. Sie bezogen sich auf das Morgengrauen und die Sonne, die Nacht und die Sternbilder, die alle ganz offenkundig Zeichen der göttlichen Allmacht waren, und sämtliche Dinge des Universums waren auf sie zurückzuführen. Es ging um die Geschichte der alten Völker und die Ereignisse, die das Leben der Vorfahren bestimmt hatten. Und all diese Worte beschworen in aller Deutlichkeit nur eins: die absolute Einzigartigkeit Gottes, dessen Botschaft erhalten und bewahrt bleiben sollte.

Sprich: »Er ist der Eine Gott, Allah der Einzige!
Gott, der unwiderlegbar ist!
Nicht zeugend und nicht gezeugt!
Und niemand kann sein wie er!«
(Sure 112,1–4)

Wahrhaftig sind in der Schöpfung von Himmel
und Erde
sowie im stetigen Wechsel von Tag und Nacht
gewiss Zeichen enthalten,
die ein jeder lesen kann, der einsichtig ist!
(Sure 3,190)

Während Zayd rezitierte, beobachtete Karima das Gesicht ihres Vaters. Ubada war ein Mann mittleren Alters mit feinen Umgangsformen und der natürlichen Sicherheit einer einflussreichen, respektierten Person. Jetzt wirkte Ubada seltsam entspannt und die Verse, die Zayd rezitiert hatte, schienen ihn tief berührt zu haben, zumal er ihn mehrere Male darum bat, sie für ihn zu wiederholen, als könnte er erst durch mehrfaches Hören ihren geheimnisvollen Sinn erfassen. Karima beobachtete, wie ihr Vater mit gespannter Aufmerksamkeit lauschte, dabei die Stirn runzelte und kaum sein Erstaunen verbergen konnte. Als Zayd seine Rezitation beendete, bat ihn Ubada, noch eine weitere Stelle hören zu dürfen. Also trug Zayd die Verse vor, die sich auf die Nacht bezogen, in der die göttliche Offenbarung, der heilige Koran, zum ersten Mal zu Mohammed herabgesandt worden war.

Im Namen Gottes, des Gnädigen, des Barmherzigen,
haben wir ihn in der Nacht der Bestimmung hinabgesandt.
Woher willst du wissen, dass es die Nacht der Bestimmung ist?
Die Nacht der Bestimmung ist besser als tausend Monate!
Die Engel und mit ihnen der Geist
Steigen in ihr mit der Erlaubnis ihres Herrn herab,

um alle Dinge zu regeln.
Voll des Friedens ist sie bis zum Beginn der Morgenröte!
(Sure 97,1–5)

Ubada schlug die Augen nieder und sprach mit einem seltsam sanften Ton, den Karima noch nie von ihm gehört hatte:

»Heute gehen wir alle zu Abu Umama. Ich erwarte von euch, dass ihr seinen Worten aufmerksam folgt. Es kann nichts Schlechtes an einem Menschen sein, der Worte wie diese rezitiert, und es wundert mich nicht, dass sich seine Augen mit Tränen füllen, wenn er sie wiederholt.«

Dann hob er den Blick zu seiner Tochter und ihren jungen Freunden: »Und was euch angeht, Kinder, danke, dass ihr meinem Haus euren Besuch abgestattet habt. Geht jetzt und lasst mich allein. Sobald die Sonne die Hälfte ihres Laufs zwischen Mittag und Sonnenuntergang erreicht hat, werden wir wieder zusammentreffen.«

Zayd und Yazid spielten mit Karima und stiegen bis in die oberste Spitze der Türme, um die Landschaft rings um die Oase zu betrachten, bevor sie wieder mit Ubada zusammentrafen und sich zum Haus von Abu Umama begaben.

Im Garten vor Umamas Haus blies eine leichte Brise, die die Luft frisch und angenehm machte. Es hatte sich bereits eine Schar von Menschen zusammengefunden. Einige vermieden es, sich zu zeigen, und blieben jenseits der Palmen stehen, die den Garten umgrenzten. Andere dagegen ließen sich ungezwungen in einem Kreis nieder und unterhielten sich lebhaft miteinander. Auch Burayda war anwesend. Der Beduine saß nicht weit von Nawar entfernt.

»Oberhalb der Tausenden von Engeln, die sich zur

ewigen Anbetung Gottes versammelt haben, erblickte Mohammed einen Schleier, der verhinderte, dass das gleißende göttliche Licht alles zu Staub verbrannte«, hob Abu Umama an. »Selbst der Engel Gabriel wagte es nicht, weiter vorzutreten. Allein Mohammed ging bis an die Grenze des Schleiers, der sich in die Höhe hob und ihm Durchlass gewährte. Nun befand sich der Prophet an einem Ort, an dem vollkommene Stille herrschte. Eine Stimme gebot ihm vorzutreten. Mohammed tat, wie ihm geheißen, und genau in dem Augenblick, als er vor dem Herrn stand, hüllte ihn das göttliche Licht ein und erfüllte alles, was rings um ihn war.

Doch bevor es ihm gelang, in das göttliche Licht zu blicken, bemerkte der Prophet, wie sich sein Blick trübte, und er befürchtete, blind zu werden. Und er sprach: ›Ich suche Zuflucht im Licht Deines Antlitzes‹, worauf er fühlte, wie sein Sehvermögen wieder stärker wurde und er die visionären Erscheinungen, die ihn erwarteten, erkennen konnte. Nun sah er mit den Augen des Herzens. Gott holte Mohammed bis auf die Entfernung von weniger als zwei Bogenweiten zu Sich heran und erfüllte ihn mit Seinem Wissen und Seinen geistigen Segnungen. Auf diese Weise offenbarte Gott oder *Allah* Mohammed Seinen Willen.«

Abschließend berichtete Abu Umama noch von der Begegnung zwischen Mohammed und Mose:

»Als der Prophet wieder zu dieser Welt herabstieg, begegnete er auf dem Rückweg Mose, der ihn fragte, mit welchen Ritualen seine Gemeinde Gott ehren sollte.

›Gott hat mir fünfzig Gebete für jeden Tag und jede Nacht vorgeschrieben‹, antwortete ihm Mohammed.

Mose blickte ihm fest in die Augen, dann sprach er zu ihm: ›Geh zurück zu deinem Herrn und bitte ihn um einen leichteren Dienst für deine Gemeinde, die nicht fähig ist, sich ständig einer solchen Last zu unterziehen. Denn ich‹, fügte er hinzu, ›habe dies bereits bei den Söhnen Israels erprobt.‹

Da kehrte Mohammed zu Gott zurück, der ihm fünf Gebete von den fünfzig erließ. Doch nach seinem neuerlichen Abstieg überredete ihn Mose, sich die Anzahl der Dienste noch weiter reduzieren zu lassen. Und wieder verringerte Gott die Pflicht um fünf Gebete, was sich so oft wiederholte, bis die Pflichtgebete auf fünf beschränkt waren. Da sprach Gott zu Mohammed: ›Nun, o Mohammed, hast du fünf Gebete, die auf die Nacht und den Tag aufgeteilt sind. Jedes Gebet zählt eigentlich für zehn Anrufungen. Und wer die Absicht hat, eine gute Tat zu vollbringen, dem wird diese angerechnet, selbst wenn es ihm nicht gelingt, sie zu Ende zu bringen. Hat er sie aber vollendet, so wird sie ihm am Tag des Jüngsten Gerichts als zehn gute Taten angerechnet. Dem dagegen, der die Absicht hegt, eine schlechte Tat zu vollbringen, wird diese nicht angerechnet werden. Hat er sie aber tatsächlich vollbracht, wird sie ihm nur als eine einzige schlechte Tat angerechnet.‹ Mohammed gab zu verstehen, dass er niemals einen Mann getroffen hatte, der so viel Erbarmen gegenüber seinem Volk zeigte, wie sein Bruder in der Prophezeiung, Mose.«

Als Abu Umama aufhörte zu sprechen, verbarg die über dem Horizont untergehende Sonne mit ihrem Widerschein die leuchtenden Augen der Zuhörer, allen voran die Augen von Nawar. Mit dem Beginn des neuen Tages – bei den Arabern werden wie bei den Juden die Tage von Sonnenuntergang an gezählt – war das Leben Zayds und seiner Familie zutiefst mit dem Islam verschmolzen, und auch viele der Anwesenden baten Abu Umama, ein Mitglied der neuen Offenbarung zu werden. Andere dagegen entfernten sich fast verstohlen. Es gab Familien, durch die fortan ein Riss ging, während sich in anderen alle einig waren. Zayd und seine Mutter traten als Erste auf den alten Mann zu. Als sie aber beobachteten, dass sich Yazid entfernte und Burayda ihm folgte, fühlten sie, wie sich ihr Herz zusammenkrampfte.

السلام

al-Salam:
Der Friedvolle

Der Islam

Im siebten Jahrhundert lebten in Arabien zahlreiche Juden und nur wenige Christen, die vor allem im Süden der Halbinsel ansässig waren. Die Juden kamen im Jahr 70 n. Chr. nach der Zerstörung des Tempels von Jerusalem durch den römischen Imperator Vespasian und seinen Sohn Titus direkt aus Palästina. Von da an entstanden entlang der Karawanenstraße, die Arabien von Norden nach Süden durchquerte, zahlreiche blühende jüdische Kolonien – vor allem in den Oasen Khaybar und Yathrib. Jedoch siedelte sich in der heiligen Stadt Mekka kein einziger Jude an, da sich die Juden von den Anhängern der Vielgötterei und ihren Heiligtümern fernhalten wollten. Doch waren es die Einwohner von Mekka selbst, die die Juden um Rat fragten, was es denn mit Mohammeds Mission auf sich habe, denn ihre Religion stützte sich auf den Koran, der die Juden und Christen als die »Völker des Buches« bezeichnete.

Die Tatsache, dass sich der Prophet Mohammed in Mekka gezeigt hatte, entzweite die jüdische Gemeinde. Während die einen mit Befriedigung die Ankunft eines Propheten begrüßten, der den Monotheismus des Patriarchen Abraham in ihre neue Heimat zurückbrachte, bezweifelten die anderen, ob es außerhalb des jüdischen Volkes überhaupt einen Propheten geben könne.

Der Koran hob hervor, dass die Gläubigen in verschiedene religiöse Gemeinschaften unterteilt waren:

Für jeden von euch haben Wir ein Gesetz und eine
Richtung festgelegt.
Wenn Gott es gewollt hätte, hätte er euch zu einer
einzigen Gemeinschaft geformt.
Doch tat er dies nicht, um euch mit dem, was er euch
zukommen ließ, auf die Probe zu stellen.
Wetteifert also in euren guten Taten.
Zu Gott werdet ihr alle zurückkehren, und dann wird
Er euch das kundtun, worüber ihr uneins wart.
(Sure 5,48)

Durch das im Südwesten liegende Gebiet der Oase zog sich ein Gürtel von Brachland, in dem die Karawanen auf dem Weg durch die arabische Halbinsel haltmachten. Die Grenze zu diesem Gebiet bildete der Fluss Buthan, und jenseits von ihm wuchsen zahllose Palmen. Der Fluss war einer der größten Wasserläufe von Yathrib, der in der Regenzeit oft über die Ufer trat. Eine weithin sichtbare steinerne Brücke gewährte die Verbindung nach Süden. In der Nähe dieser Brücke lag das jüdische Viertel, wo vor allem der Stamm der Banu Qaynuqa lebte. Die Juden waren als Letzte in die Oase gekommen, weswegen sie nur wenig Land besaßen, und hauptsächlich vom Handel lebten. Einige arbeiteten auch als Schmiede und Goldschmiede und waren weithin geschätzt.

Die große Synagoge stand direkt am Flußufer und bot Platz für fast alle Mitglieder des jüdischen Stammes. Man betrat sie durch zwei Türen, die beide nach Norden in Richtung Jerusalem gingen – durch die eine traten die Männer ein, die andere war den Frauen vorbehalten. Zwischen den beiden Türen befand sich in der Mauer eine Nische, in der die Schriftrollen der Heiligen Schrift aufbewahrt wurden. Der große Saal war durch locker gewebte Vorhänge zweigeteilt, die zwischen den Stützpfeilern von der Decke herabhingen. Die Kanzel für den Vorbeter befand sich mitten im Saal und war aus dem Holz der Libanonzeder geschnitzt. Ringsherum lagen Matten und Kissen.

Am morgendlichen Gebet dieses Werktages nahmen viele Gemeindemitglieder teil. Vorschriftsmäßig trugen sie den Tallit, einen schwarz-weißen Gebetsmantel mit Fransen, und die Tefillin, lederne Riemen mit Gebetskapseln, die an Arm und Kopf festgebunden wurden und Passagen aus dem Alten Testament enthielten. Bevor der Vorbeter seine Stimme erhob, war bereits eine ungewöhnliche Spannung in der Synagoge zu spüren.

Heilig bist Du, o Herr, unser Gott, König des Universums,
Du Gott, Du barmherziger Vater,
der Du gepriesen bist aus dem Mund Deines Volkes,
der Du gefeiert wirst von der Zunge Deiner frommen Anhänger und Diener.

An jenem Tag war der *hazzan* – die Person, die als Vorbeter fungierte – ein Mitglied des Stamms der Banu'l-Nadir, deren Viertel sich weiter südlich in einem Palmenhain befand und vom Zentrum der Oase einige Wegstunden entfernt lag. Sein Name war Mukhayriq, und er stand dem Ältestenrat vor. Trotz seines Alters war er ein Mann von außerordentlicher Vitalität. Am Ende des Gottesdienstes ertönte in der Synagoge ein letztes Mal sein melodiöser Gesang, dem das Amen der Betenden folgte.

> Gesegnet, gelobt und gepriesen, verherrlicht, erhöht
> und verehrt, gefeiert und belobigt sei der Name
> des Heiligen, Gesegneten Gottes, weit über alle
> Segnungen und Gesänge, Loblieder und Hymnen
> hinaus, die in der Welt angestimmt werden. Und
> ihr sprechet: Amen!
>
> Möge Unser Vater die Gebete und die flehenden
> Bitten von ganz Israel in Seinen Himmeln annehmen.
> Und ihr sprechet: Amen!
>
> Möge Sein Frieden vom Himmel herabkommen auf
> uns und unser Leben, auf Israel und die Welt. Und
> ihr sprechet: Amen!
>
> Der, der in den himmlischen Gefilden die Harmonie
> bewahrt, gewähre auch uns und ganz Israel Frieden.
> Und ihr sprechet: Amen!

Nach dem Gebet blieben einige Gottesdienstteilnehmer bei Mukhayriq und den anderen Mitgliedern der Banu'l-Nadir stehen. Als Erster ergriff Isaak, der Kaufmann und Bruder des heimischen Rabbis, das Wort: »Liebe Brüder,

Ihr wisst, dass in unserer Oase viel über einen gewissen Mohammed aus dem Stamm der Quraish aus Mekka gemunkelt wird.«

Unter den Anwesenden erhob sich Gemurmel, aber Isaak hob die Hand und alle verstummten.

»Erst vor Kurzem haben wir erfahren« – Isaak konnte seine Betroffenheit und Erregung nur mühsam unterdrücken – »dass ihr von Mohammeds Existenz und seinem Anspruch, ein Prophet zu sein, bereits Kenntnis habt …«

Das Gemurmel wurde lauter, während der alte Mukhayriq beifällig nickte, bevor er seinerseits das Wort ergriff: »Brüder der Banu Qaynuqa, es ist so, wie ihr sagt! Doch wozu sollte es gut sein, das wiederaufzurühren, was sich in der Vergangenheit ereignet hat? Lasst uns lieber versuchen, das Heute mit größerer Aufmerksamkeit zu begutachten. Und das Erste, was tatsächlich Anlass zur Freude ist, ist die Abwendung des Krieges!«

Die Rede des alten Mannes wurde nur mit einem beiläufigen Gemurmel aufgenommen. »Einverstanden«, sagte er schließlich, »dann werden wir euch eben die ganze Geschichte erzählen. Aber kommt mir am Ende nicht damit, dass ihr nicht gewarnt worden wäret!«

Die Anwesenden schwiegen, und der alte Mukhayriq begann seinen Bericht: Nicht lange zuvor waren die Ältesten seines Stammes von einer Delegation Götzen anbetender Araber, die aus Mekka stammten und unter großer Geheimhaltung mehr über den geheimnisvollen Mohammed in Erfahrung bringen wollten, angesprochen worden. Die Juden hatten ihn in allen Einzelheiten beschrieben und über das, was er sagte, berichtet. Nun wollten die Araber wissen, ob er tatsächlich ein Prophet sei. Die Juden waren das Volk der ersten Heiligen Schrift und wussten genau über die heilige Geschichte Bescheid, während sie für die Araber noch weitgehend im Dunkeln lag.

»So kam es also, dass wir die Rabbiner und Ältesten des Stammes zusammenriefen«, fuhr Mukhayriq fort. »Da wir um die geheimen mündlichen Überlieferungen wussten, machten wir den Einwohnern von Mekka den Vorschlag, drei Fragen an Mohammed zu stellen. Falls er die richtigen Antworten gäbe, müsste er als Prophet anerkannt werden, andernfalls wüsste man, dass er ein Schwindler wäre.«

Der alte Mann wählte langsam und sorgfältig seine Worte, dann berichtete er, dass sich die erste Frage auf die wundersame Geschichte einiger junger Leute bezog, die auf rätselhafte Weise verschwunden und erst viele Jahre später wieder aufgetaucht waren. Bei der zweiten Frage dagegen ging es um einen geheimnisvollen Reisenden, der bis an die Grenzen des Orients und Okzidents gelangt war. Und als Letztes, so sagten sie zu den Einwohnern von Mekka, sollten sie Mohammed fragen, wer oder was der Heilige Geist sei.

»Wir waren sicher, unser Bestes gegeben zu haben, um eine Antwort unmöglich zu machen«, fuhr Mukhayriq fort. »Und genauso war es dann auch ...«

Durch den Saal wogte ein Raunen der Genugtuung.

»Zumindest für eine gewisse Zeit!«

Alles erstarrte.

»Anfänglich schien Mohammed nicht imstande, die Fragen beantworten zu können, doch nach ein paar Wochen geschah etwas Ungewöhnliches.« Die matten Augen des Alten fixierten einen unbestimmten Punkt der Synagoge in der Nähe des Ausgangs, als sei er in Gedanken an einen fernen Ort geeilt. Die Anwesenden warteten, als hätten sie endlich zu verstehen begonnen, dass die Dinge weniger einfach waren, als es vorauszusehen war.

Schließlich ergriff der Alte erneut das Wort: »Ich erinnere mich noch an das Gesicht des Boten, den die Einwohner von Mekka gesandt hatten, als er in Yathrib mit den Antworten Mohammeds ankam. Zu Anfang gab er nur wirres Zeug von sich, bis es uns schließlich gelang, ihn zu beruhigen. Er sagte, nach zwei Wochen des Schweigens hätte Mohammed völlig unzusammenhängend über sehr sonderbare Dinge gesprochen. Viele meinten, dass er verrückt geworden sei, doch wollte er immer unsere Meinung über das wissen, wovon er berichtete.«

Der alte Mann erhob sich. »Als Erstes erzählte Mohammed die Geschichte von den sieben schlafenden jungen Männern von Ephesus. Damit hatte Mohammed nicht nur die richtige Antwort gegeben, sondern er fügte darüber hinaus Einzelheiten über Ort und Ereignisse hinzu, die, nicht einmal uns bekannt waren.« Es ging um eine Gruppe junger Christen, die vor Götzenanbetern geflohen waren, die sie dazu hatten zwingen wollen, ihrem Glauben abzuschwören. Verzweifelt flüchteten sie sich in eine Höhle in den Hügeln von Ephesus, und zwar in dieselbe, in die sich drei Jahrhunderte zuvor die heilige Jungfrau Maria und der Evangelist Johannes nach ihrem Abschied von Jerusalem zurückgezogen hatten. In seiner unendlichen Güte ließ Gott die jungen Christen in einen tiefen Schlaf fallen, der viele Jahre andauerte, und erweckte sie später wieder, damit sie sich der Welt und all denen, die an Ihn glaubten, als Zeichen seiner Liebe präsentierten.

Das Stimmengewirr im Saal wurde immer lauter. Viele der Anwesenden erhoben sich und eilten aufgebracht auf Mukhayriq zu.

Da stellte sich Rabbi Husayn zwischen den Alten und die Mitglieder seines Stammes. »Wir haben alles genau aufgeschrieben, was Mohammed gesagt hat!«, rief er laut.

»Entscheidet also selbst, ob ihr weiter hören wollt oder nicht.«

»Dann hast also auch du davon gewusst …«, schaltete sich Isaak aufgeregt ein.

»Was verwundert euch daran? Dass euer Rabbiner in Kontakt mit den anderen Stämmen Israels steht?«

»Aber warum hast du uns nichts davon gesagt?«, beharrte Isaak beleidigt.

»Setzt euch hin und hört zu oder geht«, fuhr Husayn fort.

Einige verharrten aufmerksam, andere strebten der Tür zu.

»Warum habt ihr euch ausgerechnet diese seltsamen Fragen ausgedacht?«, fragte einer.

»Hätten wir nach etwas gefragt, das in der schriftlich niedergelegten Überlieferung zu finden ist«, schaltete sich nochmals Mukhayriq ein, »hätte Mohammed die Antworten dort entweder nachlesen oder sie sich erzählen lassen können. So dagegen waren wir sicher, dass niemand außer uns eine Antwort darauf fände!«

»Und die anderen beiden Fragen?«, fragte da noch ein anderer hitzköpfig.

»Dabei ging es um Alexander den Großen«, antwortete Husayn, »den man auch Dhul-Qarnayn oder den ›von den zwei Hörnern‹ nennt, da er bis an die beiden Enden des Okzidents und auch des Orients gekommen ist. Schon zu seiner Zeit hatten die Horden der unheilstiftenden Menschen und Geister, die Gog und Magog oder die Yajuj und Majuj gedroht, die Welt zu überfallen, doch wehrte sie Alexander ab, indem er eine Mauer aus Eisen und Messing baute. Und solange diese Mauer steht, wird das Ende der Welt nicht gekommen sein.«

»Und auch diese Frage beantwortete Mohammed vollkommen richtig«, erklärte Mukhayriq, »ebenso gab er auch auf die dritte Frage eine korrekte Antwort.«

»Wie lautete denn seine Antwort?«, fragte noch einmal der erregte Mann.

»Wir hatten ihn gefragt, was der Heilige Geist sei«, fuhr der alte Mann fort, »und er antwortete mit den Worten, die, wie er sagte, vom Herrn zu ihm gekommen waren.«

> Sie werden dich nach dem Geist fragen.
> Sag: »Der Heilige Geist folgt dem Befehl meines Herrn;
> Doch ihr seid mit nur wenig Wissen begabt!«
> (Sure 17,85)

»Das ist doch alles im höchsten Maße absurd!«, brach es nun aus Isaak heraus. »Wenn er die Antworten schon kannte, warum hat er dann zwei Wochen gewartet? Offensichtlich hat er doch alle Zeit der Welt gehabt, um sich bei anderen zu erkundigen!«

Ruhig berichtete Mukhayriq, dass nach Aussage des Boten aus Mekka der Grund für diese Verzögerung auf eine leichtsinnige Bemerkung Mohammeds zurückzuführen war, dem, als er die Fragen der Juden gehört hatte, allzu rasch der Satz entschlüpfte: »Morgen werde ich euch die Antwort präsentieren«, wobei er vergaß, »so Gott will« hinzuzufügen. Und als der Erzengel Gabriel ihn erst nach zwei Wochen wieder besuchte, um ihm die Antworten zu offenbaren, rügte er ihn, dass Gott bestimme, wann Er wieder mit ihm spreche.

Diese Erklärung überzeugte viele der Anwesenden allerdings nicht, insbesondere nicht den aufgebrachten Isaak, der sich vor Mukhayriq aufbaute, als forderte er ein abschließendes Wort über Mohammed ein.

»Vielleicht habt ja Ihr recht«, sagte der Alte schließlich.

»Was soll das heißen, ›vielleicht‹?«, beharrte Isaak. »Wollt Ihr damit ernsthaft behaupten, dass Mohammed wirklich der Prophet Gottes ist? Auch wenn er verkündet, dass wir nur wenig über den Heiligen Geist wissen? Dabei ist doch alles Wissen in der Thora enthalten!«

»Gewiss!« Dieses Mal betrachtete Mukhayriq seinen Gesprächspartner mit mehr Interesse. »Im Prinzip ist das so! Doch inwieweit erfassen wir den Geist der Thora tatsächlich?«

Isaak holte wütend Luft, da kam aus dem Hintergrund der Synagoge eine weibliche Stimme. »Wenn ihr mit euren Rabbinerdisputen fertig seid, möchten wir gerne wissen, ob dieser Mohammed tatsächlich eine Gefahr für uns darstellt!«

»Genau!«, mischte sich da ein anderer ein. »Ich habe gehört, dass er bald als Richter und Friedensstifter nach Yathrib kommt, um dort zwischen den einzelnen Stämmen zu vermitteln!«

»Wir müssen wissen, was er von uns denkt!«, meldete sich einer zu Wort. »Wie können wir sicher sein, dass die Araber, die den Götzen dienen, uns nicht in Wirklichkeit unter dem Vorwand einer neuen Religion loswerden wollen?«

Das Stimmengewirr begann immer lauter zu werden. »Diese arabischen Götzenanbeter! Wenn sie kein Interesse gezeigt haben, die Religion Moses anzunehmen, warum sollten sie es nun bei einem anderen Propheten tun?« – »Ein arabischer Prophet! So etwas hat man ja noch nie gehört!« – »Wir müssen etwas tun. Damit können wir es nicht bewenden lassen!«

Die Ältesten erklärten sich nach langem Hin und Her

bereit, eine Delegation auszusenden, die mit Abu Umama sprechen sollte.

»Der ist ein integrer Mann!«, sagte Mukhayriq. »Er ist kein Jude, aber auch kein Götzenanbeter. Er wird uns die Wahrheit über die Absichten der Muselmanen gegenüber uns Juden mitteilen!«

Die Wahl der Delegierten war lang und ermüdend, aber schließlich standen vier Personen fest: Neben Mukhayriq und Husayn auch Isaak und ein junger Mann namens Shas, der zu den hitzköpfigsten und unnachgiebigsten Vertretern der Versammlung gehörte. Die Sonne stand bereits hoch am Himmel, als die vier Männer aus der Synagoge traten und über den kahlen Geländestreifen in Richtung des Zentrums der Oase aufbrachen.

Das öde Gebiet lag verlassen und leer, die letzte Karawane war am Abend zuvor abgereist, um die Kühle der Nacht auszunutzen. Lediglich ein paar schwarze Ziegen streiften umher, und in einiger Entfernung maß sich eine Schar von Knaben im Spiel mit Steinschleudern, der ersten Waffe, die sie in der Hand hielten – seit David, der damit den Riesen Goliath erschlagen hatte, sie überall im Land berühmt gemacht hatte. Sie bestand aus zwei Stücken geflochtener Schnur, das eine armlang, das andere ein wenig kürzer, deren Enden an einem Rechteck aus Leder oder Stoff befestigt waren. Dort hinein wurde ein runder Stein gelegt. Während das längere Stück der geflochtenen Schnur am kleinen Finger der Hand befestigt wurde, wurde das kürzere zwischen Zeigefinger und Daumen gehalten. Dann ließ man die Schleuder mit dem einen Arm über dem Kopf kreisen, so lange, bis sie so viel Schwung hatte, dass man mit einem Ruck das kürzere Ende loslassen und den Stein mit einem scharfen Zischen in die Luft entlassen konnte, um das anvisierte Ziel zu treffen. Als Ziel diente den Knaben ein aufgestellter flacher Stein, den sie unermüdlich aus einer Entfernung von etwa dreißig Metern zu treffen versuchten.

Als die vier Männer an den Knaben vorüberschritten, bemerkten Isaak und Rabbi Husayn auf einmal Zayd, der ein wenig abseits saß und seine Steinschleuder über sein Knie baumeln ließ. Da sie um Zayds vertrauten Umgang mit dem Alten wussten, beschlossen sie, ihn zu fragen, wo sie Abu Umama finden konnten.

»Noch ist es nicht die Zeit für das Mittagsgebet«, antwortete Zayd ein wenig gedämpft, »aber er müsste schon zu Hause sein. Kommt mit, ich führe euch zu ihm.«

Die Gruppe setzte sich in Bewegung und auch Yusuf, der Sohn des Rabbi, schloss sich ihnen an. Rabbi Husayn war das ungewöhnliche Betragen Zayds nicht entgangen, und so bat er seinen Sohn um eine Erklärung dafür.

»Seine Mutter, Thabits Witwe«, antwortete Yusuf, »stand kurz davor, sich mit dem Anführer der Aslam zu verheiraten. Doch als sich Zayd und seine Mutter der neuen Religion zuwandten, war Burayda darüber so verärgert, dass er die Witwe nicht mehr sehen wollte. Nun sieht es ganz so aus, als hätte sich auch der ältere Bruder gegen die Mutter gestellt, sodass es Zayds Familie sogar schlechter ergeht als zuvor.«

»Siehst du!«, bemerkte Isaak, der sich keine Gelegenheit entgehen ließ, Zwist zu schüren. »Da haben sie gerade erst angefangen, sich für die Geschichte mit dieser neuen Religion zu interessieren, und schon gehen die Probleme los.«

Rabbi Husayn ging nicht auf die Bemerkung seines Bruders ein.

Bald schon standen sie vor dem Haus von Abu Umama, das sich direkt an der Grenze zwischen dem Stammesgebiet der Aws und der Khazraj befand. Mukhayriq klopfte, wie es damals üblich war, mit dem Fuß gegen die Eingangstür. Einer der Muselmanen kam, um ihm zu öffnen, sichtlich überrascht, plötzlich vor sich eine Delegation von Juden zu erblicken. Doch bat er sie einzutreten und in einem überdachten Winkel des Innenhofs Platz zu nehmen. Ein wenig später brachte er ihnen einen Krug mit Wasser, sodass sie sich die Schuhe ausziehen und ihre Füße waschen konnten. Einer der Räume, der früher als Stall gedient hatte, war in einen kleinen Betsaal umgewandelt worden. Der Hausherr, der bereits ein hohes Alter hatte, besaß keine Tiere mehr – außer einem alten Kamel, das würdevoll und freundlich wirkte und inzwischen gut auf sich selbst aufpassen konnte. Es hatte einen Platz in einer Ecke des Hofs gefunden, von wo aus es mit hoch erhobenem Kopf sorgfältig darüber wachte, wer das Anwesen betrat.

Abu Umama ging seinen Gästen entgegen und umarmte Mukhayriq. Isaak empfand ihre Vertrautheit als unangenehm, und auch der junge Shas wirkte irritiert.

»Mach dir keine Sorgen«, flüsterte der jüdische Händler Shas zu, »das sind einfältige Menschen. Irgendwie werden sich die Dinge schon zu unseren Gunsten entwickeln!«

Abu Umama brachte einen Laib Gerstenbrot, ein paar Datteln und einen Krug mit Wasser, das abgekocht und gewürzt worden war und in nichts mehr an die schlammige Flüssigkeit erinnerte, die aus den meisten Brunnen der Oase geschöpft wurde.

»Es gibt viel Neues, was zur Zeit das Leben in der Oase bestimmt«, begann schließlich Mukhayriq. »Und viele unserer Stämme werden misstrauisch, da sie die Auswirkungen auf uns Juden fürchten …«

Unvollendet ließ er den Satz so stehen, als warte er darauf, dass ein anderer seine Rede beendete. In den matten Augen des alten Juden wurde die Erinnerung an die Sklavenjahre unter ägyptischer, babylonischer und schließlich römischer Herrschaft sichtbar – bis hin zur großen Diaspora nach der Zerstörung des zweiten Tempels von Jerusalem. Shas ärgerte sich über das, was er als inhaltsleeres Geschwätz eines alten Mannes empfand. Und so rief er: »Ihr Araber seid alle Götzenanbeter und ihr habt euch geweigert, auf die Worte Moses zu hören! Und jetzt redet ihr andauernd von einem Mann aus Mekka, auf den nicht einmal seine Nachbarn und Mitbürger hören wollen. Ich wette, dieser Mohammed hetzt euch gegen uns auf!« Sein Ton war hart, doch tatsächlich hatte er genau das zum Ausdruck gebracht, was die Gemeinde befürchtete. Der alte Mukhayriq bedachte Shas mit bösen Blicken, während Abu Umama das Wort ergriff: »Als wir in Mekka waren, blieb uns nur wenig Zeit, mit anderen Muselmanen zusammenzutreffen, und wir hatten auch nur einige Stunden, um mit dem Propheten Mohammed zu sprechen. Daher war es uns nicht möglich, die Themen, die euch am Herzen liegen, im direkten Gespräch zu erörtern.«

Die Mitglieder der Delegation waren bereits von der Fruchtlosigkeit dieses Treffens überzeugt, da fuhr Abu Umama fort: »Bei der Karawane, die letzte Nacht aufgebrochen ist, war auch ein Muselman, der uns über eine Offenbarung aus Mekka berichtete, in der Gott einen Hinweis auf die Kinder Israels gibt. Und gerade, als ihr hier eintraft, waren wir dabei, sie mithilfe der Notizen, die wir während der Rezitation unseres Bruders aus Mekka gemacht hatten, auswendig zu lernen.« Der alte Mann deutete auf ein paar abgeschabte Ziegenfelle, die einer der Muselmanen in seiner Hand hielt. »Gehörtet ihr auch zu den Götzenanbetern«, sagte Abu Umama und hielt Mukhayriq die Felle entgegen, »dürfte ich sie euch nicht berühren lassen, es sei denn, ihr hättet euch zuvor gereinigt. Da ihr jedoch Gläubige seid und demselben und Einzigen Gott wie wir treu ergeben, spricht rein gar nichts dagegen.«

Mukhayriq zögerte, die Felle in die Hand zu nehmen, da auch die Juden die heiligen Bücher mit dem größten Respekt und nur nach einer rituellen Reinigung berühren dürfen. Doch beharrte der Muselman darauf, sodass Mukhayrig versuchte, die Zeichen zu entschlüsseln. Die arabische Schrift war kunstvoll gestaltet, die Aussprache dem alten Rabbiner unbekannt und viele Buchstaben waren nur sehr schwer zu entziffern.

»Wir sind schon recht alt«, meinte Abu Umama verständnisvoll, »und die Tage, da wir alles sofort auswendig lernten, seit Langem vorbei. Wenn ihr jedoch genügend Geduld aufbringt, werden wir versuchen, uns die einzelnen Abschnitte aus dem Buch Gottes ins Gedächtnis zurückrufen und sie zu wiederholen – im Namen Gottes des Gnädigen und Barmherzigen«, begann der Muselman, »rette ich mich wider den gesteinigten Satan zu Gott!« Das war die rituelle Formel, die der Rede voranging.

> Alif, Lam, Mim, Sad.
> Dies ist ein Buch, das dir vom Himmel herabgesandt wurde.
> Mögest du seinetwegen keine Bedrängnis in deiner Brust fühlen,
> damit es dir als Warnung und zur Ermahnung der Gläubigen diene.
> (Sure 7,1–2)

»Was bedeuten diese Buchstaben am Anfang?«, fragte Isaak, den die Entwicklung der Angelegenheit sehr beunruhigte.

»Die Bedeutung dieser Buchstaben ist unbekannt«, antwortete Abu Umama, »und ich kann euch auch nicht sagen, ob der Prophet sie kennt. Doch im Lichte der göttlichen Weisheit sind sie sicher von größter Bedeutung, denn Gott Selbst hat sie an den Anfang einiger Kapitel des heiligen Buches gestellt.«

Auch in der hebräischen Sprache, dachte Mukhayriq leise bei sich, haben die Buchstaben eine besondere Bedeutung. Darüber gibt es eine ganze Wissenschaft, die zu den geheimsten Überlieferungen des Judentums gehört.

Und weiter sprach der Muselman, bis er zu einem Passus kam, in dem die Geschichte der Menschen und ihrer Kulturen abgehandelt wurde. Dabei erwähnte das heilige Buch auch Luzifer, den die Muselmanen Iblis nennen, jenen Engel des Paradieses, der sich zum Zeitpunkt der Schöpfung vor Adam nicht niederwerfen wollte und der schließlich in die Verdammnis stürzte.

»Steige aus dem Paradies hinab«, sprach Gott.
»Denn dir steht es nicht zu, dich so hochmütig zu verhalten;
Hinaus und scheide von ihm, denn von nun an gehörst du zu den Ehrlosen und Verdammten!«
»Gewähre mir Aufschub«, bat Iblis, »bis zu dem Tage, an dem sie wieder erweckt werden.«
Und Er sprach: »Wahrlich, du wirst unter denen sein, denen Aufschub gewährt wird.«
Und Iblis sprach:
»Weil du mich hast abirren lassen,
werde ich die Menschen von nun an, das schwöre ich, auf Deinem rechten Weg bedrohen,
dann werde ich zu ihnen treten und sie von vorne und von hinten,

> und auch von rechts und von links anspringen.
> Und gewiss wird sich der größte Teil von ihnen Dir gegenüber als undankbar erweisen.«
> (Sure 7,13–17)

An dieser Stelle brach Abu Umama ab, bevor er mit der Erzählung von Adam und seiner Nachkommenschaft fortfuhr, aus der sich die Menschheit und ihre Kultur entwickelten. Je weiter sich die Menschen von der Anbetung Gottes entfernten und den Götzen huldigten, desto mehr schienen sie zum Untergang verurteilt. Daher sandte Gott seine Propheten und Herolde mit der Aufgabe aus, den Menschen das Wissen um die Segnungen des Herrn und Seiner Verehrung zurückzubringen und sie dazu zu ermahnen, nicht dieselben Fehler wie die vorhergehenden Generationen zu begehen. Und so richtete Gott für die Götzenanbeter und all die Ungläubigen eine Hölle ein, während Er für die Menschen, die an Ihn glaubten, das Paradies verwirklichte.

Husayn aber wurde vor allem von einer anderen Passage in Bann gezogen, in der die Erschaffung des Himmels und der Erde beschrieben wurde. Sechs Tage hatte Gott dafür gebraucht, und nach dieser Anstrengung ruhte er sich am siebten Tag auf Seinem Thron aus. Der Ritus des Sabbat, der dem Volke Israel so überaus wertvoll war, gründete sich auf die gleiche universelle Wahrheit. Die Rezitation bestätigte auch, wie die göttlichen Worte Noah und den altertümlichen Bewohnern Arabiens offenbart wurden, unter ihnen einige Völker aus dem nördlichen thamudischen Sprachraum, die bereits nicht mehr existierten, als Gott auf dem Berg Sinai die fünf Bücher der Thora an Mose übergab.

> Nach ihnen entsandten Wir Mose mit Unseren
> Zeichen
> Zu Pharao und seinen Fürsten;
> doch diese handelten ungerecht gegenüber ihnen;
> doch sieh, welches Ende die Unheilstifter genommen
> haben!
> (Sure 7,103)

Gerade als Abu Umama zu dem Teil des heiligen Buches kam, der sich unmittelbar auf die Juden bezog, ließ ihn sein Gedächtnis im Stich. Nicht einmal die Notizen auf der Ziegenhaut halfen ihm. Gerade in diesem Augenblick war aus der Ferne eine frische, helle Stimme zu vernehmen:

> Und Mose sprach zu dem Pharao: »Wahrlich, ich bin
> ein Gesandter des Herrn aller Welten.«
> (Sure 7,104)

»Zayd!«, rief Abu Umama voller Freude. »Jetzt endlich wissen wir, dass wir bis auf den Grund gehen können! Kommt doch herein!«, fügte er hinzu, als er hinter Zayd auch Yusuf erkannte.

Vorsichtig kamen die beiden näher. Sie hatten die Männer bereits seit einiger Zeit belauscht. Besonders Yusuf ängstigten die eisigen Blicke, die ihm Shas und Isaak zuwarfen. Während Zayd unsicher näher trat, fiel Mukhayriq das Medaillon auf, das er um den Hals trug und auf dem er das Wort *Elohim*, Gott, erkannte. Es beeindruckte ihn, dass ein junger Muselman den Namen des Herrn am Körper trug.

Dank Zayds konnte der Vortrag fortgesetzt werden. Die kleine Runde hörte von der Begegnung Moses mit dem

Pharao, bei der die Magier des Herrschers vor dem Propheten Gottes niederknieten, und vom Auszug der Kinder Israel aus Ägypten und von der Verkündigung der göttlichen Weissagung auf dem Berg Sinai:

»O Mose«, sprach Gott.
»Ich habe dich erwählt und dir den Vorzug unter allen Menschen gegeben,
damit du Meine Botschaften und Mein Wort den anderen Menschen überbringst;
aus diesem Grunde erhältst du diese Gabe, und sei dankbar dafür.«
(Sure 7,144)

Zayd fuhr mit seinem Vortrag fort und erinnerte daran, dass es den Juden während Moses Abwesenheit auf dem heiligen Berg eingefallen war, ein goldenes Kalb anzubeten, womit sie den erbitterten Zorn Moses heraufbeschworen hatten. Gott hatte sie auf die Probe gestellt, aber Er hatte auch versprochen, gegenüber denen barmherzig zu sein, die ihre Entgleisungen bereuten. Die gleiche Barmherzigkeit würde Gott auch all denen erweisen, die dem Propheten Mohammed folgten, der als »ungelehrt« oder »geistig gesehen als eine Jungfrau« *(ummi)* bezeichnet wurde, weshalb er besonders gut imstande war, die göttlichen Weissagungen den Gläubigen zu überbringen. Denn Mohammed war nicht einmal fähig, zu lesen oder zu schreiben:

Ich werde sie all denen gewähren, die mich fürchten,
die Abgaben leisten und an Meine Zeichen glauben.
Die dem »ungelehrten« Gesandten und Propheten folgen,

den sie, wie in der Thora und dem Evangelium
vorausgesagt, in ihrer Mitte finden werden,
Er gebietet ihnen, was recht und lobenswert ist,
und er untersagt, was verwerflich ist,
er erlaubt ihnen die köstlichen Dinge
und verbietet ihnen, was unrein und schlecht ist,
und er nimmt ihnen die Last und die Fesseln,
die ihnen auferlegt wurden.
(Sure 7,157)

Unter dem Volk Moses gibt es einige Menschen,
die ihre Mitmenschen nach der Wahrheit leiten
und sie zur Richtschnur ihres Handelns machen.
(Sure 7,159)

»Was soll das bedeuten, dass es nur einige Menschen gibt, die in der Wahrheit leben?«, platzte Shas heraus. »Soll das heißen, dass der größte Teil der Juden im Irrtum ist?«

»Selbst wenn dem so wäre«, schaltete sich da Rabbi Husayn ein, »kann ich das als keine feindselige Behauptung gegenüber dem Volk Israels erkennen. Kannst du etwa sicher darauf bestehen, dass die Mehrheit von uns die heiligen Vorschriften zur Gänze befolgt?«

»Es ist unmöglich, an einen Propheten zu denken, der kein Jude ist!«, behauptete Isaak.

»Das Wichtigste ist, dass wir zunächst die Frage der Weissagung klären!«, entgegnete Husayn entschieden. »In der Heiligen Schrift finde ich keinerlei Grundlage dafür, dass alle Propheten ausnahmslos Juden sein müssen. Propheten hat es bereits zu der Zeit gegeben, als die Juden noch kein Volk waren. Vielmehr erwähnen die heiligen Schriften die Ankunft von Propheten bei ›unseren Brüdern‹ – und das sind die Araber.«

»Und?«, fragte Isaak. »Sollten wir deiner Meinung nach all diese Propheten anerkennen?«

»Wir sind nicht hergekommen, um uns darüber zu streiten«, schaltete sich Mukhayriq ein, »außerdem, falls sich die Götzenanbeter zu diesem neuen Propheten, der ein Araber ist, bekehren wollen, werden es gewiss nicht wir sein, die sie daran hindern!«

Der Innenhof von Abu Umamas Haus füllte sich inzwischen zusehends mit Gläubigen, die sich zum Mittagsgebet versammelten. Auch Nawar erschien, gefolgt von ihrem Sohn Yazid, der sichtlich verärgert war.

»Der Friede sei mit euch«, grüßte Nawar, »ich will euch nicht stören!«

»Du störst nicht, meine Liebe«, sagte Abu Umama, »ich freue mich, dich und deinen Sohn zu sehen.«

»Ich habe mich erst im letzten Moment entschlossen mitzukommen«, sagte Yazid verlegen.

»Warum denn, Sohn des Thabit?«, fragte ihn Abu Umama. »Ist dir unsere Gesellschaft nicht mehr angenehm?«

»O nein, es ist nur, weil ich noch nicht wusste, ob …«, verhaspelte sich Yazid.

»Yazid weiß noch nicht, was er von Mohammeds Religion halten soll«, erklärte Nawar.

Einen Moment lang herrschte Stille. Dann ergriff Mukhayriq das Wort. Zayd dachte, dass er in seiner langen schwarzen Tunika, die mit silbernen Fäden durchwirkt war und von der sich sein dichter weißer Bart deutlich abhob, nie imposanter und stattlicher gewirkt hatte. »Mein lieber Junge«, sagte der alte Mann, während Isaak und Shas ihn mit immer besorgterer Miene betrachteten, »was wir bis jetzt gehört haben, lässt mich glauben, dass Mohammeds Worte aus derselben Quelle stammen wie die Lehren der

Thora. Ich finde nichts Schlimmes daran zu glauben, dass er der Prophet ist, von dessen Ankunft die heiligen Schriften berichten. Was mich betrifft, werde ich ihm mit Ehrfurcht begegnen und gemeinsam mit dem Volk Israel sowohl ihn als auch die, die an ihn glauben, sowie auch die Worte, die aus seinem Mund kommen, respektieren und ehren! – Was hat Burayda über die neue Religion verlautbaren lassen?«, fragte er plötzlich Yazid.

»Er bedauerte, dass es ihm nicht gelungen ist, unsere Mutter zu überzeugen. Außerdem sagte er, er wolle an nichts von dem glauben, was er gehört habe. Zumindest nicht, bis er Mohammed selbst in die Augen geblickt hätte!«

Alle Anwesenden bemerkten, dass sich über Nawars Antlitz der Schleier der Traurigkeit senkte.

»Es ist verständlich, dass die Beduinen sich so verhalten«, sagte Rabbi Husayn. »Sie hegen ein großes Misstrauen gegenüber den Sesshaften. Doch sind es leider nicht sie, von denen die meisten Probleme zu erwarten sind!«

»Was für Probleme?«, warf Yazid ein, dem die neuen Ereignisse anscheinend erst jetzt zu Bewusstsein gekommen waren.

Husayn und Mukhayriq tauschten einen langen Blick. Beide waren mit der heiligen Geschichte vertraut und wussten daher, dass sich die Menschen gegenüber den Propheten niemals besonders zartfühlend verhalten hatten. Stets mussten sich die Gesandten Gottes gegenüber der Gleichgültigkeit der Mittelmäßigen und Heuchler verteidigen, wenn sie nicht gar offen verfolgt oder angegriffen wurden. Das jüdische Volk war aufgrund seiner Religion immer wieder von anderen Völkern verfolgt, versklavt oder vertrieben worden, aber die schlimmsten Bedrängnisse waren stets aus seinem Inneren entstanden.

»Lieber Yazid«, sagte Mukhayriq schließlich, »bisher haben die Menschen hauptsächlich um Landbesitz gekämpft, aber bald wird die Zeit kommen, da sie sich gegen den Propheten wenden werden! So war es immer und so wird es wieder sein. Wir wissen, dass die Muselmanen in Mekka von den Götzenanbetern verfolgt werden, die alle Stämme Arabiens bei Strafe eines Krieges aufgefordert haben, nicht zu der neuen Religion zu konvertieren.«

Dann verabschiedete sich Mukhayriq von den Anwesenden, und die ganze Delegation von Juden tat es ihm gleich. Kaum hatten Isaak und Shas die Schwelle überschritten, begannen sie aufgeregt miteinander zu flüstern:

»Wir müssen Obacht geben!«

»Die Araber könnten sich verbünden!«

In der Zwischenzeit hatten sich im Hof von Abu Umama die Gläubigen zum Mittagsgebet, dem *zuhr*, versammelt. Diesmal nahm auch Yazid in einer Ecke an dem Ritus teil, während die Muselmanen sich in Reihen hinter dem Imam, »dem, der das Gebet leitet«, niederließen. Bevor der Vorbeter seine Hände erhob und *Allahu akbar* – »Gott ist groß« sprach, bemerkte Zayd, dass der verdrießliche Ausdruck aus dem Gesicht seines Bruders verschwunden war.

Yazid trat an diesem Abend zwar nicht dem Islam bei, doch hatte Zayd richtig erahnt, was in seinem Bruder wie auch in vielen anderen Bewohnern der Oase vor sich ging. Während er und seine Mutter sich dem neuen Glauben schnell geöffnet hatten, brach er sich bei den meisten anderen sehr viel langsamer Bahn.

al-Azim:
Der Unermessliche

Die Krieger

Selbst wenn die gesamte Welt die Annahme hegt, dass der Islam, der die dritte und letzte Offenbarung des Abrahamschen Monotheismus darstellt, »mit dem Schwert« verbreitet worden sei, handelt es sich dabei um ein Vorurteil. Tatsächlich wurden die Menschen zu jener Zeit, ab dem siebten Jahrhundert, nicht durch Waffengewalt, sondern durch den Glauben besiegt. Die epochemachende Verbreitung, die der Islam in den darauf folgenden Jahren erfuhr, ist durch die Taten einer relativ kleinen Anzahl von arabischen Kriegern nicht zu erklären. Die Religion des Islam ist als Gegenpol zu den damals vorherrschenden Gesinnungen des Heidentums und der Götzenanbetung zu verstehen, doch orientierte sie sich an den Überlieferungen des Patriarchen Abraham. Das Element der »religiösen Freiheit« sollte im Laufe der Zeit sogar eine immer größere Bedeutung annehmen. So diente auch der Beitritt der

Krieger von Yathrib zum Islam dazu, die kleine muselmanische Gemeinde vor der wachsenden Bedrohung durch die Götzenanbeter zu schützen.

Für die kleine Gemeinde von Yathrib folgten Monate der Sorge und des Wartens. Immer unüberhörbarer trafen aus der heiligen Stadt Mekka Nachrichten über die Verfolgung der Muselmanen durch die Götzenanbeter ein. Offensichtlich war die Oase von Yathrib die einzige Zuflucht für die islamische Gemeinschaft. Kein anderes Volk und keine andere Stadt in Arabien war dazu bereit, die Muselmanen bei sich aufzunehmen. Aus diesem Grund wurden die ehemals guten Beziehungen zwischen Yathrib und Mekka von wachsenden Spannungen getrübt.

Für Muselmanen in Mekka war die Situation mehr als bedrohlich geworden. Wer in der damaligen Zeit seinen eigenen Stamm verließ, wurde als »Verräter« betrachtet und riskierte sogar, getötet zu werden. Andererseits hüteten sich Mekkas Götzenanbeter davor, die Muselmanen zu vertreiben, da sie befürchteten, sie könnten sich vielleicht mit anderen Stämmen verbünden und dann zurückkehren, um blutige Rache zu nehmen. Für all die, die an den Einzigen Gott glaubten, war es jedoch bereits gefährlich, einen Götzenanbeter um Hilfe zu bitten – derlei Einmischungen sahen die Quraish aus Mekka, der reichste und einflussreichste Stamm der Arabischen Halbinsel, bereits als feindliche Handlung an. Das einzige Mal, dass Muselmanen aus Yathrib und aus Mekka gefahrlos zusammentreffen konnten, war während der großen Pilgerfahrt. Da alle arabischen Volksstämme daran teilnahmen, würde niemand etwas dagegen haben, wenn sich der Prophet und seine Gefährten mit den Mitgliedern anderer Stämme träfen. Doch selbst bei dieser Gelegenheit musste alles mit äußerster Heimlichkeit geschehen, was Mohammed bei der ersten Zusammenkunft mit den sechs Einwohnern von Yathrib auf den Hügeln von Aqaba in der Nähe von Mina, dem Pilgerweg zwischen Mekka und dem Berg Arafat, auch bedacht hatte. Die Gruppe, die sich in diesem Jahr zu dem Propheten begab, bestand aus zwölf Personen: zehn Khazraj, unter denen sich die sechs befanden, die Mohammed bereits getroffen hatte, und außerdem zwei Angehörigen vom Stamm der Aws. Auch Karimas Vater, Ubada, war unter den zwölfen.

»Friede und Gottes Segen mögen auf dich herabkommen!«, rief Abu Umama, als er Mohammed erblickte.

»Gott möge euch eure Anwesenheit hier vergelten! Ich lade euch ein, einen von Gott gewünschten Pakt zu besiegeln.«

»Wir sind hier, um Gott und Seinem Propheten zu gehorchen«, antwortete Abu Umama im Namen aller Anwesenden.

Die zwölf Männer aus Yathrib leisteten, auch im Namen ihrer nicht anwesenden Ehefrauen, einen feierlichen Eid, nur den Einzigen Gott anzubeten und keinerlei Götzen neben ihm zuzulassen. Sie schworen, nicht zu stehlen, ihren Ehefrauen treu zu sein und den heiligen Bund der Ehe zu achten sowie dem Propheten getreu in all den Dingen zu folgen, die ihm offenbart wurden. Dafür gab ihnen Gott durch Mohammed das Versprechen, all denen die Türen des Paradieses offen zu halten, die diesen Pakt einhielten, und all die zu bestrafen, die Ihn verrieten, sofern sie nicht Seine Barmherzigkeit und Vergebung davon lossprach.

Abschließend sagte der Prophet: »Verpflichtet euch, die

Religion Gottes und mich zu beschützen, wie ihr eure Ehefrauen und eure Kinder beschützt!«

Dieser erste, in Aqaba geschlossene Pakt wurde von da an der »Schwur der Frauen« genannt, da er Bezug auf die Ehefrauen und die Familien nahm.

Der Prophet löste die Versammlung auf, und die Muselmanen kehrten in ihre Zelte zurück. Die zwölf aus Aqaba kehrten jedoch nicht allein nach Yathrib zurück, denn Mohammed beauftragte Musaab, einen der Ersten aus Mekka, der zum Islam übergetreten war, sie zu begleiten und bei ihnen zu bleiben. Musaab, der einer sehr reichen Kaufmannsfamilie entstammte, hatte auf seine Reichtümer verzichtet, um sich den Muselmanen anzuschließen. Seine Verwandten hatten mit Gewalt versucht, ihn von der neuen Religion abzubringen, sodass er mit einer Gruppe anderer Verfolgter nach Abessinien auf die andere Seite des Roten Meeres floh. Dies war die erste Flucht aus dem eigenen Land, die Muselmanen auf sich nehmen mussten.

Musaab war ein schöner junger Mann von großer Höflichkeit und ruhigem Charakter, der selbst auf gewalttätige Menschen entwaffnend wirkte. Außerdem besaß er trotz seiner Armut eine natürliche Eleganz.

Seine Anwesenheit in der Oase erwies sich schon bald als segensreich. Bis dahin hatten sich überwiegend ältere Menschen dem Islam angeschlossen, dazu einige Jugendliche und Frauen und nur wenige Kaufleute, Bauern oder Handwerker. Die erwachsenen Männer jedoch, vor allem die, die zu kämpfen gewohnt waren, blieben zum größten Teil den Götzen treu.

Nach ihrer Rückkehr aus Mekka verharrten die Pilger vor den Toren Yathribs bei einem Brunnen, als aus der Oase einige Muselmanen auf sie zukamen, darunter auch Zayd und Yazid, die ungeduldig darauf warteten, Neues über die Begegnung mit Mohammed zu erfahren. Das Gebiet um den Brunnen war im Besitz des Aw-Klans, dessen Anführer Saad war, der nach seinem Streitgespräch mit Abu Umama im Tempel der Manat weitere Beziehungen zu den Muselmanen vermieden hatte. Doch als er erfuhr, dass Abu Umama mit den anderen Gläubigen in seinem Gebiet haltgemacht hatte, entsandte er einen seiner kühnsten Krieger mit dem Namen Usayd, um sie zu vertreiben.

Usayd war von stattlicher Statur und trug einen dichten schwarzen Bart. Er trat der Gruppe von Muselmanen im Kriegsgewand gegenüber und schwang eine lange hölzerne Lanze mit glänzender, gedrehter Eisenspitze. Sein riesiger Turban, der schwarz war wie sein Bart und nach der damaligen Mode über dem Helm getragen wurde, ließ ihn noch bedrohlicher wirken. Kaum in Hörweite, begann er, Musaab und Abu Umama zu beschimpfen: »Was wollt ihr hier, wozu seid ihr hergekommen? Vielleicht, um die Jüngsten und Schwächsten zu verderben? Wenn euch euer Leben lieb ist, dann verschwindet!«

Ein Beben ging durch die versammelten Männer. Zwar war Usayd allein, aber er war bewaffnet. Zudem hätte die kleinste Tätlichkeit gegen ihn einen Angriff auf den gesamten Stamm bedeutet. Zayd fürchtete bereits, Yazid könnte wütend aufspringen, da ergriff Musaab das Wort: »Bitte, Bruder. Setz dich doch einen Augenblick zu uns.«

Alle drehten sich zu ihm um. Musaab lächelte strahlend, blickte den Krieger unbekümmert an und zeigte nicht den mindesten Anschein von Angst oder Zorn. Nach einem kurzen Moment der Verblüffung atmeten die Anwesenden erleichtert auf; ein richtiges Wort zur richtigen Zeit konnte weitaus mehr bewirken als tausend Schwerter. Der junge Mann aus Mekka behandelte Usayd mit so ausgesuchter

Höflichkeit, dass der unvermittelt den Griff um seine Lanze lockerte.

Musaab fuhr mit der gleichen Liebenswürdigkeit fort: »Wenn dir gefällt, was du nun hörst, kannst du es ja für dich annehmen. Wenn es dir dagegen nicht gefällt, werden wir alle fortgehen, ohne dir den geringsten Anlass zum Verdruss zu geben.«

Usayd lächelte verlegen, die Umgangsformen des Fremden beeindruckten ihn sehr. Mit einem Nicken deutete er seine Zustimmung an und stellte dann seine Lanze vor sich hin, als sei sie ihm lästig geworden. Die in der Mitte des Kreises in den Boden gepflanzte Waffe verlieh der Versammlung eine feierliche Note, sodass sich viele im Nachhinein genau daran erinnern sollten.

Nun begann Musaab damit, Usayd den Islam zu erklären. Er erzählte, wie Mohammed von Gott die Weissagungen offenbart wurden, demselben Gott, der sich bereits Mose und Jesus offenbart hatte. Dann berichtete er, wie ein Engel Gottes Worte direkt in Mohammeds Herz eingeschrieben hatte – und zwar im reinsten Arabisch. Auch erklärte er, dass niemand allzu sehr darüber besorgt sein solle, wenn die göttlichen Weissagungen weit über das menschliche Verständnis hinausgingen, und dass selbst der Prophet von der Erfahrung der göttlichen Wirklichkeit oft überwältigt war.

»Ich werde genau dieselben Worte verwenden, mit denen uns Mohammed seine erste Begegnung mit dem Erzengel Gabriel geschildert hat, als der Engel ihn in der Höhle am Berg Hira aufsuchte, in die er sich während des heiligen Monats Ramadan zurückgezogen hatte.«

Der Erzengel Gabriel kam zu mir, während ich
schlief, und hatte einen mit güldenen Fäden durch-

wirkten Stoff dabei, auf dem etwas geschrieben stand. Er sprach zu mir: »Lies das!« Und ich antwortete: »Wie sollte ich, wenn ich doch nicht lesen kann?« Da schnürte mich der Engel mit dem golddurchwirkten Stoff so eng zusammen, dass ich meinte, mein letztes Stündlein sei gekommen. Nach einer Weile ließ er mich wieder los und sprach: »Lies!« Und wieder sagte ich: »Wie soll ich denn, wenn ich doch nicht lesen kann?« Nun schnürte mich der Engel zusammen wie zuvor, bis er mich nach einer Weile wieder losließ und sprach: »Lies!« Auf meine wieder gleiche Antwort hin schnürte er mich ein drittes Mal zusammen, bis er mich wieder losließ und wieder sprach: »Lies!« Da sagte ich schließlich zu ihm: »Also, was soll ich lesen?«, doch tat ich das nur, damit ich ihn loswurde und er mich nicht noch einmal einschnürte. Er rezitierte das Folgende:

> Lies im Namen deines Herrn, der alles erschaffen hat!
> Aus einem Klumpen Blut hat er den Menschen erschaffen.
> Lies! Dein Herr ist der Edelmütigste
> und Derjenige, der durch das Schreibrohr gelehrt hat.
> Er hat den Menschen gelehrt, was er nicht wusste.
> (Sure 96,1–5)

So rezitierte ich all diese Worte, die der Engel gesagt hatte, dann entfernte er sich wieder von mir. Ich erhob mich, und es war, als hätten sich diese Worte tief in mein Herz eingeprägt.

Wahrlich, ich sage euch, kein Geschöpf Gottes war mir je verhasster als ein Dichter in Ekstase oder ein besessener Mensch. In diesem Augenblick aber dachte ich bei mir: ›Ob nun Dichter oder Besessener, nie dürften die Quraish so von mir reden! Und so werde ich auf den Gipfel des Berges steigen und mich dann hinabstürzen – und zumindest will ich mir damit die Ruhe verdienen.‹

Als ich etwa auf halber Höhe des Berges war, sprach aus der Höhe eine Stimme zu mir, die sagte: »O Mohammed! Du bist der Gesandte Gottes, und ich bin der Erzengel Gabriel!« Ich hob meinen Blick, um zu sehen, wer da zu mir sprach, und da sah ich den Erzengel Gabriel in Gestalt eines Mannes, der mit seinen Füßen den Horizont berührte. Und wieder sprach er zu mir: »O Mohammed, du bist der Gesandte Gottes, und ich bin der Erzengel Gabriel!« Ich blieb reglos stehen und blickte ihn an, und das brachte mich von dem Vorhaben ab, mich zu töten. Als ich versuchte, meinen Blick von ihm abzuwenden, wurde ich dessen gewahr, dass, wie auch immer ich es versuchte, ich den Himmel nicht sehen konnte, ohne den Erzengel Gabriel direkt vor mir zu erblicken. So blieb ich denn dort, bis meine Frau Khadija einen Boten sandte, um nach mir zu suchen. Da kehrte ich zu meiner Familie zurück.

Die Männer bewegte Musaabs Geschichte zutiefst. Und Usayd ermutigte ihn sogar, damit fortzufahren: »Erzähle, was Gott Mohammed sonst noch gelehrt hat.«

Der junge Mann aus Mekka lächelte, dann zählte er die Säulen des Islam auf, jene grundlegenden Riten, die der Prophet und alle anderen Muselmanen verpflichtet waren einzuhalten. Die erste Grundlage bildet das Glaubensbekenntnis, das bezeugt, dass »es keinen Gott gibt außer Allah, und Mohammed ist der Gesandte Gottes«. Jeder, der dem Islam angehören möchte, muss diesen Satz von dem Moment seines Beitritts immer wieder formulieren. Die nächste Säule ist das tägliche Gebet, das fünf Mal zu bestimmten Zeiten des Tages und der Nacht zu leisten ist, dann folgt eine rituelle Abgabe, die jedes Jahr an die Gemeinde zu zahlen ist, mit der vor allem die Armen und die Waisenkinder unterstützt werden. Schließlich hebt der Islam die Heiligkeit der alten Pilgerreise nach Mekka hervor, die zumindest einmal im Leben vollzogen werden sollte, auch wenn zu der Zeit, als Mohammed lebte, die heilige Stadt noch von zahlreichen Götzenbildern geprägt war. Die letzte und fünfte Säule wurde erst später offenbart, sie führte die Pflicht des rituellen Fastens während des heiligen Monats Ramadan ein.

Während der junge Musaab sprach, bemerkten die Anwesenden plötzlich auf Usayds Gesicht diesen Ausdruck friedvoller Heiterkeit, den sie mittlerweile als eines der charakteristischen Zeichen der Glaubenswirkung auf die Herzen der Menschen erkannt hatten.

Auch Usayd wurde sich bewusst, dass er seine Grobheit abgelegt hatte. Im Grunde seines Wesens war er ein gutmütiger Riese, zärtlich gegenüber seiner Ehefrau und liebevoll zu seinen Kindern. Daran gewöhnt, immer gefürchtet und gemieden zu werden, empfand er ein seltsam unsicheres Gefühl, als er die neugierig wohlwollenden Blicke der anderen auf sich spürte. Zum ersten Mal in seinem Leben erkannte er, dass vor Gott alle Menschen gleich sind und dass ein jeder in Seinem Namen zum Bruder des anderen werden solle. Gott verlangte, dass die Menschen Ihm die Ehrfurcht und Anbetung zollten, die Ihm als dem

Herrn über das Universum gebührte. Dafür hatte Er unter all den Menschen einen Menschen auserwählt, den Propheten Mohammed, und ihm Sein Wort offenbart. Nun verlangte Er, dass auch Seinem Gesandten Gehorsam entgegengebracht wurde. Einem Mann wie Usayd, zum Kriegshandwerk erzogen und zum absoluten Gehorsam gegenüber seinem Kommandanten verpflichtet, erschien dies alles eindeutig und natürlich.

Stumm betrachtete der Krieger die vor ihm versammelten Menschen. Er sah ehrwürdige alte Männer, unerfahrene junge Leute, Frauen und Kinder. Ihre Herzen waren erfüllt von dem Glauben an Gott, für den sie unabsehbare Gefahren in Kauf zu nehmen bereit waren! Wer wird sie verteidigen, wenn nicht ein Krieger wie ich?, dachte Usayd bei sich und ballte die Hände zu Fäusten. Noch bevor er ein Wort von sich gegeben hatte, hatte Usayd sein Leben bereits Gott und der Verteidigung der Muselmanen geweiht.

»Was für eine herrliche Rede! Sag mir, was ich tun muss, um dieser Religion beizutreten.«

Sie holten von dem nahen Brunnen einen Krug Wasser und zeigten ihm, welche rituellen Waschungen er vorzunehmen hatte – zuerst den Mund und das Gesicht, danach die Arme, den Kopf und schließlich die Füße. Dann sagten sie ihm, dass er das Bekenntnis seines Glauben an Gott und Seinen Propheten in die Hände eines Muselmanen leisten musste. Und schließlich offenbarten sie ihm, wie er beten sollte. Usayd lernte rasch. Kaum, dass er dem Islam beigetreten war, streckte er sich zwei Mal nieder und dankte Gott, dass Er ihm das Herz geöffnet hatte. Darauf wandte er sich an Musaab: »Es gibt da einen Mann, dem, falls er dem Islam beiträte, alle folgten. Sein Name ist Saad. Ich werde eine Möglichkeit finden, ihn alsbald hierherzubringen.«

Nach diesen Worten machte er sich eilig auf den Weg zu Saad und teilte ihm mit, dass sich Abu Umama in Lebensgefahr befände, da ihn die Männer eines rivalisierenden Stammes töten wollten. Schließlich war Abu Umama einer der Hauptvertreter des Islam in der Oase. Allerdings war Abu Umama auch ein Vetter von Saad, der damit gemäß den uralten Stammesgesetzen die Aufgabe hatte, ihn zu beschützen, umso mehr, als er sich auf seinem Gebiet aufhielt. Obwohl Saad kein Anhänger des islamischen Glaubens war, hätten doch er und sein gesamter Stamm alle Ehre und allen Respekt verloren, falls Abu Umama an diesem Ort getötet würde. Also hatte Saad keine andere Wahl, als, bis an die Zähne bewaffnet, zu Abu Umama zu eilen. Als er ihn in einem Garten in ein Gespräch mit anderen vertieft sah, begriff Saad, dass er einer Finte aufgesessen war. Zornig wollte er sich auf seinen Vetter stürzen, da sprach Abu Umama: »Warum sollten wir uns im Angesicht all dieser Menschen hier so ungehörig benehmen? Lausche doch den Worten dieses Mannes! Wenn du anschließend nicht seiner Meinung bist, wird es dir freistehen, in Frieden deines Wegs zu gehen.«

Abu Umama wies mit der Hand auf Musaab, der damit begann, Saad den Islam zu erklären.

Usayd, der keinerlei Zweifel über den Ausgang der Unterredung zwischen Saad und dem Muselmanen hegte, trommelte derweil den gesamten Klan der Aws bei der nahen *sakifa* zusammen, einem Versammlungsort, der mit einem weitläufigen Dach aus Palmenblättern bedeckt war. Die Leute hatten sich gerade erst niedergesetzt, als bereits Saad erschien, der von seiner Unterredung mit Abu Umama und Musaab zurückkehrte. Mit feierlicher Miene erklärte er: »Fortan muss euch klar sein, dass ich, euer Anführer, zu keinem von euch mehr sprechen werde, wenn er sich nicht zu dem Glauben an Gott und an den Propheten Mohammed bekennt.«

Alle sahen ihn fassungslos an. Aber noch bevor sich der Abend herniedersenkte, trat der gesamte Klan der Aws dem Islam bei.

In dieser Nacht wurde in der *sakifa* ein festliches Bankett ausgerichtet, zu dem alle Muselmanen der Oase geladen wurden. Die namhaften Krieger, die die Götzenanbetung aufgegeben hatten und zum Islam übergetreten waren, begrüßten und umarmten einander, wie sie es noch nie zuvor getan hatten. Auch für Zayds Familie war es ein besonderes Fest, da Yazid durch das Beispiel der Krieger zutiefst berührt worden war. Er hatte erkannt, dass die Religion zwei verschiedene, einander jedoch ergänzende Perspektiven hatte. Die eine Seite bildete das Gebet zu Gott, die Reinigung der Seele und das Wissen über die verborgenen Dinge. Die andere aber bezog sich direkt auf die Welt – auf die Arbeit auf den Plantagen, den Handel und die Kriegskunst. All diese Aufgaben konnten im Sinn und zugunsten der Gemeinde der Gläubigen ausgeführt werden, sodass der Glaube den Männern, die sich zu dieser Lebensform hingezogen fühlten, ebenso ein Ziel bot wie denen, die sich für die Weisheit entschieden. Die Privilegiertesten waren jedoch die, die Kontemplation und Tatendrang in sich zu vereinen verstanden, aber das wusste Yazid zu diesem Zeitpunkt noch nicht. Er dachte über Usayd nach, der so entschlossen das Glaubensbekenntnis gesprochen hatte, und dann stellte Yazid den Teller ab, den er sich gerade füllte, wandte sich an seine Mutter und sagte unvermittelt: »Ich muss dem Islam beitreten!«

Er hatte über diesen Entschluss nicht lange nachgedacht, aber nun wiederholte er den Satz drei Mal, dann erhob er sich und schritt auf Abu Umama zu, um ihm sein

Bekenntnis in die Hand zu schwören. Yazids Worte klangen edel und stolz – wie die der anderen Krieger.

Wenn man anfängt, an Gott zu glauben, dachte Zayd, ist es, als erwache man plötzlich aus einem Traum, in dem man sich anders gesehen hat, als man wirklich ist. Zayd war glücklich über Yazids Entschlossenheit, aber sie erschreckte ihn auch, und vielleicht beneidete er seinen Bruder auch auf merkwürdige Weise darum. Plötzlich fühlte er sich zu Tode erschöpft. Es waren Tage höchster Intensität, die hinter ihm lagen, in denen er das geheime Wesen der ihm vertrautesten, liebsten Menschen entdeckt hatte. Doch auch er selbst steckte in einer entscheidenden Veränderung, selbst wenn er sich dessen nicht bewusst war. Immer mehr Fragen taten sich in seinem Inneren auf, immer drückender lastete auf ihm der Verlust seines Vaters und damit eines Vorbilds, an dem er sich einst orientieren konnte.

Was soll nur aus mir werden? Die Frage pulsierte in seinem Kopf, bedrängte ihn. In der Welt, in der sie lebten, war niemand höher angesehen als ein Krieger. Und so versuchte Zayd immer wieder, sich sich selbst in einem Kettenhemd mit dem Schwert in der Hand vorzustellen. Würde es ihm jemals gelingen, ein edler Ritter zu sein? Ihm, der sich von den Kampfspielen stets davongestohlen hatte, mit denen sich seine Kameraden die Zeit vertrieben! Obwohl er gesund und kräftig war, setzte er sich viel lieber zu Karima und lauschte voller Freude den wundersamen Geschichten, die Beduinen und Karawanenführer von ihren Reisen nach Palästina oder dem Jemen mitbrachten oder hörte den Diskursen der Rabbiner über die heilige Geschichte ihres Volkes zu.

Zayd versuchte zum ersten Mal zu verstehen, was seine wirkliche Berufung sein mochte, auf die er sein Leben ausrichten solle. Sein Volk war derart umwälzenden Veränderungen ausgesetzt – welche Stellung würde er selbst darin einnehmen?

Mit einem Ruck drehte er sich zu seiner Mutter um. »Als Yazid heute erwachte, hat er begriffen, dass er ein Krieger ist! Aber was bin dann ich?«

Nawar sah ihren Sohn einen Moment lang an, dann drückte sie ihn fest an ihr Herz und begann zu weinen.

اللطيف

al-Latif:
Der Scharfsinnige

Menschen und Dschinn

Die islamische Tradition betont das Geflecht, das alle Welten miteinander verbindet – von der sichtbaren bis zu den unsichtbaren, vom mineralischen Kosmos bis zur Welt der Menschen. Zudem berücksichtigt sie auch die Wesen der Zwischenwelten: die Dschinn, die »Geister«, und die Engel. Die Welt, in der wir leben, ist nur eine im universellen Bild der Schöpfung, die eine weit größere Anzahl von Welten umfasst, zu der auch das Universum der Engel und Geister gehört, von denen wir in diesem Kapitel sprechen werden. Von den alten Kulturen ist die Annahme überliefert, dass die Dschinn sich in sprechende Tiere oder Menschen verwandeln können.

Beiträge dazu finden sich in allen Kulturen des Orients und des Okzidents, und auch die islamische Literatur befasst sich mit diesem Thema. »Die Märchen aus tausendundeiner Nacht« etwa gehen weit über die materielle Alltagswelt hinaus und zeigen auf, dass Himmel und Erde einander näher sind, als es scheint. Denn das Leben selbst ist ein »Wunder«, in dem sich das Göttliche ständig manifestiert und in jedem Augenblick erneut seine schöpferische Kraft beweist.

Musaab war eine wichtige Stütze für die islamische Gemeinde der Oase. Immer wieder schilderte der junge Mann, was in den Jahren zuvor in Mekka geschehen war, seit Gott Mohammed Seine Weissagungen offenbart hatte. Angesichts der Schwierigkeiten, mit denen sich die Gläubigen der heiligen Stadt auseinanderzusetzen hatten, dachten die Menschen von Yathrib kaum mehr an ihre eigenen, sondern waren vielmehr damit beschäftigt, ihr Verständnis für die neue Religion zu vertiefen und nach ihren Regeln ihr Leben auszurichten. Zayds Familie hatte sich in der friedvollen Einheit des gemeinsamen Glaubens zusammengefunden, allerdings wirkte Nawar häufig abwesend und nachdenklich. Ihren Söhne entging nicht, dass die Erinnerung an Burayda in ihrem Herzen noch lebendig war.

Rasch verging ein weiteres Jahr und es nahte erneut die Zeit der Pilgerreise. Dieses Mal wollten Zayd, Yazid und Karima teilnehmen, koste es, was es wolle. Sie konnten es kaum erwarten, den Propheten persönlich kennenzulernen, und waren zutiefst enttäuscht, als ihnen dies nicht gestattet wurde. Doch ließ sich Abu Umama nicht umstimmen. Die Situation der Muselmanen in Mekka war noch nie so besorgniserregend gewesen, da sie von den Götzenanbeter nun ganz offen verfolgt wurden. Es handelte sich um eine ständige Gefahr für Leib und Leben, die sich mittlerweile auch auf die Glaubensbrüder in Yathrib ausweitete. Die Götzenanbeter aus Mekka hatten sich auf ihre Fahnen geschrieben, die islamische Religion noch während ihrer Entstehung auszurotten.

Auch in Yathrib gab es einige Vorkommnisse, die Abu Umama alarmierten. Obgleich der größte Teil der Menschen hier, mit Ausnahme der jüdischen Stämme, dem Islam beigetreten war, beteten einige nach wie vor die Göttin Manat an. Ein alter Mann namens Amr, der nach alter Manier in seinem Haus einen kleine hölzerne Statue Manats besaß, ließ es sich nicht nehmen, der Göttin demonstrativ und regelmäßig seine Ehrerbietung zu erweisen.

Eines Tages beschloss eine Gruppe junger Muselmanen, gegen das Götzenbild des alten Amr vorzugehen. Auch Yazid gehörte zu dieser berittenen Gruppe, selbst Amrs Sohn schloss sich ihr an. Mit seiner Hilfe schlichen sich die jungen »Ritter« des Nachts in Amrs Haus und entwendeten das Götzenbild. Es war eine hölzerne Statuette der Manat, die die jungen Männer in eine kleine Mulde warfen, die von Felsen umgeben war und als Müllhalde diente.

Am Morgen danach suchte Amr die Statuette im ganzen Haus, doch vergebens. Also beschloss er, den anderen Bewohnern der Oase von dem seltsamen Vorfall zu berichten, doch als er an der Müllhalde vorbeikam, sah er seine Statue. Rot vor Zorn ergriff sie der Alte und brachte sie wieder nach Hause, wo er sie sorgfältig säuberte und ausgiebig mit den besonderen Düften besprengte, die der Göttin vorbehalten waren. Dann stellte er sie wieder an ihren angestammten Platz und versank in einem langen Gebet. Doch noch immer war Amr so erzürnt, dass sein Sohn, als er am Abend nach Hause kam, nicht den Mut aufbrachte, ihm die Wahrheit zu sagen. Und als die jungen Leute in der darauf folgenden Nacht die kleine Statue erneut entfernten, holte sie sich der Alte wie am Tag zuvor zurück. Dies vollzog sich noch viele Nächte lang.

Schließlich verfiel Amr in grimmiges Schweigen, dann begann er das Götzenbild zu beschimpfen: »Ich bin es leid, dich ständig zu verteidigen! Wenn du wirklich eine Göttin bist, dann verteidige dich selbst mit diesem Schwert!« Er nahm sein Schwert aus der Scheide und legte es neben die Statue auf den kleinen Mauervorsprung, der ihm als Hausaltar diente.

Wie schon in den vorherigen Nächten, schlichen sich abermals die jungen »Ritter« in Amrs Haus, nahmen die Göttin von ihrem Platz und warfen sie auf den Müll. Verwundert erkannten sie das entblößte Schwert neben dem Götzenbild und befürchteten, der alte Amr könnte es, nachdem er das erneute Verschwinden bemerkt hatte, gegen sie benutzen. Also beschlossen sie, dass es an der Zeit war, die Angelegenheit Abu Umama zu berichten. Sie bestimmten Yazid zu ihrem Redeführer.

Yazid begab sich sofort nach dem Morgengebet zu ihm, während die anderen draußen warteten. Nur wenige Minuten vergingen, dann ertönte Abu Umamas tiefe Stimme, die vor Zorn so laut war, das sie weit über die Lehmwände der Moschee hinausklang. Die Gruppe der »Ritter« begriff, dass die Dinge nicht allzu günstig für sie standen. Wenige Augenblicke später erschien Yazid in der Tür der Moschee und forderte die anderen auf, auch hereinzukommen. Der Alte befahl ihnen, sich im Kreis um ihn zu setzen, dann erhob er seine Stimme: »Reichen denn die Probleme, die wir haben, nicht aus?«

»Aber Amr ist ein Götzenanbeter!«, gaben die Jungen zur Antwort.

»Ja, aber das ist kein Grund, Unfrieden in die Oase zu bringen. Amr hat sich uns gegenüber noch nie feindselig verhalten. Außerdem ist er als junger Mann ein sehr mutiger Krieger gewesen. Ich wette, wenn er euch mit dem Schwert in der Hand gegenübergetreten wäre, wären viele von euch nicht mehr am Leben!«

Die Jungen senkten ihren Blick. Da wurde es im Raum plötzlich dunkel. Ein mächtiger Schatten zeichnete sich im Eingang ab. Der Mann, der dort stand, breitete seine Arme aus, sodass der Stoff seiner Tunika fast die gesamte Türöffnung einnahm. Sie konnten nicht erkennen, wer er war, bis eine raue, Achtung gebietende Stimme ihnen das Blut in ihren Adern gefrieren ließ. Es war Amr!

»Ihr seid es also gewesen!«, rief er.

Die jungen Männer drängten sich unwillkürlich näher an Abu Umama.

»Sieh einer an, da ist ja auch mein eigener Sohn!« Und dann fuhr Amr in mürrischem Ton fort: »Ich will mit Abu Umama allein sprechen.«

»Sprich nur vor den jungen Männern, Amr! Ich habe gerade erfahren, was geschehen ist! Ich möchte dich etwas fragen.«

»Worin unterscheidet sich die neue Religion von unserem alten Glauben?«

Stumm standen sich die beiden alten Männer einige Zeit gegenüber, dann sagte Abu Umama: »Gott ist der Ursprung alles Erschaffenen und allein zu Ihm kehrt einst alles zurück.«

Nun trat Amr näher, und alle sahen, dass er gar nicht mehr zornig wirkte.

»Ich bin gekommen, um dem Islam beizutreten«, sagte er, wobei ein strahlendes Lächeln sein Antlitz erhellte.

Die jungen Männer sahen sich fragend an. Der Erste, der sich wieder fing, war Amrs Sohn. »Was sagst du da, Vater?«

»Wie kann ich weiter eine dumme Statue anbeten, die sich nicht einmal vor einer Horde rotziger Bengel verteidigen kann!«, antwortete Amr mit einem Lachen, und dann schloss er seinen Sohn in seine Arme. Yazid sollte niemals den tiefen Seufzer der Erleichterung vergessen, der aus Abu Umamas Brust drang.

Wenig später aber ermahnte der Alte die jungen Muselmanen: »Gott sei gelobt! Heute haben sich die Dinge dank Seiner Güte zum Besten gekehrt, aber fordert die Vorsehung nicht ein weiteres Mal heraus! Ob nun allein oder in einer Gruppe, lasst euch niemals von euren niederen Instinkten zu etwas verleiten, sondern lernt, auf die zu hören, die mehr Erfahrung und Autorität haben.«

Auch infolge dieses Vorfalls hielten es Abu Umama und Musaab für klüger, dass nur eine Gruppe von zwei Frauen und dreiundsiebzig Männern, darunter auch Karimas Vater, an der Pilgerreise nach Mekka teilnähme. Bei ihrer Abreise mischten sie sich unter die heidnischen Pilger und taten alles, um nicht aufzufallen. Erst kurz vor Mekka sandten sie eine Botschaft an den Propheten mit der Bitte, ihn treffen zu dürfen, und zwar, wie die Pilger vor ihnen, in der Stadt Aqaba.

Mitten in der Nacht erhoben sich die Muselmanen von ihrem Lager und huschten leise aus ihren Zelten. Um weniger aufzufallen, hatten sie vereinbart, sich in kleineren Gruppen zusammenzutun. Als der Letzte aus Yathrib in Aqaba angekommen war, war die Nacht bereits zu zwei Dritteln vorbei. Doch entsprach dies genau dem Moment, den sie vereinbart hatten. Dann erschien, pünktlich auf die Minute, der Prophet Mohammed, aber er war nicht allein. Bei ihm war sein Onkel, der zwar noch ein heidnischer Götzenanbeter war, aber als Einziger in Mekka über genügend Autorität und Macht verfügte, um den Propheten vor den Bedrohungen der übrigen Einwohner schützen zu können. Mit leiser Stimme sprach Mohammed lange und ausführlich zu den Muselmanen.

Nach ihrer Rückkehr nach Yathrib hielten sich die Erwachsenen mit ihren Berichten über das, was sich in jener Nacht in Aqaba zugetragen hatte, gegenüber den Kindern und Jugendlichen zurück. Sie erzählten nicht, dass sie mit dem Propheten einen Bruderpakt besiegelt hatten, der selbst die Möglichkeit eines Krieges einschloss. Alle wussten um die großen Gefahren, die auf die Muselmanen in der heiligen Stadt lauerten, sodass sich die Krieger von Yathrib in dieser Nacht anerboten hatten, sie mit Waffen vor den Götzenanbetern zu verteidigen.

Dankend hatte der Prophet ihr Angebot angenommen. Dann fragten ihn die Männer der Oase, ob er sie, sobald sie die Feinde Gottes und des Propheten besiegt hätten, für immer verlassen würde.

Er stand auf und führte die geballte Faust an seine Brust. »Nein, ich bin euer und ihr seid mein. Ich werde diejenigen bekämpfen, die ihr bekämpft. Ich werde Frieden schließen mit denen, mit denen ihr Frieden schließt. Doch Gott hat uns noch nicht befohlen, uns mit Waffen zu verteidigen, also werden wir alle Gefahren weiterhin geduldig ertragen und unseren Feinden vergeben.«

Bei dieser Gelegenheit wurden zwölf Vertreter der Oase auserwählt, die eine Versammlung bilden sollten mit dem Auftrag, lebenswichtige Entscheidungen zum Wohl der Gemeinschaft zu treffen. Mohammed verglich diese Männer mit den zwölf Aposteln Jesu und bescheinigte damit, dass Christus sowie auch er Menschen waren, die einander sowohl in der diesseitigen als auch jenseitigen Welt sehr nahe standen. Zu den zwölfen gehörten aus dem Stamm der Khazraj Abu Umama, Ubada sowie Karimas Vater, während Usayd, der erste Krieger, der den Islam angenommen hatte, ein Vertreter der Aws war. Nachdem sie sich von dem Propheten verabschiedet hatten, kehrten die Muselmanen in ihre Zelte zurück, noch bevor der Schein der Morgenröte die Dunkelheit auflöste. In den darauf folgenden Jahren wurde dieser Schwur als der »Kriegspakt« bezeichnet.

Was die Erwachsenen nach ihrer Zusammenkunft mit dem Propheten den Jüngeren aber nicht verheimlichen konnten, war die Tatsache, dass sie vor den Einwohnern der heiligen Stadt, die ihr Treffen mit Mohammed bemerkt hatten, in höchster Eile hatten fliehen müssen.

Um die Verfolgung zu erschweren und ihre Spuren besser verwischen zu können, beschlossen die Männer von Yathrib, sich in kleinere Gruppen aufzuteilen. Doch machte die Wolke, die das eilig bewaffnete Heer hinter ihnen aufwirbelte, keinerlei Anstalten, sich aufzulösen, sodass sie gezwungen waren, Tag und Nacht durchzureiten, und nur einige kurze Pausen einlegen konnten. Auch wenn die Verfolger nicht mehr zu sehen waren, befürchteten die Fliehenden doch, dass die Götzenanbeter mit ihren schnellen Pferden weiterhin versuchten, die Männer aus Yathrib auf ihren Kamelen einzuholen. Daher hatten sie keine andere Wahl, als ihre Rastzeiten zu verkürzen, was sie fast bis ans Ende ihrer Kräfte trieb.

So erreichten die ersten Männer Yathrib bereits um Tage früher, als ihre Rückkehr geplant gewesen war. Es war sehr heiß und von einigen fehlte jede Spur. Niemand wusste, ob einer von ihnen den Verfolgern in die Hände gefallen war. Doch all jene Pilgerreisenden, die wieder in der Oase eintrafen, eilten auf direktem Weg zu Abu Umamas Haus. Dort wartete auch Zayd auf die Ankommenden. Ihre Kamele waren völlig erschöpft, und die Gesichter der Reisenden hatten sich in Masken aus Staub und Mühsal verwandelt. Kaum angekommen, ließen sich die Älteren zu Boden fallen. Die, die in der Oase zurückgeblieben waren, begriffen sofort, dass etwas wirklich Schwerwiegendes geschehen sein musste. Am späten Abend stand schließlich fest, dass nicht alle die Heimkehr geschafft hatten.

Als Letzter kam ein Mann namens Mundhir, der über einen Vorfall berichtete, den viele befürchtet hatten: Saiid, ein Mann der Khazraj, der zu den zwölf »Aposteln« gehörte, war von den Einwohnern Mekkas gefangen genommen worden.

Mundhir war mit Saiid geritten, als sie plötzlich bemerkten, dass sie verfolgt wurden. Um ihre Verfolger zu verwirren, blieb Saiid auf der Straße nach Yathrib, während Mundhir sein Kamel in die Gegenrichtung auf das Meer zutrieb, bis er einen Ort namens Nakhla erreichte. Zwischen den dichten Palmenhainen, die in der Gegend wuchsen, hoffte er, seine Spur verwischen zu können.

»Aber dieser Ort wird von den Dschinn heimgesucht!«, rief einer der Umstehenden. Die Dschinn sind intelligente Wesen, aus Feuer geschaffen, die der Mensch mit seinen Sinnen nicht wahrnehmen kann. Und obwohl die Dschinn imstande sind, ständig eine andere Gestalt anzunehmen, bevorzugen sie doch am liebsten das Aussehen von Menschen. Der Koran berichtet, dass die Dschinn gleichzeitig mit den Menschen erschaffen wurden:

> Er hat den Menschen aus getrocknetem Lehm
> erschaffen, ähnlich dem Töpferton für Vasen und
> Geschirr,
> doch die Dschinn erschuf Er aus der Flamme eines
> rauchlosen Feuers.
> (Sure 55, 14–15)

Auch wenn die Menschen der damaligen Zeit die Dschinn nicht sahen, nahmen sie doch immer wieder ihre Anwesenheit wahr, sodass sie die Geister für eine Art irdische Gottheit hielten. Tempel und Statuen wurden genau an den Stellen errichtet, die die Dschinn häufig heimsuchten, wenn sie sich mit ihrem launischen Gemüt einen Spaß daraus machten, die Menschen zu verwirren. Auch dieser Aspekt wird im Koran behandelt:

> Sie haben die Dschinn neben Gott gestellt, während
> Gott es doch ist, der sie erschaffen hat,
> und in ihrer Unwissenheit haben sie Ihm ohne
> richtiges Wissen Söhne und Töchter angedichtet.
> Doch ist Er um vieles glorreicher und erhabener,
> als sie meinen.
> (Sure 6, 100)

»Das wusste ich«, fuhr Mundhir fort, »aber meine Furcht, den Verfolgern in die Hände zu fallen, war größer als die, es mit den Dschinn aufnehmen zu müssen.«

Dann erzählte er, dass eine kleinere Gruppe der Götzenanbeter aus Mekka weiter seine Spur verfolgt hatte und ihm dicht auf den Versen blieb. Als er bereits fürchtete, eingeholt worden zu sein, stand plötzlich ein Mann von imposanter Statur vor ihm, dem eine lange, dunkle Haarmähne tief in die Stirn fiel. Die Gefahr hinter ihm schreckte Mundhir noch immer mehr, als ihn der Fremde vor ihm bekümmerte. Als der ihn fragte, warum er sich denn auf der Flucht befände, sagte Mundhir ihm die Wahrheit – dass er ein Muselman aus Yathrib sei, auf der Flucht vor den wütenden Götzenanbetern.

»Wenn du ein Muselman bist, werde ich dich beschützen! Folge mir, aber sei leise.«

Der Fremde führte Mundhir in eine enge und geschützte Felsspalte. Kaum war dieser von seinem Kamel abgestiegen, sah er, wie der Weg hinter ihm von einem leichten Dunst überdeckt wurde, durch den er deutlich die Stimmen seiner Verfolger vernahm, ohne sie sehen zu können. Er hörte, dass die Männer aus Mekka die Orientierung verloren hatten und es mit der Angst zu tun bekamen. Kleine Luftwirbel hatten die Spuren von Mundhirs Kamel im Sand verweht.

Nun waren die Männer aus Mekka nur noch wenige Meter entfernt. Sie führten ihre Pferde am Zügel, um Mundhirs Spuren leichter finden zu können. Einer von ihnen kam dem Versteck sehr nahe, und Mundhir und der Fremde pressten sich noch weiter an die Felswand. Der Mann ging auf die Knie nieder, als wollte er Munhirs Spuren am Boden erschnuppern, dessen Herz nun so stark schlug, dass er fürchtete, das qualvoll laute Geräusch müsse ihn verraten. Doch da schüttelte sein Verfolger den Kopf, erhob sich und ging zu seinen Mitstreitern zurück. Sie alle waren erfahrene Jäger, die ihre Beute nur ungern entwischen ließen, aber sie konnten sich nun einmal nicht erklären, wohin diese so plötzlich verschwunden war.

Jetzt erst betrachtete Mundhir seinen Retter genauer. Obwohl er selbst von großem Wuchs war, reichte er dem Fremden nur bis auf halbe Brusthöhe. Als eine warme Brise durch die Felsspalte hereinwehte und eine Strähne der langen Haarmähne des Riesen nach oben blies, erblickte Mundhir in den Augen des Fremden katzenartige Pupillen – was typisch für die Dschinn ist, die sich in Menschen verwandeln.

An Mundhirs erschrockenem Blick begriff der Dschinn, dass der Muselman sein Wesen durchschaut hatte.

»Fürchte nicht um dein Leben! Der Prophet Mohammed ritt einst durch dieses Tal und hat sieben von uns zum Glauben des Islam bekehrt, damit wir ihm helfen, das Wort Gottes auch unter unseresgleichen zu verbreiten. Haltet auch ihr an Mohammed fest! Und jetzt flieh so schnell du kannst, da deine Verfolger zurückkommen und dich foltern könnten, wie sie es mit deinen Mitbrüdern tun, um euch dazu zu bringen, dem Glauben an Gott abzuschwören. Wir können dir nicht mehr weiterhelfen!« Da schwang sich Mundhir rasch in seinen Sattel.

»Ich war so verblüfft, dass ich meinem Retter kaum mehr danken konnte. Und als ich mich noch einmal umdrehte, war er bereits entschwunden. Jetzt müssen wir uns schleunigst bewaffnen und losreiten, um Saiid zu befreien, der als erster Einwohner von Yathrib wegen seines Glaubens an den Islam verfolgt wird.«

Im Kreis der Glaubensbrüder war Abu Umama besonders betroffen. Er fühlte sich allein für dieses Unheil verantwortlich, da er den Islam in die Oase gebracht hatte. Auch hatte Saiid ihn vor langer Zeit gebeten, ihm für die Pilgerreise ein altes Kamel zu leihen, das männlichen Geschlechts war. Diese Tiere wurden üblicherweise nur als Lasttiere benutzt, da sie zu groß und zu langsam waren, um auf ihrem Rücken einen Mann durch die Wüste tragen zu können. Das Kamel, um das Saiid Abu Umama bat, war nach dem Berg Uhud benannt, der im Norden von Yathrib lag und den Reisenden auf ihrem Weg als Orientierungspunkt diente. Abu Umama liebte dieses Tier, mit dem er wie mit einem Menschen sprach, und dem er so sehr vertraute, dass er auf ihm mit geschlossenen Augen nachts durch die Wüste reisen würde. Doch da es außer Saiid allen, die sich auf der Pilgerreise befunden hatten, gelungen war, ihren Verfolgern zu entfliehen, war Abu Umama davon überzeugt, dass die Schuld bei ihm und der Langsamkeit seines Kamels läge.

Inzwischen war es fast Nacht geworden. Die kleine islamische Gemeinde von Yathrib stand vor einer ungemein schwierigen Entscheidung. Sollten sie zu den Waffen greifen und der mächtigsten Stadt Arabiens den Krieg erklären oder einen ihrer Mitbewohner den Folterknechten überlassen und damit womöglich als »Feiglinge« beschimpft werden – dem schändlichsten Schimpfnamen, den die Völker Arabiens kannten? Und wie sollten sie nur verstehen, was sie über den Dschinn gehört hatten? Ein jeder Araber lernte von Kindesbeinen an, die Dschinn zu fürchten. Die ganz Kleinen begannen, sobald es dunkel wurde, vor lauter Angst vor ihnen zu zittern, und die Erwachsenen vermieden sogar, von ihnen zu sprechen. Und nun erfuhren die Menschen von Yathrib, dass es sogar muselmanische Dschinn gab!

Schließlich wurde beschlossen, die Entscheidung auf den nächsten Morgen zu verschieben und durch die Ruhephase zu einem besseren Ergebnis zu kommen. Doch nach einer überaus bewegten Nacht ging erneut die Sonne über einem Tag voller Zweifel und Überraschungen auf.

Zayd hatte bereits eine ganze Weile wach gelegen und unablässig sein Amulett zwischen den Fingern bewegt. Inzwischen aber hatte er gelernt, keine Angst vor dem zu haben, was man nicht sieht, sodass ihm das Amulett fast nutzlos vorkam. Langsam hatte er eher Angst vor den Menschen. Um nicht länger über diese Dinge nachzugrübeln, weckte er rasch seinen Bruder und zusammen gingen sie zum Gebet in Abu Umamas Haus. Nach dem Gottesdienst kehrten alle schweigend in ihre Häuser zurück. Zayd jedoch verharrte lange, bis er sich mit einer Frage an Abu Umama wandte: »Warum wollen sie ihm Böses antun?«

Zayd hoffte verzweifelt darauf, eine Antwort auf seine Frage zu bekommen. Stumm drehte sich der alte Mann zu ihm um, während am Horizont die Sonne aufstieg und mit der Kraft ihrer Strahlen die Schatten der Nacht vertrieb.

»Zayd, erinnerst du dich an die Worte des Korans, die ich heute Morgen gesprochen habe?«

»Natürlich!« Obwohl er sie zum ersten Mal gehört hatte, hatte Zayd sie sich bereits eingeprägt.

»Was wurde dort über die Erschaffung des Menschen gesagt?«, fragte der alte Mann.

Zayd zitierte: »Bei dem Feigenbaum und dem Olivenbaum, und bei dem Berg Sinai ... Ach, übrigens«, unterbrach sich der Knabe, »wo ist der Berg Sinai?«

»Nicht weit von Palästina, Zayd. Aber fahre fort.«

Zayd räusperte sich und fuhr fort:

Wir haben den Menschen in der schönsten,
ebenmäßigsten Gestalt erschaffen;
dann haben Wir ihn zu dem Niederträchtigsten aller
Niederträchtigen herabgewürdigt.
(Sure 95, 4–5)

»Sehr gut, Zayd, du hast es vollkommen richtig wiedergegeben. Und jetzt denke darüber nach, was die Worte Gottes zum Ausdruck bringen.«

Zayd wurde nachdenklich. Vor dem Fenster begannen die Vögel zu jubilieren, als lobten sie Gott. Und da sagte er: »Vögel können nicht so böse und niederträchtig sein wie die Menschen, nicht wahr?«

Der Alte nickte.

»Der Mensch dagegen«, fuhr Zayd fort, »kann sehr gut, aber auch sehr böse sein! Nicht wahr?«

»Ja, Zayd.«

Der Knabe überlegte weiter. Ihm kam es so vor, als hätte ihn der alte Mann bei der Hand genommen und führte ihn an einen ihm unbekannten Ort. Auch verwunderten ihn die verborgenen Bedeutungen der Worte aus dem Morgengebet, die er so rasch auswendig gelernt hatte. »Dann wird es wohl böse Menschen geben, die sich nicht davor scheuen, gegen die Religion und die Gläubigen Krieg zu führen?«

»Das hast du gut verstanden, mein Junge.« Traurig runzelte der Alte die Stirn.

»Aber dann«, fing Zayd wieder an, »können sie auch hierher kommen!«

Abu Umama setzte zu einer Antwort an, da drang das Hufgeklapper eines galoppierenden Pferdes an sein Ohr, und kurz darauf war eine kraftvolle Stimme zu vernehmen, die nach Abu Umama rief.

»Das ist Burayda!«, rief Zayd.

Die beiden liefen zur Tür, da es sehr ungewöhnlich war, dass ein Beduine zu Pferde ritt. Die Nomaden liebten zwar die Jagd auf ihren Araberpferden, die die schnellsten der ganzen Welt waren, obwohl diese edlen, eleganten Tiere für das Leben in der Wüste eigentlich zu empfindlich waren. Also bewegte sich ein Beduine nur dann zu Pferde fort, wenn außergewöhnliche Umstände ihn dazu nötigten.

»Abu Umama! Abu Umama!«, rief Burayda immer wieder, während er verschwitzt und staubbedeckt in den Hof ritt.

»Da bin ich, Burayda! Möge der Friede mit dir sein.« Die schmächtige Gestalt des alten Mannes zeichnete sich vor dem Türrahmen des Betsaals ab.

»Ich muss mit dir reden!« Burayda war sichtlich erschüttert. Ein Anflug von Ärger huschte über sein Gesicht, als er

Zayd bemerkte: »Schick ihn weg. Wir reden besser allein miteinander.«

Abu Umama sah kurz zu Zayd hinüber. »Kümmere dich nicht um ihn, Burayda!«, sagte er dann. »Ich glaube nicht, dass es nötig ist, die Dinge, die du mir zu sagen hast, geheim zu halten. Tritt ein, Mann aus der Wüste, und sage uns, was vor sich geht.«

Noch keuchend und heftig atmend nach dem langen Ritt berichtete Burayda, dass es Saiid im Schutz der Nacht gelungen war, seinen Kerkermeistern zu entkommen. Er hatte sie glauben gemacht, so übel zugerichtet zu sein, dass er sich nicht mehr rühren konnte. Tatsächlich war der arme Kerl so arg verprügelt worden, dass er, kaum dass er seine Freiheit wiedererlangt hatte und auf sein Kamel gekrochen war, in Ohnmacht fiel und während des größten Teils der Reise auch bewusstlos blieb. Wäre da nicht Abu Umamas altes Kamel gewesen, hätte er sich gewiss in der Wüste verirrt. So aber trabte das Tier zurück in die Oase von Yathrib, wo es vom Stamm Buraydas nur mehr wenige Nachtreisen vor seinem Ziel gesichtet wurde. Als sie das Kamel und seinen Reiter auflasen, war dieser zwar voller Wunden und restlos erschöpft, aber bei ein wenig Ruhe und guter Pflege würde er sich bald erholen.

»Gott sei gelobt!«, rief Abu Umama aus vollem Herzen.

»An Eurer Stelle würde ich mich nicht allzu sehr freuen«, erwiderte Burayda. »Die Einwohner von Mekka haben den Wüstenstämmen ein ansehnliches Kopfgeld versprochen, wenn sie einen oder mehrere Bewohner der Oase gefangen nehmen. Für euch ist die Wüste nicht mehr sicher. Und jedem, der aus Mekka kommt, ist es bei Todesstrafe verboten, in Yathrib Zuflucht zu suchen. Die Muselmanen der Stadt dürfen ihre Stadtviertel nicht mehr verlassen. Kurz gesagt, das mächtige Mekka hat die Beziehungen zu eurer Oase vollständig abgebrochen. Doch das ist noch nicht das Schlimmste.«

»Was gibt es denn noch?«

In Buraydas Stimme klangen Angst und Zorn gleichermaßen mit. »Außerdem hat Euer Prophet erklärt, dass es nun an der Zeit ist, die Waffen sprechen zu lassen!«

Ein Schrei ertönte hinter Burayda. »Dann gibt es also Krieg!« Es war Nawars Stimme. Sie hatte zusammen mit Ubada, Karimas Vater, und Usayd, dem Anführer der Aws, den Hof betreten.

»Endlich ist es uns erlaubt, uns zu verteidigen!«, sagte Usayd.

»Aber auf unsere Hilfe werdet ihr verzichten müssen!«, antwortete Burayda mit glühendem Gesicht.

»Im Gebrauch der Waffen gibt es in ganz Arabien keinen Stamm, der sich mit den Einwohnern von Yathrib messen könnte. Und diese fürchten auch niemanden«, erwiderte der Krieger.

»Das ist wahr, Usayd, das wissen wir alle«, antwortete ihm Ubada, der ein Kaufmann war und über die wirkliche Macht Mekkas Bescheid wusste. »Ihr vergesst nur eins: Die Einwohner Mekkas sind sehr reich. Mit ihrem Gold können sie auch die Heere der anderen Stämme gegen Yathrib in Bewegung setzen. Daher müssen wir neben unseren Waffen auch zu einer List greifen.«

»Wenn Gott befohlen hat, dass wir kämpfen sollen, wird Er auch für unseren Schutz sorgen!«, meldete sich Yazid zu Wort. Alle Blicke richteten sich auf ihn, doch die Augen des Jungen suchten nach den Augen Buraydas, da er hoffte, darin ein Anzeichen der Zustimmung zu entdecken.

Doch schien der Beduine Yazids Worte gar nicht gehört zu haben. »Ihr Leute von Yathrib, habt ihr euren gesunden

Menschenverstand verloren! Wie könnt ihr die Worte eines Knaben ernst nehmen? Die Einwohner Mekkas haben ein Kopfgeld auf euch ausgesetzt, wie sie es auch mit Mohammed getan haben, falls er die unglückselige Idee haben sollte, in eure Oase zu kommen.«

»Wir werden dem Willen Gottes folgen«, sagte Nawar mit ruhiger Stimme. »Alles, was wir wissen wollen, ist, welche Entscheidung du mit deinem Volk treffen wirst?«

»Nehmt euch erst einmal des Mannes an, der wie durch ein Wunder dem Tod entronnen ist. Was mich anbetrifft, werde ich Mohammed sicher an die Stadt Mekka ausliefern, sollte er vor mein Angesicht treten. Damit die ganze Sache endlich ein Ende findet!«

Burayda war in Schwierigkeiten und wand sich. Noch immer hegte er Zweifel am Islam, der für ihn zu neu und zu ungewöhnlich war. Er wollte aber auch nicht handeln wie zum Beispiel Abd Allah, der ehemalige Anwärter auf den Thron von Yathrib, sowie einige andere, die die Muselmanen als »Heuchler« bezeichneten. Burayda wollte keine Entscheidung fällen, um einen Vorteil für sich selbst zu erlangen. Er wäre imstande gewesen, sowohl einer der überzeugtesten Anhänger des Islam als auch einer seiner erbittertsten Gegner zu werden, aber er wollte eine Haltung aus Überzeugung einnehmen. Yazid schien die inneren Konflikte des Beduinen zu erahnen, weshalb er versuchte, in seine Nähe zu gelangen, als könnte er ihm allein durch seine Anwesenheit helfen. Vielleicht war es ja derselbe Kampf, den Yazid einst gefochten und gewonnen hatte.

So kam es, dass Yazid, als Abu Umama einige Männer beauftragte, mit Burayda den Verwundeten in die Oase zurückzuholen, unbedingt mitreiten wollte. Nawar willigte schließlich ein, obwohl Buraydas Ansichten ihr großen Schmerz bereiteten. Sein Kampf gegen das Schicksal schien ihre ganze Familie in Mitleidenschaft zu ziehen.

Zayd dagegen beachtete Burayda kaum. Die wundersamen Ereignisse, an denen sie alle teilhatten, wiesen auf ein weit größeres Schicksal hin, das sie alle betraf. Er beschloss, in der Oase zu bleiben und einer Gruppe Muselmanen zu lauschen, die über die Zukunft debattierten. Karima gesellte sich zu ihm.

Einige hielten nicht hinterm Berg mit ihrer Besorgnis, andere hatten furchtbare Angst, wieder andere zeigten sich verwirrt. Einige forderten im Hinblick auf die inspirierenden Worte Yazids dazu auf, zu Gott zu beten, damit der Herr den Muselmanen der Oase weiterhin zu Hilfe eilte. Bis dahin hatte sich Gott ihnen allen gegenüber äußerst barmherzig gezeigt. Immerhin war ein interner Krieg in der Oase vermieden worden. Und dem armen Saiid war es auf wundersame Weise gelungen, sich aus der Gewalt der Bewohner von Mekka zu befreien.

Sie diskutierten lange miteinander, aber als Nawar später einen Blick in den Betsaal warf, bemerkte sie, dass Zayd und Karima nebeneinander selig in einer Ecke schliefen. Und Abu Umama dachte bei sich, dass die Menschen oft viel zu viel redeten, während es doch bereits genügte, das eigene Schicksal zu erkennen.

الرحمن

al-Rahman:
Der Barmherzige

Die Auswanderung

Mit der Auswanderung der Muselmanen aus Mekka in die Oase von Yathrib – arabisch hidschra *– begann eine neue Ära. Im geistigen Sinn ließen die Muselmanen Mekkas ihr »altes« Leben, das durch die Götzenanbetung geprägt war, hinter sich, um sich einem neuen Dasein zu widmen, das nun vom Monotheismus, dem ergebenen Glauben an einen einzigen Gott, bestimmt wurde. Ähnliche Entwicklungen finden sich in allen Religionen. So gibt Christus im Evangelium des Lukas zu verstehen: »Keiner, der die Hand an den Pflug gelegt hat und nochmals zurückblickt, taugt für das Reich Gottes.« (Lukas 9,62) Auch die Juden, das Volk, das sich aus seiner Versklavung in Ägypten und Babylon befreit hatte, aber nach der Zerstörung des Tempels von Jerusalem in alle Welt zerstreut worden war, hatte einst eine neue Zeit des geistigen »Nomadentums« durchmachen müssen.*

In dem von dem Patriarchen Abraham verkündeten Monotheismus gibt es eine Gestalt, die sowohl die Juden als auch die Christen sowie die Muselmanen verehren, wenn auch unter unterschiedlichem Namen: den Propheten Elias beziehungsweise den heiligen Georg oder Khidr. Diese Person ist eine Verkörperung des göttlichen Geistes, der alle Zeiträume und Religionen durchdringt und sich in bestimmten Augenblicken der Geschichte plötzlich materialisiert. Darauf bezieht sich auch der Koran, der die mysteriöse Begegnung zwischen Mose und Khidr beschreibt, welcher als »einer Unserer Knechte« bezeichnet wird. Diese Begegnung wird in dem späteren Kapitel Der Pakt von Hudaibiya noch ausführlich beschrieben.

Von diesem Jahr an verließen mehr und mehr Muselmanen aus Mekka ihre Stadt und begaben sich für immer in Richtung Yathrib auf den Weg nach Norden. So veränderte sich innerhalb kurzer Zeit das Gesicht Arabiens und damit eines Großteils der Welt.

Die ersten Auswanderer flohen aus ihrer Stadt in kleinen Gruppen. Um den Kontrollen der Götzenanbeter zu entgehen, verließen sie ihr Haus, als wollten sie eine einfache Besorgung machen, doch kaum waren sie sicher, dass niemand sie beobachtete, steuerten sie direkt auf die Wüste zu. Erkannten sie, dass ihre Flucht bemerkt wurde, kehrten sie nach Hause zurück, um später erneut aufzubrechen. Oft stießen die Väter erst unterwegs wieder zu ihren Familien. Und viele Flüchtende hatten nur das bei sich, was sie an ihrem Leib trugen. Einige von ihnen waren reiche und einflussreiche Kaufleute gewesen, doch als sie dem Islam beigetreten waren, verloren sie den Großteil ihrer Besitztümer. Wieder andere waren ruhmreiche Krieger und Ritter. Und es waren auch einfache Sklaven dabei. Sie alle waren, was ihre Armut und ihre Religion anbetraf, gleich. Sie hatten ihre Häuser, ihr Hab und Gut und ihr früheres Leben hinter sich gelassen, ebenso wie ihre Verwandten, die noch immer die Götzen anbeteten, sodass ihnen ihr plötzlicher Aufbruch in eine neue Welt zugleich wie ein Tod und eine Wiedergeburt vorkam. Als Menschen mussten sie sich wieder in die Lebensumstände ihrer Vorfahren einfinden, die allesamt Nomaden gewesen waren; als Gläubige aber waren sie, wie es Mohammed gelehrt hatte, zu »Brüdern« einer neuen, reicheren Familie geworden.

Erschöpft und verängstigt kamen die Auswanderer nach einer langen Flucht durch die Wüste in Yathrib an. Trotz der Gefahren ebbte der Strom der Auswanderer über Wochen und Monate nicht ab. Innerhalb kurzer Zeit kamen mehrere hundert Menschen nach Yathrib, das selbst nur wenige Tausend Bewohner zählte.

Darunter litt natürlich das heikle innere Gleichgewicht zwischen den einzelnen Stämmen, da die Neuankömmlinge das Kräfteverhältnis verschoben und somit eine Neuaufstellung der Bündnisse erforderlich machten. Einige waren nicht bereit, ihre Sicht auf die Welt zu verändern, sodass mit der steigenden Zahl von Auswanderern auch die Zahl derer wuchs, die sie ablehnten. Sowohl einige jüdische Stämme, die die arabische Bevölkerung beträchtlich wachsen sahen, befürchteten, an Einfluss und Sicherheit zu verlieren, als auch die Männer von Abd Allahs Klan, der zwar dem Islam beigetreten war, aber noch nicht völlig auf seinen Anspruch, eines Tages den König der Oase zu stellen, verzichten wollte.

Von den Muselmanen Yathribs aber wurden die Ankömmlinge mit großer Freude und Gastfreundschaft empfangen. Schließlich nahm jede Familie eine Auswandererfamilie auf, was in einer Zeit, in der die Menschen fast ausschließlich Stammesbindungen akzeptierten, eine bedeutsame Neuerung war. Denen, die die engen Grenzen der Stammeszugehörigkeit überwunden hatten, öffnete sich ein neuer Horizont, der alle Gläubigen in einer höheren Dimension miteinander verband. Der Koran selbst unterstreicht an vielen Stellen die Notwendigkeit, das gesamte Dasein auf dieser höheren heiligen Ebene aufzubauen:

> Wer sollte bessere Worte sprechen als der, der zu
> Gott ruft und gute Werke vollbringt und sagt:
> »Ich bin einer der Untergebenen Gottes,
> und einer der Muselmanen.«
> (Sure 41, 33)

Die ersten Auswanderer waren vor allem Frauen und Kinder, während sich die Mehrzahl der Männer erst später aufmachte, als sich die grobe Überwachung durch die Bewohner Mekkas zu lockern begann. Kein Tag verging, ohne dass Nachrichten über Aufbruch und Ankunft der Flüchtlinge weitergegeben wurden. Viele fragten sich, ob sich vielleicht auch Mohammed auf den Weg gemacht hatte mit seinen Getreuen, von denen besonders Umar die Vorstellungskraft der Jungen aus Yathrib beflügelte. Denn Neuankömmlinge beschrieben ihn als einen der gefährlichsten Krieger ganz Arabiens. Aus der Oase hatte ihn noch niemand gesehen, aber die Auswanderer aus Mekka erzählten, dass seine Präsenz allein anderen Menschen gehörigen Respekt einflößte und sogar die wildesten Götzenanbeter einschüchterte. Vor allem ihm war es zu verdanken, dass es den Flüchtigen gelungen war, sich nicht dem Druck zu beugen, der sie dazu zwingen sollte, ihre Religion zu verleugnen.

Eines Abends, kurz vor Sonnenuntergang, traf endlich auch Umar in der Oase ein, auf einem riesigen schwarzen Kamel und von den Mitgliedern seiner Familie umgeben. Er war ein Mann von mächtigem Körperbau, der einen immens großen Schatten auf die Erde warf. Seine Hautfarbe jedoch war von beinahe rosigem Farbton, wie es in diesen Breiten nur selten vorkam. Nachdem er die wogenden Palmen von Yathrib erreicht hatte, dachte Umar nicht daran, sich auszuruhen, sondern bat, ihn direkt zur Gebetsstätte zu führen. Während die Männer ihn zu Abu Umamas Haus geleiteten, merkten sie an dem feuchten Schimmer in seinen Augen, wie sehr es ihn beglückte, sich endlich als ein freier Mann zu fühlen, der seinen Glauben nicht länger verstecken muss. Seine schmutzige Kleidung, die einen scharfen Kontrast zu der Eleganz Yathribs bildete, das bis dahin als einer der erlesensten und kultiviertesten Orte Arabiens galt, tat seiner stolzen und würdevollen Haltung keinen Abbruch. Die Menschen, bei denen Umar und seine Familie Unterkunft fanden, wurden um dieser Ehre willen von allen beneidet.

Zayd hatte ein besonderes Erlebnis mit Umar, wenige Tage nach der Ankunft des vornehmen Auswanderers. Eines Morgens halfen Zayd und Karima der verwitweten Tante des Jungen Yusuf, des Sohns von Rabbi Husayn, auf dem Wochenmarkt ein paar Säcke Gerste zu erstehen. Auf dem Rückweg kamen sie an dem Gebäude vorbei, in dem Umar und seine Familie Unterkunft gefunden hatten. Der Freund des Propheten saß vor der Tür auf einem Palmstumpf und reparierte einen Kamelsattel. Als er sie mit den schweren Lasten vorbeikommen sah, ging er ihnen entgegen. Der Ton seiner Stimme war sanft, aber bestimmt: »Möge der Friede über euch sein! Ich bitte euch, gebt mir die Säcke, sodass ich sie trage!«

Die alte Jüdin wies ihn höflich ab: »Shalom, Friede! Du bist sehr freundlich, doch wir schaffen das schon allein.«

»Ich würde es nicht wagen, dereinst vor Gottes Angesicht zu treten, wenn ich weiß, dass ich einer Witwe und einem Waisenkind nicht geholfen habe«, antwortete Umar und machte sich daran, die gesamte Last auf seine Schultern zu laden. Dann ging er zusammen mit den anderen zu dem Haus, in dem Yusufs Tante lebte. Sobald sie die Grenze des jüdischen Viertels überschritten, wurden sie der Aufregung gewahr, die in der Luft lag, da einige der Bewohner über das, was in der Oase vor sich ging, offenen Groll hegten. Derjenige, der sich am meisten gegen die Ankunft der Auswanderer wehrte, war Shas, jener junge Mann, der vor einiger Zeit zusammen mit Mukhayriq und Rabbi Husayn bei Abu Umama gewesen war. Sobald er den edlen Muselman und Krieger erblickte, der unter der einer jüdischen Witwe gehörenden Last ächzte, ahnte er, dass dieser Vorfall die Beziehungen zwischen Juden und Muselmanen verbessern würde, was so gar nicht seinen Absichten entsprach.

Mit vor Zorn sprühenden Augen eilte Shas daher auf Umar zu. Zayd und Karima erschraken, aber zu ihrer Verwunderung wurde Shas' Gesichtsausdruck immer fröhlicher, je näher er ihnen kam. Als er nur noch wenige Schritte von Umar entfernt war, lächelte er, wenn auch ein wenig verlegen. »Lass mich die Säcke tragen«, sagte er.

»Und wem werde ich am Tag des Jüngsten Gerichts meine Sünden zu tragen geben?«, erwiderte Umar.

Noch am selben Abend berichtete Zayd Abu Umama und den anderen Muselmanen, die sich zum Gebet bei Sonnenuntergang versammelt hatten, von dem Vorfall. Der alte Mann, der an diesem Tag erschöpfter und sorgenvoller als sonst war, schien sich darüber sehr zu amüsieren.

»Armer Shas! Er hatte keine Ahnung, wen er da vor sich hatte!«

Ein wenig später entschlüpfte Abu Umama, während er noch immer lachte, leise der Satz: »Er wusste auch nicht um den wundersamen Charakter Umars.«

Weil so viele Leute um sie waren, sagte Zayd nichts weiter. Doch als der Tag sich seinem Ende neigte und alle bereits auf dem Weg nach Hause waren, wollte er mehr über den geheimnisvollen Ausspruch Abu Umamas erfahren. »Was ist denn an Umar so wundersam?«, wagte Zayd nach einer Weile zu fragen.

Abu Umama antwortete nicht, vielmehr bereute er seinen unbedachtsam dahingesagten Satz. Aber inzwischen fühlte sich der alte Mann für die geistige Erziehung Zayds verantwortlich, ganz so, als sei dieser sein eigener Sohn. Schon seit einiger Zeit bemerkte er voller Wohlwollen das aufmerksame Interesse des Knaben an den vielen Aspekten der Religion. Dieser Drang unterschied Zayd von den meisten seiner Altersgenossen und musste deshalb sehr sorgfältig, vor allem aber sehr diskret gefördert werden. Abu Umama war viel zu alt und zu weise, um nicht zu wissen, über welche Macht die Religion verfügte und dass jeder sie entsprechend der eigenen Fähigkeiten leben musste. Manche Männer unterschieden sich in ihrem Glauben und Wissen vollkommen von anderen, gewöhnlichen Menschen. Leise betete Abu Umama darum, dass eines Tages Zayd einer dieser Männer sei.

An diesem Abend fühlte sich der alte Mann geistig sehr schwach und elend, da er in seinem langen Leben niemals mit so vielen Menschen in Berührung gekommen war. Er überlegte, ob er nicht ein paar Tage in der Wüste verbringen sollte, in völliger Einsamkeit und Ruhe. Plötzlich kam ihm der Gedanke, diese Erfahrung mit Zayd zu teilen. Und sogleich fragte Abu Umama den Jungen, ob er ihn jetzt gleich auf eine kurze Reise begleiten wolle. Zayd war erstaunt, nahm aber dankend an und lief heim, um seiner Mutter davon zu berichten, die gleich zustimmte. Als er zurückkam, hatte der alte Mann bereits das Kamel Uhud gesattelt, das sie gemeinsam mit allem Nötigen beluden. Dann stiegen sie auf das Kamel, Zayd saß vor Abu Umama. Für eine Weile ritten die beiden in Richtung Süden, bis die Lichter der durch die Fenster scheinenden Öllampen im Schatten der Dunkelheit erloschen. Noch war der Mond nicht aufgegangen, sodass Zayd nur mit Mühe die Linie des Horizonts unter dem sternenübersäten Himmelsgewölbe ausmachen konnte. Wer sich bei Nachtreisen nicht geschickt anstellte, konnte sich leicht in der Wüste verirren, doch vertraute Abu Umama so sehr auf seine Erfahrung und sein Kamel, dass er mit geschlossenen Augen ganz Arabien hätte durchqueren können. Mit großem Vergnügen lauschte Zayd den mit sanfter Stimme vorgetragenen Befehlen, mit denen Abu Umama das Kamel leitete. Uhud verfiel in den klassischen schwankenden Gang der Wüstenschiffe, während es der alte Mann langsam der von der Milchstraße gezogenen gekrümmten Linie am Himmel folgen ließ. Wären sie ein paar Tage lang so weitergeritten, hätten sie die Grenzen des Mekka-Tales erreicht, in dessen Zentrum das Haus Gottes stand.

Es war eine Sommernacht, in der ständig Sternschnuppen fielen, und von dem Punkt aus, an dem sie sich befanden, behinderte nichts am Horizont den Anblick dieses außergewöhnlichen Phänomens. Das Spektakel war so zauberhaft, dass es Zayd von Zeit zu Zeit ein bewunderndes Raunen entlockte.

»Was bedeutet das alles, Abu Umama?«, fragte er.

»Das Jahr hat viele Nächte, doch sind manche davon so

besonders, da Gott in ihnen die Sterne des Himmels bis zur Erde herabkommen lässt.«

»Und Umar?«, fuhr Zayd fort.

»Umar ist einer der Gefährten des Propheten, durch die Gott die Schönheiten des Himmels auf dieser Welt zum Ausdruck bringt – gleichsam als machten sie es möglich, dass Himmel und Erde einander näher kommen und sich mitunter sogar berühren.«

»Was bedeutet das?«, fragte Zayd wieder.

»In der Tat ist es so, dass Gott Umar stets die Wahrheit sagen lässt! Oft wissen die anderen Menschen nicht, was sie ihm antworten sollen, da die Wahrheit so einfach und vollkommen ist. Die Wahrheit ist mächtiger als tausend Schwerter. Und zudem …« Während Abu Umama einen Augenblick über seine Worte nachdachte, wusste Zayd mit einem Mal, wie bedeutsam diese Nacht für ihn werden sollte. »Umar ist ein ungewöhnlich aufrechter und redlicher Mensch. Gott hat ihm die Macht verliehen, bösen Menschen Furcht einzuflößen. Der Prophet Mohammed sagte einmal, dass selbst der Teufel sich vor Umar fürchtet. Und der Teufel war ursprünglich einmal ein Engel, der sich, da er Adam so sehr hasste, gegen Gott aufgelehnt hat. Seit damals versucht er alles, um die Menschen von Gott dem Herrn abzubringen, auch wenn er dabei den einen gegen den anderen aufhetzen muss. Doch da alle Engel aus Licht und nicht aus Ton geformt wurden wie wir, besitzt auch der Teufel keinen Körper. So ist er in der Lage, viele Formen anzunehmen, denn wie ein Lichtstrahl beleuchtet er viele verschiedene Gegenstände. Darüber hinaus aber kann er sich auch als Unheil stiftender Gedanke in das Herz eines beeinflussbaren Menschen senken. Ich kann mir vorstellen, dass sich der Teufel Shas' Zorn zunutze machte, doch als er Umar von Angesicht zu Angesicht gegenüberstand, ertrug er dies nicht und wich von ihm.«

»Abu Umama, ist es vielleicht der Teufel, der den Menschen zu Krieg und Verderben drängt?«

»Fast immer.«

»Können wir dann nicht Gott bitten, dass Er uns die gleiche Kraft schenkt wie Umar?«

Der alte Mann blieb Zayd die Antwort schuldig. Er zitterte leicht, da die Kälte vom Himmel herabzusteigen begann. Die Wüste zeigt immer ein extremes Gesicht und auf die Hitze des Tages folgt die Kälte der Nacht.

Nachdem sie vom Kamel abgestiegen waren, machte Abu Umama Zayd vor, wie das Zelt aufgestellt wird, das die Kameltreiber benutzten. Es war viel kleiner als die Behausungen der Beduinen aus Tierhaut, reichte aber für die Ruhepausen während einer Reise. Es war gefertigt aus zusammengenähten Schaffellen, und sein Inneres erwärmte sich auch während der beißendsten Kälte sehr schnell. Neben dem Zelt hatte sich inzwischen das Kamel niedergelassen. Sein mächtiger Körper schreckte zwar die Tiere der Wüste ab, doch zur größeren Sicherheit entzündeten sie außerdem ein kleines Feuer aus trockenem Kamelmist.

Sie setzten sich neben das Feuer, um ihr schlichtes Mahl aus ein paar Datteln zu verzehren. Ungeduldig wartete Zayd darauf, dass Abu Umama zu ihm sprach.

»Nicht alle Menschen sind gleich. Auch unter den Gläubigen gibt es manche, die Gott treuer ergeben sind als andere. Für sie hält Gott ein wunderbares Schicksal bereit, da sie gleichsam ein Zeichen für die göttliche Allmacht in dieser Welt sind. Durch die Veränderungen, die in ihnen geschehen, werden sie sich über die Kraft der Religion bewusst. In manchen Fällen kommt es dabei zu Wundern.

Sobald der Prophet zu uns gekommen ist, musst du dich darauf gefasst machen, Wunder zu sehen, die du dir jetzt noch nicht einmal vorstellen kannst. Wenn du so werden willst, musst du dem Beispiel des Propheten und seiner Gefährten folgen.«

»Wie?«, fragte Zayd.

»Du musst ihnen folgen wie ein Jünger, der seinem Meister folgt, als stündest du vor Gott und nicht vor einem Menschen. Stell keine nutzlosen Fragen. Begeh nicht den Fehler von Mose, der ein Jünger des Khidr, des ›Immerwährenden‹ wurde, jenes Propheten, der unsterblich war. Mose konnte der Versuchung nicht widerstehen, Fragen zu stellen, sodass sich der Khidr wieder von ihm trennte.«

»Du bist mein Meister!«, rief da Zayd.

Der Alte lächelte und schwieg. Im knisternden Licht des Feuers bemerkte Zayd, dass sich ein Schleier von Traurigkeit auf Abu Umamas Gesicht gelegt hatte. Vor seinem geistigen Auge war, wie schon so oft, die Erinnerung an eine Begegnung aufgestiegen, die sein Leben bestimmt hatte. Und plötzlich beschloss er, dem Knaben von dieser Begegnung zu erzählen, da er nun wusste, warum er mit Zayd in die Wüste gegangen war.

Wie viele Söhne von Kaufleuten hatte Abu Umama bereits in jungen Jahren etliche Reisen unternommen. Als er etwa in Zayds Alter gewesen war, befand er sich mit einer Karawane unterwegs nach Syrien. Nicht weit von Jerusalem hatten sie in einem kleinen Dorf haltgemacht, dessen Häuser aus sonnengetrockneten Backsteinen waren. Während die Karawanenführer auf den Markt gingen, um Vorräte zu kaufen oder die eigenen Waren zu verkaufen, blieb der junge Abu Umama im Schatten einer hohen Akazie zurück, um auf die Tiere aufzupassen. Doch eigentlich war er in düstere Gedanken versunken. Er befand sich an der Schwelle zum Erwachsenwerden, was auch das Alter war, in dem die jungen Männer von Yathrib mit dem Kult der Manat und damit den Riten der Götzenanbetung vertraut gemacht wurden. Doch hatte die alte Geschichte von dem Gott Adams und Ismaels in Abu Umamas Herzen einen so tiefen Eindruck hinterlassen, dass ihn die Vorstellung, die sogenannten Götter anbeten zu müssen, anwiderte. Schon seit einiger Zeit betete er mit all seiner Kraft zum Gott Abrahams, damit Er ihm diese Schande erspare. Den Männern der Karawane hatte er seine Trübsal offenbart, doch ein jeder hatte ihm gesagt, dass ein Mann an das Geschick seines Stammes und die Götzen seiner Vorfahren gebunden sei und sich dieser Aufgabe nicht entziehen könne. Inzwischen war Abu Umama bereits so verzagt, dass er nicht mehr daran glaubte, jemanden zu finden, der ihn unterstützen würde. Und so tat er nichts, als zu beten und zu klagen. Mehrmals hatte er sogar erwogen, die Karawane zu verlassen, da ihm das Leben eines umherirrenden Ritters, ja sogar eines nomadischen Räubers besser erschien als jede Götzenanbetung.

Schließlich zogen seine heimlichen Seufzer die Aufmerksamkeit eines Mannes auf sich, dessen weiße Haare auf ein sehr hohes Alter schließen ließen und der eine helle Tunika mit einem schwarzen Mantel darüber trug. Auf seinem Haupt hatte er eine leichte, bestickte Kopfbedeckung, wie sie Abu Umama noch niemals gesehen hatte. Da blieb dieser Mann nicht weit von ihm entfernt stehen, sodass Abu Umama deutlich sein Gesicht erkennen konnte. Die feinen, ebenmäßigen Züge, die ihm verehrungswürdig erschienen, flößten ihm eine große Scheu ein. Abu Umama konnte nicht sagen, welchem Volk der Mann angehörte, aber zum Zeichen seiner Ehrerbietung erhob er sich. Schweigend kam der Mann langsam näher, und Abu Umama bat ihn, ein wenig bei ihm zu verweilen. Der Mann setzte sich ihm gegenüber, und Abu Umama sprach zu ihm: »O ehrwürdiger Unbekannter! Ich bin ein junger Araber und suche jemanden, der mich hinführt zum Gott unseres Vaters Abraham!«

»Von wo kommst du, Junge?«

»Ich komme von einer grünen Oase im Zentrum Arabiens, mit Flüssen kostbaren Wassers, die zwischen zwei Bergen hindurchfließen«, antwortete Abu Umama.

»Ach! Du kommst aus der Oase Yathrib! Und willst dieser geweihten Erde entfliehen?«, fragte der Mann.

»Woher weißt du das? Und wie ist dein Name?«, fragte Abu Umama ihn verblüfft.

»Ich bin der Khidr! Gott hat mich gesandt, um dich auf die Mission, die dir bevorsteht, vorzubereiten.«

Mit offenem Mund lauschte Abu Umama seinen Worten, während sich seine Augen mit Tränen füllten. »Gelobt sei der allmächtige Gott!«

»Deine Worte klingen gut«, sprach der Khidr weiter. »Das höchste Wesen hat deine Klagen gehört und deine Gebete beantwortet. Freue dich! Du wirst in deiner Oase bleiben und dort auf die Ankunft eines Propheten warten, der für seine Mission Hilfe benötigt.«

»O Khidr, du unsterblicher Prophet, der immer grünt wie die Zedern des Libanon! Gesegnet sei der Name Dessen, der dich gesandt hat, um meine Seele zu retten. Wie aber werde ich mich der Götzenanbetung meiner Verwandten entziehen können?«

»Du musst deinen Leuten sagen, dass du ein *hanif* bist, ein Anhänger der alten Religion von Abrahams einzigem Gott und damit ein Monotheist. Von nun an wird deine Aufgabe aus Meditation und Fasten bestehen und aus der Vollziehung geistiger Riten zur Verehrung des Herrn. Niemand kann dagegen etwas sagen, denn noch respektieren die Araber den Patriarchen Abraham.«

Vor Glück und Erstaunen wusste sich Abu Umama nicht zu beruhigen, da ihm diese Begegnung als das größte Wunder erschien, das er sich jemals erhoffte.

»O ehrwürdiger Khidr! Niemals werde ich mich wieder von der Religion Abrahams entfernen.«

»Nimm dir ein Beispiel an denen, die dir auf diesem Weg vorangeschritten sind. Denke immer daran, zu Gott zu beten, ohne einen Götzen neben ihn zu stellen, und fürchte den Herrn. Falls du mich je einmal brauchst, dann geh mit der Karawane, die jedes Jahr nach Syrien reist, und warte unter diesem Baum auf mich. So Gott es will, werden wir uns wiedersehen.«

Noch einmal blickte ihm der Ehrwürdige tief in die Augen, dann erhob er sich lächelnd. Einen Augenblick später fand sich Abu Umama ganz und gar von dem schwarzen Mantel umhüllt, den der Khidr über ihn geworfen hatte. Ein paar Augenblicke fühlte er sich in der völligen Dunkelheit wie versteinert. Als es ihm endlich gelang, seinen Kopf aus den schwarzen Stoffbahnen zu befreien, war der Khidr verschwunden.

Dies sollte nicht seine einzige Begegnung mit der geheimnisvollen Erscheinung bleiben, die von den christlichen Eremiten als der heilige Georg bezeichnet wurde. Von diesem Tag an veränderte sich Abu Umamas Leben von Grund auf und viele Dinge geschahen, die er womöglich niemals erwähnen würde. Aber niemals vergaß er Gott und den Patriarchen Abraham, ungeachtet aller Götzenanbeter, die um ihn her lebten. Auch würde er niemals wieder die Schwelle überschreiten, die zum Tempel der Manat führte, es sei denn, er müsste die Ankunft des Propheten ankündigen, von dem der Khidr gesagt hatte, dass er eines Tages kommen werde.

Nachdenklich warf Abu Umama einen Blick auf Zayd. Dessen Vater Thabit war einer der wenigen gewesen, die wie er an den Patriarchen Abraham geglaubt hatten. Thabit hatte sich von dem Götzenkult abgewandt und nie an einer Pilgerreise nach Mushallal teilgenommen, wenn er auch kurz vor Erscheinen des Islam in der Oase gestorben war.

Auch Abu Umama fühlte, dass seine Zeit zu Ende ging, doch seine schwindenden Kräfte taten seiner Freude keinen Abbruch. Nach so vielen Jahren war der Prophet, von dem ihm der Khidr berichtet hatte, endlich erschienen! Und jetzt begriff auch Zayd, warum der alte Mann immer wieder über den Saum seines seltsamen schwarzen, inzwischen schäbigen Mantels strich, von dem er sich weder sommers noch winters trennen wollte: Es war der Mantel des Khidr!

Nebeneinander saßen sie in der stillen Weite der Wüste und sprachen das Nachtgebet. Abu Umama hatte Zayd gebeten, die Führung zu übernehmen, zum allerersten Mal. Und so hob der Knabe seine Stimme und zitierte eine Stelle aus dem Koran, die er von einem der Auswanderer gehört hatte:

Beim Himmel und bei dem, der des Nachts leuchtet!
Aber wer ist es, »der des Nachts leuchtet«?
Es ist ein Gestirn aus strahlendem Licht!
Es gibt keine Seele, über die nicht ein Schutzengel
wacht.
Darum sollte der Mensch beachten, woraus er
geschaffen ist.
Er ist geschaffen aus einem strömenden Wasser,

das sich zwischen Lende und Rippen ergießt.
Gott allein vermag ihn wiederzuerwecken,
Am Tag, da seine inneren Geheimnisse offenbart werden,
an dem ihm keine Gewalt und kein Beschützer zur Seite steht.
Beim Himmel, von dem der Regen kommt!
Und bei der Erde, auf der alles sprießt!
Das ist sicher eine entscheidende Botschaft
Und alles andere als ein Scherz!
Sie sind dabei, ein Komplott gegen Mich zu schmieden,
Aber auch Ich schmiede Meine Ränke!
Daher gewähre den Ungläubigen einen Aufschub,
gewähre ihnen noch eine kurze Frist!
(Sure 86,1–17)

Selbst der Wind schien den Worten Gottes zu lauschen. Abu Umama und Zayd warfen sich auf die Erde nieder und beendeten damit ihr Gebet. Während sich Zayd wieder erhob, lag Abu Umama noch immer da und presste seine Stirn in den Sand. Als der Alte seinen Kopf schließlich hob, erleuchtete der Mond sein tief bewegtes Antlitz. Kaum hörbar sprach er: »Lass uns nach Yathrib zurückkehren, bald wird der Prophet eintreffen!«

Zayd folgte Abu Umama, ohne ein einziges Wort zu sprechen. Später sollte er es allerdings bitter bereuen, dass er Abu Umama nicht gefragt hatte, woher er das wisse.

البارئ

al-Bari:
Der Gestaltgeber

Medina

Nachdem der Prophet Mohammed in Yathrib eingetroffen war, um dort zu leben, nannten die Muselmanen die Oase fortan Medina al-Nabi, die »Stadt des Propheten«, oder einfach Medina, die »Stadt«.

Niemals wieder sollte die Oase ein Fest erleben, das größer und schöner war als das, das an jenem Tag im September des Jahres 622 nach christlicher Zeitrechnung gefeiert wurde, etwas mehr als zwei Jahre nach dem Beginn unserer Erzählung. Mit der Ankunft Mohammeds wurde auch ein neuer Kalender eingeführt, der Kalender der Auswanderung oder Hidschra, üblicherweise abgekürzt mit den Initialen A.H. (Anno Hegirae). Da wenige Monate zuvor das neue Mondjahr begonnen hatte, führte man das Datum des ersten Jahres der Hidschra auf den ersten Tag dieses Jahres zurück, genauer gesagt auf den Ersten des Monats Muharram, der dem 16. Juli 622 entspricht.

Außerdem wurde der Brauch abgeschafft, von Zeit zu Zeit einen 13. Monatstag einzuführen, damit der Islamische Mondkalender mit dem Christlichen Sonnenkalender zusammenfiel.

Wie das Judentum und das Christentum besitzt auch der Islam einen eigenen heiligen Kalender, der noch heute gültig ist. Dieser Roman etwa wurde am zehnten Tag des Monats Muharram im Jahr 1426 der Hidschra beendet, was dem 19. Februar 2005 entspricht, und dem 10. Adar I des Jahres 5765 des jüdischen Kalenders, der ebenfalls an den Mondphasen ausgerichtetet ist.

Weil es ihnen nicht gelang, den Auszug der Muselmanen zu stoppen, entschieden die Götzenanbeter aus Mekka, den Propheten Mohammed zu ermorden, da sie sich davon die endgültige Ausrottung des Islam erhofften. Daher setzten sich die Klans der Quraish – mit Ausnahme dessen, dem Mohammed angehörte – zusammen und schlossen einen Pakt. Jeder Klan sollte einen seiner stärksten und entschlossensten Männer entsenden, der sich zum Haus des Propheten begab. Dort sollten ihm alle Verschwörer gemeinsam einen tödlichen Schlag versetzen, sodass sämtliche Klans von Mekka gleichermaßen für seinen Tod verantwortlich wären.

Der Plan schien sicher zu sein, doch warnte der Erzengel Gabriel den Propheten, der nach seinem Vetter Ali rief, damit dieser seinen Platz einnähme – einerseits um die Belagerer zu verwirren, andererseits um Mohammed Gelegenheit zu geben, die letzten Obliegenheiten vor seiner Abreise zu erledigen. Trotz des Hasses und der Abneigung, die viele gegen ihn hegten, wurde Mohammed noch immer als einer der vertrauenswürdigsten Männer Mekkas angesehen, ja, ihm war sogar der Beiname *al-Amin*, »Mann des Vertrauens«, gegeben worden. Viele Kaufleute hatten ihm, obwohl sie Götzenanbeter waren, ihr Vermögen für die Zeit ihrer Abwesenheit anvertraut, da Mohammeds Redlichkeit unbestritten war. Ali erhielt also den Auftrag, nach dem Aufbruch des Propheten nach Yathrib die Gelder den rechtmäßigen Eigentümern zurückzugeben.

Doch war noch das Problem zu lösen, wie es Mohammed gelingen sollte, sich aus seinem von den Verschwörern bewachten Haus zu entfernen. Was diese Männer davon abhielt, in sein Haus einzudringen, waren die vier Töchter des Propheten, Zaynab, Umm Khultum, Fatima und Ruqayya. Denn selbst wenn sie zum Mord an dem Propheten entschlossen waren, wollten sie doch auf keinen Fall die Intimität der Frauen verletzen, da sie sich damit für alle Zeit mit Schande bedeckt und zum Spott aller Araber gemacht hätten.

Der Prophet forderte also seinen Vetter auf, sich in den grünen Mantel, in dem er gewöhnlich schlief, zu hüllen und sich in sein Bett zu legen, versicherte ihm aber gleichzeitig, dass ihm kein Leid geschähe. Dann begann er die Eingangsverse des Kapitels *Ya-Sin* aus dem Koran zu rezitieren:

Ya-Sin.
Bei dem weisen Koran.
Du bist sicher einer der Gesandten
auf einem rechten Weg.
Er ist die Offenbarung des Allmächtigen und
Barmherzigen, damit du ein Volk warnen kannst,
dessen Väter nicht gewarnt wurden,
Sodass sie alles unbeachtet ließen.

In der Tat hat sich der Spruch gegen viele von ihnen bewahrheitet:
Sie werden nicht glauben.
Ja! Wir werden ihnen Fesseln umlegen vom Hals bis zum Kinn,
die ihre Köpfe gerade halten werden.
Und wir werden eine Absperrung vor sie
und eine Schranke hinter sie legen,
die sie von allen Seiten umhüllt,
sodass sie nichts sehen können.
(Sure 36,1–9)

Nachdem er die Worte »sodass sie nichts sehen können« ausgesprochen hatte, öffnete Mohammed die Haustür, vor der die Verschwörer warteten, und ging mitten durch sie hindurch, ohne dass einer von ihm Notiz nahm. Vergeblich verweilten die Mörder viele Stunden rings um das Haus, bis schließlich Ali, der noch den grünen Mantel des Propheten trug, im Morgenlicht an das Fenster des Schlafzimmers trat. Erst da erkannten sie, dass Mohammed ihnen entflohen war, und schlugen Alarm. Bald stellten sie fest, dass auch Abu Bakr in dieser Nacht verschwunden war, einer der letzten Gefährten des Propheten, die noch in Mekka geblieben waren, ebenso zwei seiner Kamele.

Ungern nur gestanden sich die Bewohner von Mekka ein, dass sie an der Nase herumgeführt worden waren, doch dann brachen sie zu einer der größten Verfolgungsjagden auf, die Arabien je gesehen hatte. Sie setzten ein hohes Kopfgeld auf Mohammed aus, um auch die Beduinenstämme einzubinden, die für eine ansehnliche Belohnung mehr als empfänglich waren.

Wenn es auch unendlich schwierig war, gelang es Mohammed und Abu Bakr dennoch, Quba zu erreichen, ein

Dorf an der südlichen Grenze von Yathrib, wo sie sich für eine Weile ausruhten. Der Prophet war froh, endlich in seine neue Heimat zu kommen, wo ihm die Menschen einen Empfang bereiteten, der seiner religiösen Würde angemessen war.

Es war einer der ersten Herbsttage – eine leichte, erfrischende Brise wehte –, als Mohammed auf dem Rücken seiner Kamelstute Qaswa am Eingang von Medina erschien. Das Tier hatte ein abgeschnittenes Ohr, Zeichen eines alten arabischen Brauches, der vom Islam verboten worden war. Flankiert wurde er von zwei Rittern, die über ihren Panzerhemden Rüstungen aus Eisen und Leder trugen und am linken Arm einen kleinen runden Schild hielten, während sie mit dem anderen funkelnde Krummsäbel schwangen. Es waren die Krieger der Aws und Khazraj, die sich zur Verteidigung des Propheten zusammengeschlossen hatten. Dahinter schritten, angetan mit ihren besten Gewändern, seine Gefährten und die Auswanderer einher. Der Zug wurde von einer jubelnden Menschenmenge empfangen. Die Frauen der Oase priesen mit ihren Freudengesängen die Ankunft des Propheten und stimmten das Lob der Auswanderer und der Bevölkerung von Medina an, die mit dem Beinamen »Helfer« bezeichnet wurde, da sie die Religion, wie es die Vorsehung sagte, aus voller Kraft unterstützten.

»Der Prophet Gottes ist gekommen!«, schallte es durch die Straßen der Oase. Zayd und Karima standen am Rand des Weges zum Herzen der Stadt, aber es drängten so viele Menschen nach, dass ihnen die Sicht genommen wurde und sie beschlossen, dem Propheten entgegenzugehen. Sie liefen durch die Menge, bis sie ihn endlich sahen. Erst da blieben sie stehen und mit ihnen viele andere Kinder, die ihnen gefolgt waren, sodass der Prophet langsamer reiten musste. Sein Äußeres war majestätisch, wie es dem Gesandten Gottes gebührte. Sein männlich schönes Gesicht wurde von schwarzen Haaren eingerahmt, die ihm bis auf die Schultern herabfielen, und ein dunkler Bart unterstrich sein strahlendes Lächeln. Mohammed war ein Mann von kräftigem Körperbau, und seine angenehm ruhige Miene vermittelte den Eindruck großer Gelassenheit. Alles an ihm flößte Respekt und Vertrauen ein. Karima erschrak, als sie die Worte hörte, die Zayd mit leiser Stimme aufzusagen begann. Es waren einige Verse aus dem Kapitel über die Dschinn:

Gott ist es, der über das Unsichtbare Bescheid weiß,
aber das, was Sein Geheimnis ist, niemandem offenbart,
außer dem Gesandten, der Ihm wohlgefällig ist
und den Er sowohl vor wie auch hinter ihm von
Seinen Engeln bewachen lässt.
(Sure 72,26–27)

Und dann sprach Zayd: »Gott ist groß! Der Prophet Gottes ist gekommen!« Alle Kinder von Medina traten nun auf Mohammed zu und wiederholten denselben Satz in einem Freudenruf.

Selbst Qaswa, Mohammeds Kamelstute, schien über die hellen Stimmen der jüngsten Bewohner der Oase erfreut. Sie streckte ihren Hals nach vorn und schnaubte freundlich durch die Nüstern. Die jubelnde Menschenmenge schloss einen Kreis um Mohammed. Einige seiner Gefährten ergriffen die Zügel der Kamelstute, um ihn mit allen Ehren in das für ihn vorgesehene Haus zu führen. Doch Mohammeds Stimme gebot ihnen Einhalt: »Lasst mich dahin gehen, wo es Gott gefällt!«

So wurde ausgerechnet die Kamelstute Qaswa zur herausragenden Figur dieses historischen Tages: Das Tier bewegte sich mit ruhigem, sicherem Schritt auf das Viertel der Banu al-Najjar zu, eines Zweiges des großen Stammes der Khazraj. Es war Zayds Viertel, aber auch das der Vorfahren des Propheten, dessen Mutter Amina aus der Oase stammte. Mit großer Aufmerksamkeit verfolgte die Menschenmenge jeden Schritt, den die Kamelstute machte.

Nun kam sie mit ihrer kostbaren Last an einer Seite der Burg Dihyan vorbei, die den Eingang zum Stadtviertel der Banu al-Najjar bildete, wo Mohammeds Urgroßmutter geboren worden war. Ohne jedes Zögern bewegte sich die Kamelstute auf die Häuser zu, in denen einst Mohammeds Ahnen gelebt hatten, direkt an der Burg entlang, auf der Seite jenes Turms, der so weiß wie Schnee emporragte. Dann steuerte sie auf das Haus zu, in dem Mohammed im Alter von sechs Jahren einige Zeit mit seiner Mutter gelebt hatte, kurz bevor sie für immer von ihm gegangen war. Ein kleines Stück weiter lag auch sein Vater, Abdullah, begraben, der wenige Tage vor der Geburt seines Sohnes während seines Aufenthalts in der Oase gestorben war. Wie allen anderen Gefährten Mohammeds war auch Zayd diese Geschichte wohlbekannt, und er nahm sicher an, dass die Kamelstute an dieser Stelle verweilen würde.

Doch zur Überraschung aller marschierte Qaswa immer weiter, bis sie vor einem kleinen Stück unbebauten Landes stand, das zum Trocknen von Datteln genutzt wurde. Hier verharrte sie und ließ sich nieder. Als der Prophet sie zwang, sich wieder zu erheben, gehorchte sie ihm zwar, doch nur, um noch einmal das Grundstück zu umrunden, wieder an derselben Stelle stehen zu bleiben und erneut die Knie zu beugen. Nun verstand Mohammed, dass dies der von Gott gewählte Ort war.

Also stieg er ab und sagte zu einem hünenhaften schwarzen Auswanderer, dass er seinen Ruf erschallen lassen möge – es war der Muezzin, dem die Aufgabe oblag, die Gläubigen zum Gebet zu rufen. Und dann reihten sich alle Muselmanen hinter dem Propheten auf und beteten mit ihm.

»Wem gehört dieser Ort?«, fragte Mohammed unmittelbar, nachdem er das Gebet beendet hatte.

»Er gehört zwei Waisen«, antworteten ihm tausend Stimmen.

»Ich möchte mit ihnen sprechen.«

Die beiden Knaben boten ihm an, ihm das Grundstück zu schenken, doch wies Mohammed das Angebot zurück. Niemals hätte er die Gabe eines Waisenkindes angenommen, vielmehr war er fest entschlossen, ihren Besitz zu achten, so wie es Gott ihm offenbart hatte. Also erwarb er das Grundstück zum Preis von zehn Dinar, von denen ein jeder das Gewicht von 4,55 Gramm Gold hatte, was eine beachtliche Summe war.

Mohammed beschloss nun, auf diesem Grund nicht nur sein Haus zu errichten, sondern auch eine *masjid*, was »Moschee« oder »Ort des Kniefalls« bedeutet und ein dem Gebet geweihter Ort ist. Viele, darunter auch die Vornehmsten der Oase, boten ihm an, ihn in ihrem Haus bis zum Abschluss der Bauarbeiten aufzunehmen. Mohammed nahm schließlich das Angebot von Abu Ayyub an, eines frommen Mannes, der jedoch sehr arm war und eine große Familie hatte. Abu Ayyub war außer sich vor Freude und zog sofort auf die Dachterrasse um, um Mohammed das Erdgeschoss zu überlassen.

So gelang es Mohammed, nicht nur keinen der vornehmen Bewohner zu verärgern, sondern er gab gleichzeitig zu verstehen, dass es allein der Glaube war, der einen

Menschen in Gottes Augen adelte, und sei er auch noch so arm.

Zayd war überglücklich über diese Wahl, da Abu Ayyub ganz in seiner Nähe wohnte. Und so beeilte er sich, Mohammed das Essen zu bringen, das Nawar für diesen Tag gekocht hatte, auch weil er wusste, dass Abu Ayyub keines im Hause hatte. Es war die erste Mahlzeit, die Mohammed in Medina einnehmen würde, und während er sie mit der einen Hand entgegennahm, strich er Zayd mit der anderen über das zerzauste Haar. Zayd beugte sich vor, um ihm die Hand zu küssen, wobei ihm auffiel, wie ausnehmend weich und wohlriechend sie war. Auch bemerkte er, dass der Prophet leicht nach Moschus duftete, was ihn noch mehr verwunderte. Dann fragte ihn der Prophet mit seiner kraftvollen, wohlklingenden Stimme nach seinem Namen. Zayd antwortete ihm: »O Gesandter Gottes! Ich heiße Zayd ibn Thabit.« Er blieb vor Mohammed stehen und sah ihm nach, bis dieser im Haus von Abu Ayyub verschwunden war. Dann zog die Menschenmenge langsam von dannen, um Mohammed die nötige Ruhe zu gewähren.

Zayd war sehr bewegt und fragte Karima, ob sie nicht ein wenig länger bei ihm bleiben könnte, um über diesen bedeutungsvollen Tag zu sprechen, was Karimas Vater gern erlaubte. So machten sich die beiden zusammen mit Nawar und Yazid auf den Weg zu ihrem Haus. Unterwegs gingen sie bei Abu Umama vorbei und luden ihn ebenfalls ein. Er nahm die Einladung mit Freuden an, da ihm Zayds Familie inzwischen fast so nahe stand wie seine eigene.

Als sie gerade über die Schwelle traten, trafen sie auf Burayda. Voller Erstaunen sah Nawar den Beduinen an, während Abu Umama ein seltsames Lächeln unter seinem dichten Bart zu verbergen suchte. Doch gleich fing sich Nawar wieder, und schon bald saßen sie alle beieinander und aßen. Nawar hatte zur Feier des Tages eine Suppe aus Fleisch und Gemüse gekocht, die sie zusammen mit dem noch warmen Gerstenbrot verspeisten, das in den großen Gemeinschaftsöfen am Rand des Viertels gebacken worden war. Mit großem Interesse hörte Burayda den Erzählungen der Kinder von der Ankunft des Propheten zu. Nawar rätselte, was der Beduine im Schilde führen mochte. Als Abu Umama dies bemerkte, wandte er sich an Burayda und sagte beiläufig: »Wir hätten nicht zu hoffen gewagt, dich heute hier unter uns begrüßen zu können!«

Burayda räusperte sich verlegen, bevor er antwortete: »Zur Zeit sind ganze Patrouillen von Spähern unterwegs, die von den Bewohnern aus Mekka entsandt wurden. Wir hatten unsere liebe Not, sie alle von der Oase fernzuhalten.« In den Augen Buraydas leuchtete wieder der Stolz der Wüstenvölker.

Da konnte sich Nawar nicht länger bezähmen und rief: »Wird unsere Stadt etwa jetzt von Burayda und dem Stamm der Aslam verteidigt? Was geht hier nur vor sich?«

Abu Umama und Burayda tauschten einen langen bedeutungsvollen Blick, bevor der Beduine zu erzählen begann: »Vor wenigen Tagen war ich mit einem guten Dutzend Krieger meines Stammes unterwegs in der Wüste, als wir plötzlich in der Ferne zwei Männer auf einem Kamel daherreiten sahen. Wir dachten sofort, dass es sich um Mohammed und seinen Gefährten Abu Bakr handeln müsse, die kurz zuvor aus Mekka entkommen waren. Wie ihr wisst, jagten die Einwohner Mekkas sie unbarmherzig, sodass es zwischen Mekka und Medina von ihren Spähtrupps nur so wimmelte. Freilich, wenn es den beiden Flüchtigen gelungen wäre, unsere Oase zu erreichen, hätte sich ihnen kein weiteres Hindernis mehr in den Weg gestellt.«

Der Mann aus der Wüste hielt einen Augenblick lang inne. Nawar ließ ihn keinen Augenblick aus den Augen. In dem Wunsch, seine Mutter zu schützen, erhob Yazid die Stimme: »Hattet ihr denn vor, den Propheten auf seinem Weg aufzuhalten?«

Burayda deutete ein verlegenes Lächeln an, fuhr aber in versöhnlichem Ton mit seiner Geschichte fort und berichtete ganz genau von seiner Begegnung mit Mohammed:

Nachrichten werden in der Wüste rasch weitergetragen. Buraydas Stamm, die Aslam, wusste bereits, was in Mekka vorgefallen war, und man wusste auch von dem Kopfgeld, das auf die beiden Flüchtigen ausgesetzt war. Als sie die beiden erschöpften Männer auf ihren Kamelen daherkommen sahen, zweifelten sie keinen Moment daran, dass es sich dabei um den Propheten und Abu Bakr handelte. Tatsächlich war es ein Wunder, dass sie kein Opfer der tausend Hinterhalte seitens der Götzenanbeter geworden waren. Allerdings hegte Burayda einen großen Groll gegen den Propheten, den er für den Urheber all dieser Unruhe hielt, die nicht nur das Leben der Wüstenbewohner, sondern auch sein eigenes bedrohte. Also befahl er seinen Männern, sich für die Gefangennahme der Flüchtlinge bereitzuhalten, die er wieder nach Mekka zurückbringen wollte. Nach seiner Ansicht sollte das Problem dort gelöst werden, wo es entstanden war – bei dem Stamm der Quraish. Dabei kam es dem Anführer der Aslam nicht auf die beachtliche Belohnung an.

Die Beduinen griffen die beiden Flüchtenden an. Abu Bakr richtete sich auf seinem Kamel auf, um mit aller Kraft in einem verzweifelten Kampf das Leben des Propheten zu verteidigen. Durch diese ungewöhnliche Demonstration von Mut und Loyalität tief beeindruckt, hielten die Aslam inne. Und als sie sahen, dass der andere – sie wussten noch nicht, wer von beiden Mohammed war – seinen Gefährten aufhielt und sich ihnen allein und unbewaffnet näherte, waren sie noch verblüffter. Der Mann ritt auf Burayda zu und sprach: »Ich bin Mohammed, der Gesandte Gottes!«

Burayda wollte ihm entgegenhalten, wie viel Verwirrung und Zwietracht er unter den Volksstämmen Arabiens verursacht hatte, doch seine Zunge hing wie tot in seinem offen stehenden Mund. Schließlich brachte er mühevoll hervor: »Wir sind das Volk der Aslam, und ich bin ihr Anführer. Mein Name ist Burayda.«

»Männer von Aslam! Der Gesandte Gottes braucht eure Hilfe!«

Dieser Mann, der es allein und unbewaffnet mit einem Dutzend Krieger aufnahm, hatte Burayda vollends überrascht. Und so antwortete er in respektvollem Ton schlicht: »Was sollen wir tun, um dich zu schützen?«

Der Prophet forderte ihn und seine Krieger auf, als Erstes die Religion des einzigen Gottes anzunehmen und an den zu glauben, an den bereits der Patriarch Abraham geglaubt hatte. Seine Rede war kurz, doch erreichten seine Worte direkt die Herzen der Beduinen, die von seinem Glauben und der Kraft seiner Worte in ihrem Inneren beseelt wurden. Hierauf wurde Burayda von einem plötzlichen, starken Zittern ergriffen. Er stieg vom Pferd, kniete vor dem Propheten nieder und bat ihn um Verzeihung. Da erst sah er, dass seine Gefährten seinem Beispiel gefolgt waren, und er begriff, dass sie von der gleichen Ehrfurcht ergriffen waren wie er selbst.

An diesem Tag traten sämtliche Mitglieder der Aslam zum Islam über und schworen dem Gesandten Gottes unverbrüchliche Treue.

»Was ist da nur geschehen?«, fragte nun Zayd.

»Ein Wunder! Das Wunder der Ehrfurcht vor Gott. Er bewahrte uns vor der Schuld, zum Feind des Propheten werden zu müssen, und ermöglichte es uns als ein Zeichen Seiner Macht, uns für ihn einsetzen zu dürfen. Ich versichere dir, Zayd, dass es mir war, als presste Seine Hand unser Herz in der Brust zusammen. Diesem Griff zu entfliehen war keiner von uns imstande! Später, als wir den Propheten nach Medina geleiteten, hatte ich Gelegenheit, mit Abu Bakr zu sprechen, der mir sagte, dass das gesamte Leben des Propheten von den Zeichen Gottes geprägt war. Erst wenige Tage zuvor hätten sie auf der Flucht vor ihren Verfolgern aus Mekka in einer Grotte Zuflucht gesucht. Hinter ihnen blieben gut sichtbare Spuren zurück, die bis zum Eingang der Höhle führten. Ihre Verfolger hätten den Spuren nur nachgehen müssen. Als Mohammed die Angst seines Gefährten Abu Bakr erkannte, sprach er zu ihm die Worte, die ihm Gott offenbart hatte: ›Hab keine Angst, denn Gott ist mit uns!‹

In diesem Augenblick begann eine riesige Spinne, ihr Netz über den Eingang zur Grotte zu spinnen, und gleichzeitig baute eine Taube dort ihr Nest und legte ihre Eier hinein. Als die Götzenanbeter auf ihrer Spurensuche am Eingang der Grotte ankamen, blieben sie verblüfft stehen. Einer von ihnen trat vor, um das Spinnennetz zu zerreißen, doch ein anderer hielt ihn ab: ›Seit wann ist es Menschen möglich, durch ein Spinnennetz zu gehen? Siehst du denn nicht, dass zudem ein Vogel hier sein Nest gebaut hat?‹

Die Götzenanbeter konnten nichts finden. Dank dieses Wunders war es Abu Bakr und dem Propheten gelungen, bis zu uns in die Oase zu gelangen!«

»Gott sei gepriesen!«, rief Abu Umama. »Ich hatte aber erwartet, dich bereits zu Beginn unseres heutigen Festes zu sehen!«

Dabei waren alle dankbar, dass dieser festliche Tag durch die Erzählung einer so wundersamen Geschichte noch weiter verlängert wurde. Begeistert begann die kleine Karima jene hohen Freudentriller anzustimmen, wie es nur die arabischen Frauen vermögen. Durch sie wurde Nawar aufgerüttelt, die sich erleichtert, aber auch verwirrt und hintergangen fühlte. Ihr wurde bewusst, dass sie die Einzige unter den Erwachsenen war, die von dem, was mit den Aslam geschehen war, nichts geahnt hatte. »Ihr habt alle schon davon gewusst?«

Da erkannte Abu Umama, dass er einen Fehler gemacht hatte, und versuchte, ihn wiedergutzumachen: »Wie hätte ich mit Euch über all diese delikaten Dinge sprechen sollen? Seid Ihr nicht trotzdem froh und glücklich, dass alles ein gutes Ende fand?«

Doch Nawar rannen bereits Tränen der Freude über das schöne Gesicht. Auch Burayda war tief bewegt. Zum ersten Mal sah Zayd, dass in den Augen des Beduinen ebenfalls Tränen standen. Freilich hatte er damit gerechnet, dass Burayda eines Tages seine Mutter heiraten würde, doch nun schien dieses Vorhaben ausgereift. Und da ergriff auch schon Yazid das Wort: »Schau, Bruder, unsere Mutter und Burayda haben vor zu heiraten! Und wir sollten froh darüber sein!«

»Obwohl du der Jüngste im Hause bist«, kam ihm Abu Umama zu Hilfe, »möchten wir wissen, ob du mit ihrer Heirat einverstanden bist.«

Zayd fürchtete, seine Familie würde in Zukunft zwischen der Oase und der Wüste aufgerieben werden. »Was sollen wir ohne unsere Mutter anfangen?«, fragte er Yazid, der ihn mittlerweile bei der Hand genommen hatte.

Yazid sah seinem kleinen Bruder fest in die Augen, dann zog er ihn an sich und umarmte ihn. Nawar konnte sich nicht erinnern, ihre Söhne jemals so eng umschlungen gesehen zu haben. Tränen rannen ihr über das Gesicht. »Du brauchst keine Angst zu haben, Zayd, ich werde deinen Bruder und dich niemals allein lassen!«

Burayda begriff in diesem Moment, dass er niemandem gerecht wurde, wenn er weiterhin auf die starre Unterscheidung zwischen Bewohnern von festen Häusern und Wüstenzelten beharrte. Und so rang er sich zu einer Entscheidung durch, die für einen Beduinen mehr als außergewöhnlich war, wobei er eine Hand auf seine Brust legte, als legte er einen Eid ab: »Schluss! Wir werden alle in der Oase leben und niemals mehr getrennt sein.« Und er fügte hinzu: »Gott und Abu Umama mögen Zeugen für meine Worte sein.«

Zayd war überglücklich, Burayda war der beste Mann, den er sich für seine Mutter vorstellen konnte. Und er war der beste Freund seines Vaters gewesen. Er wand sich aus der Umarmung seines Bruders und ging hinüber zu dem Beduinen, während er sich lächelnd seine Tränen abwischte. Burayda streckte ihm seine Hände entgegen, die Zayd mit Freuden ergriff. »Burayda, unser Vater wäre glücklich zu erfahren, dass du in unserem Haus leben wirst. Für mich und meinen Bruder wirst du fortan wie ein Vater sein.«

Karima begann das Paar mit blumigen Worten zu beglückwünschen und aufzuzählen, was ihrer Meinung nach für eine Ehe unbedingt notwendig sei. Yazid fing an zu lachen, woraufhin Karima verlegen wurde. Um sie wieder aufzumuntern und um den feierlichen Anlass zu würdigen, holte Nawar mit Zitrone aromatisiertes Wasser. Auch Abu Umama war über die Verlobung sehr erfreut, wenn ihn auch Zayds Hinweis auf seinen Vater sehr betroffen gemacht hatte. Wieder einmal wurde ihm bewusst, wie stark die Bande sind, durch die ein Vater mit seinem Sohne verknüpft ist, und das nicht nur in dieser Welt, sondern auch in der jenseitigen, ganz so, als hielte ein dünner Faden, der durch Seele, Geist und Körper geht, die beiden miteinander verbunden. In Gedanken versunken wandte er sich an Karima und sagte: »Vergiss nicht, du musst Zayd immer zur Seite stehen!«

Die kleine Karima war überrascht, nickte aber so energisch, dass der alte Mann seine trüben Gedanken abschütteln konnte. Inzwischen hatte Zayd ein Stück Palmenmark aus der Suppe gefischt und reichte es ihm. Abu Umama lächelte. Natürlich, sie waren zusammengekommen, um Buraydas Verlobung mit Nawar zu feiern, für die an diesem Tag ein neues Leben begann. Es musste gefeiert und alles aufgegessen werden. Immer wieder ging Nawar mit Karima in die Küche, um von dort mit jenen erlesenen Köstlichkeiten zurückzukommen, die sie für einen solchen Anlass aufgespart hatte – Honig aus dem Jemen, Rosinen aus Syrien, Mandeln und Pistazien aus Persien. Ihre Söhne hatten sie seit Jahren nicht mehr so strahlend und glücklich gesehen. Jetzt war alles Alleinsein vorbei. Sie hatte wieder einen Mann an ihrer Seite, der sie unterstützte, liebte und ihr helfen würde. Nachdem das Mahl beendet war, erhob sich Abu Umama, um Gott um seinen Segen für Burayda und Nawar zu bitten.

Gesegnet sei Der, in dessen Händen die Herrschaft liegt.
Und Der Macht hat über alle Dinge!
Er hat den Tod geschaffen und das Leben, um euch zu prüfen
und zu wissen, wer von euch für das Gute arbeitet.
Er ist der Mächtige, Der vergibt!

Er hat die sieben Himmel geschaffen, immer einen
über dem anderen,
du kannst keinerlei Missklang entdecken
in der Schöpfung des Barmherzigen!
(Sure 67,1–3)

»Jetzt werde ich von euch gehen«, sagte der alte Mann, während er mühsam aufstand, »der Friede Gottes sei über euch allen wie auch Sein Segen und Seine Barmherzigkeit.« Er war glücklich, wenn auch müde. Seine Freunde aber beschlossen, ihn nach Hause zu begleiten.

Als sie aus dem Haus traten, wurde in der Oase noch immer ausgelassen gefeiert. Alle lächelten sich auf der Straße an und grüßten einander, während die Frauen und Kinder noch immer ihre Jubelgesänge vortrugen, die eigens für die Ankunft des Propheten erdacht worden waren und die durch ganz Medina schallten.

»Allah ist groß! Der Prophet Gottes ist gekommen!«

Später trafen sie Abu Ayyub. Der arme Mann konnte noch immer nicht begreifen, welche Ehre ihm zuteil geworden war in einer Welt, in der die Menschen auch nach der Wichtigkeit ihrer Gäste bewertet wurden. Strahlend vor Freude zeigte Abu Ayyub auf das Dach seines Hauses, auf das er gezogen war: »Wie kann es einem Mann gehen«, sagte er, »der über sich Gott und unter sich den Propheten Gottes wohnen hat?«

الصبور

al-Sabur:
Der Geduldige

Die Prüfungen

Nun begann für die islamische Gemeinde eine Zeit großer Schwierigkeiten, in der die Gläubigen durch Epidemien und ansteckende Krankheiten auf eine harte Probe gestellt wurden. Doch entwickelte sich dadurch in der Oase eine »islamische Medizin«, die auf den Angaben aus dem heiligen Buch und den Ratschlägen des Propheten basierte. Daraus entstanden im Lauf der Jahrhunderte große medizinische »Kanons«, etwa der des Avicenna, der um die Jahrtausendwende (geboren um 980) lebte. Etwa zwei Jahrhunderte später wurde das Werk des berühmten persischen Arztes und Philosophen von Gerhard von Cremona ins Lateinische übersetzt und bildete noch bis zum Ende des sechzehnten Jahrhunderts die Grundlage der europäischen Medizin.

Die Gemeinde von Medina musste sich neben den Götzenanbetern aus Mekka auch ihren Feinden im Innern der Oase stellen. So machte sich nicht nur eine seltsame Unzufriedenheit innerhalb der jüdischen Gemeinde, sondern auch bei den islamischen Gläubigen breit. Nicht alle Muselmanen der Oase waren im ehrlichen Glauben zum Islam übergetreten, bei manchen überwog die Hoffnung, die Situation früher oder später zu ihrem Vorteil nutzen zu können. In der Zwischenzeit vertieften sich die Gegensätze innerhalb der Oase und die alten Gefühle des Misstrauens und Hasses zwischen den verschiedenen Stämmen kamen nicht zur Ruhe.

Der Koran verwendet ein ganzes Kapitel darauf, die Gläubigen vor den Hinterhalten dieser Heuchler, die Unfrieden säen, wann immer sie können, zu warnen. Dabei werden sie als Unwissende und als Lügner bezeichnet, viel zu eitel, um für den redlichen Glauben empfänglich zu sein, und nur daran interessiert, mit gefälligen Reden ihre Mitmenschen für sich selbst einzunehmen. In jeder Epoche der Geschichte, bis in die heutige Zeit, treten solche Heuchler auf, die die Religion lediglich für ihre eigenen politischen Machenschaften zu nutzen versuchen.

In Medina begann eine Zeit, in der Freuden und Schmerzen im ständigen Wechsel aufeinander folgten. Zu den schönen Dingen gehörte die Moschee, die der Prophet zur Begeisterung der Gläubigen in der Oase erbauen ließ. Wie alle Einwohner Medinas arbeiteten auch Zayd und Yazid abwechselnd entweder am Bau der Moschee oder auf den umliegenden Ländereien. Sie waren sich der Tatsache bewusst, dass dort ein spirituelles Zentrum entstand, das das geistige Gefüge der ganzen Gegend verändern sollte.

Die Schwierigkeiten begannen, als der Stamm der Quraish aus Mekka seinen Einfluss geltend machte, um

Medina von den Handelswegen abzuschneiden, und damit eine dramatische Wirtschaftskrise auslöste. Obwohl die Oase als reich galt, war sie weit davon entfernt, wirtschaftlich unabhängig zu sein. Ihr Wohlstand hing von den Karawanen ab, die in ununterbrochener Folge vom Jemen nach Syrien und zurück unterwegs waren: Solange Medina eine Etappe auf diesem Weg war, der Arabien mit Palästina verband, profitierten seine Einwohner von dem Tauschhandel und waren mit allem versorgt, was in der Oase nicht zu bekommen war.

Ein paar Wochen nach Ankunft des Propheten begann die Handelsblockade. Die Lebensmittelvorräte gingen zur Neige, und schon bald musste man Nahrung zu Höchstpreisen von den wenigen Karawanen kaufen, die sich nicht an das Verbot hielten. Außerdem war die Bevölkerung durch die Ankunft der aus Mekka Verbannten, die überwiegend sehr arm waren, beträchtlich gestiegen. Als jedoch die Lebensmittel allmählich knapp wurden, konnten viele mit den Neuankömmlingen nichts anderes mehr teilen als ihren Hunger. Es kam die Zeit, an dem selbst der Prophet nicht mehr als sechzehn Datteln pro Tag bekam, die er mit seinem jungen Vetter Ali teilen musste, der, sobald er seine noch offenen Geschäfte in Mekka zum Abschluss gebracht hatte, zu ihm in die Oase geeilt war.

Natürlich wirkte sich die Hungersnot auch auf das Schicksal von Zayds Familie aus, sodass sich Burayda gezwungen sah, seine Heiratspläne aufzuschieben. Der Stamm der Aslam hatte es sich zur Aufgabe gemacht, in der Wüste zwischen Mekka und Medina auf Patrouille zu gehen, um eventuelle Angriffe der Götzenanbeter aus Mekka abzuwehren und gleichzeitig Karawanen ausfindig zu machen, die an Medina vorbei von Norden nach Süden zogen. Natürlich hatten sie dabei auch die Absicht, diese zu überfallen und auszuplündern. Dem Beispiel der ärmsten Beduinenstämme folgend, sahen sich inzwischen auch die Gläubigen in der Oase dazu gezwungen, Karawanen zu berauben, auch wenn die ersten verzweifelten Ausfälle nicht die erhofften Ergebnisse brachten. Eine Karawane in der Wüste abzufangen war für die Männer der Oase, die nur wenige Pferde besaßen und sich sonst auf dem Rücken ihrer Kamele oder sogar nur zu Fuß bewegten, überaus schwierig.

Da das Klima in der Oase sehr viel feuchter war als in Mekka, verbreiteten sich unter den Neuankömmlingen bis dahin unbekannte Krankheiten. Fast alle Auswanderer wurden von einem starken, langandauernden Fieber erfasst, das sie, oft bis auf den Tod, schwächte.

Da sie die Krankheiten nicht kannten, wandten sich Nawar und Karima an Aischa, Mohammeds Frau, und fragten, ob der Prophet etwas über eine mögliche Behandlung wüsste.

»Der Gesandte Gottes sagte zu mir, dass die Kranken mit kaltem Wasser benetzt werden müssen, damit das Fieber nicht mehr steige. Und dass sie viel trinken müssen.«

Angestrengt machten sich die Frauen von Medina daran, den Anweisungen des Propheten Folge zu leisten, und zu ihrer großen Freude sahen sie, dass es einigen der Jüngeren bald besser ging. Unter Mohammeds Gefährten waren jedoch viele so erschöpft, dass sie nicht mehr die Kraft zurückgewannen, sich zu erheben. Abu Bakr war einer von denen, die am schwersten erkrankt waren – der Mann, der den Propheten auf seiner Flucht aus Mekka begleitet hatte und der Vater von Aischa, einer von Mohammeds Frauen, war. Als ihn seine Tochter mit den anderen Frauen besuchte, hatte er kaum mehr die Kraft zu sprechen. Doch sobald er Aischa erkannte, begann er in einem speziellen Singsang zu intonieren:

> Jeder Mann muss am Morgen von seiner Familie
> verabschiedet werden,
> wenn der Tod ihm näher ist als die Schnürbänder an
> seinen Sandalen!

Nahe bei Abu Bakr lag der große dunkelhäutige Mann, der wegen seiner weit schallenden Stimme die Aufgabe erhalten hatte, als Muezzin zum Gebet zu rufen. Auch er klagte und weinte in einem fort und wiederholte ständig die Namen der Stadtviertel in Mekka, auch wenn er sich mittlerweile damit abgefunden hatte, seine geliebte Heimatstadt niemals wieder zu sehen.

Die Frauen konnten nichts anderes tun, als die Kranken weiterhin mit kühlem Wasser zu benetzen, auch wenn dies nur während der ersten Stunden des Tages möglich war, weil die Hitze danach selbst das Wasser in den tiefsten Brunnen viel zu rasch erwärmte. Und da an diesem Tag die Sonne bereits hoch am Himmel stand, begaben sich die Frauen zum stillen Gebet in eine Ecke des Raumes.

Da trat Zayd zu ihnen, während ihm die Tränen über die Wangen liefen: »Abu Umama geht es sehr schlecht, ich bitte euch, schaut sofort nach ihm!«

Erstaunt blickte Nawar ihn an: »Aber bis gestern war er doch noch vollkommen gesund.«

»Er muss schon eine lange Zeit krank gewesen sein«, brachte Zayd bestürzt hervor, »jeden Tag kam er als Erster zur Moschee, um an ihr weiterzubauen. Und wenn wir ihn dann erhitzt und mit geröteten Augen antrafen, dachten wir, dass dies wegen der Anstrengung sei. Dabei war es bereits die Krankheit!«

»Und wo ist er jetzt?«, fragte Karima.

»Als ich ihn heute Morgen nicht in der Moschee gesehen habe, ging ich zu ihm nach Hause. Er hatte sich auf die Dachterrasse hinaufgeschleppt, als wollte er lieber im Freien sterben. Dort lag er, reglos auf einem Teppich, und konnte nicht mehr sprechen und sich auch nicht mehr bewegen.«

Nawar versuchte Zayd zu trösten, auch wenn sie wusste, dass diese Symptome bereits auf das Endstadium der Krankheit hindeuteten. Da so viele Kranke das Schicksal des alten Abu Umama teilen würden, beschloss Aischa, noch einmal mit ihrem Ehemann Mohammed zu reden. Sie war eine sehr junge Frau, freundlich und anmutig, gleichwohl aber entschlossen und selbstbewusst, und viele Gläubige schätzten ihren Rat.

Mohammed hatte Aischa gelehrt, zum Wohle der Menschen zu wirken, aber sowohl in den glücklichen Zeiten des Lebens wie auch den unglücklichen stets ihr Schicksal anzunehmen. Auch Aischa hatte während der letzten Jahre, als sie in Mekka noch den täglichen Schikanen der Götzenanbeter ausgesetzt war, mit erheblichen Schwierigkeiten kämpfen müssen, daher wusste sie, dass man das Schicksal, das Gott einem Menschen auferlegt hatte, klaglos annehmen musste. Doch hier stand das Überleben der Gemeinde auf dem Spiel, die Mohammed von Gott anvertraut worden war.

Zayd folgte Aischa und den anderen Frauen in gebührendem Abstand zu dem Propheten, der sich gerade in der Moschee aufhielt, wo er den Gläubigen half, die Pfeiler für die Überdachung jenes Gebäudeteils auszurichten, der nach Jerusalem zeigte, während für den Rest der Moschee ein offener Portikus vorgesehen war. Mohammed hörte seiner Frau aufmerksam zu, dann erhob er seine Arme zum

Himmel und sprach: »O Gott, mach, dass uns Medina einst ebenso teuer sein wird wie Mekka und sogar noch mehr! Segne unsere Nahrung und halte das Fieber fern bis nach Mahya'a!« Mahya'a war ein Dorf, das auch al-Juhfa genannt wurde und drei Tagesreisen in südlicher Richtung von Mekka entfernt lag.

In Windeseile verbreitete sich die Nachricht von diesem Gebet bis an die äußersten Grenzen der Oase. Es erweckte in den Bewohnern wieder Hoffnung, die ihnen neue Kraft gab.

Zayd, den die Krankheit Abu Umamas niedergeschmettert hatte, merkte nicht, was sich um ihn herum abspielte. Wie von Sinnen vor Trauer und Schmerz saß er in einer Ecke auf dem Vorplatz der Moschee, wo sich die Gläubigen wie sonst auch zum gemeinsamen Gebet versammelt hatten. Von dort beobachtete er Nawar und Karima, die sich zusammen mit einigen anderen Mitgliedern des zu den Khazraj gehörigen Stammes der Banu al-Najjar, deren Anführer Abu Umama war, zu dessen Haus aufmachten.

Plötzlich vernahm Zayd tief in seinem Herzen eine Stimme, die ihm deutlich befahl, den beiden Frauen nachzugehen. Vielleicht war es seine Angst, allein zurückbleiben zu müssen, oder seine Seele warnte ihn davor, sich völlig in seinem innersten Selbst abzukapseln. Was auch immer ihn trieb – Zayd stürmte los, als gelte es, sich aus einer tödlichen Gefahr zu befreien. Doch als er am Haus Abu Umamas angelangt war, verließ ihn der Mut. Anstatt bis zur Dachterrasse emporzusteigen, verkroch er sich in eine Ecke des Zimmers, in dem Abu Umama sonst schlief. Ohne sich dessen bewusst zu sein, fiel er dort in den Chor der anderen Stimmen ein, die von der Dachterrasse zu ihm drangen, und sprach die Worte des Herrn:

Dies hat der Herr den Bienen offenbart:
Nehmt Wohnstatt auf den Bergen, in den Bäumen,
in den Lauben der Menschenhäuser.
Dann esst von allen Früchten
und folgt zutraulich dem Weg eures Herrn,
der euch leicht gemacht ist.
Aus euren Leibern quillt eine Flüssigkeit
in vielen Farben, in der Heilung für die Menschen ist.
In all dem ist wahrhaftig ein Zeichen
für alle Menschen, die nachdenken.
(Sure 16, 68–69)

Die Worte des Korans rüttelten Zayd auf, und plötzlich gab ihm die Idee, Abu Umama helfen zu können, neue Lebenskraft. Tatsächlich hatte er die Frauen bereits häufig von der heilenden Kraft des Honigs reden hören, auf den auch der Prophet in mancherlei Fällen zurückgriff. Eilig erhob sich Zayd und suchte in der Speisekammer, bis er einen kleinen Behälter aus Ton fand, der noch ein wenig Honig enthielt. Er goss ihn mit etwas Wasser auf und rührte ihn kräftig mit einem Holzlöffel um. In diesem Augenblick betrat Yazid die Kammer. Er kam gerade von der Plantage zurück und erzählte ihm von dem neuesten Verlauf der Krankheit, die endlich abzuklingen schien.

»Zayd, ein Wunder ist geschehen! Die Epidemie ist zu Ende und fast alle Kranken sind wieder genesen!«

»Abu Umama geht es noch immer sehr schlecht. Ich will ihm helfen!«

Durch die Verzweiflung im Blick seines Bruders wurde Yazids Freude schlagartig gedämpft. Unterdessen stieg Nawar mit Tränen in den Augen die Stufen von der Terrasse herab. »Zayd, welches Glück, dass du da bist! Abu Umama kann nicht mehr sprechen. Aber er hat mir auch ohne Worte zu verstehen gegeben, dass er dich sehen will.«

Die beiden Knaben stürzten hinauf. Doch ein Blick auf den Gesichtsausdruck des alten Mannes ließ die Hoffnung, die noch in ihren Herzen schwang, in sich zusammenbrechen. Sein Rücken wurde von ein paar Kissen gestützt, damit er besser atmen konnte, doch sein Gesicht zeigte deutlich, wie nahe er sich dem Tod befand. Tiefe bläuliche Furchen umrahmten seine Augen. Mit großer Mühe konnte Zayd ihm ein paar Tropfen Honig einflößen, den Abu Umama dankbar zu schätzen wusste. Einige schier endlose Momente vergingen. Dann hob der Alte unter dem erstaunten Gemurmel der Anwesenden plötzlich zu sprechen an, wenn auch sehr langsam und mit schwacher Stimme. Zayd beugte sich zu ihm hinab.

»Möge Gott dich segnen, mein Junge. Nimm meinen schwarzen Mantel und wickle mich darin ein.«

Im Nu eilte Zayd in die unteren Räume und holte den Mantel, den Abu Umama einst nahe Jerusalem von dem geheimnisvollen Mann erhalten hatte. Als er wieder nach oben kam, war Yazid gerade am Schluss seines Berichts über den glücklichen Krankheitsverlauf in der Oase angelangt. Das Gesicht des alten Mannes nahm trotz seiner offensichtlichen Schmerzen einen heiteren, milden Ausdruck an und seine geschwollenen Lippen lächelten. Dann hüllten die beiden Brüder Abu Umama gemeinsam in seinen Mantel.

»Was soll ich nur ohne dich anfangen?«, fragte Zayd, der vom Kummer überwältigt wurde und in der Finsternis zu versinken drohte. Ströme von Tränen rannen ihm über das Gesicht und tropften von seinem Kinn auf Abu Umamas Bart. Nawar, die befürchtete, dass ihr Sohn den Sterbenden stören könnte, ergriff ihn bei den Schultern, um ihn wegzuziehen, doch mit kaum hörbarer Stimme bat Abu Umama, den Knaben bei ihm zu lassen. So geschah es, dass auch die Mutter die letzten Worte des Sterbenden vernahm.

»Sorge dich nicht um mich, Zayd. Der Ort, an den ich nun gehe, ist besser als der, den ich verlassen muss!«

Und während seine Stimme schon aus einer anderen Welt zu kommen schien, lächelte der alte Mann und wies mit der einen Hand zum Himmel. »Klage bitte nicht darüber, was du ohne mich anfangen sollst. Es sind vielmehr die anderen, die nicht auf dich verzichten können, mein Sohn.«

»Was soll das heißen? Und was soll ich tun? Warum kannst du nicht hier bei mir bleiben? Und wie soll ich groß werden ohne dich?«

»Fürchte dich nicht, Junge, du musst nur dem Propheten folgen. Niemand kann dich besser führen als er, weder in dieser Welt noch in der jenseitigen. Du darfst dich nur nicht so weit von ihm entfernen … Vergiss das nicht … Und lass dich nicht entmutigen … Geh jetzt zu Mohammed …« Da brach Abu Umamas Stimme, und Augenblicke später sprach er nur noch ein einziges Wort, das er im immer gleichen Rhythmus wiederholte. »Allah! Allah! Allah …« Es war sein letztes Gebet.

Sanft zog Nawar ihren Sohn an sich heran und flüsterte ihm zu, er möge tun, wie ihm geheißen. Schweren Herzens stand Zayd von Abu Umamas Totenbett auf und machte sich folgsam auf den Weg. Mit ihm stiegen auch Yazid und Karima in das Erdgeschoss hinab, wo sie einen kurzen Moment innehielten und eine so qualvolle Traurigkeit empfanden, dass ihnen jegliches Zeitgefühl abhanden kam. Als sie geraume Zeit danach den Muezzin zum Gebet rufen hörten, eilten sie zur Moschee, beinahe erleichtert, dass es ihnen vergönnt war, wieder in den Rhythmus des alltäglichen Lebens eintauchen zu dürfen. Das war der Moment, in dem sie erkannten, dass sie das Bild jenes Abu Umama, den sie auf seinem Weg durch die Straßen von Medina begleiteten, durch das eines neuen Abu Umama ersetzen mussten, der von der Höhe des Himmels auf sie herabblickte und wie ein Engel über ihren zukünftigen Werdegang wachte.

Mohammed saß tief in Gedanken versunken in der fast fertiggestellten Moschee, von der aus er stets das Gebet der Gemeinde leitete. Inzwischen waren bereits die Öllämpchen angezündet worden. Dann betrat ein Mann der Banu al-Najjar – jenem Klan, dem auch Abu Umama und die Familien von Zayd und Karima angehörten – die Moschee. Der Prophet wandte sich zu ihm um, und da sahen die Kinder, dass seine Augen in Tränen schwammen. Der Mann der Banu al-Najjar blieb stehen, da er sofort erkannte, dass der Prophet bereits von Abu Umamas Schicksal wusste. Also beschränkte er sich darauf, nur mit dem Kopf zu nicken, bevor er sich Mohammed gegenüber setzte.

Abu Umama war tot.

Zayd warf einen Blick hinauf zu den Sternen, die nun das Himmelsgewölbe erhellten. Ihm schien, als bewegte sich ein leuchtender Schweif über die Linie des Horizonts. Seine Lippen formten sich zu einem Gruß, dann senkte er wieder den Blick. Mittlerweile hatten einige bedeutende Stammesführer der Banu al-Najjar die Moschee betreten und stellten sich in einem Kreis um den Propheten auf. Mohammed hielt seine Augen gesenkt. Geduldig warteten die Stammesführer, dass er ihnen seine Aufmerksamkeit schenkte. Endlich erhob Mohammed sein Antlitz und begann zu sprechen. Seine bewegte Stimme hallte durch die gesamte Moschee.

»Wir sind alle über Abu Umamas Tod sehr betrübt. Dennoch werden einige dies zum Anlass nehmen, mir zu unterstellen, dass ich nicht der Prophet Gottes sei. Denn wäre ich der tatsächlich, wäre mein Gefährte ganz sicher nicht gestorben! Wahrlich, ich bin der Prophet Gottes, doch Er hat mir nicht die Macht verliehen, den Tod fernzuhalten – weder von mir selbst noch von meinen Gefährten!«

Zayd spürte, wie Yazid bei der Idee zusammenzuckte, jemand könnte Abu Umamas Tod für seine Zwecke ausnutzen.

Einer der Ältesten der Banu al-Najjar ergriff das Wort: »O Gesandter Gottes, geduldig nehmen wir das Schicksal an, das uns des Besten unter uns beraubt hat. Und wir versprechen dir, unausgesetzt darüber zu wachen, dass niemand seinen Tod gegen unsere Religion verwenden wird. Doch ist der Grund, warum wir hier sind, ein anderer. Alle wissen, welch hohen Rang Abu Umama eingenommen hat! Er war der Anführer unseres Klans und damit die anerkannte Autorität eines großen Bevölkerungsteils von Medina. Wer wird jetzt, da Gott ihn zu sich gerufen hat, seinen Posten einnehmen? Daher bitten wir um den Rat des Propheten.«

Mohammed schwieg. Er legte seinen Kopf ein wenig schief und schien einer fernen Stimme zu lauschen, bevor er nach wenigen Augenblicken ohne Zögern sagte: »Durch die verwandtschaftlichen Bande, die zwischen uns bestehen, seid ihr meine Onkel mütterlicherseits, wodurch wir einander angehören. Daher werde ich der Anführer eures Stammes und eures Viertels sein.«

Trotz der allgemeinen Trauer konnten viele ihre Zustimmung und Dankbarkeit nicht verbergen. Der Prophet hatte sich dazu bereit erklärt, ihr Anführer zu sein! Welcher andere Stamm in Medina konnte sich einer solchen Ehre rühmen? Was hier geschah, bewegte auch die Herzen von Zayd, Yazid und Karima, sodass sie für eine Weile ihren Schmerz über den Tod des alten Mannes vergaßen. Schließlich gehörten auch sie zum Stamm der Banu al-Najjar!

Da verhallte fast ungehört ein schnurrender Laut, der von einer Stelle, an der die Umfassungsmauer noch nicht vollendet und nach außen offen war, hereindrang. Mohammed wandte sich um und erblickte eine kleine Katze mit silberfarbenem Fell, die nur dann in die Moschee kam, wenn er anwesend war, ansonsten aber auf den Bäumen, die rings um das Gebäude standen, auf der Lauer lag. Da bemerkte Mohammed, dass auch Yazid die Szene verfolgt hatte, und gab ihm ein Zeichen, woraufhin Yazid hinausschlich.

Behende kletterte Yazid auf das Baugerüst der Moschee. Oben war er zwischen den über den Portikus wuchernden Palmblättern kaum noch zu sehen. Zayd und Karima hatten Yazid beobachtet und waren besorgt über sein seltsames Verhalten. Sie wollten soeben hinausgehen, als der Muezzin von einem Dach aus die Gläubigen mit mächtiger Stimme zum Abendgebet aufforderte. Die beiden Kinder trennten sich und nahmen in den Reihen der Betenden Platz – Zayd bei den Männern und Karima zwischen den Frauen.

Nach dem Gebet trafen die Kinder vor der Moschee auf Yazid. Aufgeregt sprudelte er los: »Das waren die Männer von Abd Allah!«, begann er mit triumphierender Miene.

»Jenes Abd Allah, der sich zum König der Oase ausrufen lassen wollte?«, fragte Karima aufgebracht.

»Ja. Er ist ein gefährlicher Mann, der alle Heuchler um sich schart! Aus Schwäche und nur zu ihrem Vorteil sind sie zum Islam übergetreten. Ihr Herz ist heidnisch geblieben. Als sie von der Krankheit Abu Umamas hörten, haben sie sich vor der Moschee versteckt, um auszukundschaften, wie der Prophet handeln würde.«

»Und warum sollten sie das tun?«, fragte da Karima.

»Sie hatten den Auftrag, alles Isaak zu berichten, dem Bruder des Rabbi Husayn der Banu Qaynuqa.«

Allen in der Oase war bekannt, dass sich die Familie des jüdischen Händlers Isaak in einer sehr schwierigen Situation befand, da zur großen Überraschung seiner jüdischen Glaubensgenossen Husayn, Isaaks Bruder, nach einer Begegnung mit Mohammed in der Oase zum Islam übergetreten war. Zusammen mit ihm waren auch seine Kinder und sogar seine alte Tante Muselmanen geworden, dieselbe, der Zayd und Umar einst geholfen hatten, ihre Gerstensäcke nach Hause zu tragen. Isaak, der sich weigerte, einen nichtjüdischen Propheten anzuerkennen, hatte daraufhin jede Beziehung zu seinem Bruder abgebrochen. Vergeblich hatte der alte Mukhayriq versucht, zwischen den beiden zu vermitteln. So suchte er Isaak davon zu überzeugen, dass man auch als Jude Mohammeds prophetische Natur und die Wahrheit der Religion, die ihm von Gott offenbart wurde, anerkennen konnte, wie er, Mukhayriq, es selbst getan hatte. Er war Jude geblieben und trotzdem ein guter Freund des Propheten und der Muselmanen geworden. Doch Isaak weigerte sich, darüber auch nur nachzudenken, und sein Misstrauen verwandelte sich zunehmend in Hass gegenüber der neuen Religion. Falls sich sein Groll mit der Abneigung von Abd Allah, dem verhinderten König, verbünden sollte, könnte das sehr gefährlich für die Muselmanen in der Oase werden.

»Was haben sie denn vor?«, fragte Zayd.

»Das haben sie nicht gesagt«, antwortete Yazid, der die wichtigste Nachricht noch immer für sich behielt, »aber ich habe alles dem Propheten berichtet, der mir aufgetragen hatte, meine Augen offen zu halten.«

»Dazu hast du vom Propheten den Auftrag erhalten?«, fragte Zayd ungläubig.

Yazid antwortete nicht, doch seine strahlende Miene sagte mehr, als jedes Wort ausgedrückt hätte.

In dieser Nacht fanden die drei Kinder keinen Schlaf. Sie wälzten sich in ihren Betten, hin und her gerissen zwischen dem Schmerz über Abu Umamas Tod und der Hoffnung, die Verschwörung der Heuchler aufdecken zu können. Zayd fühlte sich, als werde er von einer reißenden Woge überrollt, da setzte sich Nawar an sein Bett und wachte über ihn. Sie hielt seine Hand fest umschlossen, bis er schließlich einschlief. In den folgenden Jahren dachte Zayd oft an diese Nacht zurück und wie es ihm wohl ergangen wäre, wenn seine Mutter damals nicht bei ihm gewesen wäre und ihn aus der dunklen Höhle seiner Angst ins Freie geführt hätte.

Tags darauf wurde Abu Umama begraben. Gleichzeitig machte eine große, aus Syrien kommende Karawane halt und versetzte die Oase in helle Aufregung. Zayd hatte darauf bestanden, dass Abu Umamas Körper in ein weißes Leichentuch gewickelt und dann mit seinem schwarzen Mantel umhüllt wurde. Mehrere Angehörige der Banu al-Najjar trugen den Leichnam bis zu dem Platz vor der Moschee, wo sämtliche Einwohner von Medina ihn erwarteten.

Der Prophet leitete das Totengebet. Die Gläubigen knieten nicht nieder wie bei anderen Gebeten, sondern blieben aufrecht stehen. Anschließend hielt Mohammed mit einer vor Erschütterung gebrochenen Stimme eine kurze Rede. Die Oase hatte einen Mann verloren, der mit Gottes Hilfe eine Gruppe ehemaliger Götzenanbeter zum inneren Kern einer neuen Glaubensgemeinde umgeformt hatte. Mit dieser neugefügten Ordnung war er für alle Einwohner Medinas zu einem Vater geworden, vor allem aber für Zayd.

»Abu Umama hat mir gesagt, dass ich mich nicht zu fürchten brauche!«, sagte sich der trauernde Knabe, um sich Mut zu machen, immer wieder.

Die Menschenmenge steuerte auf den Friedhof zu, um dem alten Mann den letzten Gruß zu entbieten. Als sein Körper in die Erde gesenkt wurde, fiel es Zayd nicht auf, dass der schwarze Mantel des ehrwürdigen Mannes durch einen schneeweißen ersetzt worden war.

Karima trat auf Zayd zu wie ein von Gott gesandter Engel, der ihn vor den Wellen seines Schmerzes schützte. Und obwohl auch ihre Augen vom Weinen gerötet waren, war Karimas gesamte Aufmerksamkeit allein und unaufhörlich auf ihn gerichtet. »Wach auf, Zayd«, sagte sie zu ihm, »es gibt wichtige Neuigkeiten!«

Auch Yazid war hinzugetreten und hörte mit großem Interesse zu.

»Ich habe mit Yusuf, dem Sohn von Husayn und Isaaks Neffen, gesprochen. Er hat gesagt, dass sein Onkel gestern bis spät in die Nacht bei ihnen geblieben ist, um mit diesem hitzköpfigen jungen Juden Shas zu sprechen. Bestimmt hecken die beiden etwas aus.«

»Hat Yusuf gehört, worüber sie sprachen?«, fragte Yazid.

»Sie redeten sehr, sehr leise. Nur einmal entschlüpfte Isaak ein Satz, der ungefähr so lautete: ›Geh nur, hab keine Furcht. Wenn du tust, was ich dir sage, wird Yathrib am Ende wieder so werden, wie es einmal war!‹«

»Wir müssen herausfinden, was dieser Satz bedeutet. Und wir müssen auf der Hut sein!«, antwortete Yazid und sah Zayd, der noch ganz mit sich selbst beschäftigt war, auffordernd an.

Da ergriff Abd Allah das Wort und lud die Banu al-Najjar in seine Burg ein. Es war üblich, die Trauergemeinde nach einem Begräbnis einzuladen, obwohl sich mancher fragte, wie Abd Allah bei der herrschenden Hungersnot einen solchen Empfang ausrichten konnte. Die drei Kinder vermuteten sofort, dass Isaak dahintersteckte, da es den Juden an nichts fehlte. Die Handelsblockade, die von den Götzen anbetenden Mitgliedern der Quraish aus Mekka überwacht wurde, schloss die jüdische Bevölkerung nicht ein.

Gleichwohl machte sich der gesamte Stamm der Banu al-Najjar auf den Weg zur Burg. Mit ihnen gingen auch der Prophet, der inzwischen zum Mittelpunkt dieses Stamms geworden war, und die übrigen Auswanderer, die Mohammeds eigenem Stamm, den Quraish, angehörten.

Auch die drei Kinder machten sich auf den Weg zur Residenz des Abd Allah, doch vorher beschworen sie Yusuf, Shas nicht aus den Augen zu lassen, denn sie befürchteten, der junge Jude könnte die Situation für sich ausnutzen. Und tatsächlich überbrachte Yusuf ihnen bald die Nachricht, dass Shas mit einer Gruppe junger Leute losgezogen sei, die mit den Aws und Khazraj in Verbindung standen. Außerdem trug er Pfeile und Bogen mit sich, die erst kürzlich von den hervorragenden Waffenschmieden in seiner Familie hergestellt worden waren. Shas war mit den anderen auf dem Weg in ein kahles Gebiet der Oase, das zu Schießübungen genutzt wurde.

»Das ist nichts Ungewöhnliches«, bemerkte Zayd, »dass junge Krieger einen Bogen benutzen.«

»Ich traue dem Frieden nicht: Waffen sind immer gefährlich. Es ist besser, wenn wir nachschauen und die Kontrolle beibehalten!«, sagte hingegen Yazid.

»Und wie?«, erwiderte Zayd. »Wenn wir sie verfolgen, wird Shas misstrauisch!«

»Kommt es dir nicht seltsam vor, dass Shas ausgerechnet jetzt seine Bogen überprüft, jetzt, da die Stammesältesten zu den Heuchlern geschickt wurden?«

Langsam verstand Zayd, was sein Bruder meinte. Obwohl er die langen Jahre der Kriege zwischen den Aws und den Khazraj nicht vergessen hatte, beunruhigte ihn die direkte Konfrontation mit Shas, dem Menschen, der ihm in der ganzen Oase am meisten Angst einjagte, fast noch mehr.

Yazid schwieg einige Zeit, doch dann begannen seine Augen plötzlich zu leuchten: »Erinnerst du dich an die Geschichte der Stadt al-Hira?«

Yazid ertählte Zayd die Geschichte der Königin Zenobia, die einst über die antike Stadt al-Hira in Nordarabien geherrscht hatte und die den Anführer eines Wüstenstammes, der ein Verwandter von Amr war, ermorden ließ. Um die Stadt zu erobern und damit den Mord an seinem Verwandten zu rächen, ersann Amr eine List.

»Ja!«, rief Zayd. »Es heißt, Amr sei mit einer Karawane von tausend Kamelen zu Zenobia gezogen. Es sah so aus, als transportierten sie Waren, doch in Wirklichkeit versteckten sich in den Satteltaschen jeden Tieres zwei Soldaten.«

»Und nun denke nur an ein einziges Kamel!«, drängte Yazid.

»Du willst doch nicht sagen …?«, fragte Zayd ebenso begeistert wie erschrocken.

»Ich werde ein Kamel nehmen, und wenn ich dann in ihrer Nähe bin, verstecke ich mich in der Satteltasche.«

»Aber wer führt das Kamel?«, fragte Zayd, dem diese Idee gar nicht gefiel.

»Das ist ein Problem«, schaltete sich Karima ein, »es sei denn, man hat ein besonderes Kamel, eines, das voll und ganz der Stimme seines Herrn gehorcht!«

»Du hast recht«, sagte da Yazid, »ein Kamel wie Uhud von Abu Umama.«

»Woher kennt ihr diese Geschichte?«, fragte Zayd erstaunt.

Karimas Augen funkelten. »Abu Umama hat uns erzählt, dass er dir beigebracht hat, das Kamel zu reiten. Er war sehr stolz darauf, dass es dir gehorchte. Und er sagte, dass dir das eines Tages sehr nützlich sein würde!«

»Nicht zu vergessen, dass es der Prophet war, der mir aufgetragen hat, die Augen offen zu halten!«, ergänzte Yazid.

Zayd warf seinem Bruder und Karima einen skeptischen Blick zu. Er fühlte sich nicht wohl dabei, wusste aber nicht, wie er sich dem Vorhaben entziehen sollte. Yazid triumphierte. Er hatte seinen Bruder an Gerissenheit übertrumpft, was in all den Jahren nicht oft vorgekommen war. Jetzt musste Zayd nur noch seine Furcht überwinden, was Yazid keine ernsten Sorgen bereitete, da Zayd vor Karima niemals zugeben würde, wie groß seine Angst war. Während sich Karima auf den Weg zu ihrem Vater machte, um ihm von dem Plan zu erzählen, eilten Yazid und sein Bruder zu Abu Umamas Haus, um Uhud zu holen. Der alte Mann hatte, bevor er starb, klar und deutlich zu verstehen gegeben, dass er das Kamel Zayd hinterlassen wollte. Kaum betraten sie den Hof, lief das Kamel auch schon auf seinen neuen jungen Herrn zu. Es hingen dem Tier sogar noch zu beiden Seiten die Transport-Satteltaschen herab, da sie ihm Abu Umama nicht mehr hatte abnehmen können. Zayd hielt das für ein gutes Vorzeichen und blieb stehen, um Uhud zu streicheln. Da ließ ihn die Stimme Yazids zusammenfahren: »Wenn du weiterhin Zeit vergeudest, werden wir Shas nicht mehr einholen können.«

Zayd drehte sich gereizt um. »Ja, ich werde dich jetzt zu Shas führen, aber bitte, verlange nicht mehr von mir!«

»Dann lass uns losreiten!«

Yazid kletterte auf Uhuds Höcker und Zayd folgte ihm, wenn er sich auch nicht wohl dabei fühlte. Zwar war Yazids Tun durch Mohammeds Auftrag gerechtfertigt, doch er selbst kam sich vor, als stecke er zwischen seiner Vergangenheit als Kind und seiner Zukunft als erwachsener Mann fest, ohne dieser Gegenwart voller Gefahren und Risiken ins Auge schauen zu können.

Dann begann er fieberhaft, sich die Konsequenzen ihres Tuns auszumalen. Seine Mutter würde ihm bestimmt nicht mehr erlauben, Karima so oft wie bisher zu sehen. Sicher würde ihnen verwehrt werden, noch länger unbeaufsichtigt beisammen zu sein. Seine Mutter würde sich dagegen verwahren, ganz zu schweigen von Ubada, Karimas Vater.

Da holte ihn die Stimme Yazids in die Wirklichkeit zurück: »Zayd! Wir sind da!«

Vor ihnen lag der Schießplatz. Shas und die anderen jungen Männer der Aws und der Khazraj probierten ihre Bogen aus und schauten daher nicht in ihre Richtung. Aber allzu nah wollten sie nicht heranreiten, besser sie blieben weiterhin unbemerkt.

»Und nun?«, fragte Zayd.

»Der Moment ist gekommen, uns zu verstecken!«

Die beiden Jungen ließen sich an jeweils einer Seite des Kamels in die Satteltaschen hinab. In der Oase war es nicht ungewöhnlich, dass sich ein Tier losmachte, um hier oder da zu weiden. Niemand achtete auf ein Lastkamel, das allein durch die Gegend marschierte.

Als sie in der Nähe des Schießplatzes angekommen waren, stieß Zayd einige kaum hörbare Zischlaute aus. Er betete, dass Uhud ihm nicht ausgerechnet jetzt den Gehorsam verweigerte, und gab dem Kamel den Befehl, immer geradeaus auf die Gruppe der Männer zuzugehen.

»Zielt gut, Leute der Aws!«, hörten sie Shas' Stimme.

»Wir waren schon immer die besten Bogenschützen der ganzen Oase!«, rief ein anderer.

»Auch besser als die Khazraj?«, fuhr Shas fort.

»Niemand ist besser als wir!«, erwiderte ein weiterer Krieger.

»Was machst du denn hier, du dummes Kamel?«, rief plötzlich Shas mit lauter Stimme, danach war das Geräusch eines zu Boden geschleuderten Steins zu hören.

»Lass es in Ruhe, Shas! Siehst du denn nicht, dass es das Kamel des armen Abu Umama ist? Das findet ganz von alleine wieder nach Hause«, sagte ein freundlicher junger Mann.

Schwankend bewegte sich das Kamel weiter, bis die Worte der jungen Krieger kaum noch zu hören waren. Es vergingen einige Minuten der Ungewissheit, aber dann erklangen die Stimmen wieder aus der Nähe, weil der alte Uhud einen großen Kreis abgeschritten hatte und sich nun der Gruppe von der anderen Seite näherte.

»Guter Uhud!«, sagte Yazid.

»Sei still!«, flüsterte ihm Zayd zu.

»Sing uns noch einmal unsere alten Lieder«, rief gerade ein Krieger, »die von den bitteren Lektionen erzählen, die den Aws in so vielen Schlachten erteilt wurden!«

Sie hörten, wie Shas ein altes Spottlied anstimmte, doch sogleich wurde er von einem Mitglied der Aws unterbrochen: »Ihr Khazraj könnt uns keine Lektionen erteilen, denn jedes Mal, wenn wir in den Krieg zogen, haben wir euch nur noch von hinten zu sehen bekommen, da ihr Hals über Kopf geflohen seid!«

Von allen Seiten erhob sich großes Gelächter.

»Ihr seid nichts als Feiglinge!«, brüllte die Stimme eines anderen, den Zayd für einen jungen Mann der Khazraj hielt.

Die Stimmen johlten immer lauter und steigerten sich zu einem chaotischen Gegröle, in dem einer den anderen zu übertönen suchte. Dann vernahmen Zayd und Yazid deutlich, wie Shas eine Strophe eines alten Kriegsgesangs anstimmte:

Einst sah ich drunten am Fluss einen Mann,
der stampfte Lehm ohne Ruh immer dann.
Der trat mit so viel Witz auf ihm rum,
dass seine Zunge wie ein Aal wurd' so krumm.
Gib Acht, dass deine Feinde nicht ebenso kühn
auf dir herumstampfen wie der Mann auf dem Lehm.

Das war eines der Lieder, die die Aws und Khazraj anstimmten, um sich vor ihren Kämpfen anzuspornen und anzustacheln. Bald darauf war das Geräusch von zerreißendem Stoff und dumpfen Schlägen zu hören. Schließlich ertönte eine Stimme, die lauter war als all die anderen: »Auf, in den Krieg, zu den Waffen!«

Nur Momente später stimmten bereits alle in den unheilvollen Aufruf ein, und wie ein tödlicher Kehrreim hallte dieser bedrohlich durch die Oase. Da erinnerte sich Zayd an die Worte Abu Umamas, der ihm zu erklären versucht hatte, dass der Mensch gut oder böse sein kann, je nachdem, ob er auf die Stimme Gottes oder des Teufels hört. Doch plötzlich verloren sich die Stimmen in einem wirren Durcheinander von Schritten und Lärmen.

»Los, Uhud, folge ihnen!«, sagte Zayd in der Hoffnung, dass ihn das Kamel verstehen möge.

Als Uhud sich in Bewegung setzte, hoben die beiden Jungen die Abdeckung der Satteltaschen so weit an, dass sie sehen konnten, was draußen vor sich ging.

»Es sieht ganz so aus, als ritten sie nach Harra«, sagte Yazid. Das war ein kahles Gebiet voller Lavafelsen im Süden der Oase.

»Ja, kein Zweifel. Sie traben auf die Felswüste zu, wo üblicherweise gekämpft wird!«, erwiderte Zayd mit zornesroten Wangen. »Sie fangen schon wieder mit dem an, was unsere Oase fast zerstört hat!« Ihm kam es so vor, als seien die Araber dazu verdammt, sich in endlosen Stammesfehden, die allen nichts als Schmerz und Trauer brachten, immer wieder aufzureiben.

Vorsichtig brachten die Brüder das Kamel dazu stehen zu bleiben und warteten, bis die jungen Männer sich weit genug entfernt hatten. Erst dann kletterten sie aus den Satteltaschen und trieben das Kamel zurück in die entgegengesetzte Richtung. Zayd konnte sich nicht daran erinnern, je ein so schnelles Tier wie Uhud geritten zu haben. Dennoch wären sie nicht rechtzeitig angekommen, wenn sie auf ihrem Weg nicht Ubada, Karimas Vater, getroffen hätten. Nachdem ihm seine Tochter alles erzählt hatte, hatte er, in großer Sorge um Zayd und Yazid, sein Pferd bestiegen und sie in der ganzen Oase gesucht. Ubada war einer der wenigen Bewohner von Medina, die ein Pferd besaßen, einen herrlichen Araberhengst, der sich schnell wie der Blitz eines Sommergewitters bewegte. Während Ubada im Galopp auf Zayd und Yazid zusprengte, sahen sie sein verärgertes Gesicht.

»Wo um alles in der Welt habt ihr euch herumgetrieben?«

Nachdem Yazid ihn kurz über die Ereignisse informiert hatte, wandelte sich die düstere Miene Ubadas. Mehrmals klopfte er kräftig auf die Schultern Zayds, als wollte er ihm für seine Umsicht danken. Dann bat er ihn, so rasch wie möglich auf dem Kamel nach Hause zu reiten, und während er Yazid zu sich auf sein Pferd hob, bemerkte Ubada bitter: »Menschen wie Isaak und Shas sind imstande, ihr Volk zu ruinieren.« Kurz darauf sah Zayd Ubada und Yazid in einer großen Staubwolke verschwinden.

Wie prophetisch Ubadas Worte waren, sollte Zayd allerdings erst später erkennen.

Während er auf Uhuds Rücken eher langsam vorankam, stürmten Ubada und Yazid auf dem Araberhengst in äußerster Eile zum Propheten und seinen Gefährten. Mohammed hörte aufmerksam zu, als Yazid über Shas' Unternehmungen Bericht erstattete, dann brach er auf der Stelle mit einer Gruppe von Auswanderern auf. Einige der Heuchler, die mit Abd Allah in Verbindung standen, versuchten ihn trotz des Berichts von seinem Vorhaben abzubringen: »Das sind doch nur die Phantasien von ein paar Kindern, die sich wichtig machen wollen!«, sagten sie und hofften, den Propheten auf diese Weise umzustimmen. Mohammed aber nahm Yazids Bericht sehr ernst und verlangte, ihn so schnell wie möglich nach Harra zu begleiten. Er hatte Augen wie glühende Kohlen, als er auf seine Kamelstute stieg. Zayd musterte ihn genau, als er auf Uhuds Rücken hinzukam, allerdings verhielt er sich auf Anraten seiner Mutter still.

Die jungen Krieger um Shas hatten inzwischen in Harra Stellung genommen, um sich gegenseitig eine Schlacht zu liefern. An diesem einsamen und gespenstischen Ort, der sogar von den Wüstenmäusen gemieden wurde, trug alles die Farbe der Trostlosigkeit und des Todes. Nicht zufällig war dies der Platz gewesen, an dem sich die Bewohner der Oase immer wieder in langen, blutigen Kämpfen um Land und Vorherrschaft gegenübergestanden hatten. Schon traten zwei junge Männer aus dem Stamm der Khazraj und zwei von den Aws mit gezückten Schwertern gegeneinander an, um sich im Zweikampf zu messen – wie es die Sitte der Araber forderte, die vor der eigentlichen Schlacht ein oder mehrere Duelle vorschrieb. Es hatte Shas viel Zeit gekostet, den Unmut und Hass zwischen den beiden Stämmen systematisch anzuschüren. Doch jetzt überließ er sie ihrem Schicksal und eilte in seine Stammesburg, um sich selbst dort in Sicherheit zu bringen.

Bevor die gegnerischen Krieger aufeinander einschlagen konnten, traf jedoch Mohammed auf seiner Kamelstute ein. Wie ein Falke, der sich auf seine Beute stürzt, preschte er auf die jungen Männer zu, die mit einem Ruck auffuhren, als seien sie aus einem bösen Traum erwacht. In versöhnlichem, aber entschiedenem Ton wandte sich der Prophet an sie: »O ihr Muselmanen! Richtet euer Sinnen und Trachten auf Gott! Erinnert euch an Ihn! Seid ihr wirklich entschlossen, euch wie die Götzenanbeter zu verhalten, während ich hier unter euch bin und euch mit der Hilfe Gottes zum Islam geführt habe? Denn Er war es, der euch zu Gläubigen und Brüdern gemacht hat!«

Während der Prophet sprach, wurde den jungen Männern klar, dass sie betrogen worden waren. Nicht nur von Shas, sondern vom Teufel selbst, der den jungen Juden dazu benutzte, sie gegeneinander aufzuhetzen. Mohammed ließ sie nicht aus den Augen, während sie da standen wie versteinert. Langsam wurde ihnen bewusst, dass der Prophet ihnen eine Rüge erteilt, sie aber auch in letzter Minute aufgehalten hatte, bevor sie in die Hölle gestürzt wären. Sie bereuten zutiefst, was sie getan hatten, und verstanden endlich, wer sie hintergangen hatte und damit ihr wirklicher Gegner war: der Feind Gottes, der Dämon. Tief erschüttert brachen sie in Tränen aus und versicherten einander, der Bruder des anderen zu sein. Dabei waren die beiden, die sich Minuten zuvor noch zum Duell gefordert hatten, die Ersten, die einander in die Arme fielen.

Da ereignete sich etwas, das alle, die an diesem Tag anwesend waren, erstaunte und ihnen unauslöschlich ins Gedächtnis eingeprägt blieb. Während sie damit beschäftigt waren, sich miteinander zu versöhnen, schien der Prophet sie plötzlich gar nicht mehr wahrzunehmen. Seine Kamelstute begann heftig hin und her zu schwanken, als würden ihr unter dem auf ihr lastenden Gewicht die Knie weich, während Mohammed der Schweiß aus allen Poren strömte wie Wasser. Er stieg von Qaswa ab und die jungen Männer umringten ihn. Sie empfanden tiefe Reue für ihr Missverhalten und fürchteten sich nun vor dem wundersamen Geschehen, dessen sie soeben teilhaftig wurden. Nach einer Weile kam der Prophet wieder zu sich und rezitierte die Worte, die ihm vom Himmel offenbart worden waren. Unschwer erkannten die jungen Krieger, dass Gott sich direkt an sie, die sich von den Ränken des jungen Juden hatten anstiften lassen, wandte:

> O ihr Leute des Buches, warum bringt ihr den, der glaubt, von Gottes Wegen ab?
> Ihr tut alles, um ihn zu brechen, während ihr doch Zeugen seines rechten Weges seid.
> Doch Gott lässt nicht unbeachtet, was ihr tut.
> O ihr, die ihr glaubt!
> Wenn ihr auf die hört, denen das Buch gegeben wurde,

werden sie euch wieder ungläubig machen,
nachdem ihr geglaubt habt!
(Sure 3, 99–100)

Der Streit zwischen den jungen Männern der Khazraj und denen der Aws machte in der Oase großen Eindruck – vor allem deshalb, da ihn der Prophet zum Anlass nahm, nach seiner Rückkehr aus Harra alle Vertreter der in Medina lebenden Stämme zusammenzurufen und sich als »Schiedsrichter« der kollektiven Gemeindeinteressen anzubieten, um so in Zukunft Auseinandersetzungen zwischen den Stämmen vermeiden zu können. Diese Versammlung rief er noch am selben Abend ein, und zwar auf dem Platz, an dem die Karawanen haltmachten und der nun von den zahlreichen, auf die Lanzen der Krieger gesteckten Fackeln feierlich erleuchtet war.

Dann diktierte Mohammed vor allen versammelten Einwohnern der Oase den Text, der später als die »Charta von Medina« bezeichnet wurde. Sie war die Grundlage einer neuen politischen Verfassung und ein Dokument des Bündnisses und Respekts zwischen allen Stämmen, von denen keiner den anderen mehr überlegen sein sollte. Sowohl Juden wie Muselmanen wurde Religionsfreiheit gewährt, auch wenn sie gleichzeitig Teil eines einzigen Gemeinwesens waren. Die gesamte Bevölkerung war aufgerufen, alles für die Erhaltung des Friedens zu tun und im Falle eines Krieges mit anderen Stämmen als geschlossene Gruppe aufzutreten.

Und wieder wunderten sich die Männer aus Medina, während sie Mohammed lauschten, da jeder von ihnen begriff, dass die Worte durch die Eingebung Gottes von seinen Lippen perlten. Und obwohl der Koran unzählige Verse den Propheten und Tugendträgern vergangener

Epochen, wie etwa Mose, Jesus und selbst Maria, widmete, hob er doch immer nur Mohammed als Vorbild und Beispiel für die Gläubigen hervor:

> Ihr habt in dem Gesandten Gottes ein gutes Vorbild
> für jeden, der auf Gott und auf den Jüngsten Tag
> hofft und häufig Gott den Herrn anruft.
> (Sure 33, 21)

Nach dem Vorfall in der Harra glaubten noch mehr Bewohner von Medina, dass Mohammed tatsächlich die Verkörperung jenes Geistes war, der aus dem Mund aller Propheten gesprochen hatte. Und als man ihn selbst danach fragte, antwortete der Prophet, dass sein prophetischer Geist bereits existiert habe, als Adam als erster Mensch von Gott aus Wasser und Lehm geschaffen wurde. Zu dieser Zeit, da sich seine Gestalt vor der großen Versammlung von Medina abzeichnete und allein aus sich selbst leuchtete, gaben ihm einige der Anwesenden einen weiteren Namen: »der Leuchtende«, da in ihm das ewige Licht der Prophezeiung und das »Licht Mohammeds« erstrahlte.

Sobald sämtliche Artikel der Charta diktiert worden waren, wurde die gesamte Versammlung dazu aufgefordert, im Angesicht Gottes den feierlichen Pakt der Brüderlichkeit und des Friedens zu besiegeln.

Und so lautete der Anfang der Charta:

> Im Namen Gottes, des Gnädigen und Barmherzigen.
> Dies ist der Pakt, der durch Mohammed, den
> Propheten, und zwischen den Gläubigen geschlossen
> wird,
> den Einwohnern aus Quraish und Medina,

> all denen, die sich zum Islam bekehrt haben,
> aber auch denen, die ihnen folgten, sich mit ihnen
> verbündeten und für sie kämpften.
> Sie alle bilden eine einzige Gemeinde.

Die »Charta von Medina« setzte sich auch mit den in der Oase lebenden Juden auseinander:

> Die Juden gehören zusammen mit den Gläubigen
> einer einzigen Gemeinde an.
> Dabei behalten die Juden ihre Religion und die
> Muselmanen die ihre.

Anschließend wurde die Charta in einer feierlichen Prozession, an der sämtliche Vertreter der Oase teilnahmen, von allen Stämmen ratifiziert, die niemals zuvor so stark miteinander verbunden gewesen waren. Auf diese Weise wurden die alten Rivalitäten, die im Lauf von Jahrhunderten zu so viel Blutvergießen geführt hatten, beendet und es entstand eine neue Gemeinschaft, in der Stammesbindungen in den Hintergrund traten. So wurde endlich die Gleichheit aller Menschen im Angesicht Gottes auf der Erde besiegelt und ihnen allen ohne jegliche Unterscheidung Frieden und Gerechtigkeit zugesprochen. Zum ersten Mal wurden selbst die Rechte der Schwächsten und Ärmsten vor dem Gesetz anerkannt, was für die damalige Zeit außergewöhnlich war.

Als die Ältesten befragt wurden, antworteten alle, dass es, selbst wenn sie die alten Geschichten und Legenden der Wüstenvölker zu Rate zogen, noch nie etwas Vergleichbares gegeben hätte. Und da verbreitete sich wie ein Lauffeuer die Nachricht in ganz Arabien, dass in Medina ein neues Kapitel der Weltgeschichte angebrochen sei.

Zayd war überwältigt von den Bildern und Ereignissen der vergangenen Tage. Ihm war bewusst, dass er eine für die Gemeinde sehr wichtige Rolle gespielt hatte, aber er empfand doch keine Freude dabei. Ohne Yazid hätte er keine Chance gehabt, seine Mission erfolgreich zu Ende zu führen. Allerdings wurde ihm klar, dass auch sein Bruder den Auftrag des Propheten niemals ohne ihn hätte erfüllen können. Zum ersten Mal begriff er, welch unterschiedliche Fähigkeiten die Menschen haben, und dass diese erst durch die gegenseitige Ergänzung zu großartigen Ergebnissen führen können. Mit der Charta wurde jeder in der Gemeinde dazu aufgerufen, seine Fähigkeiten in den Dienst seiner Mitmenschen und damit letztendlich in den Dienst Gottes zu stellen.

Plötzlich erschien das Bild Abu Umamas vor Zayds geistigem Auge. Noch immer konnte Zayd sich nicht vorstellen, wie sein Leben ohne diesen weisen alten Mann weitergehen sollte. Erneut fühlte er sich allein und verloren wie ein Kind, aber er vermochte nicht einmal mehr zu weinen. Und er hatte keine Hoffnung, jemals in dieser sich so rasant verändernden Welt seinen Platz zu finden. Denn Abu Umama konnte ihm nicht länger den Weg weisen. Zum zweiten Mal hatte Zayd seinen Vater verloren, sodass er nun zweifach Waise war. Wieder überwältigte ihn seine Angst. Mit letzter Kraft fiel er auf die Knie und betete zu Gott, um dessen Hilfe zu erflehen:

Bei dem vorgerückten Morgen!
Bei der Nacht, die das Dunkel mit sich bringt!
Dein Herr hat dich nicht verlassen und hasst dich auch nicht,
wahrlich, das Jenseits wird für dich besser als das Diesseits sein.

Dein Herr wird dich bald mit Seinen Gaben
beschenken und du wirst glücklich sein!
Hat Er dich nicht als Waise in Seinem Haus
aufgenommen?
Hat Er dich nicht aus der Irre gerettet und dir
den Weg gewiesen?
Warst du nicht arm, und Er hat dich reich gemacht?
Darum unterdrücke die Waisen nicht,
und vertreibe nicht die Bettler,
sondern berichte von der Gnade Deines Herrn!
(Sure 93, 1–11)

Während er seine Stirn auf den Boden legte und sein Haar den Teppich streifte, überkam ihn das gleiche Gefühl wie damals, als ihm der Prophet bei der Rückkehr aus Harra eine Hand auf sein Haupt gelegt und ihm die Locken zerzaust hatte, während er ihn und Yazid über alle Maßen gelobt hatte. Durch ihre Entschlossenheit war erfolgreich ein Krieg zwischen den Stämmen abgewendet worden. Und als Zayd ihn voll Angst und Beklemmung angeblickt hatte, hatte Mohammed für ihn einen der Verse zitiert, die gerade vom Himmel herabgesandt worden waren und in denen Gott direkt zu den Muselmanen spricht:

Freilich, Wir werden euch Prüfungen aussetzen, mit
ein wenig Hunger und Furcht, mit dem Verlust eurer
Güter,
eurer Brüder und der Früchte eures Landes.
Doch verkünde du all denen, die geduldig sind,
eine Botschaft der Freude!
Die, wenn ein Unheil sie trifft, ausrufen:
»In Wahrheit gehören wir Gott und zu Ihm kehren
wir zurück!«

Auf sie kommen die Segnungen und die Barmherzigkeit ihres Herrn herab:
Sie sind es, die vom Wahren geleitet werden.
(Sure 2,155–157)

Zayd fühlte große Erleichterung darin, diese Worte immer und immer zu wiederholen. Als ihn der Schlaf übermannte, hatte er noch stets die Worte Gottes auf den Lippen.

al-Mutakabbir:
Der Erhöhende

Die Schlacht von Badr

Die Schlacht von Badr ist die erste und berühmteste Schlacht der islamischen Geschichte und noch heute wird ihrer feierlich gedacht. Der denkwürdige Tag wurde zu einem Sinnbild, das selbst die Besiegten zu zahlreichen Geschichten und poetischen Werken anstiftete.

Die Muselmanen, die in dieser Schlacht den Tod fanden, wurden später als »Märtyrer« ihres Glaubens bezeichnet. Leider ist dieser Begriff vielfach missbraucht worden, vor allem in jüngster Zeit. Denn auch der Islam verurteilt unmissverständlich sowohl die Ermordung Unschuldiger als auch den Selbstmord. Daher sollte auch der Begriff »Dschihad«, der für die Mühen auf dem Wege Gottes steht, statt als »heiliger Krieg« besser als »spirituelle Anstrengung« übersetzt werden. Und so sagte denn auch Mohammed bei einer dieser Schlachten, die auf die von Badr folgten:

»Wir sind vom kleinen Dschihad zum großen Dschihad umgeschwenkt.«
Daraufhin wurde ihm die Frage gestellt: »Was ist der große Dschihad?«
Und der Prophet gab zur Antwort: »Der Kampf gegen die eigene Seele.«

Also richtet sich der wahre »Krieg« der Gläubigen nicht gegen eventuelle äußere Feinde, sondern gegen die verneinenden, ehrlosen Kräfte in der eigenen Seele. Wie Judentum und Christentum ist der Islam eine Religion und ein Weg, um den Menschen mit Gott zu vereinen. Daher will er vor allem die Gläubigen dazu aufrufen, in verstärktem Maße nach mehr Frieden und Wissen zu streben, und ganz sicher nicht dazu, Krieg gegen ihre Mitmenschen zu führen. So besagt eine islamische Redewendung: »Die Tinte der Wissenden ist kostbarer als das Blut der Märtyrer.«

Sein ganzes Leben lang sollte Zayd jenen aufregenden Morgen nicht mehr vergessen, als bekannt wurde, dass bald eine Karawane aus Syrien einträfe, die von Abu Sufyan angeführt wurde, einem der einflussreichsten Männer aus Mekka und dem größten Widersacher des Islam. Es war eine große Karawane, die jedes Jahr des Weges kam und mit Lebensmitteln und Manufakten aller Art beladen war. Seit die Handelsblockade begonnen hatte, hatten die Muselmanen bereits acht Mal versucht, ihre Not zu lindern und verschiedene Karawanen auszuplündern, doch war ihnen kein einziges Mal Erfolg beschieden. Die Situation hatte sich mittlerweile so zugespitzt, dass Nahrungsmittel um jeden Preis aufgetrieben werden mussten.

An diesem Tag hatte der Prophet kurz nach dem Morgengebet den Erzengel Gabriel empfangen, der ihm auftrug, sich in der Nähe der Brunnen von Badr auf die Lauer zu legen, wo die große Karawane Wasser schöpfen würde. Er sollte möglichst keine Zeit verlieren, um sie rechtzeitig abzufangen. Und sogleich erteilte Mohammed seinen Getreuen den Befehl zum Aufbruch, ohne die Ankunft der Männer abzuwarten, die in den äußeren Gebieten der Oase wohnten. Denn rasches Handeln war nötig, nicht nur, um sich der Karawane zu bemächtigen, sondern auch, um Abu Sufyan und damit die gesamte Stadt Mekka zur Aufgabe ihres Ziels zu zwingen, die Muselmanen von ihrer Religion abzubringen.

Erst vor wenigen Tagen hatte der Ramadan begonnen, der neunte Monat des Mondkalenders, in dem zum ersten Mal die Zeit des rituellen Fastens vom Morgengrauen bis zum Sonnenuntergang festgesetzt wurde.

O ihr, die ihr gläubig seid!
Euch ist für eine Anzahl von Tagen das Fasten vorgeschrieben,
wie es bereits denen vorgeschrieben war, die vor euch waren,
auf dass ihr gottesfürchtig werden möget.
Doch wer von euch krank ist oder sich auf einer Reise befindet,
für den gilt eine andere Anzahl von Tagen.
Denjenigen aber, die es einhalten könnten, aber nicht tun,
ist als Ersatzleistung die Speisung eines Bedürftigen auferlegt.
Wer aber von sich aus Gutes tut, der wird es besser haben;

Fasten ist ein gutes Werk für euch, wenn ihr das nur verstündet!
(Sure 2,183–184)

Während der Fastenzeit verließen die meisten Muselmanen frühmorgens das Haus, um rasch ihre verschiedenen Aufgaben zu erledigen. Am Nachmittag legten sie sich dann für ein paar Stunden hin, um den Sonnenuntergang abzuwarten, mit dem das Fasten endete.

Yazid hörte die Stimme des Muezzin über die Oase schallen, der die Männer zur militärischen Exkursion zusammenrief, und ging zu der alten Truhe, in der die Waffen seines Vaters Thabit aufbewahrt wurden. Als Nawar sah, dass sich ihr älterer Sohn der Truhe näherte, wusste sie sofort, was vor sich ging. Auf diesen Augenblick war sie vorbereitet. Und so begann sie aus dem wenigen, was sie im Hause hatte, eine Wegzehrung für den Feldzug vorzubereiten. Als aber auch Zayd ein Kettenhemd anlegte, sagte sie besorgt: »Zayd! Du bist erst zwölf Jahre alt!«

»Schaut nur! Es passt mir richtig gut!«, erwiderte Zayd und zerrte das Kettenhemd zurecht, das ihm viel zu groß war.

»Nun ja.« Yazid brachte es nicht übers Herz, etwas anderes zu sagen.

»Liebe Mutter, der Prophet hat gesagt, dass sich alle bereit machen sollen«, sagte Zayd mit ernster Miene.

Nawar begriff, wie wichtig dieser Moment für ihn war, aber sie ertrug die Vorstellung nicht, welchen Risiken er sich damit aussetzte. »Du bist doch noch viel zu jung! Außerdem hast du nur einen Schild und ein Kettenhemd zur Verfügung, kein Schwert und auch keinen Helm.«

»Der Turban ist der Helm der Araber! Und was das Schwert angeht, so wird mir jemand eines leihen!«

Obwohl ihr Herz schwer war, fühlte Nawar als Mutter doch den Stolz der Frauen aus der Wüste, daher beschloss sie, Zayds Schicksal der Hand Gottes anzuvertrauen. Also setzten die beiden Brüder ihre Vorbereitungen fort, wobei sie alles versuchten, um ihre Aufregung zu verbergen. Nun zog auch Yazid das Kettenhemd über seine weiße Tunika, dann reichte er Zayd den Helm des Vaters, der ihm allerdings viel zu groß war, weshalb Yazid ihn dann doch selbst aufsetzte. Zayd dagegen umwickelte seinen Kopf mit einem großen grün-weißen Turban, der ihn erwachsener aussehen ließ, als er in Wirklichkeit war. Er ähnelte dem, den der Prophet gewöhnlich trug.

Was würde wohl Karima dazu sagen, wenn sie mich so sähe, fragte er sich plötzlich, während er die Waffen und den Proviant auf das Kamel lud.

Und wieder trug der alte Uhud die beiden Brüder. Als sie am Sammelplatz des Heeres eintrafen, erkannten sie, dass sie zu den Glücklichen zählten, da der größte Teil der Soldaten sich zu dritt oder viert ein einziges Tier teilen musste. Dennoch voller Tatendrang präsentierten sich die Männer dem Propheten vor der Moschee, die endlich fertiggestellt worden war. Vom Rücken seiner Kamelstute aus befahl ihnen Mohammed, sich unverzüglich in Marsch zu setzen. Das Heer würde er später inspizieren. Erstaunt bemerkte Zayd, wie viel Ruhe und Entschlossenheit der Prophet ausstrahlte. Seinem Appell hatten etwa dreihundert bewaffnete Männer Folge geleistet, unter denen sich sowohl Auswanderer als auch Khazraj und Aws befanden. Sie alle machten sich nach Nordwesten auf, um die Karawane auf ihrem Weg zum Meer abzufangen.

Unterwegs trafen Zayd und Yazid auf Mukhayriq, der im Sattel seiner Maultierstute saß. Der alte Rabbi war gekommen, um mehr über den Heereszug zu erfahren. Er setzte sich ständig dafür ein, die Beziehungen zwischen den Juden und Muselmanen zu verbessern. »Medina gehört uns allen«, »Wir sind Brüder durch Abraham« und »Jeder wird zu Gott zurückkehren, wenn er der Religion folgt, die ihm von einem Seiner Propheten offenbart wurde«, waren die Sätze, die er am häufigsten anbrachte. Als er den Reitertrupp erblickte, suchte Mukhayriq sogleich nach Zayd. Er hatte ihn liebgewonnen und versuchte sich nach Abu Umamas Tod um ihn zu kümmern.

»Shalom, der Friede sei mit euch, Söhne des Thabit«, sagte Mukhayriq.

»Der Friede möge auch über dir sein!«, antwortete ihm Zayd strahlend. »Willst du dich uns nicht anschließen?«

»Ich bin inzwischen zu alt für einen Feldzug! Doch sollten die Feinde es wagen, bis nach Medina vorzudringen, wäre ich der Erste, der zum Schwert greift und an eurer Seite kämpft!«

Zayd antwortete nicht, was Yazid dazu nutzte, ihn ein letztes Mal zum Umkehren zu bewegen: »Ich werde für dich das Schwert ziehen, und vielleicht wird mein Bruder das auch tun«, sagte Yazid zu dem Rabbi, um dann mit zweifelnder Miene fortzufahren: »Falls es ihm gelingen sollte, eine Waffe aufzutreiben, bevor die Schlacht beginnt.«

Mukhayriq bemerkte, wie sich Zayds Miene verdüsterte. Er überlegte einen Augenblick, dann wandte er sich in seinem Sattel um und zog aus der hinter ihm hängenden Scheide einen herrlichen Krummsäbel aus Damaszener Stahl, dessen Klinge fein ziseliert war. »Nimm mein Schwert, Zayd, ich brauche es nicht.«

Zayd konnte einen Ausruf der Überraschung nicht unterdrücken. Auch Yazid war erstaunt über diesen ebenso beängstigenden wie kostbaren Gegenstand und nahm resigniert hin, dass sein Bruders seinen Willen durchgesetzt hatte. »Du hast Glück, Bruder!«

»Gemeinsam werden wir unschlagbar sein!«

Yazid betete still, dass Gott alle Krieger, besonders aber seinen kleinen Bruder beschützen möge. Dann sagten die beiden Jungen dem alten Juden Lebewohl, der ihnen noch lange nachschaute. Zayd befahl Uhud mit einem Pfiff, eine schnellere Gangart einzulegen, damit sie nicht hinter die anderen Kämpfer zurückfielen. Inzwischen stellte Mohammed drei verschiedene Abteilungen der Armeetrupps auf, an die er jeweils eine Fahne verteilen ließ. Die erste, die weiß war, vertraute der Prophet dem jungen Musaab an, der als Erster von Mekka nach Medina ausgewandert war. Die zweite, eine schwarze, übergab er an Saad, der als erster Kriegsanführer der Oase zum Islam übergetreten war. Und die dritte, ebenfalls schwarz, überreichte er Ali, seinem Vetter, der als einer der ersten Einwohner Mekkas überhaupt zum Islam übergetreten und ebenso als einer der besten Reiter Arabiens bekannt war. Dem Stamm der Banu al-Najjar, dem auch die beiden Söhne Thabits angehörten, wurde die Ehre zuteil, die Nachhut zu bilden.

Mohammed führte seinen Trupp durch das Tal Aqiq, das er, nachdem ihn ein Engel dazu aufgefordert hatte, an diesem Ort ein Gebet zu sprechen, als das »gesegnete Tal« bezeichnete. Er hatte diesen Weg gewählt, um damit den heiligen Charakter dieses Marsches zu betonen. Aqiq bedeutet »Karneol«, womit die kostbare, tiefrote Variante eines Quarzes gemeint ist, der aus dem Felsgestein dieses Tals gewonnen wird. Nach Ansicht der Einwohner Medinas erfüllte er die Herzen der Frauen mit großer Freude, während er den Männern die notwendig Kraft für eine Schlacht gewährte. Auch aus diesem Grund wurde der Stein zur Herstellung von Talismanen, Schmuck und

Siegeln verwandt. Zudem sagte man ihm nach, Blutungen stillen zu können.

Mohammed schlug den Weg nach Dhul-Hulayfa ein, jenem Wasserbecken, in dem die Bewohner der Oase auf ihrer Pilgerreise nach Mekka in langen weißen Gewändern die Weihe erhielten. Zwar hatte Zayd noch nie an dieser Reise teilgenommen, doch hatte ihn die Rückkehr der Pilger aus Mekka, die in ihren weißen Gewändern wie Engel aussahen, stets sehr beeindruckt. Voller Verlangen hatte er stets den Tag herbeigesehnt, an dem er selbst einem Engel gleichen würde. Bewundernd und aufmerksam betrachtete er die schöne Gestalt des Propheten, der seiner Armee soeben Anweisungen erteilte. Niemand war da, der nicht jedes seiner Mienenspiele oder jede seiner Gesten beobachtete, die gleichsam allen als das Ergebnis übernatürlicher Eingebungen erschienen.

Als sie eine freie Fläche erreichten, auf der Mohammed sein kleines Heer in Augenschein nahm, wurden Zayds Gedanken plötzlich brüsk unterbrochen. Auch die Tiere wurden gezählt – insgesamt waren es etwa siebzig Kamele, wobei weniger als eins auf je vier Personen kam. Pferde gab es nur zwei, sie sollten vor allem für Erkundungsaufträge eingesetzt werden. Die Männer traten in mehreren parallelen Reihen an, da der Prophet jeden Einzelnen, der ihn auf dieser Mission begleitete, kennenlernen wollte. Für jeden von ihnen fand er einige gut gemeinte, aufmunternde Worte, vor allem aber wollte er sichergehen, dass sie eine so anspruchsvolle Aufgabe zu bestehen imstande waren, die weit über alles bisher Bekannte hinausging.

Als der Prophet an Zayd vorbeischritt, konnte dieser nicht länger an sich halten: »Gesandter Gottes, ich weihe dir mein Leben! Erlaube mir, unter deiner Fahne gegen den Feind anzutreten!«

Mit großer Sanftheit legte der Prophet Zayd eine Hand auf die Schulter und blickte ihn bewundernd an. Er lobte ihn für seinen Mut, entschied dann aber, dass er noch zu jung sei, um an diesem Feldzug teilzunehmen. Vier weiteren Knaben erging es wie Zayd. Für den ältesten der Knaben traten seine Verwandten ein, und der Prophet entschied, dass er ihn doch begleiten dürfe. Zayd hatte niemanden, der für ihn eintrat. Und mit seinem pausbäckigen Gesicht, den widerspenstigen, unter dem Turban hervorlugenden Haaren und dem übergroßen Krummsäbel Mukhayriqs bot er nicht eben das Bild eines gefährlichen Kriegers. Nicht einmal Yazid hatte den Mut, zugunsten seines Bruders zu sprechen.

Wehmütig schickten sich die Knaben an, nach Medina zurückzukehren. Rasch packten sie ihre Sachen zusammen, um den Abmarsch der anderen nicht zu verzögern, und entfernten sich eilig von der Truppe. Traurig blickte Zayd Yazid hinterher, der mit dem Heer davonritt. Er fühlte sich so einsam wie ein Waisenkind, schlimmer als je zuvor.

»O mein Vater! Wie sehr wünschte ich mir, du wärest hier!«, sprach er immer wieder leise vor sich hin und stellte sich dabei vor, wie ihn sein Vater, der gewiss ein guter Muselman geworden wäre, in dieser Angelegenheit unterstützt hätte.

Zayd betrachtete die Landschaft um sich herum, die verdorrt und steinig war, auch wenn sie nicht allzu weit entfernt vom See Aqul und damit von ihrem Palmenhain lag. Die anderen drei Knaben, die Mohammed für kriegsuntauglich befunden hatte, machten sich bereits auf in Richtung Süden nach Medina. Obwohl es noch früh am Tag war, schwitzten sie in der Sonnenglut unter dem Gewicht ihrer zu großen und schweren Kettenhemden.

Zayd rief ihnen zu, dass sie ruhig vorausgehen sollten, dann bog er nach links ab und steuerte auf den kleinen See zu, an dessen Ufer er sich niederließ, gleich neben einer großen Schar weißer und rosa Flamingos.

Er legte das Kettenhemd ab, sodass er nur noch die weiße Tunika trug, und tauchte seine Füße in den See. An diesem Tag schien ihm das Wasser zu kalt für ein Bad, vielleicht aber fror er auch nur in seinem Inneren. Das Einzige, was in diesem Moment sein leidvolles Herz berührte, waren die Flamingos, denen er sich näher fühlte als allen anderen Lebewesen. Es bewegte ihn, wie sie auf langen Beinen im Wasser standen und von Zeit zu Zeit ihre Köpfe in das kühle Nass senkten. Auch er schien nur mit dem äußersten Teil seines Selbst in die Welt eingetaucht zu sein, während der Rest wie ein Vogel zwischen Himmel und Erde schwebte. Jedes Mal, wenn er ganz einzutauchen versuchte, fühlte er den Zwang, rasch wieder aufzutauchen, ganz so, als mangelte es ihm an Sauerstoff.

Kurz vor Einbruch der Nacht stand auf einmal Nawar vor Zayd und betrachtete ihn, wie er, die Arme um die Knie geschlungen, unter einer Palme kauerte. Sie hatte von den anderen Knaben erfahren, was geschehen war.

»Hast du etwas von Yazid gehört?«, fragte Zayd, nachdem er lange geschwiegen hatte.

»Noch nicht, mein Sohn, noch nicht«, antwortete Nawar und legte ihm einen Arm um die Schultern.

»Mögen die Engel Yazid helfen!«, sagte Zayd nach einer Weile.

»Und mögen sie auch dich beschützen, lieber Zayd«, antwortete ihm Nawar.

Es folgten lange Tage des Wartens für die Bewohner der Oase. Zunächst gelangten keinerlei gesicherte Nachrichten aus der Wüste zu ihnen, bis sich die Ereignisse plötzlich überstürzten.

Am dritten Tage nahm Nawar zusammen mit Zayd bei Sonnenuntergang am Abendgebet in der Moschee teil. Nawar machte sich Sorgen, Zayd könne sich der Welt völlig verschließen. Nicht einmal Karima war es gelungen, ihn zu einem Lächeln zu bewegen. Doch ließ Nawar ihren Mut nicht sinken, sondern lud nach dem Gebet Abd Allah, Umars Sohn, zu sich nach Hause ein, damit er gemeinsam mit ihnen aus ihrem zur Neige gehenden Vorrat ein paar Datteln aß. In Anbetracht der Hungersnot in der Oase ließ sich der Knabe diese Gelegenheit gewiss nicht entgehen. Obwohl Abd Allah mittlerweile dreizehn Jahre alt war, hatte sein Vater, der große Krieger Umar, ihn für zu jung befunden, um an dem Feldzug teilzunehmen, sodass er sich nicht einmal dazu melden durfte.

Als alle das Haus betraten, trafen sie dort zu ihrer Überraschung Burayda an.

»Berichte uns, Burayda! Wir dachten, auch du nähmest an diesem Feldzug teil«, sagte Nawar, bemüht, ihre Besorgnis nicht zu zeigen.

»Erzähl mir alles, jede Einzelheit!«, rief Zayd aufgeregt.

»Und was macht mein Vater? Ist Umar etwas zugestoßen?«, bedrängte ihn auch Abd Allah.

»Immer mit der Ruhe«, wehrte Burayda ab und bedeutete ihnen, sich zu ihm zu setzen. »Bis jetzt geht es ihnen allen gut! Meine Männer und ich sind am Ende des Aqiq-Tals auf die Krieger gestoßen. Kurz danach kreuzten wir die Straße nach Mekka, der wir bis zum Abend nach Süden folgten, um dann die steilen Hänge entlang des Tals emporzuklettern. Wir hielten alle angestrengt Ausschau, um eine Spur von der Karawane nach Mekka auszumachen, doch vergeblich. Als die Sonne hoch am Himmel stand, brachen wir das Fasten ab und aßen ein paar Datteln, wobei wir nicht einmal aus dem Sattel stiegen. Wir wussten, dass es unter bestimmten Bedingungen wichtig ist, das Fasten im Ramadan zu unterbrechen. Etwas später hielten dann alle Krieger an, um das Reisegebet zu sprechen, in dem Mittags- und Nachmittagsgebet zusammengefasst sind. Der Prophet gab den Befehl, auf einem breiten Platz auf dem feinen Sand eines ausgetrockneten Flussbetts zusammenzukommen, wobei er das Gebet hinter seiner in den Boden gesteckten Lanze, die in Richtung Mekka wies, vorsprach. Dann marschierten wir weiter, bis wir schließlich die Schlucht von al-Raha erreichten, wo wir in der Nähe eines Brunnen mit dem Namen Sajsaj unser Nachtlager aufschlugen.«

Burayda warf einen forschenden Blick auf seine Zuhörer. Dann wandte er sich direkt an Zayd: »In dieser Nacht habe ich meinen Schlafplatz neben deinem Bruder aufgeschlagen. Es war das erste Mal, dass Yazid in einem Militärlager schlief, möglicherweise würde er genau wie ich vor sehr vielen Jahren kein Auge zutun. Die Stille der kalten Wüstennacht wurde ständig vom Lärm der Wachen unterbrochen, die einander an den Grenzlinien des Lagers ablösten. Der Prophet hatte einige Späher auf Erkundungstour geschickt, und ihre Pferde waren in der Ferne zu hören. Ich erinnere mich noch an die erleichterte Miene Yazids, als er am Morgen den Gebetsruf des Muezzin vernahm, nachdem wir das Lager abgebrochen hatten, um weiterzumarschieren.«

»Mein Bruder ist genauso tapfer wie unser Vater«, sagte Zayd stolz.

»Ganz gewiss, und er wird noch tapferer werden, wenn er weiter an der Seite des Propheten und von Männern wie

Umar kämpft«, sagte Burayda an Abd Allah gewandt. Man konnte leicht erkennen, wie gerne Burayda selbst an der Seite dieser Krieger kämpfen würde und wie sehr es ihn betrübte, dass er hatte umkehren müssen.

»Unsere Väter und Brüder werden in unser aller Namen kämpfen!«, antwortete der weise junge Abd Allah.

Burayda nahm seinen Bericht wieder auf. Die Späher hatten die Brunnen von Badr erreicht, an denen jeder Reisende aus Syrien eine Zwischenstation einlegen musste. Doch noch immer gab es keinerlei Spur von der Karawane nach Mekka. Das Heer der Muselmanen plante daraufhin, die Reisenden bereits vor ihrem Eintreffen an den Brunnen von Badr abzufangen. Daher ließen sie die Hauptpiste zu ihrer Linken liegen und überquerten den Fluss Ruhqan, um sodann nach Nordwesten in Richtung des Dorfes al-Safra zu marschieren, das in der Mitte eines Passes zwischen zwei Hügeln lag.

»Ich kenne diese Gegend«, warf Nawar ein. »Thabit ging immer dorthin, um Honig zu holen.«

»Mohammed aber spürte, dass hier Gefahr lauerte, und weigerte sich, den Pass zu überschreiten«, berichtete Burayda, »also drangen wir noch weiter in Richtung auf das Meer vor, bis wir das ausgetrocknete Bett des Flusses Dhafiran erreichten, wo wir haltmachten.«

»Und die Karawane der Feinde?«, unterbrach ihn Nawar.

»Keine Nachricht von ihnen. Doch als das Lager errichtet war, sagte uns der Prophet, dass die Engel ihm die Nachricht übermittelt hätten, ein starkes Herr sei aus Mekka aufgebrochen und hielte nun genau auf uns zu. Auf irgendeine Weise hatten die Einwohner Mekkas von der Absicht des Propheten erfahren, die Karawane anzugreifen. Also sandten sie ein eigenes Heer aus, um die Karawane, die mehr als tausend voll mit Waren beladene

Kamele zählte, um jeden Preis zu verteidigen. Damit hatte sich die Lage für uns vollständig verändert. Es ging nicht länger darum, eine wehrlose Karawane auszuplündern, sondern sich einem feindlichen Heer zu stellen.«

»Hatten die Krieger Angst?«, fragte Nawar besorgt.

»Es gibt keinen Krieg ohne Angst!«, antwortete Burayda. »Alle waren voller Sorge, auch weil wir im Gegensatz zu der Armee aus Mekka noch nicht einmal dreihundert Leute aufbieten konnten. Der Prophet bat jedoch Männer wie Abu Bakr, Umar und Saad, sich zu dem Kampf zu äußern, und es ist ihnen gelungen, mit ihren Worten auch die Angst des furchtsamsten Soldaten zu verscheuchen. Außerdem hatte Gott selbst dem Propheten versichert, dass er die Muselmanen unterstützen werde. Gleichwohl erteilte Mohammed meinem Stamm aus Vorsicht den Auftrag, sich für die Verteidigung Medinas, das ihm mehr am Herzen liegt als jede andere Stadt, bereitzuhalten, falls das Heer aus Mekka Medina angreifen sollte. Als wir zurückritten, sahen wir, wie der Prophet noch einmal seine Truppe in Augenschein nahm.«

»Ist die Oase in Gefahr?«, fragte Nawar abermals voller Sorge.

»Nicht mehr als vorher«, antwortete Burayda.

»Solange der Krieg der Götzenanbeter gegen den Islam andauert, wird sie immer in Gefahr sein.«

Er nahm freudig die Handvoll Datteln entgegen, die Nawar ihm reichte, dann sprach er einige Verse aus der Offenbarung Gottes, um das einfache Mahl zu segnen:

> Verboten hat er euch das Fleisch von verendeten Tieren, das Blut und das Fleisch vom Schwein, außerdem das Fleisch von Tieren, worüber ein anderer Name als der von Gott ausgerufen wurde.

Doch wenn einer durch Not dazu gebracht wurde,
ohne dass er danach suchte oder leichtfertig ein
Gebot übertrat,
dem wird Gott voller Nachsicht und Barmherzigkeit
begegnen.
(Sure 16,115)

Alle hatten sich auf dem großen Teppich in Nawars Haus niedergelassen und teilten das wenige Essen sparsam untereinander auf. Der einzige Luxus, den sich Nawar erlaubte, waren einige Tropfen Hibiskusessenz, die sie ins Wasser mischte. Ab und zu war ein Schutzgebet zu vernehmen, das einer der Anwesenden für das Heer aus Medina sprach.

Die Heere müssen an den Brunnen von Badr vorbeikommen, wenn sie Wasser benötigen, dachte Burayda bei sich, bevor er die letzte Dattel aß. Seit Tagen hatte er kaum etwas zu sich genommen.

Nach dem Aufbruch von Burayda und den Männern der Aslam hatte der Prophet seinen Gefährten befohlen, von Dhafiran bis zum Sperlingspass, einem Ort in den Bergen, vorzurücken, von wo er hoffte, die Spuren des feindlichen Heeres zu entdecken. Von dieser Anhöhe aus hatte man einen weiten Blick auf die umliegende Landschaft, vor allem nach Nordosten. Doch konnten sie nichts entdecken, also zogen sie sich auf die andere Seite zurück in ein kleines Dorf mit nur wenigen, aus Lehm und Stroh gefertigten Hütten, das den Namen al-Dabba trug. Dann zogen sie wieder in Richtung Badr, wobei sie die riesige Sanddüne von al-Hannan, die so hoch wie ein Berg war, zu ihrer Linken ließen. Da diese als wenig trittfest und tückisch galt, beschloss der Prophet, sie zu umgehen. Nach ihrer Ankunft in Badr, kurz bevor sich der Abend herabsenkte, sandte der Prophet seinen Vetter Ali aus, damit er die Brunnen kontrolliere.

Ali und die anderen Männer des Spähtrupps erblickten einige Kameltreiber, die dabei waren, sehr viel mehr Wasser aufzuladen, als für sie selbst notwendig war. Dass es sich bei Ali und seinen Männern nicht um einfache Beduinen, sondern um erprobte Kämpfer handelte, erkannten die Kameltreiber sofort. Erschrocken ergriffen sie die Flucht, aber einer von ihnen wurde gefangen genommen, ein abessinischer Sklave, und ins islamische Lager geführt.

»Wem gehörst du?«, fragte ihn Ali.

»Den Einwohnern von Mekka.«

»Wo befindet sich ihr Heer?«, fragte ein anderer Muselmane.

»Es lagert zwei *farsakh* von hier. Sie haben uns hergeschickt, um Wasser zu holen.« Ein *farsakh* entsprach etwas mehr als fünf Kilometern.

Doch waren die Muselmanen mit den Antworten des Sklaven nicht zufrieden, und sie begannen wild auf ihn einzuprügeln.

»Hört auf, hört auf! Es stimmt! Ich gehöre zur Karawane und mein Herr ist Abu Sufyan«, gestand der Abessinier.

Da trat der Prophet zu den Männern und sagte: »Ihr seid wirklich sonderbar! Wenn er die Wahrheit sagt, glaubt ihr ihm nicht und schlagt auf ihn ein. Doch wenn er schamlos lügt, glaubt ihr, dass er ehrlich sei! Es ist wahr, wenn er sagt, dass er zu dem Heer aus Mekka gehört und nichts mit der Karawane zu tun hat, die inzwischen in Mekka eingetroffen ist. Das Heer lagert tatsächlich nicht weit von hier.«

Und wieder begriffen die Getreuen, dass Gott all diese Dinge Mohammed bereits offenbart hatte.

»Weißt du, wie viele Männer das Heer zählt?«, fragte er nun den Sklaven.

»Ich weiß nicht genau, wie viele es sind, aber gestern sollten wir auf Wunsch eines Anführers ein Festmahl ausrichten und mussten dafür zehn Kamele schlachten«, antwortete der Krieger.

»Dann sind es neunhundert bis tausend Mann.«

Mohammed hatte recht, das Heer aus Mekka zählte neunhundertfünfzig Männer, hundert davon zu Pferde, der Rest auf Kamelen.

»Wer sind die Anführer?«, fragte der Prophet weiter.

»Das Heer wird von Abu Jahl kommandiert, ihm schlossen sich viele Anführer aus Mekka an«, antwortete der Abessinier, dann nannte er ihre Namen.

»Mekka hat seine teuersten Söhne gegen uns aufgeboten!«, sagte daraufhin der Prophet.

Nach dem Abendgebet ordnete der Prophet an, dass die Männer sich für den Aufbruch am nächsten Morgen bereithalten sollten, da sie vor der Armee aus Mekka die Brunnen von Badr erreichen mussten. Bei dem Gedanken an die bevorstehende Schlacht fanden alle in dieser Nacht kaum Schlaf. Doch träumte Mohammed, dass der Feind große Schwächen zeigte. Bei Tagesanbruch erzählte er seinen Gefährten von diesem Traum, was diesen ihre Angst nahm. Ihnen war bewusst, dass Gott durch die Träume der Propheten und Heiligen zu den Menschen spricht, wie es auch im Fall des Propheten Yusuf beziehungsweise Joseph war, dem ein langes Kapitel im Koran gewidmet war. Und schon wenige Tage darauf offenbarte sich Gott dem Propheten und erinnerte ihn an diesen Vorfall:

Gott ließ dir die Feinde im Schlaf erscheinen –
in kleiner Zahl,
denn hätte Er sie dir so zahlreich gezeigt, wie
sie waren,
hättet ihr den Mut verloren!
(Sure 8, 43)

Die kürzeste Straße nach Badr verlief entlang des Flussbetts des Yalyal, das in ausgetrocknetem Zustand so weich war, dass die Muselmanen bis zu den Knöcheln darin versanken. Da setzte ein leichter Regen ein, der den Boden fest werden ließ und damit den Vormarsch der Männer erleichterte. Wieder sahen sie ein Zeichen Gottes darin, und dabei wussten sie nicht einmal, wie viel Mühe das Heer aus Mekka auf der anderen Seite von Badr hatte, den leichten Anstieg zu den Brunnen zu überwinden, der durch den Regen so glitschig geworden war, dass die Soldaten und ihre Tiere ständig ausrutschten. Das gesamte, sehr breite Tal von Badr war von Dünen umringt. An seinen Seiten befanden sich mehrere Brunnen, die jeweils von einem Wall aus gestampfter Erde eingefasst waren, der verhindern sollten, dass das Wasser rundherum einfach versickerte. Die Muselmanen erreichten den ersten Brunnen des Tals und schlugen sofort ihr Lager auf. Noch ahnten sie nicht, dass sie dem feindlichen Heer weit voraus waren.

Yazid entschied sich, mit einem der Krieger aus seinem Stamm zu sprechen, der ein Kamerad seines Vaters gewesen war. Er musste unbedingt mit jemandem über seine Ängste sprechen. »Dreihundert Männer, die gegen neunhundert in einer offenen Schlacht kämpfen! Hat es jemals schon so etwas gegeben?«

»Ich glaube nicht«, antwortete der Kamerad seines Vaters, »das ist tatsächlich mehr als außergewöhnlich!«

»Hast du Angst?«, fragte Yazid nach einer Weile.

»Ich sollte welche haben, aber ich bin ganz ruhig, genau wie der Prophet gesagt hat. Auch wenn wir bald einem Heer gegenüberstehen, das dem unseren weit überlegen ist!«

Sie schwiegen einen Augenblick, dann erhob sich der Krieger und machte sich auf zum Propheten. Yazid folgte ihm.

»Prophet Gottes! Mögen der Friede und die Barmherzigkeit Gottes über dich kommen! Wieso haben wir dieses Lager hier aufgeschlagen? War es aufgrund eines göttlichen Hinweises oder der Strategie eines Militärs?«

Der Prophet antwortete, dass der zweite Fall dafür ausschlaggebend war.

»Nach langer Überlegung kam ich zu dem Schluss«, sagte der erfahrene Krieger, »dass wir alle Brunnen besetzen sollten. Denn damit schneiden wir dem feindlichen Heer das Wasser ab, während wir selbst es im Überfluss haben!«

Mohammed, der immer darauf bedacht war, auch bei anderen auf mögliche Eingebungen Gottes zu achten, griff den Rat des erfahrenen Soldaten auf. Auf seinen Befehl zerstörten seine Männer die Schutzwälle um die verschiedenen Brunnen, sodass das gesamte Wasser in einer einzigen Zisterne zusammenfloss. Dann verbargen sie sich hinter dieser Zisterne und warteten auf die Ankunft des Heeres aus Mekka. In der Zwischenzeit ließen sie ihre Kamele nach Lust und Laune trinken und luden so viel Wasser in ihre Schläuche wie nur möglich. Damit hatten die Muselmanen bereits die erste Schlacht, die Eroberung des Wassers, gewonnen, was in der Wüste ein entscheidender Faktor ist.

Während sie noch warteten, schlug Saad vor, einen Schutzraum für den Propheten zu bauen, in dem er während des Kampfes beten konnte. Außerdem könnte er sich, falls das muselmanische Heer besiegt würde, darin bereithalten, nach Medina zurückzukehren.

»Die Menschen, die in Medina zurückgeblieben sind, schätzen den Propheten nicht weniger als wir, auch wären sie kaum dort geblieben, wenn sie von dem Krieg gewusst hätten. Sollten wir also besiegt werden, musst du nach Medina zurückkehren, um mit ihrer Hilfe weiterzukämpfen!«

Der Prophet lobte Saads Worte und bat Gott, seinen Segen auf ihn herabkommen zu lassen. Dann machten sich seine Männer daran, einen Verschlag aus Zweigen und Palmblättern zu errichten, in dem der Prophet in dieser Nacht schlief.

Kurz vor dem Abend traf das Heer aus Mekka in Badr ein, wo die Männer voller Ingrimm erkannten, dass die Muselmanen sämtliche Brunnen besetzt und sich bereits für den Kampf aufgestellt hatten. Dennoch fühlten sie sich dank ihrer zahlenmäßigen Überlegenheit im Vorteil. Also beschlossen sie, sich auf der anderen Seite der Düne zu verschanzen, sodass sich die beiden Heere, nur durch einen schmalen, sandigen Kamm getrennt, gegenüberstanden. Auch wenn sie einander nicht sehen konnten, konnten sie doch deutlich die Stimmen ihrer Gegner hören – der Menschen, die tags darauf bis auf den letzten Blutstropfen bekämpft werden sollten.

Zudem ließ der Anführer des Heeres aus Mekka eine Unzahl von Feuern anzünden, deren unheilvoller Schein und lautes Prasseln den Muselmanen die Ruhe raubten. Doch während sie sich bereits auf eine ruhelose Nacht in ängstlicher Erwartung einstellten, senkte Gott einen tiefen und ruhigen Schlaf auf sie herab. Kurz vor Tagesanbruch fiel ein leichter Regen, der die Feuer der Feinde löschte und das Erwachen der Muselmanen noch angenehmer machte. Das Regenwasser hatte die Zisterne wieder aufgefüllt und das sandige Gelände, in dem man vorher einsank, so trittfest gemacht, dass sich die Krieger sicher und rasch darauf bewegen konnten. Als der Morgen kam und die Muselmanen ihre Augen aufschlugen, erkannten sie voller Staunen, dass das Schlachtfeld zu ihren Gunsten vorbereitet war.

An diesem Morgen, an dem sich in Badr die beiden Heere in Erwartung der Schlacht gegenüberstanden, erhob sich Zayd in Medina in aller Früh. Er nahm mit seiner Mutter den *suhur*, die Mahlzeit, die einen weiteren Fastentag einleitete, zu sich, denn es war der siebzehnte Tag des Monats Ramadan, ein Freitag. Sie aßen schweigend, in Gedanken bei Yazid. Anschließend setzte sich Zayd auf die Schwelle, blickte in Richtung der aufgehenden Sonne nach Osten und fiel in einen leichten Schlaf, niedergekauert in der geöffneten Tür. Ein paar Stunden später erwachte er, vom Regen überrascht, während er sah, wie das Licht einen Regenbogen in die Pfützen malte. Zayd, der seit der Abreise seines geliebten Bruders oft in Kummer versank, fühlte sich plötzlich, als hätten ihm die Farben des Himmels seinen Frohsinn zurückgebracht. »Gott sei gepriesen, dass er das Herz seines unwürdigen Dieners erhellt!« Dann beeilte er sich, das Regenwasser in einem Behälter aus Palmblättern aufzufangen, der nach Ende des Niederschlags fast vollständig gefüllt war.

Der Regen ist eine Wohltat des Himmels!, sagte Zayd zu sich, dann zog er sich ins Haus zurück und begann mit seinen rituellen Waschungen.

Dabei dachte er an die Worte des Propheten, der jedem Gläubigen empfahl, ein reinigendes Bad vor dem gemeinsamen Gebet am Freitag zu nehmen. Als er das Wasser über seinen Körper perlen ließ, fühlte er sich zunehmend besser und so unbeschwert wie seit den Tagen seiner Kindheit nicht mehr.

Während Zayd sich in Medina auf das Gebet vorbereitete, stellte sich Yazid bei den Brunnen von Badr neben den anderen muselmanischen Kriegern auf, die der Prophet zum letzten Mal inspizierte. Mit einem Pfeil in der Hand lehrte Mohammed seine Männer, eine perfekte Reihe zu bilden. Auch in der Schlacht sollten sie sich nicht von ihrem Ungestüm hinreißen lassen, sondern immer Selbstbeherrschung üben. Jede Anstrengung, die sie zur Verteidigung der Religion Gottes unternahmen, war mit dem inneren Kampf gegen die Versuchungen der eigenen Seele vergleichbar. Mohammed wollte seinen Männern begreiflich machen, dass der Kampf dieselbe Ordnung und Disziplin erforderte wie etwa die Vorbereitung auf das Gebet. Als die Aufstellung perfekt war, sprach er seinen Männern Mut zu, während er gleichzeitig darauf wartete, dass die Soldaten aus Mekka den ersten Schritt unternähmen.

Als Erster trat ein Mann namens Utba vor und forderte zum Duell heraus. Sogleich traten ihm zwei weitere Götzenanbeter zur Seite, die einen Dreikampf wünschten. Wie bei den Arabern üblich, verharrte der Rest der beiden Heere in Schweigen, um den Ausgang des dreifachen Duells abzuwarten. Allerdings fiel den Muselmanen auf, dass Utbas Antlitz weniger Stolz und Entschlossenheit zeigte, als man hätte erwarten können. Tatsächlich gehörte Utba zu den Götzenanbetern, die bereits mehrere Male versucht hatten, den Bewohnern Mekkas den Krieg mit den Muselmanen auszureden.

»Die haben nichts zu verlieren«, hatte Utba zu seinen Heerführern gesagt. »Sie werden bis auf den Tod kämpfen, da eine Niederlage das Ende für sie und ihre Angehörigen bedeutet. Wir kennen sie gut, es sind tapfere Männer, die wir niemals besiegen können, ohne dass eine Unzahl der Unsrigen von ihnen getötet würde. Außerdem sind die meisten von ihnen mit uns verwandt und damit Blut von unserem Blut. Deshalb lasst uns umkehren, solange noch Zeit ist, und überlasst sie ihrem Schicksal!«

»Du bist ein Feigling!«, war die Antwort der Anführer gewesen, die ihn rot vor Scham werden ließ. So war es auch sein verletzter Stolz, der Utba dazu veranlasst hatte, dennoch zum Kampf anzutreten.

Die Männer vom Stamm Banu al-Najjar, dem auch Zayd und Yazid angehörten, stürzten aus der Angriffsreihe hervor, um die Kampfesherausforderung anzunehmen.

»Ihr seid ebenso edel wie wir und uns ebenbürtig«, sagte Utba. »Allerdings kamen wir nicht, um die Bewohner von Yathrib zur Schlacht aufzufordern. Lasst unsere ehemaligen Mitbürger hervortreten, die in eure Oase eingewandert sind!«

Auch der Prophet meinte, dass die Quraish aus Mekka diese Verantwortung auf sich nehmen sollten, und forderte zwei der Auswanderer auf, die in der Kriegskunst besonders bewandert waren, sich dem Kampf zu stellen. Danach berief er seinen knapp zwanzigjährigen Vetter Ali, der ihn vor Beginn des Feldzugs um die Hand Fatimas, einer seiner vier Töchter, gebeten hatte. Doch nicht nur Ali, sondern auch die beiden anderen waren Angehörige der Familie Mohammeds – der eine ein weiterer Vetter und der andere ein Onkel.

Der Dreikampf war schnell ausgefochten. Als Erster bewies Ali, welch außergewöhnlicher Reiter er war, und streckte seinen Feind mit einer kraftvollen Attacke nieder. Sein rascher Erfolg stürzte die Soldaten aus Mekka in tiefe

Mutlosigkeit. Als einer der Auswanderer seinen Gegner ebenso flink ausschaltete und dann zusammen mit Ali seine Klinge gegen Utba wandte, wurde auch dieser besiegt. Allerdings hatte Utba zuvor den dritten Auswanderer namens Ubayda, der bereits älter und langsamer war, tödlich verwundet. Da Ubaydas einziger Gedanke seinem Schicksal nach dem Tode galt, suchten seine Augen verzweifelt nach dem Propheten, um eine Antwort zu erhalten.

»Freue dich, Ubayda«, sagte Mohammed zu ihm, »vom Paradies trennt dich jetzt nur noch dieser Hauch von Leben, der in deiner Brust ist!«

»Gott sei gepriesen!«, rief Ubayda aus, und mit vor Freude strahlenden Augen glitt er hinüber in den Tod.

Obwohl er das Hinscheiden dieses Mannes aus tiefster Seele bedauerte, sprach der Prophet den Soldaten neuen Mut zu. Unschlüssig und sich seiner Überlegenheit kaum noch sicher, nahm das Heer aus Mekka eine abwartende Haltung an. Die Männer zögerten den Vormarsch hinaus und nahmen zuerst die Muselmanen mit einer Unmenge von Pfeilen unter Beschuss. Obwohl sie sich mit ihren Schilden abzuschirmen versuchten, wurden doch einige Muselmanen von ihnen niedergestreckt. Als Ersten sah Mohammed den Sklaven sterben, den Umar freigelassen hatte, danach wurde ein junger Mann vom Stamm der Khazraj in der Kehle getroffen, während er aus der Zisterne trank.

Noch konnte das Heer aus Medina seine Stellung halten, doch stand fest, dass der Feind bald zum entscheidenden Angriff auf die Zisterne übergehen würde. Rasch mussten die Muselmanen die Entscheidung treffen, ob sie zuerst attackieren oder die Initiative des Feindes abwarten sollten. Also zog sich der Prophet gefolgt von Abu Bakr in seine

Hütte zurück, wo er mit zum Himmel gereckten Armen und in beinah zornigem Ton Gott um Hilfe anflehte: »Herr! Wenn deine Soldaten sterben, wer wird dann bleiben, um dich anzubeten?«

Die Inbrunst, mit der der Prophet sein Gebet sprach, befremdete seinen Gefährten über alle Maßen. »Gesandter Gottes! Du hast nicht das Recht, den Herrn mit deinen Gebeten zu zwingen!« Tief bewegt umfasste Abu Bakr Mohammeds Hände mit den seinen. Obwohl er dem Propheten sehr nahe stand, begriff er noch immer nur schwer, welche Art von Bindung diesen mit Gott vereinte. Dieses außergewöhnliche, aber zugleich geheimnisvolle Verhältnis faszinierte ihn, schüchterte ihn aber gleichzeitig auch ein. Als er jedoch in Mohammeds Augen blickte, flackerten sie so stark, als würde soeben eine Offenbarung auf ihn herabgesandt.

»Sorge dich nicht, lieber Abu Bakr! Ich bitte Allah nur, das Versprechen zu erfüllen, das er mir gegeben hat!«

Draußen vor der Hütte war das Geschrei der Kämpfer immer lauter zu hören. Der treue Gefährte ließ die Hände des Propheten so rasch los, als strahlten sie eine unbändige Hitze ab. Da legte sich Mohammed sofort auf das Bett aus Stroh, wo er unvermittelt in einen tiefen Schlaf sank, der nur wenige Augenblicke dauerte. So plötzlich, wie er eingeschlafen war, öffnete er wieder seine Augen und wandte sich mit einem glücklichen Lächeln an Abu Bakr.

»Freue dich, Abu Bakr! Gott ließ mir seine Hilfe zuteil werden. Der Engel Gabriel ergriff die Zügel seines Pferdes und wird in kürzester Zeit an der Spitze von dreitausend Engeln hier eintreffen. Er wird sich mit einer Staubwolke ankündigen, die dem Engelsheer vorauseilt!«

Der Prophet erhob sich mit einem Ruck, lachte über das verdutzte Gesicht Abu Bakrs und eilte zu seinen Soldaten.

Genau in diesem Moment begann das Heer aus Mekka seinen Angriff, dem die Muselmanen verzweifelt standzuhalten versuchten.

»O ihr Muselmanen!«, rief der Prophet. »Freuet euch! Gabriel wird euch mit dreitausend Engeln zu Hilfe eilen! Bereitet euch auf den Angriff vor! Schon haben die Engel unter euch Aufstellung genommen und schwingen dicke Knüppel!«

Dann beugte er sich zur Erde hinab und nahm eine Handvoll Sand und Steine auf, die er gegen die Reihen der Götzenanbeter schleuderte. »Damit wird sich euer Blick trüben!«

Eine stürmische Windbö wirbelte die Handvoll Sand in der Luft umher, vermischte sie mit weiteren Sandkörnern und fuhr schließlich so heftig auf die Krieger aus Mekka hinab, dass diese nichts mehr sehen konnten. Da verließen die Muselmanen ihre Verteidigungsposten und griffen das gegnerische Heer so ungestüm an, dass es aufs Äußerste überrascht war. Vom Sand geblendet, begriffen seine Führer nicht, wie die zahlenmäßig so stark unterlegenen Muselmanen einen Angriff gegen sie wagen konnten.

Doch lieferte diese Schlacht noch weitere Überraschungen.

Plötzlich warf sich Yazid mit wilder Entschlossenheit nach vorn, rammte dem alten Uhud die Sporen in den Leib und schwang das Schwert seines Vaters. Es war das erste Mal, dass er einem Feind gegenüberstand. Und obwohl er sich diesen Augenblick in seiner Kindheit und Jugend tausendmal ausgemalt hatte, hätte er sich doch nie träumen lassen, was an diesem Tag alles geschah.

Inzwischen hatte sich die Handvoll Sand, die der Prophet geschleudert hatte, in einen feinen Nebel verwandelt. Der Schlachtenlärm war ohrenbetäubend, doch konnte nicht alles von dem Waffengetöse herrühren. Es klang, als würden am Ende des Tals, in dem die beiden Heere gegeneinander kämpften, die Töne durch ein ungewöhnliches, furchterregendes Echo zu dem immer lauter werdenden Toben eines Meeressturms verstärkt. Verblüfft über das Chaos, das rings um ihn herrschte, stieß Yazid mit all seiner Kraft einen Schlachtruf aus, bevor er wieder auf den ihm gegenüberstehenden Feind losstürmte. »O Siegreicher! Kämpfe!«, sagte er immer wieder zu sich selbst – das war der Schlachtruf der Muselmanen.

Yazid raste auf seinem Kamel auf einen massigen Soldaten zu, der, mit einem Morgenstern und einem großem Schild bewaffnet, zu Fuß kämpfte. Doch bevor Yazid den Schwertschlag führen konnte, stürzte der Feind zu Boden, als sei er von etwas Schwerem am Kopf getroffen worden. Während er zu Boden ging, ließ er auch den Schild fallen, und Yazid erblickte in den Augen des Feindes einen Ausdruck unglaublichen Schreckens. Yazid stieg von seinem Kamel, um besser sehen zu können, doch der Mann hatte keinen einzigen Blutstropfen verloren. Auch Uhud stieß seltsam gurgelnde Laute hervor, als sei er ebenso erstaunt wie sein Herr. Verwundert wandte sich Yazid um und entdeckte zu seiner Verblüffung, wie sich überall auf dem Schlachtfeld die Feinde am Boden wälzten. Angestrengt kniff er die Augen zusammen, um besser durch den Staub hindurch sehen zu können, und er meinte, Reiter mit weißen Turbanen zu erkennen, die auf die Kavallerie des Heeres aus Mekka einschlugen und deren Schlachtordnung völlig durcheinanderbrachten. Ein Reiter mit großem gelbem Turban führte sie an, der inmitten des Schlachtgetümmels zahlreiche Pfeile auf die gegnerischen Krieger schoss. Diese ungewöhnliche Reiterschar bewegte sich mit fast übernatürlicher Geschwindigkeit, sodass Yazid ihre

Gesichter nicht deutlich erkennen konnte. Gleichwohl konnte er nicht umhin, die eindrucksvolle Haltung der Pferde zu bewundern, deren lautes Wiehern bald das gesamte Tal erfüllte. Inzwischen hatten sich die Reihen des gegnerischen Heeres durch diese wundersame Attacke vollkommen aufgelöst, und die Krieger aus Mekka rannten in wilder Aufregung davon.

In den folgenden Tagen sandte Gott dem Propheten eine Offenbarung, die diese Ereignisse für alle Zeit festhielt:

> Als ihr um die Hilfe eures Herrn batet, wurdet ihr erhört:
> »Ich werde euch mit tausend hintereinander reitenden Engeln beistehen.«
> Gott tat dies, um euch frohe Botschaft zu geben,
> damit eure Herzen endlich Ruhe finden.
> Es gibt keinen Sieg, der nicht von Gott kommt.
> Gott ist mächtig und weise.
> Denkt daran, wie Gott euch in einen leichten Schlaf hüllte,
> zum Zeichen der Sicherheit durch Ihn,
> und über euch Wasser ausgoss, um euch damit zu reinigen
> und die Unreinheit Satans von euch zu nehmen,
> um eure Herzen zu kräftigen und eure Schritte sicher zu machen.
> Als dein Herr zu den Engeln sprach: »Ich bin bei euch,
> ich werde die festigen, die an mich glauben,
> doch ich werde die Herzen all derer, die nicht an mich glauben, mit Schrecken erfüllen.
> So schlagt auf ihre Nacken und schlagt auf jeden Finger von ihnen.«
> (Sure 8, 9–12)

Yazid war so bestürzt, dass er einen Augenblick lang aufhörte zu kämpfen und ein paar Schritte zurückwich, bis er plötzlich neben dem Propheten stand, in dessen Nähe ein Muselmane mit einem zerbrochenen Schwert in der Hand verharrte.

»Kämpfe damit«, sagte der Prophet zu dem Krieger und hielt ihm eine hölzerne Keule hin. Er nahm sie, und zur großen Verwunderung Yazids verwandelte sie sich in ein langes, glänzendes Schwert. Der Soldat, der es mit dem Namen »Hilfe« versah, ließ es gelassen über seinem Kopf kreisen. Es sollte ihm noch viele weitere Jahre gute Dienste leisten.

»O Siegreicher, kämpfe!«, rief er und stürzte sich wieder ins Getümmel.

Beglückt eilte Yazid ihm nach und ergriff mit neuem Mut das Schwert seines Vaters. Die Schlachtreihen der Götzenanbeter waren mittlerweile in Auflösung begriffen, das einst so stolze Herr wurde immer weiter dezimiert und es wurden viele Gefangene gemacht. An diesem Tag starben die tapferen Anführer des Stammes der Quraish, desselben Stammes, der den Propheten hervorgebracht hatte – der sich jedoch hartnäckig der Offenbarung Gottes widersetzte.

Nach seiner Rückkehr nach Medina erzählte Yazid Dutzende Male von dieser Schlacht. Und jedes Mal beendete er seinen Bericht mit der Geschichte von den zwei Beduinen, die er auf dem Hügel von Badr, von dem das gesamte Schlachtfeld zu überblicken war, auf dem Rücken liegend angetroffen hatte. Wahrscheinlich waren es zwei Räuber, die darauf warteten, nach dem Ende der Schlacht die Leichen der Gefallenen auszuplündern.

»Ich bin ein Mann der Wüste«, sagte der eine von ihnen. »Ich kam mit meinem Vetter hierher, auf dem Weg nach

Badr, um unsere Kamele zu tränken. Als wir auf dem Gipfel des Hügels ankamen, blickten wir auf das Kampfgewühl hinab. Plötzlich schob sich eine niedrig hängende Wolke an uns vorbei, aus der deutlich das Wiehern zahlloser Pferde zu hören war und laut der Ruf des Engels Gabriel erschallte, der einen großen gelben Turban trug und sein Pferd mit dem Kommando: ›Los! Los!‹ vorantrieb. Meinem Vetter zersprang vor lauter Angst das Herz und er verstarb augenblicklich. Auch mir schwanden die Sinne. Als ich wieder zu mir kam, war die Schlacht zu Ende, mehr weiß ich nicht mehr. Doch auch jetzt noch bricht mir bei dem bloßen Gedanken daran der kalte Schweiß aus und ich beginne zu zittern!«

الشهيد

al-Shahid:
Der Zeuge

Der Sekretär

Manche sagen, dass Zayd bereits vor der Ankunft des Propheten in Medina schreiben konnte. Andere meinen, seine Familie sei jüdischer Herkunft gewesen, sodass er bereits als Kind in das Studium des Hebräischen eingeführt worden sei. Wir glauben, dass er wohl auf das Bestreben Mohammeds, der regulären Schulunterricht in der Moschee von Medina einführte, mit dem Lernen begann. Mohammed betonte immer wieder die Bedeutung der Suche nach Weisheit, die man um jeden Preis verfolgen sollte – »und müsste man dafür bis nach China gehen!« Auf diese Weise entstand im Laufe der Zeit in der islamischen Welt die Madrasa, wörtlich der »Ort der Lehre«, eine islamische Hochschule, die auf den ersten Lektionen der Kenntnis, des Auswendiglernens und der Abschrift des Korans aufbaute und ihren Sitz in der Moschee von Medina hatte.

Auf dem Gebiet des Wissensaustausches kam es zu den

außergewöhnlichsten Begegnungen zwischen Juden, Christen und Muselmanen. In Anlehnung an das islamische Vorbild verbreiteten sich – durch den Einsatz europäischer Studenten – die Texte muselmanischer Autoren, wie etwa die des Philosophen Averroes (Ibn Rushd), und die Gelehrten der beiden so unterschiedlichen Religionen diskutierten immer wieder miteinander. Nicht zufällig war Silvester II., der im Jahr 1000 n. Chr. zum Papst gekrönt wurde, ein Student der islamischen Universität in Sevilla und Córdoba gewesen.

Schneller als das muselmanische Heer, das, ächzend unter der Last der schweren Beute, nach Medina zurückkehrte, verbreitete sich die Nachricht von der Schlacht in ganz Arabien. Die Menschen der damaligen Zeit sprachen gern von kriegerischen Kämpfen, insbesondere wenn sie so außergewöhnlich waren wie diese Schlacht. Die Tatsache, dass es einer Schar von dreihundert schlecht ausgerüsteten, aber mutigen Kriegern, vorwiegend zu Fuß unterwegs, gelungen war, ein Heer von fast tausend, hervorragend ausgestatteten Männern und einer großen Kavallerie zu zerschlagen, war ein unglaubliches, großes Ereignis.

Natürlich gelangte die Nachricht von der Schlacht mit den Heimkehrern des geschlagenen Heeres auch nach Mekka. Unter ihnen war einer der wenigen Verwandten Mohammeds, der noch immer ein Götzenanbeter war. Erschüttert von dem Verlauf der Schlacht, begab sich dieser Mann sofort zur Kaaba, dem heiligen Tempel in der Stadtmitte, wo die übrigen Bewohner der Stadt auf genauere Nachrichten warteten. Der Mann, dessen Körper noch vom Kampf gezeichnet war, begann keuchend zu berichten: »Wir trafen mit dem Feind zusammen, aber er focht hinter unseren Rücken. Dann wandten wir uns zur Flucht, doch nahm er viele von uns gefangen. Allerdings kann ich niemanden von unseren Heerführern tadeln, da wir es nicht nur mit unseren Gegnern zu tun hatten, sondern auch mit Wesen, die wie Menschen aussahen, weiße Kleider trugen und im Sattel gescheckter Pferde saßen, welche sich wie Blitze zwischen Himmel und Erde hin und her bewegten und uns erbarmungslos niedermachten. Keiner von uns konnte ihnen etwas anhaben!«

Und während sie in seine glänzenden Augen blickten, kam es seinen Mitbürgern so vor, als spiegelten sich in ihnen die Taten der Engel wider. Seine Worte schwächten die Front all derer, die sich unermüdlich dem Propheten und seiner Gemeinde aus der Oase von Medina widersetzt hatten.

Auch für die Muselmanen war die Schlacht von außerordentlicher Bedeutung – und das nicht nur in militärischer Hinsicht. Selbst die unentschlossensten Anhänger änderten durch die wundersamen Ereignisse um den Propheten ihre Sichtweise. Die Engel waren den Muselmanen vor aller Augen zu Hilfe gekommen, aber es geschahen auch noch andere wundersame Dinge, wie etwa die Heilung eines Kriegers, dessen Schultergelenk im Kampf gegen das Heer aus Mekka ausgekugelt worden war. Mohammed renkte das Gelenk mit seinen Händen wieder ein, dann blies er dagegen, wodurch die Schulter augenblicklich geheilt war.

Ebenso wundersam war die Begebenheit um einen Mann namens Muawwidh. Abu Jahl, einer der Heerführer aus Mekka, hatte alles darangesetzt, nach der anfänglichen Verblüffung die Schlachtreihe seiner Männer wieder neu aufzustellen, als sich Muawwidh auf ihn stürzte und sein Bein umfasst hielt. Es begann ein Zweikampf, der bis zum letzten Blutstropfen ausgetragen wurde und in dessen Verlauf Abu Jahl schließlich getötet wurde. Bevor er starb, schlug er dem Muselmanen allerdings noch die Hand ab. Muawwidh hob seine Hand vom Boden auf und eilte mit ihr zum Propheten, der ohne jedes Zögern auf den Armstumpf spuckte und die Hand dann wieder daran befestigte. Der junge Muselman stürzte sich sogleich erneut ins Getümmel und kämpfte mit einer solchen Leidenschaft weiter, dass er eine Unzahl von Feinden zu Boden streckte, bevor er schließlich selbst getötet wurde.

Muawwidh war der Bruder von Awf gewesen, einem der ersten Bewohner aus Mekka, die zum Islam übergetreten waren. Auch er starb an diesem tragischen, ruhmreichen Tag. Doch fielen insgesamt nur acht Muselmanen in Badr, gegenüber fünfzig Toten und fast ebenso vielen Gefangenen aus den Reihen der Götzenanbeter aus Mekka. Die Familie von Muawwidh und Awf aber bezahlte den höchsten Blutpreis von allen.

Es brauchte mehr als drei Tage, bis die siegreichen Soldaten nach Medina zurückkehrten. Eine ihrer ersten unangenehmen Pflichten war es, Afra, die Mutter der beiden getöteten Brüder, zu trösten. Sie war eine sehr starke Frau, die ihre Söhne von Anfang an darin unterstützt hatte, zum Islam überzutreten. So konnte ihr Schmerz auch nur durch die Gewissheit gelindert werden, dass sie alles gegeben hatten, um ihre Stadt und ihre Religion zu verteidigen.

Nawar tat alles, um ihr beizustehen. Beide gehörten demselben Stamm an und beide waren sie Witwen. Einst war Afras Familie sehr reich und mächtig gewesen, ihnen gehörte sogar die Burg von Dihyan, die am Eingang zum Viertel der Banu al-Najjar stand. Im Inneren des Atriums gab es einen Raum, der voll war mit Gegenständen, die von zahlreichen Reisen und Schlachten stammten. Oft schlief

Afra in diesem Raum, da sie sich beim Anblick dieser Erinnerungsstücke weniger allein fühlte. Zum Glück war ihr noch ein weiterer Sohn verblieben.

Als Nawar Afra wieder einmal besuchte, geschah es, dass Zayds Schicksal eine entscheidende Wendung nahm.

»Wie geht es Zayd?«, fragte Afra.

Nawar warf ihr einen forschenden Blick zu. »Ich glaube, es geht ihm gut«, sagte sie. Doch dann fügte sie hinzu: »Er macht gerade eine heikle Phase durch.«

»Wie hat er es aufgenommen, nicht in Badr dabei zu sein?«, fragte die Freundin weiter.

»Anscheinend hat er nicht resigniert«, antwortete Nawar. »Aber er, der er sich geschworen hatte, immer an der Seite des Propheten zu verweilen, bedauerte es zutiefst, in einem so wichtigen Moment nicht dabei zu sein!«

Afras blickte sie mit leuchtenden Augen voller Stolz an: »Der Prophet ist auch der Anführer unseres Stammes, sodass unsere jungen Männer dem Gesandten Gottes doppelt ergeben sind!«

»Ich wäre sehr glücklich, wenn ich meinem Sohn helfen könnte, sein Gelübde zu erfüllen!«

»Was meinst du, was Zayd am besten kann?«, fragte Afra.

Nawar überlegte einige Augenblicke. »Ich bezweifle, dass aus ihm ein großer Krieger wird. Doch hat er etwas ganz Besonderes an sich, das nicht einmal ich ganz begreife. Oft kommt es mir so vor, als besäße er eine Fähigkeit zu beobachten und zuzuhören, die außergewöhnlich ist. Dabei kommt ihm sein erstaunliches Gedächtnis zu Hilfe, das ihm erlaubt, rasch zu lernen. Und diese Gabe zeigt sich noch deutlicher, wenn es darum geht, die Worte Gottes in Erinnerung zu behalten und sie zu rezitieren!«

»Großartig!«, rief Afra. »Das werde ich sofort dem Ältesten unseres Stammes mitteilen!«

Da Afra eine sehr einflussreiche Frau war, würde sie zweifelsohne etwas für Zayd tun können. Nawar spürte, dass das Schicksal ihren Sohn weit von ihr fort führen würde. Doch alles, was sie wollte, war ihn zu beschützen. Trotz ihrer Sorgen empfand Nawar große Zuversicht. Zayd war auf einem guten Weg und er würde sein Ziel finden.

Am nächsten Morgen erschien Afra so früh bei Nawar, dass Zayd und Yazid noch im Haus waren. Die Frau strahlte über das ganze Gesicht. »Der Prophet will heute mit Zayd sprechen! Er hat mich beauftragt, ihn heute Vormittag zu ihm zu bringen!«

»Er will mit mir sprechen?«, fragte Zayd überrascht.

Yazid sah fragend zu seiner Mutter hinüber.

»Ich habe dir eine saubere weiße Tunika hergerichtet. Die musst du anziehen!«, erwiderte Nawar lächelnd.

Zayd verstand nicht, was hier vor sich ging, doch war er viel zu aufgeregt, um nachdenken zu können. Wichtig allein war, dass der Prophet mit ihm sprechen wollte.

Während er seinen kleinen weißen Turban mit größerer Sorgfalt als sonst anlegte, versuchte er sich vorzustellen, was der Prophet wohl zu ihm sagen würde. Da glitten seine Hände über das Medaillon, das er um den Hals trug. Nach kurzer Überlegung entschloss er sich, es abzunehmen: Wovor sollte er sich fürchten, wenn er vor den Propheten trat? Und er nahm sich vor, es bei nächster Gelegenheit wieder dem Beduinen zurückzugeben.

Lange vor der Mittagsstunde traf Zayd in Begleitung seines Bruders vor der Moschee ein, die in Wahrheit ein weitgehend unüberdachter, weitläufiger Hof war, den eine Mauer aus sonnengetrockneten Lehmziegeln einfasste. Man betrat ihn an der offenen Seite im Westen. Rechts davon, gegen Süden hin, befand sich die *qibla*, eine Nische, die der Orientierung diente, damit der Gläubige wusste, in welche Richtung er sein Gebet sprechen sollte. Auf der gegenüberliegenden nördlichen Seite, in Richtung Jerusalem, waren Palmenstämme aufgestellt, die als Pfeiler für ein langes, schmales Vordach dienten. Einst hatten die Muselmanen in Richtung Jerusalem gebetet, doch dann hatte Gott in einer Offenbarung mitgeteilt, dass von nun an in Richtung Mekka gebetet werden sollte:

> Wir sehen, wie du dein Gesicht zum Himmel wendest.
> So werden wir dir daher eine Gebetsrichtung weisen,
> die dir gefallen wird.
> Wende also dein Gesicht in Richtung der heiligen
> Moschee (in Mekka).
> Wo auch immer ihr euch aufhaltet, wendet euer
> Gesicht in diese Richtung;
> Diejenigen, denen das Buch gegeben wurde, wissen
> mit Sicherheit, dass dies die Wahrheit ist,
> die von ihrem Herrn stammt.
> Und Gott lässt nicht unbeachtet, was sie tun.
> (Sure 2,144)

Mohammeds Gemächer lagen genau gegenüber den drei Eingangstüren zum Hof. Die Türöffnungen waren mit bunten Teppichen behängt.

Zayd, der neben Yazid stand, sah, wie aus dem Gegenlicht eine Gestalt hervortrat. Er erkannte die Umrisse Ubadas. Karimas Vater gegenüber fühlte er sich stets ein wenig befangen, wohl auch deshalb, weil dieser immer so ernst dreinschaute, wenn er mit ihm zu tun hatte. Dieses Mal jedoch lächelte Ubada. Mit einer freundlichen Geste bedeutete er den beiden Brüdern, sich unter das Vordach zu setzen, und zwar auf die Bank, die man *suffa* nannte.

Plötzlich wurde der Teppich einer der Türöffnungen beiseitegeschoben und der Prophet trat heraus. In der Hand hielt er eine Sandale, die er zu reparieren versuchte. Freilich hätte er jemand anderen bitten können, es für ihn zu tun, doch war er es gewohnt, die häuslichen Dinge selbst zu erledigen. Zayd wartete schweigend und blickte auf die anderen Personen, die neben ihm auf der Bank saßen. Es waren fast alles Auswanderer, die bei ihrer Ankunft in Medina keinerlei Hab und Gut mehr besaßen. Viele von ihnen lebten unter diesem Vordach, und der Prophet persönlich kam für ihren Unterhalt auf. Er behandelte sie mit besonderer Achtung. Wenn sie dem Propheten nicht bei seinen zahllosen Aufgaben halfen, die dieser als Gesandter Gottes und Oberhaupt der Stadt zu erfüllen hatte, beteten die »Menschen von der Bank« oder lernten Stellen aus dem Koran auswendig.

Einmal war einer der Heerführer von Medina in ein Wortgefecht mit einem der Auswanderer geraten, doch hatte ihn Mohammed sofort aufgefordert, mit dem Streit aufzuhören und gegenüber den geistigen Verdiensten dieser Menschen mehr Respekt zu zeigen. Seine Worte, die wie folgt gelautet hatten, machten die Bewohner der Oase sehr nachdenklich: »Sei so freundlich, lass meine Gefährten in Ruhe. Selbst wenn du so viel Gold besäßest, wie der Berg Uhud hoch ist, und gäbest alles auf deinem Weg zu Gott aus, so würdest du vor Seinem Angesicht nicht dieselben Verdienste erlangt haben wie nur einer von ihnen!«

Während Zayd einen Blick auf die Gesichter dieser »Menschen von der Bank« warf, vernahm er die Stimme des Propheten und schreckte zusammen. Dabei war die Stimme ganz sanft und erweckte in seinem Herzen das Gute.

»Man hat mir gesagt, du hättest vollständig auswendig gelernt, was Gott bisher von Seinem Buch offenbart hat.«

»Das ist richtig, Gesandter Gottes«, antwortete Zayd mit klarer Stimme.

»Dann lass es uns hören!«, sagte der Prophet und setzte sich zu seinen Gefährten auf die Bank, die sich dem Knaben zuwandten, um ihm zuzuhören.

Sagt: »Wir glauben an Gott und an das, was Er
herabgesandt hat,
und an das, was Er auf Abraham und Ismael
herabgesandt hat,
auf Isaak und Jakob und die Stämme,
und an das, was Mose und Jesus zugekommen ist,
und an das, was den anderen Propheten von ihrem
Herrn offenbart wurde:
Wir machen bei keinem von ihnen einen Unterschied.
Und wir sind Ihm ergeben.«
Wenn die anderen an das Gleiche glauben werden,
an das ihr glaubt,
werden sie gewiss auf dem rechten Weg sein.
Wenn sie davon aber abweichen,
werden sie sich im Widerstreit befinden.
Doch Gott wird dich vor ihnen schützen.
Er ist Der, der alles hört, und der Allwissende!
(Sure 2,136–137)

Zayd trug die Verse langsam vor, seine Stimme klang ruhig und sicher, genau so, wie es ihn Abu Umama einst gelehrt hatte. Schon bald fielen auch die übrigen Anwesenden mit ein, und ihre Stimmen schwangen sich an den Pfeilern der Moschee empor und hallten von dem Dach aus geflochtenem Palmwerk wider. Zayd rezitierte, ohne innezuhalten. Ab und zu hob der Prophet eine Hand, um ihm den Beginn eines neuen Verses vorzusprechen. Und im Gleichklang mit ihm wiederholte Zayd seine Worte, um dann schließlich allein damit fortzufahren, bis ihn der Prophet von Neuem unterbrach: »Nun höre die Verse, die in dieser Stunde offenbart wurden!«

Aufmerksam hörte Zayd bis zum Ende zu. Es handelte sich um die ersten Verse eines Kapitels aus dem Koran, das die Überschrift »Die Beute« trägt. Darin wird festgelegt, wie die Beute aus dem Sieg des muselmanischen Heeres über die Götzenanbeter aufgeteilt werden soll. In diesen Versen erinnert Gott auch an den Zeitpunkt, als der Prophet den Befehl zum Verlassen der Oase gegeben hatte, um sich in Badr der Schlacht mit seinen Feinden zu stellen:

Sie werden dich nach der Beute befragen. Antworte:
»Die Beute gehört Gott und Seinem Gesandten.«
So fürchtet Gott und regelt die Dinge in
Freundschaft untereinander
und gehorcht Gott und Seinem Gesandten,
so ihr Gläubige seid!
Die wahren Gläubigen sind die, deren Herzen
erbeben, wenn der Name Gottes genannt wird,
Ihr Glaube wird wachsen,
wenn Seine Verse vorgelesen werden,
damit vertrauen sie ihrem Herrn:
sie, die das Gebet verrichten
und von dem spenden, was Wir ihnen beschert haben.
Das sind die wahren Gläubigen:
Ihnen sind die höheren Weihen bei ihrem Herrn
vorbehalten,
Vergebung und großzügige Belohnung.

So wie dein Herr dich im Namen der Wahrheit aus
deinem Haus ausziehen ließ,
während ein Teil der Gläubigen dagegen war.
(Sure 8,1–5)

Als Mohammed abbrach, wiederholte Zayd, wobei er genau den Tonfall und den Sprechrhythmus des Propheten traf.

»Gut, wirklich sehr gut! Noch etwas, kannst du auch schreiben?«

»Gesandter Gottes! Niemand hat es mich bis jetzt gelehrt. Aber wenn du es willst, werde ich es gerne lernen!«

Mohammed nickte zustimmend mit dem Kopf. Die Menschen, die in Medina der Kunst des Schreibens mächtig waren, konnten an einer Hand abgezählt werden. Er selbst war auch Analphabet, hatte aber große Achtung vor der Bedeutung der Schrift. Just in diesen Tagen war er dabei, die Moschee umzugestalten, sodass sie auch als Schule dienen konnte. Einige der Kriegsgefangenen aus Mekka, die kein Geld hatten, um sich von ihrer Gefangenschaft freizukaufen, waren des Schreibens mächtig. Daher hatte Mohammed ihnen vorgeschlagen, im Austausch für ihre Freiheit die Einwohner Medinas zu unterrichten. Darüber sprach er gerade mit Ubada, einem der wenigen in der Oase, die lesen und schreiben konnten.

»Junge«, sagte der Prophet laut zu Zayd, »du wirst mein Sekretär sein!«

»Sekretär?«, rief Zayd ungläubig aus.

»Freilich! Schon morgen fängst du damit an. Du wirst immer mit mir gehen und jeden Vers der Offenbarungen, die ich von Gott empfange, auswendig lernen. In deiner Freizeit lernst du schreiben, damit du dir so bald wie möglich Notizen machen kannst, und übrigens …«, der Prophet suchte etwas in den Taschen seiner Tunika. »Gerade heute kamen die Götzenanbeter und kauften einen Gefangenen frei. Nimm diese Silbermünzen als Anzahlung«, sagte er und hielt Zayd ein paar glänzende Münzen hin.

Die Großzügigkeit des Propheten war bekannt. Außerdem wusste Mohammed, dass der Junge keinen Vater mehr besaß, und der Koran wies darauf hin, dass sich ein jeder Gläubige um die Waisen kümmern solle.

Yazid war glücklich, dass auch sein Bruder einen Anteil aus der Beute von Badr erhielt, ganz so, als hätten sie dort gemeinsam gekämpft. Ebenso glücklich ließ Zayd die Münzen in die Tasche seiner Tunika gleiten, wo er sie immer wieder mit der Hand berührte, als wolle er sich vergewissern, dass dies kein Traum sei. Er fühlte, wie in ihm neue Kraft und Sicherheit wuchsen, die seine Brust vor Stolz anschwellen ließen. Dann schloss er für kurze Zeit die Augen, um die Freude, die seine Seele überschwemmte, voll auszukosten. Es erschien ihm wie eine Ewigkeit.

Nach dem Mittagsgebet verweilte der Prophet bei seinen Gefährten, den Männern von der Bank, und brachte einer Gruppe von Beduinen, die erst vor Kurzem konvertiert waren, die Grundlagen der Religion und die Gebetsriten bei, was die beiden Knaben zum Anlass nahmen, ebenfalls bis zum späten Nachmittag im Bethaus zu bleiben. Zu Hause wartete Nawar bereits seit dem Vormittag sehnsüchtig auf die Rückkehr ihrer Kinder. Bei ihr war Karima, die, kaum dass ihr Vater ihr von Zayds neuer Aufgabe berichtet hatte, voller Ungeduld zu Nawar gelaufen kam, um ihr davon zu berichten. Das junge Mädchen war begeistert, dass Zayd auf diese Weise ihren Vater besser kennenlernen und infolgedessen mehr Zeit mit ihr verbringen würde. Während der restlichen Stunden des Tages bemerkte Zayd immer wieder, wie die zufriedenen Blicke der beiden Frauen auf ihm ruhten. Im Mittelpunkt so viel freundlicher Aufmerksamkeit zu stehen war ihm durchaus recht, auch wenn er den Anbruch des neuen Tags kaum erwarten konnte, der der erste Tag seiner neuen Arbeit und seines neuen Lebens sein würde.

Als Mohammed bei Tagesanbruch nach dem Gebet aus seinen Gemächern trat, traf er auf Zayd, der zusammen mit den Männern von der Bank auf ihn wartete. Er lächelte ihn an, dann begab er sich auf die Suche nach einem Gefangenen, der dem Jungen das Schreiben beibringen konnte. Seine Wahl fiel auf einen Mann, der einer der besten Kalligraphen von ganz Arabien war, ein Mann von kleiner Statur, welcher einer sehr vermögenden Familie angehörte. Da diese wie im Grunde alle Angehörige der Quraish ein sehr stolzes Wesen besaß, hatte sich kein Familienmitglied so weit herablassen wollen, nach Medina zu reisen und Lösegeld für die Freilassung der Gefangenen zu bezahlen.

Mohammed rief Zayd zu sich und stellte ihm seinen neuen Lehrer vor. Ohne seinen Schüler auch nur eines Blickes zu würdigen, begann der Götzendiener, das notwendige Material vorzubereiten, dann setzte er sich in eine Ecke der Moschee und forderte Zayd mit einem raschen Wink auf, sich ihm gegenüber zu setzen. Neben sich legte er einen flachen Holzstock – für den Fall, dass er mit Zayds Lernergebnissen nicht zufrieden sein sollte.

Zayd ahnte, dass der Gefangene hierin eine Möglichkeit sah, sich für die militärische Niederlage zu rächen. Doch ließ er sich nicht davon entmutigen. Zunächst einmal musste er die Kunst erlernen, ein dünnes Stück Schilfrohr so zurechtzuschneiden, dass daraus ein Schreibrohr entstand, welches in Arabien anstelle eines Federkiels verwendet wurde. Mit einem Messer wurde das Rohr schräg eingeschnitten, sodass ein gerader, scharfer Rand entstand, der in die Tinte getaucht wurde. Da Zayd sehr geschickte Hände besaß, erwarb er sich in sehr kurzer Zeit die nötigen Fertigkeiten, auch wenn sein Lehrmeister nicht mit ständigen Schlägen auf seine Arme und Hände sparte. Ärgerlich darüber, wollte Ubada bereits zu Zayds Verteidigung einschreiten, doch hielt ihn ein Blick des Propheten von seinem Vorhaben ab. Schon wenig später bemerkte er, dass Zayd in kürzester Zeit so geschickt geworden war, dass er ein Schreibrohr mit fast geschlossenen Augen zurechtschneiden konnte, das eine noch präziser geformte Spitze als das seines Lehrers hatte.

Seitdem ihn der Prophet zu seinem Sekretär ernannt hatte, ließ Ubada Zayd nicht mehr aus den Augen. Mohammed hatte viele Menschen um sich geschart, die ihm bei der Erledigung seiner Aufgaben in der Verwaltung des kleinen Stadtstaats Medina halfen, aber Zayd war der Jüngste unter ihnen. Welches Interesse Mohammed an dem Knaben hatte, mit dem er sich so eng verbunden fühlte, konnte sich Ubada nicht erklären. Da er es aber nicht für angebracht hielt nachzufragen, sah er Zayd einfach dabei zu, wie dieser sich mit Öl und Kohle zu schaffen machte, um die *midad* genannte Tinte herzustellen.

Unempfänglich für die Schikanen seines Lehrers, widmete sich Zayd voller Eifer dem Lernen. Nach knapp zwei Stunden war er bereits in der Lage, alleine sämtliche Gerätschaften für das Schreiben herzustellen – einschließlich der hochwertigsten Tinte, die *hibr* genannt und aus Galläpfeln gewonnen wurde, jenen kleinen Auswüchsen der Eiche oder des Sumachs, die reich an Tannin waren und mit den Salzen eisenhaltiger Minerale vermischt wurden. Zum großen Ärger seines Lehrers, der alles zu seiner Entmutigung getan hatte, ließ sich Zayd nicht davon abbringen, das Alphabet zu erlernen. Also gab ihm sein Lehrer das Schulterblatt eines Kamels, auf dem er den ersten Buchstaben des Alphabets, den *alif*, üben sollte. Das am häufigsten verwendete Schreibmaterial der damaligen Zeit war eigentlich der Mittelteil eines Palmblattes, das *qirtas* hieß, ein Begriff, der auch das Pergament bezeichnete, das aus sehr feinen, dünnen Tierhäuten gewonnen wurde. Da dies jedoch sehr kostspielige Materialien waren, wurde oft auf anderen Oberflächen, so auch auf flachen Tierknochen, geschrieben. Mit Begeisterung versuchte sich Zayd in der Schrift des arabischen Alphabets und entdeckte dabei die Schönheit seiner Linien.

»Die Buchstaben scheinen alle von einem Pfeil und einem Bogen herzustammen«, rutschte es ihm eines Tages heraus, als er sich gerade mit dem zweiten Buchstaben des Alphabets, dem *ba*, befasste.

»Natürlich! Unser Alphabet geht auf Ismael zurück, den Stammvater der Araber, der ein großer Bogenschütze war«, erwiderte sein Hauslehrer, den das heitere Gemüt und die raschen Fortschritte seines Schülers zunehmend entzückten.

»Schreibe jetzt das ganze Alphabet ab. Erst zeige ich dir die Buchstaben in ihrer Form, wie sie allein stehen, dann wirst du erlernen, wie man sie in der mittleren Stellung oder am Ende eines Wortes schreibt. Wenn du so weitermachst, wirst du schon bald ganze Wörter schreiben können.«

Als Zayd bereits fast den gesamten Tierknochen beschrieben hatte, sah er, wie Umar die Moschee betrat. Den edlen Krieger begleitete ein Götzenanbeter aus Mekka, der gekommen war, um das Lösegeld für seinen Verwandten zu bezahlen.

»Prophet Gottes«, sagte Umar an Mohammed gewandt,

»unser Feind Umayr kam mit einem Schwert umgürtet hierher!«

»Lass ihn eintreten!«, antwortete ihm der Prophet, während er Zayd bedeutete, sich zu ihm setzen.

Der kräftige, untersetzte Umar ergriff den Mann aus Mekka an der Scheide seines Schwertes und zog ihn hinter sich her. Ihm folgte eine Gruppe von Mohammeds Getreuen, die er hinzugebeten hatte, da er Umayr nicht traute.

»Lass ihn nur los, Umar«, sagte der Prophet.

»Guten Tag«, grüßte der Götzenanbeter den Propheten.

»Gott beehrte uns mit einem besseren Gruß, lieber Umayr«, antwortete der. »Er lautet ›Friede über dich‹ und ist der Gruß der Menschen aus dem Paradies!«

»Potzblitz! Dieser Satz ist mir neu!«

»Was führt dich hierher?«, fragte der Prophet indessen.

»Ich bin gekommen, um zu überprüfen, ob die Gefangenen gut behandelt werden!«, antwortete der Mann.

»Wozu trägst du dann ein Schwert?«, fragte Mohammed missbilligend.

»Gott verfluche die Schwerter«, antwortete Umayr und trat unbehaglich von einem Bein auf das andere. »Haben sie schon jemals etwas Gutes gebracht?«

»Sag mir die Wahrheit! Warum bist du hergekommen?«

»Das habe ich schon gesagt. Wegen der Gefangenen!«

»Das ist nicht wahr«, knurrte ihn der Prophet so grimmig an, dass Umayr kaum mehr Luft zu holen wagte. »Du und ein anderer Götzenanbeter mit dem Namen Safwan wart vor drei Tagen in der Nähe der Kaaba und spracht über die Quraish, die in Badr umgekommen sind, worunter sich auch einige eurer Verwandten befanden. Ihr habt geschworen, Rache zu nehmen. Doch da du Safwan etwas schuldig bist, hast du dich erboten, allein nach Medina zu kommen und mich zu töten. Dafür versprach dir Safwan, dass er dich von jeder Schuld ihm gegenüber freisprechen und sich auch um deine Familie kümmern würde, falls dir etwas zustieße. Also gingst du nach Hause und holtest dieses Schwert, das du mit Gift bestrichen hast, damit ich auch sicher zu Tode komme. Aber Gott hat sich dagegen verwahrt und mir deine Absichten mitgeteilt!«

Umayr fühlte sich, als habe ihn der Blitz getroffen. Nach geraumer Zeit sagte er mit ruhiger Stimme: »Von dieser Absprache wussten nur Safwan und ich, also kann dir niemand außer Gott selbst davon berichtet haben. Auf Knien möchte ich Gott um Verzeihung bitten. Ich werde mich ohne Widerrede Seinem Wort unterwerfen, das über Seinen Gesandten zu uns gelangt. Ich bezeuge, dass du der Gesandte Gottes bist! Zwar haben wir Quraish dich einen Lügner genannt, doch wir haben uns in dir getäuscht. Du bist derjenige, der uns den Willen Gottes zurückbrachte!«

So geschah es, dass sich Umayrs Herz von der Götzenanbetung abwandte und diesen veranlasste, seinen Glauben in Mohammeds Hände zu bekennen. Zum Erstaunen der Auswanderer wurde er ein Muselman, obwohl er in Mekka einer der schlimmsten Feinde des Islam gewesen war.

Genau zu dem Zeitpunkt ereignete sich eine weitere außergewöhnliche Begebenheit, die Zayd niemals mehr vergessen sollte. Der Knabe saß neben dem Propheten auf dem Boden, so nah, dass sich eines seiner Beine unter Mohammeds Knie befand. Da geschah es, dass Gott eine weitere Offenbarung auf den Propheten herabsandte, dessen Körper daraufhin so schwer wurde, als lastete ein übermenschliches Gewicht auf ihm. Zayd spürte einen Teil des göttlichen Gewichts, das sich auf den Propheten herabsenkte. Der damit verbundene Schmerz war stechend und unerträglich.

Wenige Augenblicke später war die Offenbarung beendet, und Mohammed entspannte sich wieder. Immer noch wie betäubt, beugte er sich zu Zayd hinüber und sprach die Verse, die ihm soeben offenbart worden waren:

> Oh! Prophet! Sag den Gefangenen, die sich in eurer Gewalt befinden:
> »Wenn Gott in euren Herzen etwas Gutes findet,
> wird Er euch etwas Besseres zukommen lassen, als das, was von euch genommen wurde, und wird euch vergeben,
> denn Gott ist nachsichtig und barmherzig.«
> Sollten sie dich jedoch verraten wollen,
> so haben sie zuvor bereits Gott verraten,
> weshalb Er sie in eure Gewalt gegeben hat.
> Gott ist bedacht und weise.
> (Sure 8, 70–71)

Unmittelbar darauf erklärte der Prophet, an welcher Stelle diese Verse unter den bereits offenbarten stehen sollten. Umayr verfolgte die Szene, dann sank er auf die Knie und begann wie Espenlaub zu zittern. Plötzlich war ihm klar geworden, dass sich die Worte Gottes auch an ihn richteten und sich seine Seele in sehr großer Gefahr befunden hatte. Der Prophet trat auf ihn zu, hieß ihn, sich vom Boden zu erheben, und sprach aufmerksam und liebevoll zu ihm. Er hegte keinerlei Groll gegen ihn. Dann befahl er, dass ihm die Grundlagen des Betens beigebracht würden und sein gefangen genommener Sohn auf freien Fuß gesetzt werde.

»Gesandter Gottes«, sagte Umayr, bevor er sich entfernte, »erlaube mir, nach Mekka zurückzukehren und die Quraish dazu einzuladen, zum Islam überzutreten!«

»Gern«, antwortete ihm Mohammed. »Aber vorher solltest du einige Verse des Korans erlernen.« Und zur Überraschung seiner Gefährten fügte er hinzu: »Zayd, der Sohn des Thabit, wird sie dich lehren!«

العزيز

al-Aziz:
Der Kostbare

Die wertvolle Perle

Ein islamisches Sprichwort besagt: »Die Ehe ist der halbe Islam.« Die Verbindung von Mann und Frau durch das heilige Band der Ehe wird als ein bedeutender Schritt auf dem Weg zur spirituellen Harmonie betrachtet. Da Männer und Frauen einander ergänzen, ist es ihnen möglich, sich durch die Ehe über ihre jeweiligen Eigenheiten zu erheben und durch die körperliche wie auch geistige Vereinigung eine höhere Ordnung zu erreichen. »Gott hat Männer und Frauen aus einer einzigen Seele erschaffen«, sagt der Koran, und daher erlangen die Eheleute in der Ehe jene harmonische göttliche Einheit wieder, deren Spiegelbild sie in dieser Welt sind.

Zu der Zeit, in der unsere Erzählung spielt, waren viele Ehen polygam. Wie der Prophet hatte wahrscheinlich auch Zayd mehrere Ehefrauen, von denen eine sicherlich eine Witwe gewesen war. Tatsächlich empfahl der Koran, Witwen zu hei-

raten, denn die Waisen sollten eine neue Familie erhalten. Mit der Zeit allerdings änderten sich die Dinge. In der heutigen islamischen Welt ist die Polygamie wenig mehr als eine Erinnerung, und der Großteil der Männer hat nur eine einzige Ehefrau. Was das Wesen dieser Lebensform anbetrifft, unterscheiden sich die heutigen Ehen nicht entscheidend von den damaligen.

Zayd brauchte nicht lange, um sich die Kunst des Schreibens anzueignen. Der Monat Ramadan war noch nicht vorüber, da war er bereits imstande, die Verse der Offenbarung fehlerlos niederzuschreiben, sodass sie zu all denen gesandt werden konnten, die nicht in der Nähe des Propheten lebten. Auf diese Weise wuchs die islamische Gemeinde, trotz aller Widrigkeiten, ständig weiter.

Zayd entdeckte, dass Lesen und Schreiben nur der erste Schritt auf der Entdeckungsreise durch eine große, neue Welt war. Das Schreiben erlaubte ihm ein intensiveres Studium der Worte, die Gott offenbart hatte, da er die Verse untereinander vergleichen und sie so ordnen konnte, dass ihr Inhalt und ihre Bedeutung besser zum Ausdruck kamen. Einige der Verse enthielten Vorschriften oder religiöse Ermahnungen, andere dagegen belegten in anschaulicher Form die Erschaffung der Welt, der Tiere und des Menschen. Größere Teile der Offenbarung behandelten die heilige Geschichte der Propheten, die vor der Ankunft Mohammeds gewirkt hatten, etwa Noah und Abraham, Josef, Mose und Jesus, da die Muselmanen dazu angehalten waren, diese zu kennen und zu ehren. Wieder andere Kapitel enthielten Regeln und Gesetze, die jeder Muselman einzuhalten hatte, um seine Gemeinde angemessen und gerecht zu verwalten. Außerdem wurde die gesamte Menschheitsgeschichte bis zum Ende dieser Welt behandelt, bis zu der Zeit, in der Jesus Christus, der im Koran als »Geist Gottes« bezeichnet wird, zurückkehren würde, um die Wiederauferstehung der Toten und den Tag des Jüngsten Gerichts zu verkünden. Mohammed selbst hob immer wieder hervor, welche spirituelle Bedeutung dem Warten auf die zweite Ankunft Christi zukam.

Zayds Arbeit erschöpfte sich nicht allein darin, Teile des heiligen Buches in seiner schönen Handschrift niederzuschreiben, sondern ihm oblag es vor allem, das, was der Prophet täglich sagte oder tat, zu notieren. Für ihn war es offensichtlich, dass zahlreiche Verse des Korans erst im Licht von Mohammeds Gedanken verstanden werden konnten. So wurden im Lauf der Zeit zusammen mit den Worten des Buches, das vom Himmel kam, auch die »Sinnsprüche« und »Taten« des Propheten gesammelt und überliefert. Sie wurden als *sunna* bezeichnet, was im Arabischen soviel wie »Verhalten« bedeutet. Bald bildeten sie selbst einen Teil der göttlichen Offenbarung, sodass die Gelehrten und Experten der göttlichen Wissenschaft aus dem Koran und den *sunna* die Gesamtheit des spirituellen wie auch materiellen Wissens abzuleiten vermochten. Der Koran selbst warnte die Menschen vor einem allzu individualistischen Umgang mit dem heiligen Text:

Er ist es, der das Buch auf dich herabgesandt hat.
In ihm gibt es eindeutige Darlegungen –
Sie bilden die Urnorm des Buches –
und andere, die mehrdeutig und metaphorisch klingen.
Diejenigen, deren Herzen dem Irrtum zugeneigt sind,

folgen dem, was mehrdeutig oder metaphorisch
klingt,
denn sie trachten nach Zwietracht und Verführung
der Menschen,
ständig darauf bedacht, alles der eigenen Deutung
zu unterziehen;
doch niemand anderer als Gott selbst
weiß um die Deutung des Buches.
Und diejenigen, die im Wissen verwurzelt sind,
sagen:
»Wir glauben!
Alles kommt von unserem Herrn!«
Jedoch bedenken das nur die mit Intelligenz
Begabten und Einsichtigen.
(Sure 3,7)

Von dem Propheten lernte Zayd, ein jedes Ding als Teil der göttlichen Schöpfung zu betrachten. Da das Universum seinen Ursprung in Gott hat, spiegelt sich Gottes Ordnung in der Ordnung der Welt wider. Die göttliche Präsenz spielt in der Welt eine ähnliche Rolle wie die Null im Vergleich zu den anderen Zahlen – sie selbst besitzt keine Menge, ist aber für das Rechnen nötig. Wenn Gott in absolutem Sinne ebenso wenig kein Maß hat wie der Punkt keine Dimension, so erschuf Er mit der Welt jede darin enthaltene Realität und Dimension.

In der neuen Schule der Moschee von Medina nutzte Zayd jeden Augenblick, um die Grundsätze der Mathematik zu erlernen, die in vielen konkreten Fällen grundlegende Hilfe bot – wie etwa bei der Aufteilung von Erbschaften oder der Errechnung der Jahreseinkünfte eines jeden Muselmanen, aus denen die rituelle Abgabe, genannt *zakat*, zu zahlen war. So leistete er auch in den kleinen, alltäglichen Dingen, die gleichwohl nicht unwichtig waren, der Gemeinde einen wichtigen Beitrag. Ein großes Problem der damaligen Zeit bildeten die Maßeinheiten, die von einem Ort Arabiens zum anderen häufig variierten und damit den Handel und Warenaustausch zwischen den Völkern behinderten. Nach vielen Versuchen gelang es Zayd, eine Maßeinheit zum Abwiegen des Getreides festzulegen, das Volumenmaß *mudd*, das ungefähr 0,71 Liter entsprach. Es ließ sich ebenso für viele andere Ackererzeugnisse verwenden und wurde unter dem Namen »*mudd* des Propheten« zur Maßeinheit für die gesamte islamische Welt.

Schon bald entstanden in Moscheen wie auch Privathäusern weitere Koran-Schulen. Ein ganzes Lehrsystem nahm Gestalt an. Die Jüngsten erwarben die Grundkenntnisse des Schreibens und begannen den Koran auswendig zu lernen. Anschließend halfen ihnen andere Lehrer, die Bedeutung der von Gott und dem Propheten offenbarten Lehren zu vertiefen, ohne die Wissenschaften anderer Überlieferungen zu vernachlässigen. So wurde Zayd aufgefordert, nach den arabischen auch die hebräischen und griechischen Schriftzeichen zu lernen.

Karima fand immer wieder neue Möglichkeiten, sich in Zayds Nähe nützlich zu machen. Die medizinischen Kenntnisse wurden weiterentwickelt, und in einem Zelt in der Nähe der Moschee war sogar eine Krankenstation eingerichtet worden. Rafayda, eine Frau aus Buraydas Stamm, wurde dort wegen ihrer Kräuterkenntnisse bei der Wundheilung hoch geschätzt, und schon bald tat sich Karima als eine ihrer verdienstvollsten Gehilfinnen hervor. Auch Aischa, die junge Ehefrau des Propheten, die viele der grundlegenden Regeln direkt von Mohammed lernte, kannte sich in der Materie sehr gut aus.

Wenn sich Karima in der Moschee aufhielt, blieb sie dort oft noch länger, um Zayd zuzusehen.

Im Jahr nach der Niederlage von Badr beschlossen die Quraish aus Mekka, Rache zu üben und die Muselmanen erneut anzugreifen. Um die Schlacht von Medina fernzuhalten, gab der Prophet den Befehl, das Heer im Norden an den Hängen des Berges Uhud Stellung nehmen zu lassen. Da die Muselmanen damals selbst noch über keine Kavallerie verfügten, trug Mohammed einer Gruppe von Bogenschützen auf, sich an der Flanke des Heeres hinter einer Bodenerhebung zu verstecken und von dort aus die feindliche Kavallerie, die unter der Führung von Khalid, einem erfahrenen Feldherrn, stand, auf Distanz zu halten.

Dank dieser umsichtigen Strategie gelang es dem Propheten auch dieses Mal, mit seinen Kriegern aus Medina das Heer aus Mekka in die Enge zu treiben – zumindest zu Beginn der Schlacht. Schon fürchteten die Götzenanbeter, dass sich die vernichtende Niederlage von Badr wiederholen könnte, als sich plötzlich die Bogenschützen, ihre Befehle missachtend, von ihrer Position entfernten, da sie fürchteten, sonst bei der Aufteilung der Beute übergangen zu werden. Das war der Anfang der vernichtenden Niederlage für das muselmanische Heer. In den darauf folgenden Tagen sandte Gott einen Vers vom Himmel herab, der für immer an die Irrtümer gemahnen sollte, denen die Gläubigen aus Gier erliegen können:

> Und gewiss hat Gott Sein Versprechen gegenüber
> euch wahr gemacht,
> als ihr sie mit Seiner Erlaubnis vernichtend
> geschlagen habt,
> bis ihr den Mut verlort und über den Befehl,

der euch gegeben worden war,
zu streiten begannt und ungehorsam wurdet,
nachdem jener Sieg, den ihr ersehntet, bereits
vor euren Augen stand.
Viele gibt es unter euch, die sich ein Leben
im Diesseits erflehen, und andere, die das
Jenseits ersehnen.
Deshalb hat Gott euch abgewiesen, um euch zu
prüfen.
Doch dann hat Er euch verziehen, denn Er ist
voller Barmherzigkeit für die Gläubigen.
(Sure 3,152)

Als General Khalid aus Mekka der Gelegenheit gewahr wurde, schlug er los. Der Angriff seiner Kavallerie war vernichtend. Innerhalb kürzester Zeit zersplitterte die Schlachtordnung des muselmanischen Heeres, das in einem schrecklichen Chaos versank und von den Feinden umzingelt und überwältigt wurde. Die Verluste waren gravierend. Plötzlich wurde ein Ruf aus den Reihen der Götzenanbeter laut. Wie ein Lauffeuer erhob sich das Gerücht, dass der Prophet getötet worden sei. Die Muselmanen stürzten in tiefe Verzweiflung, die noch weitere vernichtende Schläge nach sich zog. Da bemerkte einer von Mohammeds Getreuen hinter der Sichtöffnung eines ramponierten Visiers die strahlenden Augen des Propheten und gab laute Freudenschreie von sich: »Der Prophet lebt! Der Prophet lebt! Muselmanen, kämpft weiter und lasst nicht nach!«

Der Vorfall zog auch die Aufmerksamkeit der Götzenanbeter aus Mekka auf sich, darunter ein Mann namens Ubayy, der vor der Schlacht geschworen hatte, er werde ihn töten. Ubayy begann Mohammed übel zu beschimpfen, um ihn damit zu einem Zweikampf herauszufordern und seinen Schwur wahr zu machen. Ohne Zögern nahm der Prophet die Herausforderung an und riss sich seinen Helm vom Kopf. Alle Kämpfer, ob Freund oder Feind, konnten selbst sehen, dass der Prophet noch am Leben war, wenngleich er am Mund leicht verwundet war.

Die Getreuen des Propheten wollten jedoch keinesfalls das Risiko eingehen, ihn zu verlieren. Einige versuchten, ihn von seinem Vorhaben abzuhalten, während andere sich erboten, an seiner Stelle die Herausforderung anzunehmen. Aber Mohammed beachtete sie nicht, sondern ergriff eine Lanze und marschierte allein auf den gegnerischen Reiter zu. Der griff ihn im Galopp an und rief dabei wieder und wieder, er werde den Propheten töten. Siegessicher zückte Ubayy sein Schwert, um Mohammed den tödlichen Stoß zu versetzen. Mohammed dagegen tat nichts.

Unter den angstvollen Blicken seiner Gefährten blieb er stehen und wartete auf Ubayy, doch noch bevor dieser das Schwert nach unten sausen lassen konnte, versetzte der Prophet ihm urplötzlich einen Hieb mit seiner Lanze. In dieser Geste lagen außerordentliche Kraft und Bestimmtheit, auch wenn Mohammed den Reiter nur leicht verletzte. Doch Ubayy sank in seinem Sattel zusammen und begann wie ein verwundeter Stier zu brüllen. »Mohammed hat mich umgebracht! Mohammed hat mich umgebracht!«, klagte er wie unter Krämpfen.

Seine Leute versuchten vergeblich, ihm klarzumachen, dass er nur einen kleinen Kratzer am Hals hatte. Überzeugt davon, tödlich getroffen zu sein, jammerte Ubayy lautstark weiter: »Ihr versteht nicht! Ihr habt nicht gesehen, wie er mich ansah, als er mit der Lanze nach mir stach. Ich sage euch, er hat mich umgebracht.«

Wenige Minuten später verschied Ubayy in den Armen seiner Männer und stürzte sein Heer, das auf dem Schlachtfeld so siegreich gewesen war, in tiefste Mutlosigkeit. Wieder einmal sahen sich die Götzenanbeter einer übernatürlichen Kraft gegenüber.

Trotz der großen Verluste, die sie erlitten hatten, sammelten sich die Muselmanen rasch um Mohammed, um einen Gegenangriff auf die Götzenanbeter aus Mekka zu starten. Diese ließen beunruhigt und unsicher von den Muselmanen ab und zogen sich langsam in die Wüste zurück. Auch diesmal blieb ihnen nichts anderes übrig, als nach Mekka zurückzukehren.

In der Schlacht von Uhud ließen beide Heere eine so große Anzahl von Toten und Verwundeten zurück, wie es seit der Schlacht von Bu'ath nicht mehr vorgekommen war. Und wieder war Zayd an diesem Kampf nicht beteiligt gewesen, da man ihn auch dieses Mal für zu jung befunden hatte. Doch unmittelbar, nachdem er die Nachricht vom Ende der Feindseligkeiten gehört hatte, stürmte er zusammen mit Karima auf das Schlachtfeld. Beide suchten nach Yazid, während sie die Verwundeten aufluden, um sie in die Stadt zu transportieren. Ubada, der glücklicherweise unversehrt aus dem Kampf hervorgegangen war, half ihnen dabei.

Der größte Teil der Verwundeten fand sich auf der Höhe des Engpasses zwischen den aufstrebenden Bergflanken und einer Felsgruppe, die sich gegenüber erhob. Dort hatte ein blutiger Kampf getobt, denn wäre es den Götzenanbetern aus Mekka gelungen, dort durchzubrechen, wäre der Weg nach Medina für sie offen gewesen. Genau an dieser Stelle fanden Zayd und Karima den verwundeten Juden Mukhayriq. Der alte Mann, der versprochen hatte, an der Verteidigung der Oase teilzunehmen, hatte zu seinem

Wort gestanden und so lange gekämpft, bis er vom Hieb eines Krummsäbels tödlich getroffen worden war. Er hatte so viel Blut verloren, dass Zayd und Karima nichts mehr für ihn tun konnten. Doch war er noch fähig, einige Worte von sich zu geben: »Hört mich an«, sagte er. »Ich liege im Sterben. Doch richtet dem Propheten Mohammed aus, dass ich ihm all meine Güter hinterlasse. Er soll sie für all das benutzen, was Gott für das Beste hält. Nur dieses Schwert«, sprach er und deutete dabei auf die Waffe, die neben ihm lag, »dieses Schwert ist für dich, Zayd.« Dann begann er einige Worte auf Hebräisch zu murmeln.

Zayd verstand, dass Mukhayriq nun Gott seine Seele anvertraute. »Nur in Gott ruht meine Seele, bei Ihm ist all mein Heil.«

Der Tod des alten Juden war für die gesamte Oase ein trauriger Verlust. Die Spannung zwischen den Muselmanen und den jüdischen Stämmen hatte sich nie ganz ausgleichen lassen. So hatten einige Juden anlässlich der Schlacht von Uhud mit den Götzenanbetern aus Mekka Abmachungen getroffen und ihnen versprochen, ihnen aus der Oase heraus Hilfe zu leisten. Mohammed selbst war über das Hinscheiden des alten Hebräers zutiefst betrübt und sagte, dass er Mukhayriq für »den Besten aller Juden« gehalten habe. Leider wurden nach seinem Tod die Konflikte zwischen den beiden Völkern unüberbrückbar und nahmen immer blutigere Ausmaße an, bis die jüdische Bevölkerung die Oase für immer verließ. Zu Zayds großem Kummer bewahrheiteten sich Ubadas Worte, der gesagt hatte, dass durch die bösartigen Intrigen von Männern wie Isaak und Shas der Niedergang der jüdischen Gemeinde verursacht würde.

Zayd und Karima blieb kaum Zeit, den Tod des alten Rabbiners zu beklagen, denn sie vernahmen plötzlich ein jammerndes Stöhnen. Zayd erkannte die Stimme seines Bruders und stürzte zu ihm. Doch kaum sah er Yazid, stieß er einen gellenden Schrei aus. Yazid lag in einer großen Blutlache, und um ihn herum lagen die Leichen zahlreicher, noch im Tod ineinander verschlungener Krieger. Zayd zerrte an Yazid, aber dieser klemmte unter dem Kadaver eines Kamels fest. Es brauchte einige Zeit, bis Yazid freikam, der heftig um sich schlug. »Ich bin nicht verwundet! Ich bin heil und gesund!«, rief er immer wieder.

»Er phantasiert im Fieber«, sagte Zayd leise.

Da fühlte Karima Yazids Puls und Stirn. »Nein, er hat recht, er ist nicht verwundet!«

»Gott sei gepriesen!«, rief Zayd aus, während er versuchte, Yazid ein wenig Wasser einzuflößen. Yazid lächelte schwach, als er seinen Bruder sah. Er sprach wie ein Mensch, der dem Tod ins Gesicht geblickt hatte: »Als wir die Befehle des Propheten missachtet haben, verließen uns die Engel.«

»Sorge dich nicht, jetzt ist alles vorbei«, tröstete ihn Zayd, doch Yazid winkte ihn noch ein wenig näher zu sich heran.

»Es war dein Kamel, das mich gerettet hat«, flüsterte er Zayd ins Ohr, während die Tränen seine Augen überschwemmten. »Ich war schon von einer Unzahl von Feinden umringt, die sich mit ihren Schwertern auf mich warfen. Mein Schild lag in Trümmern, doch noch immer verteidigte ich mich mit all meiner Kraft, wobei ich ständig zu Gott betete.« Er hielt einen Augenblick inne, um Atem zu holen. »Plötzlich schleuderte mir ein Reiter seine Lanze entgegen. Ich war zu nah und konnte dem Stoß nicht ausweichen. Ich war so gut wie tot, und alles, was mir noch blieb, war, das Glaubensbekenntnis zu sprechen und unserer Mutter all meine Liebe zu senden. In diesem Moment hob Uhud seinen Kopf und drehte ihn auf sonderbare Weise nach hinten. Noch nie hatte ich je ein Tier gesehen, das sich dermaßen verrenkte. Im nächsten Moment sah ich, wie sich die Lanze in seine vorgereckte Kehle bohrte und sie von der einen bis zur anderen Seite zerschnitt. Der Stoß war so heftig, dass er mir das Kettenhemd zerriss. Dann fielen wir beide zu Boden und Uhuds Blut ergoss sich über mich! Die Feinde hielten mich für tot«, flüsterte Yazid. »Uhud hat sich für mich geopfert! Ausgerechnet hier, an den Abhängen jenes Berges, dessen Namen er trug. Geliebter Zayd, ich verdanke mein Leben deinem armen Kamel!«

Freude und Schmerz mischten sich in Zayds Herz, während er mit seiner Hand den Schmutz zwischen den Ohren des alten Uhud fortzuwischen versuchte. Karima half ihm, Yazid auf einen Karren zu laden, und gemeinsam machten sie sich auf den Weg nach Hause. Während Zayd ging, stieß das Schwert aus Damaskus, das er von dem alten Mukhayriq geschenkt bekommen hatte, ständig gegen seine Hüfte.

Einst konnte ich es nicht erwarten, ein Schwert zu benutzen, dachte er, doch jetzt hoffe ich, es so spät wie möglich tun zu müssen!

Die unglückselige Schlacht an den Berghängen des Uhud hatte für Zayds Familie allerdings auch positive Folgen. Als Folge der Gefahr, in der sich die Stadt befunden hatte, wurden Burayda und seine Männer zurück nach Medina berufen, und dieses Mal war der Beduine gern bereit, in ein Haus zu ziehen.

»Seit die Auswanderer ankamen, ist Medina keine Stadt der Sesshaften mehr!«, pflegte er gern halb im Scherz und halb im Ernst zu sagen. In Wirklichkeit lebte er gern in der

Stadt des Propheten, besonders da er bald mit Nawar vereint sein würde. Nawar, die bereits eingewilligt hatte, die Ehe mit Burayda einzugehen und ihm in die Wüste zu folgen, war über seinen Entschluss, in Medina zu leben, unendlich glücklich.

Schon bald begannen die Vorbereitungen für die Hochzeit von Burayda und Nawar. Zunächst fragte Burayda den Propheten, wie er sich zu verhalten hätte. Vor dem Islam waren Eheschließungen zwischen den Bewohnern verschiedener Regionen, oft sogar zwischen den verschiedenen Zweigen desselben Stammes oftmals problematisch verlaufen. Manchmal kam es nicht einmal zu einer rechtmäßigen Hochzeit, und die Männer nahmen oder verließen die Frauen, wie es ihnen in den Sinn kam. Doch gerade zu dieser Zeit hatte Gott einige Verse vom Himmel herabgesandt, die die Heiligkeit des Bandes zwischen den Eheleuten bekräftigten und bestimmten, wie eine islamische Hochzeit zu feiern war. Nach den Worten des Herrn waren Männer und Frauen gleich und besaßen vor Ihm auch den gleichen geistigen Wert. Wie der Mann, so musste auch die Frau respektiert und beschützt werden, denn durch die Ehe wurden die beiden einander ergänzenden Hälften zu einer einzigen Seele wieder zusammengefügt und stellten damit deren ursprüngliche Einheit wieder her:

> O, ihr Menschen, fürchtet euren Herrn,
> der euch aus einem einzigen Wesen erschaffen hat,
> *min nafsin wahida*,
> und aus ihm eine Gefährtin für ihn erschuf
> und aus diesem Paar viele Männer und Frauen
> entstehen und sich ausbreiten ließ.

Fürchtet Gott, in dessen Namen ihr voneinander
Gefallen erbittet,
und respektiert die Bande der Verwandtschaft.
Gewiss wacht Gott über euch alle.
Und gebt den Waisen ihre Güter und verwechselt
nicht Gutes mit Bösem
und zehrt nicht ihre Güter auf, was eine große
Sünde ist.
Wenn ihr fürchtet, gegenüber den Waisen nicht
gerecht zu sein,
dann heiratet von den Frauen, die euch gefallen,
zwei, drei oder vier,
aber wenn ihr fürchtet, sie nicht gleich zu
behandeln, dann heiratet nur eine einzige.
(Sure 4,1–3)

Mohammed führte Burayda in die islamische Hochzeitszeremonie ein. Zunächst wurde ein Ehestifter benannt, um mit dem Bräutigam einen Ehevertrag auszuhandeln, den Zayd dann aufsetzte. Nach gültigem Brauch hätte der Vater der Braut als Ehestifter, als *wali*, fungieren sollen, doch da sämtliche Verwandten aus Nawars väterlicher Linie bereits verstorben waren, übernahm Yazid, der mittlerweile volljährig war, diese Aufgabe. Gemeinsam mit Nawar handelte er das Brautgeschenk aus und forderte von dem zukünftigen Ehemann, sich keine weiteren Ehefrauen zu nehmen, wozu sich Burayda gerne verpflichtete. Als Brautgeschenk verlangte Yazid, dass Burayda Nawar die herrliche Perlenkette geben sollte, die alle Frauen seiner Familie getragen hatten. Sie war ein alter, sehr kostbarer Schmuck, mit dem es eine besondere Bewandtnis hatte. Wie die Rose unter den Blumen, wurde die Perle als Königin aller Juwelen angesehen, und Nawar wurde von großem Stolz erfüllt, als sie dank der Perlenkette den Beinamen *Farida*, »einzigartig wie eine kostbare Perle«, erhielt.

Nach der Festsetzung des Ehevertrags, mussten die Brautleute ihre Zustimmung vor der gesamten Gemeinde zum Ausdruck bringen, die als Zeugen wiederum für sie betete und ihnen Glück und Segen wünschte. Die Bildung einer neuen Familie bereicherte die Glaubensgenossenschaft um einen neuen Spross – ähnlich einem Garten, der durch neue Keimlinge und Saaten vervollkommnet wird.

Wie jede Frau wünschte sich auch Nawar, an ihrem Festtag besonders anmutig auszusehen und ihren Gästen eine unvergessliche Feier zu bereiten. Sie wusste, dass die Schönheit der Braut am Tag ihrer Hochzeit die Fruchtbarkeit und Fülle der Natur symbolisierte, die Gott all seinen Geschöpfen schenkt. Zudem wollte sie sich den geladenen Gästen in einem neuen Kleid zeigen, als Sinnbild für den Neuanfang, den alle gerade erlebten. Doch sie besaß nichts außer der alten Tunika, die sie tagtäglich trug.

Am Abend vor der Hochzeit zog sie sich in ihre Kammer zurück und versenkte sich in ein langes, inbrünstiges Gebet. Sie bat Gott, ihre Verbindung mit Burayda zu segnen, aber auch die Oase über die Feinde Mohammeds siegen lassen. Angesichts dieser Wünsche schien ihr die Kümmerlichkeit ihrer persönlichen Mittel nicht mehr wichtig. Plötzlich klopfte es an ihre Tür und eine Gruppe von Frauen der Aslam erschien, die ihr ein Gewand von außergewöhnlicher Schönheit entgegenhielten. Zahlreiche kleine Stoffteile in Rot- und Gelbtönen waren zu einer Tunika und einem Mantel zusammengenäht worden. Jede Frau hatte die feinste Wolle, die sie besaß, dafür gegeben. Das Gewand wurde von einer Kopfbedeckung ergänzt, die mit großem Geschick aus einem Stück Kettenhemd hergestellt war, und an der kleine Korallen und alte Münzen befestigt waren, wie sie in den Ruinen der antiken Städte im Jemen gefunden wurden.

Am folgenden Morgen wurde die Hochzeit in der Burg von Dihyan gefeiert, in der noch niemals eine so große Anzahl von Menschen beherbergt worden war. Aber Afra wollte der schönen Braut ihr großes Haus gern zur Verfügung stellen. Zayd war sehr bewegt und fand seine Fassung erst wieder, als der Prophet alle zu einem kurzen Gebet aufforderte. Dann sprachen Nawar und Burayda, die zusammen mit dem Propheten und Yazid vor der Gemeinde standen, jene schlichten und feierlichen rituellen Sätze:

»Willst du, Nawar, mich zum Ehemann nehmen, nach Gottes Gesetz und dem Beispiel Seines Propheten Mohammed, Friede und Gottes Segen über ihn?«, fragte Burayda Nawar.

»Mutter! Burayda bittet, dich zur Ehefrau nehmen zu dürfen!«, stimmte Yazid ein.

»Mit Freude nehme ich dich zu meinem Ehemann«, antwortete die Braut, »nach Gottes Gesetz und dem Beispiel Seines Propheten Mohammed, Friede und Gottes Segen über ihn!«

Nun erhob sich der Prophet und hielt eine feierliche Rede, die sich an die Brautleute, aber auch an das gesamte Volk von Medina richtete. »Die Ehe ist eines der wichtigsten Zeichen Gottes! So sagt Er in Seinem heiligen Buch:

> Es gehört zu Seinen Zeichen, dass Er euch aus euch selbst die Ehefrauen geschaffen hat, auf dass ihr bei ihnen ruhet –

Und Er hat Liebe und Barmherzigkeit unter euch gesät.
Darin sind die Zeichen für Menschen, die nachzudenken verstehen.
(Sure 30, 21)

»Nun möchte ich euch einige Dinge für die Zukunft sagen. Ein Mann heiratet eine Frau wegen vier Eigenschaften – weil sie reich ist, weil sie aus einer guten Familie stammt, weil sie schön ist und weil sie ihm ergeben ist. Bevorzugt die Ergebenheit, denn sonst werdet ihr euer Glück verlieren. Diese Welt ist eine Quelle der Wonne, doch die beste Quelle für die Wonnen dieser Welt ist eine ergebene Frau. Für zwei Menschen, die einander lieben, ist nichts so wertvoll wie die Ehe, während von allen Dingen, die nach dem Gesetz erlaubt sind, die Scheidung Gott am wenigsten gefällt.«

In diesem ebenso feierlichen wie freudigen Augenblick der Verbindung von Beduinen und Sesshaften gab es jedoch ein Problem für die Brautleute zu lösen. Burayda, der gastfreundliche Nomade, hatte alle, denen er in den vergangenen Tagen begegnet war, zu seiner Hochzeit eingeladen. Weit mehr Gäste als Nawar vorgesehen hatte, strömten herein.

»Wir haben nicht genug zu essen«, stellte Karima fest.

»Worüber sorgen wir uns, da doch der Prophet Gottes unter uns weilt!«, erwiderte Zayd.

Nach der Zeremonie betrat eine Frau die Burg, die einen Dattelfladen auf einem Tablett trug, den sie als Erstem Mohammed hinhielt. Wie selbstverständlich legte der Prophet seine Hand auf die Speise und erflehte dafür Gottes Segen, dann forderte er die Anwesenden auf, sich von dem Fladen zu nehmen und daran satt zu essen. Dieser war ganz ausgezeichnet und mundete den anwesenden Gästen – mehr als hundert an der Zahl – sehr. Normalerweise hätte dieser Fladen nicht einmal für zehn von ihnen gereicht, doch alle bekamen ausreichend davon. Tief bewegt wurde Karima klar, dass sie soeben ein Wunder Gottes miterlebt hatte, und vor lauter Verwunderung begann sie zu weinen. Tröstend legte ihr Zayd einen Arm um die Taille, das erste Mal, dass er sich zu einer solchen Geste hinreißen ließ. Auch er fühlte jedes Mal, wenn er bei einem Wunder zugegen war, ein großes Erstaunen, das sich mit Gottesfurcht mischte und ihm beinahe den Atem raubte.

al-Mumin:
Der Getreue

Der Pakt von Hudaibiya

Schon in ältester Zeit zeichnete sich ein deutlicher Unterschied zwischen der »äußeren« Struktur des Islam ab, die für alle Gläubigen galt, und der Erfüllung eines »inneren« Anspruchs, der nur denen zuteil wurde, die sich dazu entschlossen hatten, den Weg der spirituellen Vollkommenheit einzuschlagen. Diese werden die »Eingeweihten« genannt, und die religiöse Weihe, die sie bei ihrer »feierlichen Einführung« erfahren, heißt »Initiation«. Die Initiation gibt es in vielen Kulturen und Religionen. So griff die antike griechisch-römische Überlieferung auf die Mysterien oder »geheimen Dinge« zurück, die das Judentum als Kabbala oder »Tradition« bezeichnet, während das orthodoxe Christentum von »Hesychasmus« spricht, was »in Frieden leben« bedeutet.

Mit dem Begriff »Sufismus« oder tasawwuf *wird der innere Anspruch des Islam bezeichnet, der die Dimension seiner*

Initiationsriten bestimmt. Manche religiöse Gelehrte sind der Ansicht, dass der Begriff auf die »Menschen von der Bank« oder die suffa *zurückgeht, zu denen ein Großteil der Männer gehörte, die als Gefährten dem Propheten besonders nahe standen.* Suf *ist das Wort für »Wolle«, was insofern bedeutsam ist, als dass die »Menschen von der Bank« so arm waren, dass sie sich nur grobe Gewänder aus kratziger Wolle leisten konnten. Andere wiederum meinen, dass »Sufismus« von* safa *beziehungsweise »Reinheit« kommt, da die Anhänger des Sufismus die reinste und spirituellste Form des Islam praktizieren. Wahrscheinlich belegt jede dieser Auslegungen einen Teil der Wahrheit.*

Gemäß der islamischen Überlieferung nahm der Prophet die erste »Initiation« in der Zeit des Feldzugs nach Hudaibiya vor, der im sechsten Jahr der Hidschra stattfand, was dem Jahr 628 nach Christus entspricht.

Der Krieg gegen Mekka fand kein Ende. Zwei Jahre nach der Niederlage am Berg Uhud war es den Quraish gelungen, ein Heer mit mehr als zehntausend Soldaten und einer Kavallerie von über sechshundert Reitern aufzustellen. Als die Muselmanen erfuhren, dass die Feinde direkt auf die Oase zusteuerten, begannen sie sofort, einen riesigen Graben auszuheben. Der Bau dieser Barriere war dem Propheten von einem Perser namens Salman vorgeschlagen worden. Neben den schwarzen Sklaven, die von den Muselmanen befreit worden waren, war Salman der erste Nicht-Araber, der zum Islam bekehrt wurde. Er stammte aus Jayy, einem Ort, der zu Isfahan gehörte, und war ehemals ein Zarathustrier gewesen, der jedoch als junger Mann zum Christentum konvertiert war. Um seine neue

Religion ungehindert ausüben zu können, floh er von Persien nach Syrien, wo er der Schüler einiger weiser Mönche wurde. Sein letzter Lehrer vertraute ihm kurz, bevor er starb, an, dass bald ein neuer Prophet kommen und die alte Religion des Patriarchen Abraham erneut verkünden würde. Um diesen zu treffen, müsse sich Salman nach Arabien in eine fruchtbare Oase mit zahlreichen Palmen zwischen zwei Lavafeldern begeben. Also schloss sich Salman einer Karawane an, deren Männer ihn jedoch unterwegs zum Sklaven machten, um ihn an die jüdischen Kaufleute in Medina zu verkaufen. Doch als er die Oase erblickt hatte, verwandelte sich seine Betrübnis in Freude, da Salman sofort begriff, dass dies der Ort war, an dem er eines Tages dem Propheten begegnen würde. Als Mohammed in der Oase erschien, trat Salman sofort zum Islam über, und der Prophet bezahlte persönlich für seine Freilassung. Mit Salmans Übertritt in Medina offenbarte sich allen der Charakter der neuen Religion, die sich nicht bloß an die Araber, sondern an alle Menschen wandte.

Zayd, inzwischen fünfzehn Jahre alt, durfte zum ersten Mal Mukhayriqs Schwert zücken. Doch es kam zu keiner Schlacht, da der Feind wegen des Grabens die Tore der Stadt nicht erreichte. Es gelang der Schar um den Propheten, auch dieser schwierigen Lage ohne Blutvergießen Herr zu werden.

Im darauf folgenden Jahr sollte nach einem Traum des Propheten eine Reise nach Mekka stattfinden, was Zayds Herz vor Freude fast zerspringen ließ. Denn seit der Zeit, da die Quraish dem Propheten und den Anhängern des Islam den Krieg erklärt hatten, war es für sie unmöglich geworden, an der jährlichen Pilgerreise, dem *haddsch*, teilzunehmen, obgleich er ein fundamentales Gebot für die Muselmanen war. Während aber die große Pilgerfahrt im letzten Monat des Jahres durchgeführt wurde, der *Dhu al-hijja* hieß, konnte eine kleine Pilgerfahrt zum Hause Gottes in Mekka, genannt die *umrah*, jederzeit stattfinden. Mohammed begriff, dass dieser Traum direkt von Gott gekommen war, und er beschloss, sich sofort auf die Reise zu machen, auch wenn sie sicher gefährlich würde.

So wurde ein Trupp von ungefähr siebenhundert Männern aufgestellt, zum großen Teil Auswanderer, die danach lechzten, in die heilige Stadt zurückzukehren. Mohammed erklärte jedoch, dass es sich um eine rein religiöse Mission handele. Die Männer müssten unbedeckten Hauptes gehen und sich in die zwei ungesäumten Tücher kleiden, die dem *ihram*, dem »Weihezustand« des Pilgers, entsprachen. Außerdem befahl der Prophet, einige Kamele mitzuführen, die, sobald man in Mekka eintraf, geopfert werden würden. Den Bewohnern von Mekka sollten diese Tiere ein weiterer Beweis dafür sein, dass die Pilger aus Medina in rein religiöser Absicht unterwegs waren. Mohammed erlaubte nur, dass jeder ein Schwert mit sich trug, und daneben lediglich einige Pfeile und Bogen für die Jagd.

Endlich, dachte Zayd, jetzt gehöre auch ich zu den Muselmanen, die ihre Glaubenspflicht erfüllen. Er war glücklich, dass er als Pilger nach Mekka gehen konnte und nicht als Soldat. Diese Reise war eine Art Neubeginn, der es ihm ermöglichte, seine spirituelle Berufung auch praktisch umzusetzen. Er begann sich als Mann zu fühlen. Das war es, was er wollte: Wie ein Mann denken, die Welt sehen und sich Gott zuwenden, und in diesem Geist machte er sich an die Vorbereitungen für die Reise. Vor dem Aufbruch war es die Pflicht der Pilger, ihren Familien all das zurückzulassen, was diese benötigten, und auch sämtliche Schulden zu bezahlen, ganz so, als nähmen sie Abschied von dieser Welt. Zwar besaß Zayd noch keine eigene Familie, aber eine Stimme tief in seinem Herzen forderte ihn dazu auf, vor der Reise eine neue Verantwortung auf sich zu nehmen. Er war ein Mann, Karima eine Frau, dachte er. Und er machte sich auf den Weg zu seiner Mutter und zu Burayda, um mit ihnen seine Entscheidung zu besprechen. Beide waren einverstanden.

Und so eilte Zayd wenige Stunden vor seiner Abreise zu Ubada und bat ihn offiziell um die Erlaubnis, sich mit seiner Tochter Karima verloben zu dürfen.

Vor der stattlichen Burg, in der Karima mit ihrer Familie lebte, klopfte Zayd an die Tür und verlangte, Ubada zu sprechen. Karima kam zu ihm und Zayd blickte sie voller Zärtlichkeit an, teilte ihr aber mit, dass er zuerst mit ihrem Vater sprechen wolle. Zayds Blick hatte Karima tief in ihrem Herzen getroffen, so tief, dass sie hoffte, es möge bei der Unterredung um sie gehen. Doch sie stellte lieber keine Fragen und holte Ubada. Der eilte herbei, begrüßte Zayd überaus herzlich und bot ihm Tee an. Höflich nahm Zayd an, bevor er zur Sache kam: »Ich bin gekommen, um Euch um die Verlobung mit Eurer Tochter Karima zu bitten!«

»Sehr gut. Ich höre!« Ubada versuchte, sich seine Genugtuung nicht anmerken zu lassen. Gleichzeitig aber lächelte er seinen jungen Gast so freundlich an, dass der all seine Befangenheit verlor. »Ich fühle mich von deiner Bitte hoch geehrt. Du bist einer der Gefährten des Propheten und gleichzeitig auch sein Sekretär! Gleichwohl muss ich dich fragen, ob du dir auch wirklich sicher bist. Schau, eine Verlobung bedeutet den ersten Schritt zur Ehe! Ein verheirateter Mann muss seiner Familie viel Zeit und Kraft widmen. Wird es dir gelingen, dich nicht vom Dienst an Gott und Seinem Propheten zu sehr in Anspruch nehmen zu lassen?«

»Der Prophet hat stets zur Ehe geraten.«

»Dann bin ich damit einverstanden! Aber bist du dir sicher, dass Karima eine gute Ehefrau sein kann?«, fuhr Ubada fort.

»Wie meint Ihr das? Sie ist Eure Tochter!«

»Du bist der Sekretär des Propheten, der mir teurer als meine eigene Familie ist. Ich trage die Verantwortung, mich davon zu überzeugen, dass du genau weißt, was du tust. Wird dich eine Frau nicht von deinen Pflichten gegenüber Gott und Seinem Gesandten ablenken?«

»Ich habe mir sagen lassen, dass man eine Frau aus verschiedenen Gründen heiratet – wegen ihrer Schönheit, ihrer vornehmen Abstammung oder ihres Reichtums. Der Prophet aber empfiehlt, nur eine Frau zu heiraten, die gläubig ist. Nicht nur, dass Karima Schönheit, vornehme Abstammung und Reichtum besitzt, sie ist darüber hinaus auch eine Frau von tiefem Glauben und die würdige Tochter eines der vornehmsten Gefährten Mohammeds!«

Ubada sah Zayd einen Augenblick lang tief in die Augen, dann sagte er: »Nun ist der Moment gekommen, Karimas Meinung einzuholen.«

»Das erscheint mir richtig«, stimmte Zayd zu.

Einige Minuten später kam Ubada zurück.

»Ausgezeichnet«, sagte er, »meine Tochter ist einverstanden. Doch gibt es da ein paar Dinge, die sie wissen will, etwa ob du schon über das Datum für die Hochzeit nachgedacht hast.«

»In nicht allzu weiter Ferne«, antwortete Zayd, »sobald ich über die Mittel verfüge, sie so zu unterhalten, wie es sich für eine Frau ihrer Abstammung gehört.«

»Sehr gut«, antwortete Ubada, der natürlich wusste, dass die Menschen in Medina trotz der Großzügigkeit des Propheten sehr arm waren.

»Hast du bereits über das Brautgeschenk nachgedacht?«, fragte Ubada.

»Um ehrlich zu sein, nein … noch nicht …«

»Karima möchte bereits jetzt wissen, welches Brautgeschenk sie erwarten darf«, fuhr Ubada lächelnd fort.

Zayd hielt inne und überlegte. Plötzlich wusste er, was er antworten sollte.

»Ich werde Karima alles, was ich von der Offenbarung Gottes und den Lehren Seines Propheten weiß, zum Brautgeschenk machen. Ich verpflichte mich, ihr alles beizubringen, was ich weiß!«

»Bei Dem, der unsere Seele in seinen Händen hält«, antwortete Ubada warmherzig und hielt ihm nun endlich die Hand hin, »ich kann mir kein besseres Brautgeschenk für meine Tochter erhoffen!«

Die beiden Männer reichten einander die Hand und sprachen lange über die Reise, die sie gemeinsam nach Mekka führen würde. Nach ihrer Unterredung hatte Zayd gerade noch die Zeit, sich von Karima, seiner Verlobten, zu verabschieden. Die junge Frau schlang ihre Arme um seinen Hals, während ihr Vater vorgab, nichts zu sehen. Dann eilten die beiden Männer los, um sich zu den anderen Pilgern zu gesellen.

Als die Karawane der Muselmanen in Dhu'l-Hulayfa ankam, das kurz hinter Medina lag, weihte der Prophet das erste Kamel, indem er es gen Mekka ausrichtete und ihm ein Zeichen auf die rechte Flanke zwischen Höcker und Hinterteil malte. Dann weihte er sich selbst und die anderen Pilger in den weißen, ungesäumten Gewändern.

Die Reise verlief ruhig, obwohl sie einigen Nomadenstämmen begegneten, die dem Islam gegenüber sehr misstrauisch waren. Der Krieg der Götzenanbeter aus Mekka gegen die Muselmanen hatte die Beduinen in eine schwierige Lage gebracht. Auf der einen Seite fühlten sie sich zum Islam hingezogen, in dem sie den reinen Glauben ihrer Vorväter Abraham und Ismael wiedererkannten, die noch immer in ihrer Erinnerung lebten, andererseits war das Ansehen Mekkas bei den Wüstenstämmen noch immer ungebrochen. Und da die Wächter und Verteidiger aus Mekka noch immer nicht Mohammed als Propheten anerkannten, zögerten auch die Beduinen. Die Männer der Wüste verlangten von Gott ein unmissverständliches Zeichen. Diese unwissende Nichtgläubigkeit hob der Koran deutlich hervor:

> Die unwissenden Heiden sagen:
> »Wenn doch Gott direkt zu uns spräche oder uns
> Sein Zeichen erreichte.«
> Auch diejenigen, die vor ihnen lebten, äußerten
> sich in der gleichen Weise,
> denn ihre Herzen gleichen einander,
> doch wir haben deutliche Zeichen gesandt an
> Menschen, die fest im Glauben sind.
> (Sure 2, 118)

Auf ungefähr halber Strecke begegneten die Pilger aus Medina dem Anführer eines Wüstenstammes. Burayda kannte ihn gut. Doch bisher war es ihm nicht gelungen, das Misstrauen der anderen gegenüber dem Islam ins Wanken zu bringen. Da dieser aber ein redlicher Mann war, bat er Burayda, ihn dem Propheten vorzustellen.

»Willst du Gutes tun?«, fragte ihn der Prophet unvermittelt.

»Und was ist das Gute?«, erwiderte der Beduine.

»Das Gute ist zu bekennen, dass es keinen Gott gibt außer Allah, dass Er nicht Seinesgleichen hat und Mohammed Sein Knecht und Gesandter ist«, antwortete der Prophet ruhig.

»Und wer sind die, die solches bekennen?«, verteidigte sich der Beduine.

»Nicht nur die Menschen, auch die Bäume. Siehst du diesen Mimosenbaum? Geh zu ihm und verlange von ihm, dir die Wahrheit zu sagen! Sag ihm, dass ich es bin, Mohammed, der das von ihm fordert!«

Erstaunt beobachtete Burayda, dass der Beduinenanführer tatsächlich tat, was der Prophet ihn geheißen hatte. Unsicheren Schrittes ging er auf die Pflanze zu. Sie hörten, wie er zu dem Mimosenbaum sprach und mit verächtlicher Miene zurückkam.

»Nun gut, ich habe mit dem Mimosenbaum gesprochen!«

»Genau«, antwortete der Prophet ruhig.

Hinter dem Mann begann die Pflanze immer heftiger nach rechts und links zu schwanken und ein dumpfes Geräusch zu erzeugen. Kurz darauf lagen ihre Wurzeln völlig frei. Mühsam schleppte sich der Baum vorwärts und ließ dabei eine breite Furche hinter sich zurück. Als er schließlich vor Mohammed stand, richtete er sich zu seiner vollen Größe auf.

»Friede über Dich, Gesandter Gottes«, sagte der Mimosenbaum mit kehliger Stimme.

Ein Zittern lief durch seinen Körper, dann fiel der Beduine in sich zusammen, als sei er in seinem Innersten zerbrochen. Doch Mohammed bat ihn mit dem Anschein größter Selbstverständlichkeit, er möge dem Mimosenbaum sagen, dass er wieder zurück an seinen Platz gehen solle. Der Baum gehorchte augenblicklich und schleppte sich an seinen alten Platz zurück. Die Erde bebte leicht, danach war alles so, als wäre nichts geschehen. Geblieben war nur diese tiefe Furche im Boden, die erschreckend und wunderbar zugleich wirkte. Der Beduinenführer aber begann die Hände und Füße des Propheten zu küssen und ihn zu bitten, ihn sogleich zum Islam übertreten zu lassen, wobei er ihm versprach, auch seinen gesamten Stamm zum Übertritt zu bewegen.

Die Pilger setzten ihre Reise fort, bis sie Usfan, die letzte Stadt vor Mekka, erreichten, wo sich vor ihnen eine riesige Staubwolke erhob. Kundschafter berichteten, dass ihnen zweihundert Reiter der Quraish unter dem Kommando des gefürchteten Generals Khalid den Weg versperrten. Zwar waren die Muselmanen den Quraish zahlenmäßig überlegen, aber sie trugen lediglich Schwerter bei sich, außerdem befanden sie sich auf einer Pilgerfahrt und nicht im Krieg. Also fragte der Prophet Burayda, ob er ihnen einen anderen Weg weisen könne, der es ihnen erlaube, die Kavallerie zu umgehen. Die Männer der Aslam besprachen sich kurz mit ihrem Anführer, dann führten sie die Pilger auf einem schmalen steinigen Pfad nach Mekka.

General Khalid konnte die Muselmanen angesichts des unwegsamen Pfades, der eine Gefahr für die Pferde bedeutete, nicht verfolgen. Sogar die »Wüstenschiffe«, die Kamele der Muselmanen, hatten Mühe, die Steigungen zu erklimmen – und immer wieder lagen ihnen Felsbrocken im Weg, die schneidend scharf wie Messer waren. Doch stellte sich dieser Umweg als ein kluger Schachzug heraus, da die Muselmanen bis wenige Kilometer vor Mekka auf keine unüberwindbaren Hindernisse trafen. Bald erreichten sie einen Ort namens Hudaibiya, der sich durch eine große Akazie mit einer dichten, kuppelförmigen Baumkrone in sattem Grün auszeichnete. Vor diesem Baum blieb die Kamelstute des Propheten stehen und kniete auf dem

Boden nieder. Der Prophet befahl ihr, wieder aufzustehen, doch sie verharrte weiter auf ihren Knien.

»Ein Engel befahl ihr diesen Halt«, sagten die Gefährten, »das bedeutet, dass wir hier unser Lager aufschlagen sollen.«

Sie blickten um sich. Dies war mit Sicherheit ein Gebiet in der Felsenwüste, in das seit geraumer Zeit kein Mensch mehr einen Fuß gesetzt hatte. Doch ließen sie ihren Mut nicht sinken.

Am Rand der Lichtung fanden sie die Spuren einiger alter ausgetrockneter Brunnen. Es schien an diesem Ort überhaupt kein Wasser zu geben. »Macht euch keine Sorgen«, sagte jedoch der Prophet, als er von seiner Kamelstute stieg. Er nahm einen Pfeil aus seinem Köcher und drehte ihn zwischen seinen Fingern, während er eine Weile vor sich hin murmelte. Dann reichte er den Pfeil einem der Männer der Aslam. »Ramme ihn in einen der ausgetrockneten Brunnen und warte ab, was geschieht!«

Dieser Mann war Najiya, der einst Zayd das Amulett mit den hebräischen Schriftzeichen geschenkt hatte. Er nahm den Pfeil fest in seine Hand und bohrte ihn mit all seiner Kraft in einen der alten Brunnen hinein. Wie durch ein Wunder floss sofort reichlich Wasser heraus, sodass alle, Menschen wie Tiere, ihren Durst stillen konnten.

Schon bald erreichte die Nachricht vom Lager der Muselmanen die Quraish, die kaum ihren Ohren trauten. Trotz der beiden Schlachten, in die sie den Propheten hineingezwungen hatten, besaß dieser die Tollkühnheit, wieder nach Mekka zu gehen! Falls dies keine Falle war, wie sollten sie sich verhalten? Eine Pilgergruppe anzugreifen hätte Mekkas Ruf als heilige Stadt vollkommen zunichte gemacht. Doch dem Propheten den Zugang zum Heiligtum der Kaaba zu gewähren wäre eine schreckliche Schmach für all jene gewesen, die gegen ihn gekämpft hatten. Um sich dieser Frage nicht stellen zu müssen, beschlossen die Quraish, dass es sich um eine List des Propheten und seiner Muselmanen handelte, die sich als Pilger verkleidet ihrer Stadt bemächtigen wollten. Also entsandten sie einige Botschafter.

Der Prophet erwartete sie bereits und begrüßte sie herzlich. Dann ließ er vor ihnen einige Kamele vorbeidefilieren, die für das Opfer bestimmt und mit rituellen Girlanden um den Hals geschmückt waren. Die Botschafter stellten fest, dass alle Muselmanen die weißen Gewänder der Pilger trugen. Einige Stunden später verabschiedeten sie sich von Mohammed, um in Mekka zu bekunden, dass die Muselmanen als Pilger das Heiligtum besuchten, keine Kriegswaffen bei sich trugen, sondern nur zur bloßen Selbstverteidigung ausgerüstet waren. Außerdem übermittelten sie eine Botschaft Mohammeds an die Oberhäupter der Stadt. Sie versicherten ihnen, dass die Muselmanen in friedlicher Absicht unterwegs seien und nur ihre Rituale im Haus Gottes in Mekka vollziehen wollten.

Der letzte Botschafter, der in die heilige Stadt zurückkehrte, war ein Mann namens Urwa, dessen Mutter aus Mekka stammte und dessen Vater aber ein Beduine vom Stamm der Thaqif war. Urwa verweilte am längsten im muselmanischen Lager. Er kam zwar als Abgesandter der Bewohner von Mekka, aber ihn hatte zugleich seine eigene Neugier getrieben. Als er Hudaibiya erreichte, ließ er sich sofort vor dem Propheten nieder und näherte sich ihm in übertriebener Vertrautheit. Er streckte seine Hand aus und griff in Mohammeds Bart, während er unentwegt auf ihn einredete. Ein junger Auswanderer namens Mughira, der neben dem Propheten saß, versetzte ihm mit der flachen Schneide seines Schwerts einen Schlag auf die Hand, um ihm Einhalt zu gebieten. »Nimm deine Hände vom Bart des Propheten, solange du noch zwei davon hast!«, sagte Mughira streng.

Da fragte Urwa absichtlich schroff Mohammed, wer denn dieser junge Mann sei, der ihm bekannt vorkäme.

»Er ist der Sohn deines Bruders«, antwortete ihm lächelnd der Prophet.

»Dieser Halunke! Dabei ist es fast erst gestern gewesen, dass ich ihn auf meinen Knien wiegte«, rief Urwa erstaunt aus.

Urwa war tief beeindruckt. Die geistigen Bindungen, die die Muselmanen zusammenhielten, schienen ihm sehr viel stärker zu sein als die Bande des Blutes. Der edle Charakter der Gläubigen veränderte Urwas Herz.

»Oh, meine Freunde!«, sagte er, als er nach Mekka zurückkehrte. »Ich habe als Botschafter mit dem Kaiser von Byzanz, mit Chosrau, dem Großkönig von Persien, und mit dem Negus von Abessinien verhandelt, doch nie wurde einem König von seinen Untertanen so viel Respekt und Ehrerbietung entgegengebracht, wie die Mitstreiter Mohammeds es tun. Noch bevor er einen Befehl ausspricht, werden seine Worte erfüllt. Und wenn er spricht, schlagen auch die Tapfersten vor Ehrfurcht und heiliger Scheu die Augen nieder! Einen solchen Mann darf man nicht bekämpfen! Wenn er euch einen Waffenstillstand angeboten hat, so nehmt ihn an!«

Obwohl sie überaus beeindruckt waren, schenkten die Anführer der Quraish Urwas Worten keinen Glauben. »Du bist nur ein Beduine«, sagten sie zu ihm, was seinen Groll herausforderte.

Die Quraish versuchten ein letztes Mal, Mohammeds Absichten aufzudecken, und entsandten vierzig Reiter, die einige Muselmanen gefangen nehmen und verhören sollten. Die Männer der Aslam jedoch fingen die Reiter aus Mekka ab. Mohammed ließ sie nach ihrer Vernehmung wieder frei und sandte sie zum wiederholten Male mit einer Friedensbotschaft zu den Götzenanbetern zurück. Zusammen mit ihnen schickte er auch seinen Schwiegersohn Uthman als Botschafter der Gläubigen nach Mekka, wo dieser viele Verwandte hatte.

Während der gesamten Zeit, die Uthman in Mekka verbrachte, fürchteten die Männer um sein Schicksal. Doch dann ereignete sich ein einzigartiger Vorfall. Als der Prophet eines Tages unter dem großen Akazienbaum in dem Lager von Hudaibiya saß, sahen seine Gefährten, wie er plötzlich in jenen Zustand hineinglitt, in dem ihm Gott seine Offenbarungen zuteil werden ließ. Zayd war einer der Ersten, die es bemerkten. Sogleich wurde im gesamten Lager ausgerufen: »Der Geist der Heiligkeit ist über den Gesandten Gottes herabgekommen und hat Treue gefordert. Kommt daher alle im Namen Gottes herbei und schließt euer Bündnis mit ihm!«

Von dieser Aufforderung reichlich überrascht, traten die Pilger einer nach dem anderen vor den Propheten. Der Erste war ein Mann namens Sinan: »Gesandter Gottes, ich schwöre Treue bei dem, was in deiner Seele ist!«

Alle folgten dem Aufruf, mit Ausnahme von Jadd, einem der Heuchler, der zur Gruppe von Abd Allah gehörte, dem früheren Anwärter auf den Thron von Yathrib. Statt zum Propheten zu gehen, versteckte sich Jadd hinter seinem Kamel, was aber nicht unbemerkt blieb. Außerdem fehlte noch Uthman, der sich aber in Mekka aufhielt. Nachdem alle das Bündnis geschlossen hatten, legte der Prophet seine linke Hand in die eigene rechte und sprach: »Damit schwöre ich Treue auch für Uthman!«

Dieses Bündnis wurde von allen, sowohl den Gefährten als auch den Pilgern, hoch geachtet und den nachfolgenden Generationen überliefert. Einige nannten es das »Bündnis von *Ridwan*«, was der Name eines der Schutzengel des Paradieses ist und so viel bedeutet wie »der Segen Gottes«. Für sie bedeutet es eine Initiation, die, ähnlich wie es Mohammed auf seiner Himmelsreise erfahren hatte, einem Menschen noch vor seinem Tod den Weg zur Erkenntnis Gottes und damit ins Paradies bereitete. Andere wiederum nannten es das »Bündnis des Todes«, da die Menschen auf diesem Weg den Tod ihres individuellen Seins erkannten, denn nur der, der »gestorben ist, bevor er starb«, ist imstande, als lebender Mensch die Wahrheit des Himmels zu erkennen. Viele jedoch fanden weder Namen noch Worte, um dieses Ereignis einer Reise zu beschreiben, deren Ziel die Erkenntnis Gottes war. Doch offenbarte sich Gott wenig später in einer Botschaft, die dieses Bündnis besiegelte:

> Gott hat an den Gläubigen tatsächlich Wohlgefallen gefunden,
> als sie dir unter dem Baum den Treueid ablegten.
> Da wusste Er, was in ihren Herzen war,
> und sandte Seine göttliche Gegenwart auf sie herab
> und schenkte ihnen zum Lohn einen baldigen Sieg.
> (Sure 48, 18)

Bald drang die Nachricht von dem Bündnis nach Mekka und erschreckte die Quraish, die sich immer mehr davor fürchteten, eine Schlacht gegen die Muselmanen zu schlagen. Daher entschlossen sie sich dazu, Mohammeds Friedensangebot anzunehmen. Es wurde ein zehnjähriger Friedensvertrag zwischen Mekka und Medina ausgehandelt, in dem die Muselmanen jedoch ihr Einverständnis erklären mussten, ihren Plan, im Haus Gottes zu beten, für dieses Mal aufzugeben. Für die Auswanderer, die sich so sehr auf ein Wiedersehen mit ihrer Stadt gefreut hatten, war dieser Verzicht kaum zu ertragen, auch wenn damit eine lange Zeit verlustreicher Kämpfe zum Abschluss kam. In den folgenden Monaten sollte sich dieser Friedensvertrag als ein Sieg herausstellen, der mehr als hundert Schlachten aufwog, sodass einige der Gefährten, darunter auch Umar, es bereuten, in Hudaibiya Zweifel und Bedenken geäußert zu haben.

Zayd erkannte erneut, dass der göttliche Plan von den Menschen nur selten verstanden wird und diese vielmehr alles tun, um ihn zu behindern. In der Zwischenzeit hatte er sich die Bedeutung einiger Verse des Korans, die ihm bis dahin unverständlich erschienen waren, erschlossen. So wurde in dem Kapitel »Höhle« von der Begegnung zwischen Mose und dem Propheten Khidr, dem »Immerwährenden«, der niemals starb, berichtet. Mose hatte sich auf die Suche nach ihm begeben, da er erfahren hatte, dass Khidr ein ihm unbekanntes Wissen offenbart worden war. Es unterschied sich von allem bisherigen, da es nicht mit dem Verstand zu erfassen war. Vielmehr konnte es nur derjenige erfahren, der sich vollkommen und widerstandslos in die Hände eines Meisters begab. Der Khidr war solch ein Meister, er stellte sogar schon seit uralten Zeiten den Meister der Meister dar. Als Mose ihm endlich begegnete, forderte der Khidr ihn auf, ihm zu folgen und – ohne eine Frage nach dem Warum – alles zu tun, was er ihm sagte. Nur so wäre er imstande, dieses geheimnisvolle, heilige Wissen zu erfahren.

Und sie trafen einen Unserer Diener,
dem wir Unsere Barmherzigkeit gewährt
und den Wir etwas von Unserem geheimen Wissen gelehrt hatten.
Und Mose sprach zu ihm: »Darf ich dir folgen, dass du mich von dem etwas lehrst, was dich gelehrt wurde, damit mir der rechte Weg gewiesen werde?«
Er antwortete: »Ja, aber niemals wirst du es aushalten bei mir,
wie solltest du auch die Geduld aufbringen für all diese Dinge, die du nicht verstehst?«
Doch Mose erwiderte: »So Gott es will, dass ich geduldig und standhaft bin,
werde ich all deinen Befehlen gehorchen.«
Da sagte der Andere: »Wenn du mir also folgen willst,
so frage mich nie etwas, solange ich nicht selbst die Rede darauf bringe.«
Da zogen sie also weiter,
und als sie das Schiff bestiegen, schlug der Andere ein Loch hinein.
»Hast du ein Loch geschlagen«, fragte ihn Mose,
»auf dass wir alle ertrinken, die auf diesem Schiff fahren?
Du hast etwas unerhört Schreckliches getan!«
»Hatte ich dir nicht gesagt«, antwortete der,
»dass du es nicht mit mir aushalten würdest?«
»Tadle mich nicht«, erwiderte Mose, »dass ich es vergessen habe.
Doch bitte ich dich, mir deshalb keine allzu schwere Strafe aufzuerlegen.«
Und sie gingen weiter, bis sie einem Jüngling begegneten, und der Andere tötete ihn.

»Wie konntest du einen Unschuldigen töten, da du doch nicht die Notwendigkeit hattest, eine andere Seele zu rächen?
Du hast etwas sehr Verwerfliches getan!«
Er antwortete: »Habe ich dir nicht gesagt, dass du es nie mit mir aushalten wirst?«
Und Mose antwortete: »Wenn ich dich von jetzt an nur noch eine einzige Sache frage,
geselle dich nicht mehr zu mir – du hast Grund genug, mich zu verlassen.«
Dann gingen sie beide weiter, bis sie in eine Stadt kamen und ihre Bewohner um etwas zu essen baten,
doch die weigerten sich, sie zu bewirten. Sie fanden in jener Stadt eine Mauer,
die einzustürzen drohte, und der Andere richtete sie wieder auf.
Da sprach Mose zu ihm: »Wenn du gewollt hättest, hättest du dafür einen Lohn nehmen können!«
»Hier werden wir uns voneinander trennen«,
sagte der Andere, »doch zuerst werde ich dir eine Erklärung für all die Dinge geben,
die du nicht ertragen hast.
Was das Schiff angeht, so gehörte es armen Leuten,
die auf dem Meer arbeiteten,
und ich wollte es schadhaft machen,
weil sie ein König verfolgte, der jedes Schiff mit Gewalt nahm.
Was den Jüngling angeht, so waren seine Eltern gläubige Menschen,
wir fürchteten, dass er sie durch sein gottloses Tun
und durch seinen Unglauben ins Unglück stürzte.
Also entschieden wir uns, dass ihnen ihr Herr

einen besseren und anhänglicheren Sohn zum Austausch gäbe.
Was nun die Mauer betraf, so gehörte sie zwei Waisenknaben aus dieser Stadt,
und darunter befand sich ein Schatz, der ihnen gehörte.
Ihr Vater war ein frommer Mann gewesen,
doch dein Herr wollte, dass sie zunächst das Erwachsenenalter erreichten
und dann selbst den Schatz herausholten,
als ein Zeichen der Barmherzigkeit ihres Herrn.
Und was ich tat, tat ich nicht aus eigenem Entschluss.
Das ist die Erklärung für all das, was du nicht auszuhalten vermochtest.«
(Sure 18,65–82)

Wenn selbst Mose Schwierigkeiten damit hatte, dachte Zayd, die Lehren des Khidr getreu zu befolgen, brauchte man sich nicht zu wundern, dass es auch den Gefährten schwerfiel, Mohammeds Geboten Folge zu leisten. Doch er verstand plötzlich, was »sterben, bevor man stirbt«, bedeutete, dass man nämlich einen Punkt erreichte, an dem Gottes Wille zu dem des Menschen wurde – Gott inspirierte durch sein Tun die Menschen dazu, selbst inspiriert zu sein und über das menschliche Wissen und damit die Grenzen von Logik und Vernunft hinauszugehen. Einst hatte der Prophet seinen Gefährten einige Offenbarungen Gottes mitgeteilt, die allerdings keinen Eingang in den Koran gefunden hatten. Sie bezogen sich auf die Beschaffenheit der Wesen, denen Gottes Liebe galt, die Beschaffenheit der Heiligen:

Mein Diener nähere sich Mir mit nichts Besserem
als den Taten, zu denen Ich ihn verpflichtet habe.
Mein Diener möge nicht aufhören, sich Mir mit
Taten seines eigenen Ermessens zu nähern, solange
Ich ihn liebe.
Und wenn Ich ihn liebe,
bin Ich das Ohr, mit dem er hört,
und das Auge, mit dem er sieht,
die Zunge, mit der er spricht,
die Hand, mit der er kräftig zupackt,
und der Fuß, mit dem er geht.
Wenn er Mich um etwas bittet, werde Ich es ihm
gewähren.
Wenn er bei Mir Zuflucht sucht, werde Ich ihn
beschützen.

Zayd verstand langsam, dass auch Männer wie Mohammeds Gefährten ohne ihren Meister nicht imstande wären, das erhabene heilige Wissen zu erwerben. Dieses Wissen kam tatsächlich direkt von Gott, und in ihm machte Er sich den Menschen deutlich offenbar.

Noch weitere, höchst wundersame Dinge ereigneten sich nach Hudaibiya, wovon einige jedoch nicht durch den Propheten, sondern durch seine Gefährten bewirkt wurden, auch von einem der Jüngsten – von Zayd, dem Sohn des Thabit.

الهادى

al-Hadi:
Der Lenker

Die Pilgerfahrt

Das alte Ritual einer Pilgerfahrt findet sich in allen Kulturen. Ursprünglich bedeutete der lateinische Begriff peregrinus *»Fremder«. Durch die Pilgerfahrt wird die Dimension des Irdischen überwunden, der Pilger begibt sich auf einen wahrhaft himmlischen Weg. In Bezug auf die Welt wird er daher ein »Fremder«, da er die Grenzen des rein Materiellen überschreitet. Seine Reise findet nicht in horizontaler, sondern in vertikaler Richtung statt: Er erklimmt die unendlich vielen, gleichzeitig existierenden Welten nach oben. In vielen Religionen ist es Tradition, am Ende der Pilgerfahrt um einen heiligen Ort herumzuwandern, sodass es sich sowohl um einen aufsteigenden als auch um einen Kreis schließenden Weg handelt. Kein Wunder, dass eine der Bedeutungen des islamischen Begriffs* haddsch *beziehungsweise Pilgerfahrt »sich im Kreis bewegen« lautet.*

Laut der islamischen Überlieferung soll die Pilgerfahrt nach Mekka sogar bis auf die Zeit Adams zurückgehen, der sich, nachdem er aus dem Paradies ausgewiesen worden war, ein Zelt errichtet hatte. Nach der Sintflut wurde das Zelt durch ein Gebäude aus Stein ersetzt, dessen Grundmauern Abraham und Ismael wiederentdeckt haben und darauf einen Tempel erbauten. Seit der Zeit des Islam ist das Haus Gottes ein schlichtes kubisches Gebäude aus Ziegelsteinen, das in seinem Inneren leer ist.

Der Waffenstillstand zwischen Mekka und Medina, der im März 628 unterzeichnet wurde, dem sechsten Jahr der Hidscha, der Emigration der Muselmanen aus Mekka, hielt zehn Jahre an. Doch schien es das Schicksal kaum erwarten zu können, sich in aller Eile zu erfüllen. Bereits im Dezember 629 ergab sich die Stadt Mekka dem Propheten Mohammed, und ihre Einwohner traten in Massen zum Islam über. Einige Stämme hatten große Mühe, ihr Misstrauen abzulegen, doch 632, im zehnten Jahr der Hidscha, war der größte Teil der Völker Arabiens zum Islam übergetreten und bildete damit die Voraussetzung für die Konstitution eines Reiches, das sich schon bald von Spanien bis nach China erstrecken sollte. Die Mission des Propheten neigte sich ihrem Ende zu.

»Heute Abend möchte ich, dass du bei mir bleibst, so du kannst.« Der Prophet war immer sehr höflich, wenn er eine Bitte aussprach, dabei wetteiferten seine Gefährten stets darum, dem geringsten seiner Befehle Folge zu leisten. Doch seine Stimme, so bemerkte Zayd, hatte an diesem Abend einen leicht veränderten Ton. Als die Gefährten verstanden, dass Mohammed mit Zayd allein sein wollte, nahmen sie ihre schweren Umhänge und begaben sich zum

Ausgang. Damit sie den Weg in der Nacht leichter fänden, gab Mohammed ihnen einen Stock mit und bat Zayd, sie bis zum Tor der Moschee zu begleiten.

Es war eine sehr dunkle Nacht. Selbst wenn einem der Weg wohlbekannt war, musste man fürchten, sich im Dunkel zu verirren. An den steinernen Türstöcken verabschiedete sich Zayd von den Gefährten und wartete, bis sie in der Dunkelheit verschwunden waren. Doch plötzlich überstrahlte ein Lichtschein die finstere Nacht. Gleich über den Häuptern der beiden Gefährten hatten sich zwei kleine Flämmchen entzündet und beleuchteten ihren Weg. Sie passten sich ihrem Schritttempo an und bewegten sich langsam vor ihnen her. Zayd rief überrascht: »Großer Gott!« Doch als seine Freunde ihm zulächelten, begriff Zayd, dass hier niemand das Geringste zu befürchten hatte. Er winkte ihnen zu, während sie ihren Weg wiederaufnahmen, und lachte verlegen über sich selbst. Lang blieb er stehen und schaute ihnen nach, während sie sich unter dem Flammenwunder entfernten. Nach einiger Zeit trennten sich die beiden, und ein jeder schlug seinen eigenen Weg ein, wobei sich die Lichter ebenfalls trennten, um jeden der beiden Heimwege zu beleuchten.

»Was sind das doch für Männer, die Gefährten Mohammeds«, murmelte Zayd, als gehörte er selbst gar nicht dazu. Dann machte er kehrt. Mit einem Blick maß er den Weg, der ihn noch vom Gemach Mohammeds trennte, welches auf den Hof der Moschee hinausblickte – etwa zwanzig Schritte, ein Schritt für jedes Lebensjahr, das hinter ihm lag. Zayd versuchte, sich an die wichtigsten Ereignisse der einzelnen Jahre zu erinnern.

Vor seinem inneren Auge erstand ein verschwommenes Bild aus seiner frühesten Kindheit. Plötzlich erkannte er Thabit, seinen Vater. Zayd verfolgte den Moment, als dieser das letzte Mal von zu Hause aufbrach, um an der Schlacht von Bu'ath teilzunehmen. Damals hieß Medina noch Yathrib und war eine Oase der Götzen anbetenden Heiden, die sich untereinander erbarmungslos bekämpften und sämtliche Gesetze missachteten. Zayd verabscheute die Zeit der Unwissenheit und des Unheils aus ehrlichem Herzen und dankte Gott, der ihn in den Kreis der Gläubigen aufgenommen hatte. An diesem Abend aber bewegten Zayd eine tiefe Traurigkeit und zugleich eine Hoffnung. Da sein Vater vor Mohammeds Ankunft gestorben war, wusste Zayd nicht, ob dieser wohl wie Abu Umama an der alten Religion Abrahams festgehalten hätte oder wie viele andere in die Unwissenheit der Götzenanbetung abgeglitten wäre. Unvermittelt begann Zayd aus der Tiefe seines Herzens zu beten: »O Gott, Allerhöchster! Habe Mitleid und Erbarmen mit meinem Vater Thabit! Er misstraute immer den Götzenanbetern, die zum Tempel der Manat gingen, daher bin ich sicher, dass er gewiss ein Anhänger des Propheten geworden wäre!« Er erhob sein Antlitz zum Himmel und fügte mit lauter Stimme hinzu: »Erhöre mein Gebet und vergib meinem Vater!«

Dann gedachte Zayd auch seiner Mutter, bis er sich plötzlich dessen gewahr wurde, dass er bereits die halbe Strecke zur Moschee zurückgelegt hatte. Mit jedem Schritt kamen dem jungen Mann weitere Erinnerungen, in denen besonders zwei Gestalten eine Rolle spielten: Abu Umama und Mohammed. Der alte Umama lag auf dem Friedhof neben der Moschee begraben, gleich hinter den Gemächern des Propheten. Zayd erinnerte sich noch an den Tag, als er zusammen mit den Kindern und Frauen seines Stammes Blumen auf Umamas Grab gelegt hatte, der ihm den Glauben an Gott und die Liebe zum Propheten bereits übermittelt hatte, bevor Mohammed in die Oase kam. Durch die Liebe zum Propheten war Zayd zum Manne gereift und hatte entdeckt, dass er in seinem Inneren die unverwechselbaren Spuren der Gegenwart Gottes in sich trug. »Lerne dich selbst erkennen, so wirst du Gott, deinen Herrn, erkennen«, hatte einst Mohammed zu ihm gesagt.

Lange Zeit später erfuhr Zayd in einem Gespräch mit einigen Botschaftern aus Byzanz, dass der erste Teil dieses Satzes viele Jahrhunderte zuvor niedergeschrieben worden war – in griechischer Sprache auf die Tür, die zum Tempel der heiligen Stadt Delphi führte. Die Erkenntnis des Menschen war demnach bereits seit den ältesten Zeiten mit dem Geist Gottes verbunden. Der ursprünglichen Natur des Menschen entsprach es, Gott zu lieben und zu verehren, so stand es bereits in all den heiligen Büchern der Völker dieser Welt, die er – der Junge Zayd aus einer Oase von Analphabeten – studieren durfte.

Zayd erinnerte sich deutlich an den Tag kurz vor der Schlacht von Uhud, an dem ihn der Prophet dazu aufgefordert hatte, Hebräisch zu lernen. Damals hatte er sich von Husayn, dem Rabbiner, der später ein Muselman geworden war, helfen lassen. Bereits nach zwei Wochen war er in der Lage gewesen, die Sprache der Bibel zu lesen und zu schreiben. Und liebevoll erinnerte sich Zayd auch an den alten Mukhayriq, der ihm die Tür zu einer ganzen Welt des Wissens geöffnet hatte. Diese beiden Juden hatten ihm eine so aufrichtige und selbstverständliche Liebe zum Lernen vermittelt, dass er in den folgenden Jahren mit Leichtigkeit auch die persische, griechische, koptische und abessinische Sprache erlernte. Zayd ahnte, dass diese Veranlagung der Gnade Gottes erwachsen war. So war Zayd Gelehrter geworden, um sich und anderen dabei zu helfen, Gott näher zu kommen. Durch den engen Kontakt mit Mohammed erfasste er zudem immer mehr die tiefe Bindung, die zwischen dem Wesen des Propheten und dem Koran bestand. Dies empfand er als ein besonderes Geschenk. Denn durch das Beispiel des Propheten sowie die Wahrheiten in den Versen des Korans war er in der Lage, sich auf allen Gebieten des Wissens zu bewegen.

Eines Tages begab sich Zayd in Rafaydas Krankenstation, wo seine Frau Karima soeben den Sohn eines jungen Beduinenpaars behandelte, der eine schwere Augenentzündung hatte. Karima, bereits eine erfahrene Helferin, gab dem Kleinen Augentropfen aus Antimonsulfid namens *kuhl*, wie es der Prophet empfohlen hatte.

»Wer bist du?«, fragte der Junge, als er Zayd sah.

Karima war schneller als er: »Das ist Zayd, Sohn des Thabit und Sekretär des Propheten!«

Das Kind erhob sich von seinem Stuhl.

»Wie heißt du?«, fragte ihn Zayd freundlich.

»Zacharias, Sohn des Malik, aus dem Stamm der Aslam!«, antwortete der Junge aufgeregt.

»Das ist ein schöner Name«, sagte Zayd beruhigend. »Zacharias war der Vater von Johannes dem Täufer, der ein Vetter Jesu Christi war. Zu Zacharias, welcher ein Priester im Tempel von Jerusalem war, zog sich die heilige Jungfrau Maria für eine Weile zurück.«

»Der Sekretär des Propheten Gottes«, sagte das Kind ehrfürchtig, »wie kann jemand so weise werden wie du?«

Zayd nahm Zacharias in seine Arme. »Hör zu, kleiner Zacharias. Die Weisheit des Menschen ähnelt einem Saatkorn, in dem bereits die Gesamtheit der Pflanze enthalten ist. Doch muss noch etwas geschehen!«

»Ja, es muss eingepflanzt werden!«, rief Zacharias.

»Genau so ist es! Und der Boden, in den das Saatkorn

der Weisheit eingepflanzt werden muss, ist der Glauben. Aber der allein reicht auch noch nicht aus.«

»Warum? Ist er zu trocken?«

»In der Tat. Der Boden des Glaubens muss täglich mit dem Wasser des Gebetes gegossen und den Werken der Hingabe und des Opfers genährt werden.«

»Und Gott?«, fragte Zacharias weiter.

»Gott ist die Sonne! Ohne ihn tragen die Werke des Menschen keine Frucht. Doch während die Sonne täglich untergeht, entfernt sich Gott niemals vom Menschen. Er ist ihm sogar näher als seine Halsschlagader, wie der Koran sagt.« (Sure 50, 16)

»Jetzt ist es aber Zeit, ins Bett zu gehen!«, schaltete sich Karima ein und nahm Zacharias auf den Arm.

Da der Prophet seine Gefährten liebte, vertraute er ihnen alle Arten von Aufgaben an, die diese durch ihr Wissen, das in der stetigen Versenkung in Gott ständig anwuchs, zu bewältigen verstanden. So war etwa Zayd auch ein hervorragender Richter. Der Prophet hielt sehr viel auf das Gesetz oder die *scharia*, die als Spiegel des göttlichen Wortes auf Erden diente. Selbst ihre militärischen Tugenden ordneten die Gefährten der Gerechtigkeit unter, so wie der Krieg dem Frieden untergeordnet sein muss, da er ansonsten kaum zu rechtfertigen wäre. Wegen seiner Stellung als Richter war Zayd wenige Monate zuvor mit der höchsten militärischen Ehrung, die es zu jener Zeit gab, ausgezeichnet worden – er trug während des siegreichen Feldzugs gegen die große Oase von Tabuk das Banner der Banu al-Najjar. Es war eine herrliche grüne Fahne, die er hoch über den Reihen der Soldaten im Wind flattern ließ. Und noch immer wurden seine Augen feucht, wenn er an Yazids Worte zurückdachte, als er mit stolzer Miene an der Spitze der tapfersten Krieger seines Bataillons und somit an Yazid vorbeidefilierte: »Zayd! Du bist die Ehre unseres Stammes! Gott sei gepriesen, dass er mir einen Bruder wie dich gegeben hat!«

Für die Einwohner von Medina war Zayd inzwischen zu einem Vorbild geworden und er wurde als weiser Mann beziehungsweise *alim* verehrt. Und Mohammed hatte ihm zu verstehen gegeben, dass die Weisen die wahren Erben der Propheten seien.

»Bist du fertig? Heute Abend haben wir eine sehr wichtige Zusammenkunft.« Mohammed ging auf seinen Esel zu. Zayd lehnte dankend das Angebot ab, hinter ihm aufzusitzen. Da flüsterte Mohammed dem Esel ein Ziel ins Ohr. Das kluge Tier stammte aus der Beute, die sie bei der Eroberung der Oase Khaybar gemacht hatten, und kannte inzwischen sämtliche Wege zu den Häusern der Gefährten.

An diesem Abend entfernte sich der Prophet aus der Stadt und hielt auf die Anhöhen an einem der Wasserläufe zu, die die Palmhaine umspülten. Es war ein abgelegener Ort, der nach der Zahl der Gefährten, die sich oft hier zum Gebet zurückzogen, die »sieben Moscheen« hieß. Es war so dunkel, dass nichts mehr zu erkennen war. Zayd legte seine Hand auf die Kruppe des Esels. Als er bemerkte, dass der Weg, den sie gingen, zunehmend steiler wurde, vernahm er auf einmal eine leise Stimme. Erst war es nur undeutliches Gemurmel, das an sein Ohr drang, doch hörte er nach einer Weile eine Stimme heraus, die deutlich und in gleichbleibendem Rhythmus den Namen »Allah« sprach. Nach dem »Bündnis ohne Namen«, das die Gefährten unter dem Baum in Hudaybiya geschlossen hatten, hatte der Prophet seinen ergebenen Mitstreitern geraten, immer wieder den Namen Gottes auszusprechen, wie es auch im Koran steht:

O ihr, die ihr glaubt! Ruft Gott an zu häufigem Gedenken!
Lobpreiset Ihn am Morgen,
und singet Ihm auch am Abend!
Er ist es, Der – zusammen mit Seinen Engeln – über euch den Segen spricht,
um euch aus der Finsternis ins Licht zu führen,
denn Er ist barmherzig zu den Gläubigen!
(Sure 33, 41–43)

Dabei handelte sich um den *dhikr*, eine intensive Anrufung Allahs, die als spirituelle Übung sowohl allein wie auch in Gemeinschaft ausgeübt wird und nach dem Koran die erhabenste Form des Gebets darstellt. Während sie immer näher kamen, erkannte Zayd die Stimme von Mohammeds Vetter Ali, dem Ehemann seiner Lieblingstochter Fatima. Aber ihr Weg führte sie nicht zu ihm, sondern weiter durch die lichtlose Nacht, und Alis Stimme verklang allmählich hinter ihnen. Schließlich erreichten sie einen kleinen vulkanischen Hügel, auf dem ein enger Unterschlupf aus Lehmziegeln und Stroh errichtet worden war, wohin sich Abu Bakr oft zurückzog. Dort trafen sie einen Mann an, den Zayd noch nie gesehen hatte. Er war weiß gekleidet und seine Haare sowie sein Bart waren trotz seines vorgerückten Alters von einem tiefen Schwarz. Seine Gewänder verströmten einen so hellen Schein, dass davon der Gipfel der gesamten Anhöhe erleuchtet wurde. Der Prophet ließ sich gegenüber dem Mann, der ihn herzlich wie einen Vertrauten begrüßte, nieder. Dann forderte der Prophet Zayd auf, sich auch zu setzen und aufmerksam zuzuhören. Zayd begriff, dass es der Unbekannte war, der Mohammed die Offenbarung Gottes zukommen ließ.

»Begrüße den Engel Gabriel!«, sprach Mohammed. »Er

kam heute zu uns, um uns die Verse des Korans vorzutragen, auf dass nicht der kleinste Teil verloren gehe.«

In dieser Nacht wurde Zayd die wundersamste Erfahrung seines Lebens zuteil. Der Engel Gabriel rezitierte die Verse des Korans, die Mohammed anschließend wiederholte, und Zayd prägte sich jede Silbe und jede Betonung in sein Gedächtnis ein. Sie trugen die Verse so lange vor, bis die Dunkelheit von den Lichtern der Morgendämmerung aufgelöst wurde.

»Morgen werde ich wiederkommen! Und dann werden wir den Koran insgesamt zwei Mal wiederholen«, sagte Gabriel ihnen zum Abschied.

»Wir sollten so bald wie möglich mit den Vorbereitungen für die große Pilgerfahrt beginnen«, sagte Mohammed auf dem Heimweg zu Zayd. »Ich fürchte, die diesjährige könnte vorerst die letzte sein …«

Zayd stellte keine Fragen mehr. Er war froh, dass ihn der Prophet dieses Mal am *haddsch*, der großen jährlichen Pilgerfahrt, teilnehmen ließ, die im Jahr zuvor von Abu Bakr angeführt worden war. Insgesamt war es für jeden Muselman ein Anlass zur Freude, die Pilgerfahrt nach Mekka machen zu können. In den vergangenen Jahren hatten sich viele Dinge zum Besseren verändert. So hatte der Waffenstillstand, den der Prophet in Hudaibiya ausgehandelt hatte, es ermöglicht, Bündnisse mit den Beduinenstämmen zu schließen, die vorher gezögert hatten, sich gegen die traditionellen Wächter des Heiligtums Gottes aufzulehnen. Auch hatten viele Nomaden während der Dauer des Waffenstillstands die Anbetung der Götzen aufgegeben, sodass in diesen zwei Jahren des Friedens die Anzahl derer, die zum Islam übertraten, in die Zehntausende ging. Als der Prophet an der Spitze seiner zahlreichen Glaubensbrüder in Mekka einmarschierte, gaben die Bewohner von

Mekka ihre Animositäten auf und ließen sich ebenfalls zum Islam bekehren. Damit war auch das Spiel der Heuchler aus Medina beendet, die nunmehr keine Komplotte mehr gegen den Propheten schmieden konnten, zumal ihr Anführer, Abd Allah, verstorben war.

Eines Tages äußerte ein Mitglied des Stammes der Tamim allerdings offene Kritik an Mohammed, als dieser soeben Essen an die Pilger ausgab. »Ich hoffe, du verteilst gerecht!«, sagte er zu ihm.

»Halte besser deine Zunge im Zaum«, antwortete der Prophet, »wer sollte denn gerecht sein, wenn ich es nicht wäre?«

»Mohammed, willst du, dass ich ihn zum Schweigen bringe?«, bot sich Umar an.

Der Prophet nahm ihn bei einem Arm. »Lass ihn, Umar. In der Zukunft werden Leute wie er sich so gläubig geben, dass sie eure Gebete und euer Fasten unbedeutend erscheinen lassen. Doch glaube mir, die Worte, mit denen sie den Koran rezitieren, werden in Wahrheit nicht über ihre Kehlen hinausreichen. Und wie ein Pfeil das Beutetier durchdringt, so werden sie durch den Islam hindurchgehen, ohne dass auch nur ein einziger Blutstropfen aus der Wunde herausfließen wird. Niemals wird ihr Herz tatsächlich von der Religion durchdrungen sein!«

All diese Heuchler würden immer weiter die islamische Gemeinde quälen – äußerlich werden sie alles tun, um strenggläubig zu erscheinen, doch in Wahrheit stehen sie im ständigen Widerspruch zu Mohammed und allen übrigen Propheten. Doch ist der Koran weitblickend genug, um nicht gegen diese Moscheen vorzugehen, die aus anderen Gründen als der reinen Gottergebenheit erbaut wurden und werden:

> Es gibt auch einige, die sich ihre eigene Moschee erbaut haben,
> weil sie missgünstig und gottlos sind und die Gläubigen spalten wollen,
> so haben sich die, die bereits vorher gegen Gott und Seinen Gesandten Krieg führten,
> einen bequemen Beobachtungsposten geschaffen.
> Sie schwören und sagen: »Wir haben doch immer nur das Beste gewollt!«
> Aber Gott bezeugt, dass sie Lügner sind!
> Bete niemals an solch einem Ort!
> Es ist würdiger, dass du dein Gebet in einer Moschee verrichtest,
> die vom ersten Tag auf Gottesfurcht begründet wurde.
> Sie wird von Männern besucht, die sich zu reinigen lieben,
> und Gott liebt die, die sich reinigen.
> (Sure 9,107–108)

Die Götzenanbetung jedoch war, außer bei den Heuchlern, fast überall verschwunden und vergessen, ganz so, als sei sie nur ein böser Traum gewesen. Kaum war Mekka erobert worden, hatte Mohammed die mehr als dreihundert Götzen zerstört. Die Bilder an den Wänden des sonst leeren Innenraums der Kaaba ließ der Prophet übertünchen. Nur ein Andachtsbild, auf dem die heilige Jungfrau Maria mit dem Jesuskind im Arm dargestellt war, erhielt er. Von diesem Tag an war auch den Muselmanen das Abbild der Mutter Jesu heilig.

Mit Genugtuung erinnerte sich Zayd an die Zerstörung des Tempels der Manat, nachdem ihn die Hexe Zarifa verlassen hatte. In ganz Arabien wurde wieder der einzige

Gott und Allerhöchste angebetet – wie zu Zeiten Abrahams und seines Sohnes Ismael, die gemeinsam in Mekka das Haus Gottes erbaut hatten. Und da bekannt war, dass sich der Prophet auf einer Pilgerfahrt befand, war es nicht schwer vorauszusehen, welch riesige Menschenmenge ihm dabei folgen würde.

Nach der Verabschiedung vom Propheten begab sich Zayd in dieser Nacht zu seiner Frau Karima, mit der er mittlerweile fast ein Jahr verheiratet war und die ein Kind erwartete. Ein Ausdruck freudiger Überraschung erhellte Karimas Gesicht, während Zayd von der Begegnung mit dem Erzengel Gabriel erzählte. Bewegt hielt Zayd inne und sah ihr in die Augen. Wieder einmal, wie schon so oft, erkannte er, dass sie einander auch ohne Worte verstanden.

Dann meinte Karima jedoch einen Schatten in Zayds Augen zu erkennen. »Stimmt etwas nicht?«

»Der Prophet hat beschlossen, die Pilgerfahrt zu unternehmen.«

»Das ist wundervoll!« Karima wusste natürlich, wie glücklich Zayd seine Teilnahme machte. »Denk nur! Du hast die Gelegenheit, zusammen mit dem Propheten nach Mekka zu gehen!«

»Das ist wahr! Es tut mir aber leid, ausgerechnet nicht da zu sein, wenn unser Kind geboren wird«, gestand Zayd.

»Dein Kind wird auf dich warten«, sagte Karima mit großer Überzeugung, »das fühle ich ganz deutlich!«

Zayd war die Beziehung zwischen Karima und ihrem Kind oft wie ein Wunder vorgekommen. Einmal hatte ihm Mohammed gesagt, dass der Uterus einer Mutter direkt am Himmel aufgehängt sei, was Zayd als ein großartiges Bild empfand. Und daher zweifelte er nicht einen Augenblick an den Worten Karimas.

»Du kannst aber etwas für mich tun«, fügte sie hinzu.

»Was denn?«, fragte Zayd freundlich.

»Schreib alles auf, was dir während der Pilgerfahrt widerfährt! Dann kann ich die Geschichte auch dann lesen, wenn du einmal nicht da bist. Und später werde ich sie auch unserem Kind vorlesen.«

»Dann werde ich es mit dem größten Vergnügen tun«, antwortete er zärtlich.

Die wenigen Tage bis zur Pilgerfahrt vergingen wie im Flug mit zahlreichen Vorbereitungen.

»Zieht die Bilanz eures Lebens, bevor jemand anderer das tut«, hatte der Prophet einmal zu seinen Gefährten gesagt, als es um den Tod ging.

Also machte sich Zayd daran, jede Schuld zu begleichen, die er bei seinen Nachbarn hatte, selbst wenn es sich nur um eine Handvoll Datteln handelte. Er wollte ohne jede Verpflichtung in dieser Welt vor das Angesicht Gottes treten. Dann kümmerte er sich darum, Karima eine so ausreichende Summe für den Unterhalt der Familie zur Verfügung zu stellen, als hätten seine Lieben eine sehr lange Zeit ohne ihn durchzustehen. Letztendlich ließ er ihr zu seiner Beruhigung sehr viel mehr Geld als nötig da. Nach der Eroberung der reichen Oase von Khaybar hatten die Muselmanen einigen Wohlstand erlangt.

Um alles aufzuschreiben, was ihm auf seiner Pilgerreise widerfuhr, trug Zayd ein paar feine Ziegenhäute zusammen. Sie waren an einer Seite wie ein Heft oder Buch zusammengenäht und darunter mit einer Kupferplatte versehen. Daneben richtete er ein großes Tintenfass für die Reise her. Und noch vor seinem Aufbruch nach Mekka begann er mit der Niederschrift seiner Gedanken:

»Es ist das zehnte Jahr der Hidschra, was in der christlichen Zeitrechnung dem Jahr 632 nach Christi Geburt entspricht. Ein Meer von Gläubigen hat sich rings um die Oase versammelt und wartet darauf, zu der Pilgerfahrt aufzubrechen. Wir haben acht Mal zehntausend Personen gezählt, die Einwohner Medinas nicht mitgerechnet. Mit denen, die sich uns auf dem Weg noch dazugesellen werden, ist mit mindestens hunderttausend Pilgern zu rechnen, die sich nach Mekka aufmachen. Eine derartig große Menschenmenge hat ganz Arabien noch niemals gesehen. Zweifellos steht das gesamte Unterfangen unter dem Schutz des Herrn, da sich jeder der Teilnehmer dazu verpflichtet sieht, die eigene Person zurückzunehmen und sich lediglich als ein winziges Bruchstück in der großen und einzigen Gemeinde der Gläubigen zu sehen. Durch diesen Zusammenschluss erhoffen wir uns, dass auch unsere Seele dereinst mit dem Göttlichen zu einer Einheit verschmelzen wird.«

Immer zwei Pilger ritten auf einem Kamel. Zayd durfte einen Großteil der Reise hinter dem Propheten sitzen. Sie reisten vorwiegend des Nachts. Die Tagesstunden brachten sie im Schatten der Zeltdächer zu, wobei sie oft über die wundersamen Dinge sprachen, die sich ständig um Mohammed und seine Gefährten zutrugen. Es gab so viel zu notieren, dass sich Zayd auf besonders herausragende Ereignisse beschränken musste.

»Nachdem wir den Zustand der Weihe angenommen und die weißen Tücher um Schultern und Hüften geschlungen hatten, machten wir uns langsam auf den

Weg in die Wüste. Wenige Stunden, nachdem die Karawane Medina in südlicher Richtung verlassen hatte, gab der Prophet den Befehl anzuhalten. Er trieb das Kamel auf einige Felsen zu, die im schwachen Mondlicht in der Ferne zu sehen waren. Mohammed teilte mir mit, dass wir gleich in das Tal der Dschinn kämen. Da es sehr dunkel war, bemerkte ich anfangs noch nichts, aber dann fiel mir eine Vielzahl von wandelnden Schatten auf. Mohammed stieg vom Kamel und forderte mich auf, es ihm gleichzutun, mich aber nicht von der Stelle zu bewegen. Dann eilte er auf eine Ansammlung von sieben Schatten zu, von denen einige größer als die meisten Menschen waren. Dabei handelte es sich um die sieben Dschinn, die alle, als sich der Prophet noch in Mekka befand, zum Islam übergetreten waren:

> Sprich: Mir ist offenbart worden, dass eine Schar Dschinn Deine Worte hörte, und sie sagten:
> ›Wahrlich, wir haben den erstaunlichen Koran gehört, der auf den rechten Weg leitet,
> darum glauben wir daran,
> und niemals werden wir irgendwen unserem Herrn gleichstellen!
> Denn groß und erhaben ist unser Herr in Seiner Herrlichkeit,
> Der sich weder eine Gefährtin noch einen Sohn genommen hat!‹
> (Sure 72,1–3)

Da wurde mir klar, dass diese Dschinn Mundhir gerettet hatten, als er vor den Bewohnern Mekkas bis nach Nakhla verfolgt worden war. Während ich vergeblich versuchte, ihre Gestalten zu erkennen, erhob plötzlich der, der am größten und furchtbarsten zu sein schien, seine gewaltige Stimme und ich erzitterte wie ein Palmwedel im Wind.

›Prophet Gottes! Unsere Kameraden sind Muselmanen geworden und wollen dich sehen und hören!‹

Viele Schatten bewegten sich auf den Propheten zu, um ihm die Ehre zu erweisen, und Mohammed unterhielt sich lange Zeit mit ihnen. Mir kam ihre Sprache ganz und gar unbekannt vor. Dann kam die Stunde des Gebets, und der Prophet trat vor die Dschinn und gab mir gleichzeitig ein Zeichen, ebenfalls näher zu treten. Ich ging einige Schritte vor, bis ich mich direkt hinter Mohammed und damit inmitten der Dschinn befand. Sie hatten inzwischen das Äußere eines Menschen angenommen, was vielleicht meinetwillen geschah, damit ich mich unter den fabelhaften Wesen weniger unbehaglich fühlte.

Wie der Mensch aus Lehm, so wurden die Dschinn aus Feuer geschaffen, wodurch vielleicht ihr ständig wandelbares Äußeres erklärt werden kann. Tatsächlich können sie jede äußere Form annehmen, sei es von Menschen oder von Tieren, aber selbst wenn sie keinerlei Form haben und damit unsichtbar sind, ist ihre Gegenwart wahrzunehmen. Trotz aller Neugierde war ich froh, dieses Tal wieder verlassen zu können. Der Prophet lachte über meine Verwirrung, was mich erneut erkennen ließ, wie unterschiedlich die Wirklichkeit wahrgenommen wird.«

Einmal erschien in einer kargen Gegend, die nur wenige Tagesreisen von Mekka entfernt lag, ein einsamer Hirte vor Mohammeds Zelt. Zayd schrieb das Zwiegespräch zwischen Mohammed und dem Unbekannten nieder.

»Der aufgebrachte Hirte berichtete wirr über einen Wolf und ein Schaf. Es bedurfte der ganzen Geduld des Propheten, um ihn zu beruhigen. Ein Wolf hatte ein Schaf von der Herde isoliert, sodass der Hirte dazwischentrat, um den Wolf zu verjagen. Der aber sprach ihn an: ›Hast du denn keine Gottesfurcht? Siehst du denn nicht, dass du mich daran hinderst, mir eine Beute zu greifen, die Er mir zugestanden hat?‹

Völlig verblüfft stammelte der Hirte: ›Wie, du sprichst?‹

›Hier gibt es sehr viel mehr, über das du dich wundern könntest!‹

›Was könnte wundersamer sein als ein sprechender Wolf?‹, fragte der Hirte.

›Du! Du hütest hier die Schafe, während wenige Schritte weiter ein Gesandter Gottes sein Lager aufgeschlagen hat, dem der Himmel das Wort Gottes offenbart und der Vergangenheit und Zukunft kennt. Für ihn haben sich bereits die Tore des Paradieses geöffnet, aus denen sich die Bewohner des Himmels hinauslehnen, um ihm und seinen Gefährten bei ihrem Kampf für den wahren Glauben zuzusehen. Von ihm trennt dich nur der Weg, der sich hinter mir auftut. Folgst du dem Weg, wirst du die Krieger eines großen Gottesheeres sehen und kannst dich zu ihnen gesellen.‹

Der Hirte traute seinen Ohren nicht. Er konnte sich nur schwer dazu durchringen, eine Entscheidung zu treffen, die weise und vorausschauend war. ›Und wer wird sich um meine Schafe kümmern?‹, fragte er nach einer Weile.

Der Wolf schaute ihn mit einem gewissen Bedauern an, als sei er töricht. ›Wenn es das ist, was dir Sorge machst, so werde ich mich um deine Schafe kümmern. Aber nur, bis du wieder zurück bist.‹ Dem Hirten kam es so vor, als lächelte ihm der Wolf dabei zu, während er seinen Kopf beruhigend hin und her wiegte.

Nun stand also der Hirte in zitternder Aufregung vor dem Angesicht des Propheten und betete inständig, dass Gott Seinen Segen und Seine Gnade über ihm ausgießen möge und ihn nicht für einen Tölpel hielt, der nicht fähig war, Seine Zeichen zu erkennen.

Obwohl Mohammed von der Reise sehr erschöpft war, bereitete ihm die Geschichte des Hirten großes Vergnügen. ›Geh zurück zu deiner Herde. Du wirst sie so vorfinden, wie du sie zurückgelassen hast. Das wird ein weiteres Zeichen Gottes sein.‹

Der Hirte entfernte sich, nicht ohne vorher zu einem Gläubigen geworden zu sein und dem Propheten die Hände geküsst zu haben.

Ich, Zayd, Sohn des Thabit, hatte das Glück, ihm später erneut zu begegnen. Er sagte mir, dass er, zu Hause angekommen, tatsächlich den Wolf vorgefunden hatte, der seine Schafe sogar noch besser gehütet hatte, als er es selber je vermocht hätte.

›Der Wolf und ich, wir haben uns wie alte Freunde begrüßt. Ich habe ihm aufrichtig gedankt und ihm als Zeichen dafür eins meiner Schafe geschenkt. Und zwar bestand ich darauf, ihm genau das zu geben, das er an dem Tag, als wir uns zum ersten Mal begegnet waren, zu fangen versucht hatte.‹«

Einer von Zayds Berichten verbreitete sich besonders stark und wurde zu einem spirituellen Ratgeber.

»Mekka liegt in einer natürlichen Schneise, die sich von Norden nach Süden durch baumlose, hoch ansteigende Hügel zieht. In einer Mulde in ihrer Mitte steht das Haus Gottes, die Kaaba. Sie ist ein kubisches Gebäude und wurde abseits von allen anderen erbaut. Wir erreichten Mekka in der Morgendämmerung und machten uns sofort auf den Weg zur Kaaba, wobei wir mit lauter Stimme die Grußworte sprachen, die bereits Abraham während seiner Pilgerfahrt gesprochen hatte: ›Hier bin ich bei Dir, mein Herr! Hier bin ich bei Dir!‹

Die riesige Menge der Pilger strebte langsam dem Platz vor der Kaaba zu und füllte ihn schließlich gänzlich aus wie die aufsteigende Meeresflut eine Bucht. Die rötliche, ausgedörrte Erde verschwand unter einem menschlichen Teppich aus weiß gekleideten Pilgern. Nach und nach begannen die Menschen gegen den Uhrzeigersinn um das kubische Gebäude zu kreisen. Entsprechend dem Ritus der Anbetung, dem *tawaf*, der in Mekka vorgeschrieben ist, müssen die Gläubigen sieben Mal die Kaaba umrunden, womit das langsame Aufsteigen zu den Sieben Himmeln symbolisiert werden soll.

Dieser Anblick hinterließ einen unvergleichlichen Eindruck, da das Gebäude der Kaaba der Mittelpunkt der Welt zu sein schien, um den sich die gesamte Erde drehte.

An der Außenseite, gleich neben der Tür, war der schwarze Stein eingesetzt worden, der vom Himmel gefallen war, als Adam sich auf die Erde begab. Einst war er eine weiße Hyazinthe des Paradieses, die sich jedoch wegen der Sünden der Menschen schwarz gefärbt hatte. Die rechte Seite daneben wird von einem niedrigen Halbkreis aus Stein geschützt, der die in seinem Inneren befindlichen Gräber von Ismael und seiner Mutter Agar umgrenzt. Als sollte die göttliche Gnade bewahrt werden, wird das in einer Rinne auf dem Dach gesammelte Regenwasser an diesen Punkt geleitet. Gegenüber dem schwarzen Stein befindet sich der Stein, den einst der Patriarch Abraham bestieg, um den Bau des Tempels zu vollenden. Um ihm dabei zu helfen, stieg der Stein, der noch heute die deutlichen Abdrücke von Abrahams Füßen trägt, von allein in die Lüfte.

Da wurde meine Aufmerksamkeit auf einen Schwarm Vögel gelenkt, der von Süden her nach Mekka geflogen war und plötzlich über den Köpfen der Pilger rings um die Kaaba zu kreisen begann. Während der Reise hatte uns der Prophet erklärt, dass – wenn ein Engel herab auf die Erde gesandt wird – er Gott um die Erlaubnis bittet, den *tawaf* rings um die Kaaba zu machen, bevor er dann zu seiner eigentlichen Mission aufbricht. Und Mohammed hatte weiter gesprochen: ›Einmal kam mir der Engel Gabriel mit einem roten, von einer dicken Staubschicht bedeckten Turban entgegen. Als ich ihn fragte, was das für ein Staub sei, antwortete er, dass er zusammen mit anderen Engeln, die sich um den Schwarzen Stein drängten, dem Haus Gottes einen Besuch abgestattet hatte. Und das sei der Staub, den ihre Flügel aufgewirbelt hätten.‹

Da ich keinerlei Zweifel hegte, dass es sich auch bei diesen Vögeln um Engel handelte, die Gott auf die Erde gesandt hatte, blieb ich wie angewurzelt stehen, bis sie die sieben rituellen Kreisflüge beendet hatten. Inzwischen hatte sich eine kleine Menschenmenge versammelt, die ebenfalls die Szene beobachtete. Kaum waren die Vögel fort, rezitierten wir das erste Kapitel des Korans und eilten mit hingebungsvoller Begeisterung auf die Kaaba zu. Am Ende des ersten Rundgangs kniete ich vor dem Schwarzen Stein nieder und verweilte dort in andächtigem Gebet. Nie hätte ich mir träumen lassen, dass sich Gottes Macht mir an diesem Ort so gewaltig offenbart …«

Nach dieser Passage klafft in Zayds Aufzeichnungen eine Lücke, da die nachkommenden Sätze alle mit einem Messer abgeschabt wurden. Nur einer war noch deutlich lesbar: »Es gibt Augenblicke, in denen die Wörter allzu nichtssagend scheinen, als dass sie es verdienten, noch niedergeschrieben zu werden!«

Der Bericht wurde erst wieder mit der Predigt fortgeführt, mit der sich der Prophet am Ende der großen Pilgerfahrt an die Gläubigen wandte, welche sich, wenige Kilometer von Mekka entfernt, auf dem Gipfel des Bergs Arafat versammelt hatten – um zu beten und die »Erwartung« des großen Versammelns am Tag des Jüngsten Gerichts zu symbolisieren.

»›Männer, hört mich an, denn ich weiß nicht, ob wir uns noch einmal an diesem Ort sehen werden. Antwortet mir: Wisst ihr, welchen Monat wir heute haben?‹

Alle antworteten, dass dies der Anfang eines heiligen Monats sei.

Der Prophet fuhr fort: ›Wie Er diesen Monat geheiligt hat, so hat Gott auch euch und euer Wohlergehen geheiligt bis zu dem Tag, an dem ihr zu eurem Herrn zurückkehren werdet.‹

Er ermahnte uns, dass wir einander wie Brüder lieben sollen.

›Ich habe euch das Buch Gottes und die Worte Seines Propheten hinterlassen, die euch durch euer Leben geleiten und vor allen Irrtümern bewahren sollen. Oh, ihr Menschen! Hört meine Worte und verstehet sie!‹

Sodann verkündete Mohammed – der Friede und die Barmherzigkeit Gottes sei über ihm – einige Verse der Offenbarung, die er soeben empfangen hatte und die den Text des Korans vervollständigten, der von Jahr zu Jahr und von Offenbarung zu Offenbarung immer umfassender und reicher geworden war:

> An diesem heutigen Tag haben die Ungläubigen
> jegliche Hoffnung aufgegeben, eure Religion
> zu vernichten.
> Ihr braucht sie nicht länger zu fürchten,
> fürchtet Mich!
> Heute habe ich eure Religion vervollkommnet
> und Meine Gnade an euch verwirklicht!
> Es hat Mir gefallen, den Islam als eure
> Religion zu vermitteln, und die Unterwerfung
> unter Gott!
> (Sure 5, 3)

Die letzte Predigt des Propheten endete mit einer Frage, die er an alle richtete: ›Männer des Islam!

Habe ich die Botschaft Gottes getreu wiedergegeben?‹

Wir, die wir uns an den Hängen des Berges Arafat versammelt hatten, waren wie eine einzige weiße Fläche und wie Seelen, die sich am letzten Tag, wenn Jesus das Ende ankündigen wird, zur Stelle melden. Das Bild des Jüngsten Gerichts stand uns allen vor Augen und jeder trug es in seinem Herzen. Und nachdem Mohammeds Frage verklungen war, erhob sich aus Tausenden von Brustkörben eine einzige gewaltige Stimme: ›Mein Gott, ja!‹

Es senkte sich ein ebenso gewaltiges Schweigen auf die Abhänge des Berges herab, dann wurde eine einzelne, kraftvolle Stimme laut, die Stimme Mohammeds: ›Gott! Sei unser Zeuge!‹«

al-Haqq:
Die Wahrheit

Der Koran

Am Ende der Offenbarung umfasste der Koran etwa 6200 Verse, die als aya (Plural ayat) bezeichnet werden, was so viel heißt wie »Zeichen« oder »Wunder Gottes«. Die Verse sind in 114 Kapitel von unterschiedlicher Länge unterteilt, die Suren (sura, Plural suwar) genannt werden. Die Abfolge der Kapitel folgt nicht der Anordnung, in der sie offenbart wurden, sondern hängt von ihrer Länge ab, wobei mit den längsten begonnen und mit den kürzesten geendet wird. Die Verse und die Kapitel behandeln zahlreiche Themen, von der heiligen Geschichte bis zu den Grundlagen des Glaubens, der Praxis der Gottesverehrung und den rechtlichen Aspekten (wobei die beiden zuletzt genannten Themen weniger als ein Zehntel des Heiligen Buches einnehmen).

Solange der Prophet lebte, dachte niemand daran, den Koran vollständig niederzuschreiben. Der Begriff »Koran«, *auf arabisch* qur'an, *bedeutete so viel wie »Rezitation«, auch wenn Gott selbst den Koran als »Buch« bezeichnete. Die ersten Kalifen Abu Bakr und Umar (die entsprechend dem arabischen Khalifat die »Stellvertreter« des Propheten waren) versuchten bereits, den widerstrebenden Zayd dazu zu überreden, eine vollständige schriftliche Version des Korans abzufassen. Doch erst zur Zeit des dritten Kalifen, Uthman, stellte Zayd eine endgültige »offizielle« Fassung fertig.*

Kopien des von Zayd verfassten Korans wurden in der gesamten arabischen Welt verbreitet und über die Jahrhunderte hinweg getreulich weiterkopiert. Dank Zayds verdienstvoller Arbeit blieb »das Buch, das vom Himmel kam« so erhalten, wie es einst offenbart worden ist.

Der Überlieferung nach sollen mindestens zwei dieser alten Kopien bis heute erhalten geblieben sein, eine in Istanbul in der Türkei und die andere in Taschkent in Usbekistan.

Im Namen Gottes, des Gnädigen und Barmherzigen.
Sprich: »Ich suche Zuflucht beim Herrn der Menschen,
dem König der Menschen,
dem Gott der Menschen,
vor dem verstohlenen Einflüsterer,
der heimtückisch Unheil in die Herzen der Menschen einflüstert,
sei er ein Dschinn oder ein Mensch.«
(Sure 114,1–6)

Zayd hatte seine Arbeit abgeschlossen und beobachtete zufrieden, wie die Tinte langsam in das Pergament eindrang, als es an der Tür klopfte. Karima erhob sich, um zu öffnen. Wenige Augenblicke später trat sie zu Zayd und sagte, dass ein Gesandter des Kalifen Uthman ihn zu sprechen begehrte.

»Bitte ihn herein«, sagte Zayd.

Der Abgesandte war kaum älter als ein Knabe und wirkte verschüchtert. Zayd hatte ihn noch nie zuvor gesehen. »Woher kommst du? Und wie ist dein Name?«, fragte er ihn.

»Ich komme aus Syrien, aber meine Familie stammt aus Jerusalem«, antwortete der junge Mann. »Mein Name ist Amin. Jerusalem ist eine von Gott gesegnete Stadt! Manchmal bedauere ich, von dort weggegangen zu sein!«

»Es ist wirklich sehr schön«, stimmte ihm Zayd nachdenklich zu.

Durch Zayds Worte in seinem Stolz bestärkt, fügte der junge Mann hinzu: »Jetzt aber befinde ich mich an dem Ort, an dem der Prophet gelebt hat und an dem er jetzt ruht.«

»Bei Demjenigen, in dessen Händen meine Seele liegt, da hast du recht! Wie weit wir auch reisen mögen, wir dürfen niemals Medina vergessen!« Zayd schien in Gedanken versunken.

»Der Kalif schickt mich ...«, sagte der junge Abgesandte ein wenig schüchtern.

»Ja, ich weiß. Du kannst ihm mitteilen, dass das erste Exemplar des Korans beendet ist.«

»Allah sei gelobt! Der Kalif sowie alle Gläubigen werden sich freuen, das zu hören«, antwortete der junge Mann erfreut und warf einen Blick auf den hohen Stapel dünner Pergamente auf dem Schreibpult.

»Sobald ich das Buch Gottes fertig gebunden habe – und das wird morgen sein –, werde ich es dem Kalifen bringen«, sagte Zayd.

»Kalif Uthman hat gesagt, dass dies das Muster für alle Buchexemplare werden soll, die es in der islamischen Welt geben wird. Alle von einer anderen Hand geschriebenen Texte sollen vernichtet werden, denn keiner ist genauer als dieser. Was meine Augen hier sehen, ist der Koran, so wie er dem Propheten Mohammed in den zwanzig Jahren seiner Mission offenbart wurde. Dank dieser wertvollen Arbeit werden wir die Worte Gottes so lesen und rezitieren können, wie sie aus dem Mund des Propheten kamen. Friede über dich, Sekretär des Gesandten Gottes«, sagte der junge Mann, bevor er sich dem Ausgang zuwandte.

Zayd begleitete ihn zur Tür, um ihm zum Abschied die Hand zu drücken. Doch beugte sich der junge Mann mit einer raschen Bewegung zu ihm hinab, küsste seine Hand und fuhr sich mit ihr über die Stirn. Und während er sich rückwärts entfernte, um Zayd nicht seinen Rücken zuzuwenden, murmelte Amin: »Ich habe die Hand geküsst, derer sich Gott bedient hat, um den Koran niederzuschreiben.«

Langsam kehrte Zayd in das geräumige Zimmer zurück, das ihm als Arbeitsraum und Bibliothek diente. Jetzt, da er die wichtigste Arbeit seines Lebens beendet hatte, fühlte er sich plötzlich ganz leicht und unbeschwert. Während der langen Zeit der Niederschrift und Durchsicht des Textes hatte er deutlich die Gegenwart eines höheren Wesens wahrgenommen, das ihn leitete.

Er blickte um sich. Die sorgfältig übereinandergeschichteten Seiten auf dem Schreibpult standen im scharfen Kontrast zu den Materialien, auf denen er sich innerhalb des vergangenen Jahrzehnts immer wieder Notizen gemacht hatte. Denn in der ersten Zeit als Sekretär in Medina war er sehr arm gewesen. Es hatte ihn viel Zeit gekostet, den Koran in all seinen Teilen zusammenzustellen.

Geduldig und sorgfältig hatte er jeden Vers überprüft, den er vorher auf einen Stein oder ein Stück Palmholz geschrieben hatte, oder auch die Menschen befragt, die ihn in ihrem Gedächtnis bewahrten. Erst vor Kurzem hatte er bei einem alten Einwohner Medinas auch die beiden letzten Verse der Sure über die Reue wiedergefunden, von denen er bereits befürchtet hatte, dass sie unrettbar verloren seien:

Wahrlich, ein göttlicher Bote ist zu euch
gekommen,
der einer von euch selbst ist und ein
vortrefflicher Mensch.
Es schmerzt ihn sehr, wenn ihr Ungerechtigkeiten
begeht,
denn er verspürt gegenüber euch und allen
Gläubigen große Fürsorge
und ist mitfühlend und barmherzig.
Wenn sie sich aber von dir abwenden, so sprich:
»Allah allein soll mir genügen, es gibt keinen
Gott außer Ihm;
in Ihn habe ich all mein Vertrauen gesetzt,
denn Er ist der Herr des gewaltigen Throns.«
(Sure 9, 128–129)

Lächelnd blickte Zayd auf seine ersten Notizen, die er auf das Schulterbein eines Kamels geschrieben hatte. Heute wäre es ihm durchaus möglich, alles auf dem kostbaren Pergament niederzuschreiben, das aus Persien kam, jener großen alten Gegend, die erst seit Kurzem Teil der islamischen Welt war.

Wieder lenkte er sein Augenmerk auf die letzte, von ihm beschriebene Seite, deren Tinte inzwischen getrocknet war.

Daneben lag das Schreibrohr. Als sein Blick auf die Spitze fiel, schrak er zusammen. Sie war völlig intakt, als hätte er sie eben erst zurechtgeschnitten. Dabei konnte er sich nicht erinnern, dies jemals getan zu haben, seit er mit der Niederschrift des Korans begonnen hatte. Um sicherzugehen, sah er auf dem Schreibpult und dem Boden nach, ob dort Reste des Rohrs lagen, die er womöglich irgendwann abgeschnitten hatte.

»Wonach suchst du?«

Zayd drehte sich lächelnd um. Es war die Stimme seines Sohnes Kharija, der nun schon groß war.

»Ich kann mich nicht erinnern, die Spitze des Schreibrohrs abgeschnitten zu haben«, sagte Zayd.

»Das hast du auch nicht, Vater«, antwortete sein Sohn.

»Und dennoch ist die Spitze noch völlig intakt!«

»Vater! Ich weiß wohl, dass ein guter Schüler sein Schreibrohr nach ein paar Seiten, die er geschrieben hat, immer wieder anspitzen muss. Vielleicht schafft es der Beste von uns, ein paar Dutzend Blätter zu beschreiben, bevor die Spitze abgenutzt ist. Ich habe dich während des Schreibens oft beobachtet. Dein Schreibrohr bewegte sich leicht und geschmeidig, es tanzte förmlich über den feinen Tintenschleier und glitt über die Seite, beinahe ohne sie zu berühren. Mich überrascht es nicht, dass du Hunderte von Seiten schreiben konntest, ohne damit das Rohr zu beeinträchtigen. Ich bin sogar davon überzeugt, dass dieses Wunder noch lange so weitergegangen wäre, hättest du deine Arbeit nicht mittlerweile abgeschlossen.«

Inzwischen hatte auch Karima den Arbeitsraum betreten. Sie sagte nichts zu dem, was sie vernahm, doch war sie wie vom Donner gerührt. Vor allem aber sorgte sie sich um Zayds Gesundheit, da dieser in den letzten Tagen sein Essen kaum angerührt hatte. »Das Essen ist fertig! Du musst jetzt wirklich daran denken, ausreichend zu essen und dich auszuruhen!«

»Es geht mir gut!«, antwortete Zayd mit freudiger Miene. »Ich komme sofort, aber vorher muss ich noch etwas zu Ende bringen.«

Karima ließ ihren Mann mit Kharija allein. Zayd nahm das Schreibrohr und ging damit zu dem Kohlebecken, das ihm in den kalten Winternächten Wärme spendete. Er legte einige Stücke Holz auf. Als sie Feuer fingen, packte er das Schreibrohr oben auf, hielt es eine Weile mit den Fingerspitzen fest, damit die Flammen das Rohr auch sicher erfassten. Ein Schauer lief ihm über den Rücken, sodass er seinen Mantel noch enger um sich schlang. Der Anblick des Feuers sowie die Berührung der Wolle auf seiner Haut erinnerten ihn an etwas, das bereits Jahre zurücklag.

Damals befand er sich im Gefolge des vom Kalifen Umar angeführten muselmanischen Heeres in Jerusalem. Sowohl der Kalif als auch er wollten den Ort in Augenschein nehmen, an dem Mohammed zum Himmel aufgestiegen war. Sie fanden den Ort bald, und es kam ihnen so vor, als seien sie schon einmal dort gewesen. Zuerst erkannten sie den Ring, an den Mohammed und Gabriel die Zügel des geflügelten Pferdes Buraq gebunden hatten. Dann stiegen sie zu dem Gipfel jenes Berges empor, auf dem König Salomon einst den Tempel erbaut hatte, bevor dieser von den Römern zerstört worden war. Am Rand der Ebene, inmitten der Ruinen, waren noch einige Räume des Tempels erhalten. Bewegt erkannten sie das, was der Koran als die *Masjid al-Aqsa*, »die Ferne Moschee«, bezeichnete. Als Erster betrat der Kalif das Gebäude und sprach ein Gebet, um diesen Ort wieder zu einer Stätte der Verehrung Gottes zu machen. Später sollte hier eine kleine

Nische mit dem Namen *Mihrab Umar*, die Nische von Umars Gebet, geweiht werden.

Danach machten sie sich auf die Suche nach der Stelle, an der Mohammed und Gabriel zum Himmel aufgefahren waren, fanden sie aber nicht gleich, da zwischen den Ruinen ein Müllabladeplatz entstanden war. Umar gab sofort Befehl, den gesamten Unrat beiseitezuräumen, sodass der Felsblock wieder sichtbar wurde, auf dem der Patriarch Abraham seinen Sohn Isaak Gott zum Opfer dargebracht hatte. Mohammed hatte alles genau beschrieben – den Fels mit dem flachen Sattel und die kleine Höhle, welche *al-Maghara*, Grube, genannt wurde. Der Kalif befahl, den gesamten Bereich neu anzulegen, und zwar genau gemäß der Erscheinung, die Mohammed während seines Aufstiegs zu Gott von der himmlischen Stadt gehabt hatte, die direkt über Jerusalem lag.

Schon bald begannen auf dem Gebiet rings um den Felsblock die Bauarbeiten für eine große goldglänzende Kuppel, die auf dem höchsten Punkt der heiligen Stadt wie ein Edelstein von den Strahlen der Sonne erleuchtet würde. Die gesamte Fläche rings um den Kuppelbau sollte mit den mächtigen Steinen des alten Tempels gepflastert werden. Dabei würde das Regenwasser in vier große Brunnen geleitet werden. Diese sollten an den vier Ecken der Kuppel als irdische Entsprechung der vier Flüsse des Paradieses errichtet werden, die der Prophet während seiner Himmelfahrt gesehen hatte.

Dank der wertvollen Berichte Mohammeds wurde noch ein weiterer heiliger Ort entdeckt. An einer Seite der Ebene, nicht weit von der Fernen Moschee, war eine kleine Gebetszelle erhalten geblieben, in die sich einst Maria zurückgezogen hatte, als sie bei dem Priester Zacharias Zuflucht fand. In diesem Raum empfing sie den Besuch des Erzengels Gabriels, der ihr die Geburt Jesu verkündete. Der Geschichte der heiligen Jungfrau Maria widmet der Koran einige seiner schönsten und berührendsten Überlieferungen:

Denn wisset, als die Engel zu Maria sagten,
»O Maria, Gott verkündet dir ein Wort von dem,
dessen Name Christus Jesus, der Sohn der Maria, ist.
Berühmt im Diesseits wie auch im Jenseits,
einer von denen, die Gott am nächsten sind.
Schon von der Wiege an wird er zu den Völkern wie
ein Erwachsener sprechen
und einer der Gerechten sein.«
Da sagte sie: »O mein Herr!
Wie sollte ich einen Sohn haben,
da mich doch kein Mann berührt hat?«
Da antwortete der Engel: »Und doch erschafft Gott,
was Er will;
sobald er eine Sache beschlossen hat,
sagt Er nur: ›Es sei!‹ Und es ist.«
(Sure 3, 45–47)

Und sie empfing ihn
und zog sich mit der Frucht ihres Leibes an einen
fernen Ort zurück.
Da führten sie die Wehen der Geburt zum Stamm
einer Palme.
Und sie sagte: »Oh, wäre ich doch vorher gestorben
Und ganz und gar in Vergessenheit geraten.«
Da rief ihr die Stimme des Kindes in ihr zu:
»Quäle dich nicht!
Dein Herr hat unter deinen Füßen einen Bach
entspringen lassen!

Schüttle den Stamm der Palme zu dir hin,
so wird sie frische, reife Datteln auf dich fallen lassen.
Iß davon und trink und trockne deine Tränen!
Und wenn du jemanden von den Menschen siehst,
so sage ihm:
›Ich habe vor dem Barmherzigen das Gelübde des Fastens abgelegt
und werde mit niemandem sprechen.‹«
Dann kam sie mit dem Kind auf dem Arm zu ihrem Volk.
Sie sagten zu ihr: »O Maria! Du hast etwas Ungeheuerliches getan!
O Schwester Aarons! Dein Vater war kein böser Mann
und auch deine Mutter keine Sünderin.«
Und sie zeigte ihnen den Neugeborenen, und sie sagten:
»Wie sollen wir mit ihm sprechen, der noch in der Wiege liegt?«
Und das Kind sagte: »Wahrlich ich bin der Knecht Gottes,
Er hat mir das Buch gegeben und machte mich zu Seinem Propheten,
Er hat mich gesegnet, wo immer ich bin,
Er trug mir auf, das Gebet und die Abgabe zu erfüllen,
solange ich lebe,
und freundlich zu meiner Mutter zu sein.
Er machte mich weder gewalttätig noch ruchlos.
Und der Friede sei über mir, am Tag, da ich geboren wurde,
und am Tag, da ich sterben werde,
wie auch an dem Tag, an dem ich zum Leben wiedererweckt werde.«

Das ist Jesus, Sohn von Maria,
er ist das Wort der Wahrheit, woran manche zweifeln.
(Sure 19,22–34)

An denselben Orten zu stehen, die einst die Heiligen und den Propheten gesehen hatten, deren Leben in dem heiligen Buch des Korans beschrieben war, ließ Zayd in seinem Inneren erzittern. Er sah deutlich den Weg, der zum Gipfel des Ölbergs führte und von zahlreichen Gärten gesäumt war, die es schon seit ewigen Zeiten gab. Vor Freude sprang ihm das Herz in der Brust, während er sich wieder die Worte des Propheten Mohammed ins Gedächtnis rief. Am Ende der Zeiten würde Jesus hierher, nach Jerusalem, kommen, um für immer den Antichristen, die Bestie, zu besiegen und die Stunde des Jüngsten Gerichts zu verkünden.

Noch einmal wandte sich Zayd zu dem Felsen um, jenem Ort, an dem sich, wie im Koran beschrieben, dereinst die Seelen versammelten, um gerichtet zu werden. Vor seinem geistigen Auge erstand klar die Vision einer Unmenge von Menschen, die sich um den Ölberg drängten und die alle den schmalen Steg namens *Al-Sirat* überqueren wollten, der am Tag des Jüngsten Gerichts den heiligen Berg mit dem Gebiet von Abrahams Felsen verbinden würde. Nur die Seelen der gerechten Menschen würden so leicht sein, dass der Steg unter ihrem Gewicht nicht zusammenbrach. Jetzt verstand Zayd, warum Gott Jerusalem und das Gebiet rings herum besonders gesegnet hatte, und warum diese Stadt den verdienten Namen »die Heilige«, *Al-Quds*, trug.

Für einige Zeit war Zayd mit seiner Familie an diesen heiligen Ort gezogen, da Ubada, der Vater seiner Frau

Karima, dort zum ersten Richter der Stadt ernannt worden war. Innerhalb kurzer Zeit hatte sich der kleine Stadtstaat Medina zu einem großen Reich entwickelt, sodass Jerusalem nun immer näher an die neuen Grenzen heranrückte, die sich von Jahr zu Jahr weiter ausdehnten. Von hier aus war es für Zayd leichter, dem immer weiter vordringenden muselmanischen Heer zu folgen, da er sich als Einziger als zuverlässig erwiesen hatte, sowohl die Armee als auch die Territorien, die sich gerade erst dem Islam geöffnet hatten, gerecht und gewissenhaft zu verwalten.

Als sich Persien, das jahrhundertelang die römischen Legionen in Schach gehalten hatte, den vorrückenden Muselmanen kampflos ergab, gaben viele seiner Einwohner den von Zarathustra eingeführten Feuerkult auf und bekannten sich zum Islam. Selbst Ägypten und Nordafrika, die bis dahin vorwiegend christlich gewesen waren, bekannten sich zur islamischen Religion, auch wenn die Bewohner dieser Gebiete nicht notwendigerweise Muselmanen werden mussten, da das Gesetz des Islam jedem die Freiheit lässt, sich zum eigenen Glauben zu bekennen. Paradoxerweise war es gerade diese Freiheit, die die Expansion des muselmanischen Reiches wesentlich erleichterte. Frustriert durch die jahrhundertelangen, unablässigen Kämpfe und Verfolgungen zwischen den verschiedenen christlichen Kirchen, waren es in vielen Ländern gerade die Bischöfe, die der örtlichen Bevölkerung die neue Religionshoheit ans Herz legten. Und Byzanz, das die Weltmacht Rom als Erbe übernommen hatte, sah sich gezwungen, die eigenen Grenzen enger zu ziehen und fast den gesamten Nahen Osten den Muselmanen abzutreten. Es ging sogar das Gerücht, dass der byzantinische Kaiser Herakleios, der sich oft für längere Zeit in der heiligen Stadt Jerusalem aufhielt, die Ankunft Mohammeds anerkannt habe, selbst wenn er das nie öffentlich zugegeben hat.

Tief in seine Erinnerungen versunken, stand Zayd in seinem Studierzimmer.

»Vater! Woran denkst du?«

Die Stimme seines Sohnes ließ ihn zusammenfahren. »Ich denke an Jerusalem, lieber Kharija.«

»Erzähle mir davon.«

Zayds Stimme schien von weit her zu kommen. »Über Jerusalem herrschte Herakleios, der christliche Kaiser von Byzanz, der von der Ankunft Mohammeds wusste.«

»Was für eine Geschichte ist das?«

»In der Tat habe ich sie direkt vom Bischof von Jerusalem und von Abu Sufyan, dem Anführer der Götzen anbetenden Quraish aus Mekka gehört, der jahrelang ein Gegner des Islam gewesen war, bevor er selbst ein Gläubiger wurde.«

Langsam ging Zayd auf die Bücherregale zu, die sämtliche Wände seines Studierzimmers einnahmen. Nach seiner Rückkehr aus Jerusalem hatte er diesen Raum erbauen und nach dem Beispiel der alten Bibliotheken einrichten lassen, die er in Syrien und Palästina gesehen hatte. Während er einen dicken, staubigen Band herauszog, fuhr er mit seiner Geschichte fort:

»Damals war Abu Sufyan noch ein Götzen anbetender Heide und hielt sich zu Geschäften in Jerusalem auf. Als nun Kaiser Herakleios, der aus den heiligen Schriften von dem neuen Propheten erfahren hatte, hörte, dass sich ein Araber aus Mohammeds eigenem Stamm in der Stadt aufhielt, rief er ihn in seinen Palast, um ihn selbst über die Angelegenheit zu befragen. Und am Ende der Befragung hielt er eine lange Rede, die in diesem Buch wiedergegeben ist.«

Kharija ließ sich in einer Ecke des Studierzimmers nieder, während sein Vater zu lesen anfing:

»Ich habe dich über den Stammbaum seiner Familie befragt«, sagte Herakleios zu Abu Sufyan, »und du hast mir geantwortet, dass der Prophet deiner Familie angehöre – wie denn die Gesandten Gottes immer wieder zu den Nachfahren ihres Stammes zurückkehren.

Ich habe dich gefragt, ob einer von euch dieses Thema bereits erörtert habe, und du hast mir geantwortet, dass dies nicht der Fall sei. Da habe ich mir gedacht: Wenn jemand dieses Thema vor ihm angesprochen hätte, würde ich denken: Er ahmt bloß ein bereits vorher besprochenes Thema nach.

Ich habe dich gefragt, ob sich unter seinen Ahnen ein König befunden hat, und du hast es verneint. Ich habe gedacht: Wenn sich unter seinen Ahnen ein König befunden hätte, so könnte dieser das Reich seines Vaters beanspruchen.

Ich habe dich gefragt, ob ihr ihn der Lüge verdächtigt habt, bevor er sagte, was er gesagt hat, und du hast es verneint. So habe ich erfahren, dass er nicht imstande ist, das Falsche unter den Menschen zu verbreiten und Gott zu belügen.

Ich habe dich gefragt, ob ihm die Vornehmen nachfolgen oder die von niedriger Herkunft, und du hast geantwortet, dass es die von niedriger Herkunft sind: Das sind in der Tat die Anhänger der Gesandten.

Ich habe dich gefragt, ob sie mehr werden oder weniger, und du hast mir geantwortet, dass sie mehr werden. So geschieht es im Glauben: Er wird mehr, bis er vollständig wird.

Ich habe dich gefragt, ob jemand seine Religion ablehnt und sie verachtet, nachdem er zu ihr übergetreten ist, und du hast das verneint; so ist der Glaube, wenn seine Fröhlichkeit mit den Herzen verschmilzt.

Ich habe dich gefragt, ob er täuscht, und du hast das verneint; so sind die Gesandten, dass sie nicht täuschen.

Ich habe dich gefragt, was er euch gebietet, und du hast geantwortet, er gebietet euch, Gott anzubeten und nichts neben Ihn zu stellen, und dass er euch verboten hat, die Götzen anzubeten und dass er euch das Ritualgebet, die Wahrhaftigkeit und die Keuschheit geboten hat.

Wenn das, was du sagst, die Wahrheit ist, wird er Besitz von dem Ort ergreifen, an dem ich meine Füße hinsetze. Ich wusste, dass er gekommen war, doch ich nahm nicht an, dass es einer von euch wäre. Wenn ich daran dächte, mich ihm zu ergeben, so würde ich mich entschließen, ihm entgegenzugehen, und sobald ich vor ihm stünde, würde ich ihm sicherlich die Füße waschen.«

In der Tat hatten die Muselmanen, wie Herakleios vorausgesagt hatte, am Ende des sechzehnten Jahres der Hidschra, dem Jahr 638 nach christlicher Zeitrechnung, die Führung der Heiligen Stadt übernommen. An diesem Tag übergab der Patriarch Sophronius Umar, dem Gefährten des Propheten, der zum zweiten Kalifen des Islam ernannt worden war, den Stadtschlüssel. Dann begleitete er ihn in das Herz der Heiligen Stadt, um ihm die heiligen Stätten zu zeigen.

Umar war bereits als einer der größten Herrscher aller Zeiten im gesamten Orient bekannt und berühmt. Die alten Chroniken sprechen davon, dass die Byzantiner bei seinem Amtsantritt in ihren herrlichen Gewändern aus güldener Seide vor ihm erschienen, während der Kalif seinen geflickten Mantel nicht ausziehen wollte, den er seit der Zeit trug, da er Medina verlassen hatte. Der große Herrscher beeindruckte die besiegten Würdenträger lediglich durch seine stolze, würdevolle Statur. Umar brachte die heilige Armut und Schlichtheit Jesu zum Ausdruck.

Sophronius führte den Kalifen in die Kirche vom Heiligen Grabmal. Gerade in diesem Augenblick war es Zeit für das islamische Gebet, und der Patriarch forderte Umar auf, es in der Kirche zu verrichten. Doch zur Überraschung aller lehnte der Kalif das Ansinnen ab, da dann die anderen Muselmanen verfahren würden wie er und damit aber die christliche Kirche in eine Moschee umgewandelt würde. Er nahm einen Stein und warf ihn, so weit wie er konnte, und ging anschließend zu der Stelle, an der der Stein niedergefallen war. So geschah es, dass Umar an einem Ort, nicht weit vom Heiligen Grabmal entfernt, das Gebet im Freien einführte; einige Zeit später wurde dort eine kleine Moschee erbaut, die ihm geweiht war. Wenige Tage nach dem Besuch in der Grabeskirche erließ Umar ein feierliches Edikt zum Schutz der christlichen Religion und ihrer Kirchen. Die Worte der Herolde des Kalifen schallten durch ganz Jerusalem:

»Der Kalif Umar garantiert allen Christen Sicherheit und Schutz, sowohl ihnen wie auch ihrer Habe und ihren Kirchen, den Kreuzen und den Kranken, den Heiligen und allen Anhängern ihres Glaubens. Wir werden keine muselmanischen Soldaten in ihren Kirchen aufstellen. Niemand darf ihre Kirchen zerstören oder deren Inhalt beschädigen, ihr gesamtes Eigentum, ihre Kreuze und somit all das, das ihnen angehörig ist. Niemand darf die Bevölkerung von

Jerusalem dazu drängen, ihren Glauben aufzugeben, und es soll ihnen keinerlei Leid zugefügt werden.«

»Jerusalem, Jerusalem!«, wiederholte Zayd leise, während er dabei zusah, wie sein Schreibrohr verglühte.

»Vater, wenn du Jerusalem so sehr liebst, warum haben wir die Stadt dann verlassen?«, fragte Kharija, der sich voller Freude an seine Kindheit in Palästina erinnerte.

»Was die Menschen wollen, ist unbedeutend, mein lieber Sohn«, antwortete ihm Zayd, »alles was zählt ist, das zu erfüllen, was Gott will! Du wirst das leichter verstehen, wenn du dir meine Geschichte weiter anhörst: Als wir noch in Jerusalem lebten, erfuhr ich, dass ein Truppenkommando unseres Heeres aufbrechen sollte, um über Persien hinaus in Richtung China vorzustoßen. Obwohl die Mission gefährlich war, überlegte ich ernsthaft, mich dem Trupp anzuschließen. Die Vorstellung, dieses weit entfernte Land zu sehen, das so reich an Weisheit war, verlockte mich sehr. Am Abend vor der Abreise jedoch wurde ich von sonderbaren Kälteschauern und Schwindelanfällen ergriffen. Ich bat deine Mutter, mir einen dicken Mantel zu bringen, der mich aufwärmen und die sich ankündigende Krankheit von mir abwenden sollte. Vielleicht erinnerst du dich nicht mehr an diesen Abend, du warst zu dieser Zeit noch sehr klein. Dann trat Karima mit einem merkwürdigen Gesichtsausdruck in den Raum und sagte mir, dass ein Mann mit einem Mantel für mich an der Tür stehe.«

»Ich erinnere mich dunkel, Vater – ein großer, stattlicher Mann mit schwarzem Haar und Bart, der wie ein Fremder gekleidet war«, antwortete Kharija.

»Ja, das war er. Ich war über dieses seltsame Zusammentreffen mehr als erstaunt, umso mehr, als ich sah, dass er mir entgegenkam und mir dabei einen alten schwarzen

Mantel hinhielt. Ich erkannte sofort den Mantel von Abu Umama! Da begriff ich, dass dieser Mann der Khidr war, der immerwährende, alterslose Prophet. Ich erinnere mich genau, dass ich den Khidr sogleich fragte: ›Prophet Gottes, was verschafft mir deinen Besuch?‹

›Ist dir bekannt, dass viele der Gefährten bereits verstorben sind?‹

›Ja, ich weiß, leider gehörten auch mein Bruder Yazid und Burayda zu den edlen Märtyrern, die in der großen Schlacht gegen den falschen Propheten Musaylima, der an der Spitze der Heuchler stand, in Yamama gefallen sind.‹

›Kannst du mir sagen, wer von denen, die neben Mohammeds Grab stehen, noch am Leben und imstande ist, das Buch Gottes schriftlich niederzulegen und die Menschen nach der Offenbarung zu beurteilen?‹

Ich war einen Augenblick verdutzt. Bisher hatte ich mich stets geweigert, mich selbst als einer solchen Aufgabe gewachsen zu betrachten, zu der mich nicht einmal der Prophet auserwählt hatte. Zwar kannten die meisten Gefährten den Inhalt der Offenbarungen gut, ja sogar auswendig, doch inzwischen veränderten sich die Dinge: Mit dem Tod dieser Gefährten lief ein Teil des Korans Gefahr, für immer verloren zu gehen. Doch schien die Aufgabe, den gesamten Koran niederzuschreiben, meine Kräfte weit zu übersteigen, also versuchte ich, trotz eines Schwindels und starker Kopfschmerzen, die richtigen Worte zu finden: ›Immerwährender Prophet! Woher soll ich die Kraft finden, das zu tun, was du sagst?‹

›Du brichst sofort auf. Fürchte dich nicht, denn Mohammed steht dir zur Seite, jetzt so wie auch früher. Mache dich bereit, denn Kalif Uthman wird gleich nach dir verlangen.‹

Während der Khidr diese Worte sprach, zog ich bereits

Abu Umamas Mantel an. Ich fühlte mich sofort besser, sodass sich die Familie wenige Stunden danach auf den Weg nach Medina machte.«

»Bei Dem, der Mohammed gesandt hat! Vater, wärest du nicht dem Willen Gottes gefolgt und hättest nicht den Koran niedergeschrieben, wäre der Welt großer Schaden zugefügt worden!«

Zayd lächelte bescheiden. »Du übertreibst! Auf jeden Fall hätte gewiss meine Seele großen Schaden davongetragen.«

Bevor sie mit der Bindearbeit des Buches, das vom Himmel gekommen war, begannen, aßen Vater und Sohn gemeinsam. Als alles fertig war, überreichten sie Kalif Uthman den Koran, der dafür sorgte, dass er sofort viele Male kopiert wurde und die einzelnen Exemplare in der ganzen islamischen Welt verteilt werden konnten. Dann machte sich Zayd mit seinem Sohn auf den Weg zur Moschee von Medina, wo sich viele der noch lebenden Gefährten Mohammeds versammelt hatten, mit Ausnahme derer, die sich, bedingt durch die Ausdehnung der islamischen Welt, dazu aufgemacht hatten, in alle vier Himmelsrichtungen auszuschwärmen. Lange verweilten sie an Mohammeds Grab, den in einem der Räume, welche an die Moschee angrenzten, der Tod ereilt hatte und der nun an derselben Stelle begraben lag. Zayd und sein Sohn gingen langsam auf eine Gruppe Gläubiger zu, die in der Nähe einen Kreis gebildet hatten und Allah lobpriesen – gemäß dem Wesen des *dhikr*, der intensiven Anbetung Allahs.

»Willst du wissen, was Gott Mohammed über diejenigen offenbart hat, die den *dhikr* rezitieren, auch wenn die Worte nicht dem Koran entstammen?«, fragte Zayd seinen Sohn.

»Gewiss, Vater.«

Einst kam der Prophet an dem Kreis vorbei, den seine Gefährten zur Rezitation des *dhikr* gebildet hatten, und er sagte zu ihnen: »Gott hat Engel, die wie tugendhafte Wanderer durch die Welt reisen und auf der Suche nach Gläubigen sind, die in einem Kreis den Namen Gottes anrufen. Finden sie einen davon, so stellen sie sich zwischen sie und umhüllen sie mit ihren Flügeln, um dadurch den Raum bis zum Himmel aufzufüllen. Wenn die Anrufung zu Ende ist, kehren die Engel in den Himmel zurück, wo sie von Gott, die Kraft und die Herrlichkeit sei mit Ihm, gefragt werden: ›Von wo kommt ihr?‹

›Wir waren auf der Erde bei Deinen Anbetern, die Dich preisen und Deine Größe verkünden, Dich loben und etwas von Dir erbitten.‹

›Was erbitten sie denn?‹

›Sie erbitten das Paradies‹

›Haben sie es geschaut?‹

›Nein, Herr.‹

›Was würde geschehen, wenn sie es schauten?‹

›Sie bäten Dich um Deinen Schutz.‹

›Wogegen?‹

›Gegen das Höllenfeuer.‹

›Haben sie das Feuer geschaut?‹

›Nein!‹

›Was würde geschehen, wenn sie es schauten?‹

›Sie würden Dich um Vergebung bitten!‹

Da sagte Gott zu den Engeln: ›Ich vergebe ihnen, werde ihnen geben, was sie erbitten, und sie beschützen gegen das, wovon sie erbitten, geschützt zu werden.‹

An dieser Stelle ergriff einer der Engel das Wort:

›O Herr! Es gibt da einen Sünder, der dort vorbeikam und sich ihnen angeschlossen hat.‹

Gott sagt also zu Seinen Engeln: ›Ich vergebe auch ihm, denn diejenigen, denen er sich angeschlossen hat, sind Männer, bei denen ein jeder, der an ihren Versammlungen teilnimmt, nie mehr unglücklich sein wird!‹«

Kharija saß einige Zeit in Gedanken versunken da, dann hob er die Augen zu seinem Vater und sah ihn lange an, bis Zayd verstanden hatte, dass Kharija die Bedeutung seiner Geschichte ergründet hatte. Gemeinsam gingen sie in das Innere des Kreises, den die Anbeter gebildet hatten. Andere Gläubige gesellten sich ebenfalls dazu, vor allem jüngere Leute, und dann riefen alle den Namen Allahs an, bis sich die Lichter der Nacht auf die Moschee herabsenkten.

Als sie nach dem Gebet die Moschee verließen, trat eine Gruppe von sechs jungen Männern auf Zayd und seinen Sohn zu, die sich ebenfalls dem Kreis neben dem Grab des Propheten zugesellt hatten. Zayd erkannte, dass darunter auch die Söhne und Verwandten einiger der alten Gefährten Mohammeds waren. Saiid, der Älteste, sprach als Erster: »Zayd! Edler Sekretär und Gefährte des Propheten! Wir möchten dich etwas Wichtiges fragen!«

»Sprich frei heraus.«

»Viele Dinge haben sich nach dem Tod des Propheten ereignet. Inzwischen hat der Islam in der ganzen Welt Verbreitung gefunden, auch wenn es zu vielen Spaltungen und sogar Kriegen im Herzen der islamischen Gemeinde kam. Auf wahrhaft unverschämte Weise haben sich Ungerechtigkeit und Unwissenheit wieder breitgemacht, obwohl sie der Prophet immer bekämpft hatte.«

»Das ist leider wahr.«

»Wir haben lange Diskussionen untereinander geführt, dann haben wir das Problem verstanden: Die einzige Art und Weise, sich der Dekadenz der Welt und damit den Verletzungen der Seele zu entziehen, besteht darin, sich der ständigen Suche nach der Erkenntnis Gottes und seiner Gesetze zu verschreiben«, fuhr Saiid fort, um dann hinzuzufügen: »Auch Kharija ist einer der Unsrigen.«

»Das macht mich stolz«, sagte Zayd aufrichtig, auch wenn er ein wenig überrascht war.

»Wir brauchen einen Meister, der uns auf den Weg der Erkenntnis Gottes führt und uns den Koran lehrt – die Worte des Propheten, die das göttliche Gesetz der Gerechtigkeit verkünden.« Mit einem Mal hielt der junge Mann inne, als stockte ihm der Atem.

Da ergriff Kharija das Wort: »Meine Brüder in Gott und ich möchten dich fragen, ob du uns die geistigen Hintergründe des ›Weihepakts‹ vermitteln kannst, den du mit dem Propheten in Hudaibiya geschlossen hast. Auch möchten wir gern unter deiner Leitung den *dhikr* rezitieren und dich bitten, für uns ein Lehrer zu sein, wie es einst Mohammed für dich gewesen war«, sagte er.

Lange und forschend schaute Zayd in die Gesichter der jungen Männer. Es waren ehrliche Gesichter, und so kam es, dass er beschloss, ihnen alles beizubringen, was er selbst unter Mohammed erlernt hatte.

Einige Jahre später, im Juni des Jahres 656, dem vierunddreißigsten Jahr der Hidschra, ermordeten während eines Aufstands einige bewaffnete Männer, getrieben von Neid und Eifersucht auf den Kalifen, Uthman in seinem Palast, als er soeben die Kopie des Korans las, die Zayd ihm übergeben hatte. Vor ihm war auch Umar getötet worden, doch war diese Tat von einem ruchlosen Einzelnen begangen worden. Nun, da die Säulen der neuen Religion niedergerissen waren, begannen die Spaltungen im Inneren der islamischen Gemeinde. Als Ali, der Schwiegersohn und Vetter des Propheten, die Nachfolge Uthmans antrat, widersetzten sich einige Gläubige dieser Entscheidung. So entzündete sich ein schmerzlicher Glaubenskrieg, der ebenso blutig war wie die, die vor dem Islam in Medina gewütet hatten.

Im Jahre 660 nach Christus, dem achtunddreißigsten Jahr der Hidschra, starb Kalif Ali nach zahlreichen Schlachten, womit die Epoche der vier »rechtgeleiteten« Kalifen abbrach. Die Muselmanen, die der Familie Alis treu blieben, wurden Schiiten genannt – *Shiat Ali* bedeutet Anhänger des Ali – andere dagegen interessierten sich immer weniger für die dynastischen Verhältnisse und beriefen sich allein auf das Beispiel und Verhalten des Propheten, die *sunna*, sodass sie Sunniten genannt wurden.

Jedoch setzten sich die Spaltungen innerhalb der Gemeinde immer weiter fort. Erst im darauf folgenden Jahrhundert stabilisierte sich die politische Situation, als die Abbasiden die Herrschaft übernahmen und viele Jahrhunderte lang die Kalifen stellten.

Angesichts der Probleme, denen sich die islamische Gemeinde nach dem Tod des Propheten gegenübersah, überlegte Zayd lange Zeit, ob er sich nicht endgültig aus dem öffentlichen Leben zurückziehen sollte. Doch fand er durch die jungen Männer, die ihn zum Lehrer für ihr spirituelles Wachstum erkoren hatten, die Kraft fortzufahren, sodass sie sich unter seiner Leitung zu großen Gelehrten entwickelten – den berühmten »sieben Rechtsgelehrten von Medina«.

Ihr Ruf erfüllte die gesamte arabische Welt. Sie genossen solches Ansehen, dass kein Kalif oder Wesir eine wichtige

Entscheidung traf, ohne vorher ihren unschätzbaren Rat einzuholen. Sie wurden als die würdigen Nachfolger der Gefährten um den Prophet Mohammed angesehen, welcher einst verkündet hatte:

> Die Überlegenheit des Gelehrten über die Gläubigen gleicht etwa der Überlegenheit des Mondes über die anderen Sterne. Es sind die Gelehrten, die die Erben der Propheten sind. Die Propheten hinterlassen als Vermächtnis nicht Geld oder Kostbarkeiten, sondern Weisheit. Und wer diese Weisheit auf sich nimmt, hat ein gewaltiges Quantum auf sich genommen!

al-Akhir:
Der Letzte

Der Himmelssee

Auch nach islamischer Überlieferung hat Adam, der erste Mensch und Prophet, die Sünde begangen, von der Frucht des »Guten und Bösen« zu essen. Damit trat er aus der Einheit mit Gott, die einst im irdischen Paradies herrschte, und unterwarf sich dem erbarmungslosen Gesetz der Dualität. Allerdings existiert im Islam kein der »Erbsünde« vergleichbarer Begriff, auch wenn der Prophet einmal sagte: »Satan berührt jedes Kind Adams an dem Tag, an dem es seine Mutter gebiert, mit Ausnahme Marias und ihres Sohnes Jesus.« Aus diesem Grund haben die Engel auch Mohammeds Brust geöffnet, als er noch klein war. Sie wuschen sein Herz mit Schnee und entfernten daraus einen schwarzen Klumpen, um ihn auf seine prophetische Mission vorzubereiten.

Das spirituelle Schicksal der Menschen wird durch ihren Glauben und ihre Taten bestimmt, vor allem aber durch die

Gnade Gottes, der ihre Herzen von Sünden befreit. Ob nun ein Mensch errettet oder bestraft wird, hängt von dem Grad der spirituellen Reinheit ab, den seine Seele im Laufe ihres Lebens erreicht hat. Ins Paradies gehen nur diejenigen ein, die ihr gesamtes Leben nach Gott ausgerichtet haben. Wer aber den materiellen Aspekten des menschlichen Seinszustands verhaftet ist, bleibt ein Gefangener der Begrenzungen seiner vorherigen Existenz.

Im Paradies gibt es verschiedene Ebenen. Je höher der Rang, desto näher ist der Mensch der vollkommenen Einheit mit Gott. Sie wird in der islamischen Überlieferung als Tahqiq bezeichnet, was die »Verifikation« des »wahrhaftigen« Menschen bedeutet. Der Koran erwähnt auch immer wieder die »himmlischen Jungfrauen« (die berühmten huri, *was, von einem arabischen Stammwort abgeleitet, so viel wie »Unschuld« bedeutet). Damit werden einige Abstufungen in der Rangordnung der Engel beschrieben, die, ebenso wie die Vorgänge des Essens und Trinkens der im Paradies dargereichten Köstlichkeiten, in einem nichtmateriellen, vielmehr spirituellen Sinn zu verstehen sind.*

Zayd wandelte durch die Straßen von Medina, als ihm mit einem Mal ein imposanter Engel den Weg versperrte.

»Engel Gottes, wie ist dein Name?«, fragte Zayd.

»Ich heiße Azrael und bin der Todesengel.«

»Ich verstehe«, seufzte Zayd, »bist du gekommen, um mich zu holen?«

»Ja, Gefährte des Propheten Gottes.«

»Dann gehen wir zu meinem Herrn!«, rief Zayd und begann das Kapitel aus dem Koran zu rezitieren, das Gott dem Propheten unmittelbar vor dessen Tod offenbart hatte:

Im Namen Gottes, des Gnädigen und Barmherzigen,
wenn der Beistand Gottes kommt und auch die
Anerkennung
und du die Menschen in Scharen in die Religion
Gottes eintreten siehst,
dann lobpreise deinen Herrn und bitte ihn um
Vergebung,
denn siehe, Er ist es, der sich Seinem reuigen
Anbeter zuwendet!
(Sure 110,1–3)

Nachdem er diese Worte gesprochen hatte, verließ seine Seele den Körper. Die Menschen, die in diesem Augenblick vorübergingen, sahen, wie Zayd die Arme gen Himmel erhob und dann zu Boden sank. Sie liefen eilends herbei, um ihm Hilfe zu leisten, doch bald schon erkannten sie, dass sie nichts mehr für ihn tun konnten, und so trugen sie seinen leblosen Körper ins Haus seiner Familie. In der Tür wartete Nawar, die sehr alt geworden war. Sie ahnte bereits, dass etwas Schlimmes geschehen sein musste. Kaum sah sie die trauernde Menge, begann sie zu weinen. Hinter ihr weinten auch Karima und Kharija.

Gemeinsam wuschen sie Zayds Leichnam und wickelten ihn nach der Tradition in ein weißes Tuch, das seinen Körper und sein Gesicht bedeckte. Vom Schmerz übermannt, hielten sie inne. Es war die Stunde zwischen dem Gebet zum Sonnenuntergang und dem Abendgebet, und viele Menschen hatten sich in dem Zimmer versammelt, in dem Zayds Leichnam aufgebahrt war.

Seine Seele beobachtete die große Menschenmenge, die sich versammelt hatte, als der Todesengel zu ihm trat.

»Lieber Engel Gottes, wo gehen wir hin? Setzen wir die Reise zu Gott fort?«, fragte Zayd geduldig.

»Noch nicht. Der Herr hat bestimmt, dass dein Tod zu einem Seiner Zeichen auf Erden werden soll.«

Da beugte sich Azrael herab zu Zayd und flüsterte ihm etwas ins Ohr. Mohammeds Sekretär lächelte und machte sich bereit, noch einmal in seinen alten Körper zurückzukehren.

»Hört, hört mir zu!«, rief Zayd und zog sich mit seinen Händen das Leichentuch vom Gesicht, sodass die meisten Menschen laut aufschrien. »Hört gut zu und vergesst es nie. Mohammed ist der geistig reine und jungfräuliche Prophet, der alles von Gott empfangen hat. Er manifestiert wie ein Siegel die Eintracht Gottes mit seinen Propheten, und nach ihm wird es nie einen anderen mehr geben, darum hütet euch vor den Schwindlern. All das steht geschrieben auf der ewigen, gehüteten Tafel, dem Himmlischen Buch, in dem das Schicksal aller Dinge vermerkt ist. Der Koran ist das Wort Gottes, ohne Irrtum und Fehler, darum befolgt ihn ohne Zögern, wie ihn einst Abu Bakr, Umar, Uthman und Ali befolgt haben, die die Gefährten Mohammeds und die ersten vier rechtgeleiteten Kalifen des Islam gewesen sind!«

Nach diesen Worten verließ Zayds Seele abermals seinen Körper, der nun wieder tot war. Einigen von den Anwesenden schwanden die Sinne, andere wiederum erhoben sich und trockneten ihre Tränen. Aber alle fühlten in ihrem Herzen eine heilige Gottesfurcht, die auch die sieben Rechtsgelehrten erfasste. Dann begann Kharija, der Sohn und Schüler des Verstorbenen, seine Trauerrede: »Heute habt ihr gesehen, wie der Körper stirbt, aber von Gott wiedererweckt werden kann, wenn Er es will! In Wirklichkeit ist der Mensch wie ein Reisender, der einige Augenblicke in der schattigen Kühle eines Baumes rastet, um nach ein paar Stunden des Schlafens und Träumens die Reise wieder aufzunehmen. Unser Leben auf der Erde ist wie der Traum dieses Reisenden, und wenn wir sterben, erwachen wir und nehmen unsere Reise zu Gott wieder auf. Die Seele meines Vaters ist noch lebendig und sicherlich dem Herrn teuer, denn Er erwählte sie, um uns damit ein Zeichen Seiner göttlichen Allmacht zuteil werden zu lassen. Lasst uns daher zu Allah beten, damit Er uns unsere Schuld vergibt und unsere Seele errettet!«

Noch immer befand sich die Seele Zayds in der Nähe seines Körpers. Er nahm die Worte seines Sohnes mit Freuden auf und wandte sich dann zufrieden an Azrael. Nun war er bereit, sich von den Dingen dieser Welt zu lösen, nun wünschte er sich nur noch, seine Reise zu Gott fortsetzen zu dürfen.

»Werde ich bis zum Tag des Jüngsten Gerichts in meinem Grab bleiben müssen?«, fragte er den Engel des Todes.

»Nein, lieber Zayd, du zählst zu den Gelehrten und Seeligen, die sofort ins Paradies eintreten dürfen. Wahrhaftig, man erwartet dich bereits!«

»Dann lass uns gehen«, sagte Zayd, den ein immer stärker werdendes Licht umgab.

Der Engel umfing ihn mit seinen riesigen Schwingen und hob ihn von Stufe zu Stufe bis in den höchsten Himmel des Paradieses empor, während Zayd von ganzem Herzen hoffte, sich bald im Angesicht seines Herrn wiederzufinden. Nach einer unbestimmten Zeit gelangten sie an ein großes Wasser, in dem Zayd viele Seelen erkannte, deren einzelne Gestalten er allerdings aus der großen Entfernung nicht ausmachen konnte.

»Das ist der *Kauthar*! Von hier aus musst du allein weitergehen. Meine Aufgabe ist beendet, ich muss auf die Erde zurückkehren«, sagte Azrael und verließ Zayd.

Zayd blieb stehen, um einige Augenblicke dieser zeitlosen Zeit lang den Himmelssee zu betrachten. Er dachte an das kurze Kapitel des Korans, das sich auf diesen gesegneten See bezog:

> Wahrlich, wir haben dir den *Kauthar*, das Becken der Fülle, gegeben.
> So bete zu deinem Herrn und vollziehe das Opfer.
> Wahrlich, wer dich hasst, wird ohne Nachkommenschaft bleiben.
> (Sure 108,1–3)

Zayd fühlte sich an seinen geliebten kleinen See Aqul erinnert, wenn auch die heiligen Wasser unendlich heller leuchteten und silbriger glänzten. Er wollte in diese Wasser eintauchen, wie er es als Junge in Medina getan hatte, doch dann sah er, dass sie so seicht und ruhig waren, dass er sie mühelos durchschreiten konnte. Während er den *Kauthar* durchquerte, bemerkte er, dass auch die letzten Gedanken an sein vorheriges Leben hinter ihm blieben. Er reinigte sich gleichsam von seinen eigenen schlechten Taten und den Übeln wie Neid und Eifersucht, Verleumdung und Bosheit. Das Paradies war ein Ort des Friedens und der Harmonie, und kein Übel durfte hinein.

Bald stellte Zayd fest, dass seine Sicht immer schärfer und durchdringender wurde. Nun näherte er sich bereits dem anderen Ufer und erkannte die Seelen, die sich an diesem Ort befanden. Sie erstrahlten in reinem Weiß. Eine der Ersten, die er wiedererkannte, war die Seele Abu Umamas, dessen Blick noch tiefgründiger wirkte, als er es zu Lebzeiten gewesen war. Dann sah er Umar und kurz darauf seinen Schwiegervater Ubada. Im Mittelpunkt der Menschenmenge aber stand der Prophet, dessen Gesicht ein Licht verströmte, das intensiver war als das, was die Sonne des Mittags zur Erde schickt. Es war beinahe unmöglich, ihn anzusehen. Dennoch eilte Zayd hinüber zu ihm, um ihm seine Dienste anzubieten, wie er es in all den Jahren getan hatte, die er mit Mohammed im Diesseits gelebt hatte. Mohammed hieß ihn herzlich willkommen und wies auf Burayda, der ihn nahe am Ufer des Beckens mit den silbrig glänzenden Wassern erwartete. Zayd blieb einen Moment lang stehen, als er den Beduinen sah, und erinnerte sich an ihre Begegnung an den Ufern des Aqul vor so vielen Jahren zurück – während eines Lebens, das in fast vergessener Ferne zurückzuliegen schien.

»Gott sei Dank, dass du da bist!«, rief Burayda. »Du wirst bereits erwartet.«

Zayd wandte sich um und erkannte seinen Bruder Yazid, der jetzt auf ihn zukam. Die Wunden, die er während seiner letzten Schlacht davongetragen hatte, lagen wie Strahlen des Lichts auf seiner Seele, welche einen zarten Duft nach Moschus verströmte. Zayd empfand großes Glück, seinen Bruder wiederzusehen, ganz so, als seien ihrer beider Seelen tatsächlich eine einzige gewesen, die nur allzu lange Zeit geteilt gewesen war.

»Geliebter Bruder, nicht nur ich warte schon auf dich«, sagte Yazid zu ihm und wies auf eine weitere Seele, die sich unweit hinter ihm befand. Diese wies eine außerordentliche Ähnlichkeit mit seinem Bruder Yazid auf, und bei aufmerksamer Betrachtung sah es sogar so aus, als gliche sie noch viel mehr seinem eigenen Selbst. Und wie ein Regenbogen, der sich seine Bahn durch die Wolken bricht, kam Zayd ein neuer und wunderbarer Gedanke – dies war sein Vater Thabit.

»Vater«, stammelte er.

»Da bin ich, mein lieber Sohn«, antwortete Thabit und

Zayd fühlte, dass diese Stimme tief in seinem Gedächtnis verankert war. Zayd blickte hinüber zu dem Propheten, der gesagt hatte: »Der Sohn zieht seine Eltern mit sich ins Paradies.« Mit den Augen seiner Seele sah er, dass Mohammed ihm durch seinen unendlichen Glanz hindurch zulächelte. Auch Zayd lächelte und wandte sich der Gemeinde der Gläubigen zu.

»Die Worte des Gesandten Gottes sind wahr, möge über ihm der Friede und die Barmherzigkeit Gottes sein«, sagte er und seine Stimme breitete sich im Paradies wie ein Mantel aus leuchtenden, duftenden Schneeflocken aus.

»Sohn, deine Gebete haben mir die Tore des Paradieses geöffnet«, antwortete ihm Thabit und umarmte ihn, »und so trete ich ein in die Gemeinde der Gläubigen.«

Da wurde im höchsten der Himmel ein großes Fest gefeiert.

In Medina war es die Stunde der Morgendämmerung, und wie üblich rief der Muezzin die Muselmanen zum Gebet. Nawar und Karima wurden von Kharija bereits ungeduldig erwartet.

»Ich hatte heute Nacht einen Traum«, sagte er zu den beiden Frauen, »in dem ich meinen Vater Zayd und meinen Onkel Yazid gesehen habe. Sie waren im Paradies. Vor ihnen stand ein weiterer Mann, den ich nicht kannte. Ich fragte meinen Vater, wer er sei, und er antwortete mir, dass ich in ihm meinen Großvater Thabit begrüßen soll, der ebenfalls ins Paradies der Gläubigen eingetreten war!«

Die beiden Frauen sahen sich in die Augen und umarmten einander, weinend vor Freude und tiefer Erschütterung. Vom Himmel herab blickten Zayd und Yazid auf diese Szene, und beider Herzen erstrahlten in zufriedenem Glück. Dann nahmen sie einander bei der Hand und begannen in die Lüfte emporzusteigen, froh, vor den Herrn hintreten zu dürfen und nie mehr von Ihm getrennt zu sein. Und die Engel sangen: »Gepriesen sei Gott, der Herr der Welten!«

Lob sei Gott, dem Herrn der Welten,
dem Gnädigen und Barmherzigen,
der Verfügungsgewalt besitzt über den Tag des
Jüngsten Gerichts.
Dich beten wir an! Und bei Dir suchen wir Beistand
und Hilfe!
Führe uns auf dem rechten Weg,
dem Weg derer, über die Du
Deine Gnade ausgießt,
nicht dem Weg derer, die Deinen Zorn empfangen
oder in die Irre gehen.
(Sure 1, 1–7)

Personenverzeichnis

- Zayd, Sohn des Thabit
- Yazid, sein Bruder
- Nawar, Mutter von Zayd und Yazid
- Burayda, Anführer des Stamms der Aslam
- Isaak, Bruder des Rabbi Husayn vom jüdischen Stamm der Banu Qaynuqa
- Zarifa, Priesterin des Tempels von Manat
- Abd Allah ibn Ubayy, einer der Anführer der Khazraj, Anwärter auf den Thron von Yathrib
- Saad (ibn Muadh), einer der Anführer der Aws, Rivale von Abd Allah ibn Ubayy
- Abu Umama (Asaad ibn Zurara), Ältester des Stammes der Khazraj
- der Prophet Mohammed
- Karima, Freundin von Zayd
- Ubada, Vater von Karima
- Yusuf, Sohn des Rabbi Husayn
- Husayn, Rabbi
- Mukhayriq, alter Rabbiner der Banu'l-Nadir
- Musaab, ein junger Muselman aus Mekka
- Usayd, einer der Anführer der Aws
- Amr, alter Anbeter der Götzen von Yathrib
- Mundhir, aus Mekka geflohener Muselman

- Saiid, einer der Muselmanen aus Yathrib, die von den Einwohnern Mekkas gefangen wurden
- Umar, Gefährte des Propheten und zweiter Kalif der islamischen Welt
- Shas, junger Jude
- Uhud, das Kamel von Abu Umama
- Qaswa, die Kamelkuh des Propheten
- Khidr, der »immerwährende« Prophet, Symbol der geistigen Meisterschaft
- Abu Bakr, Gefährte des Propheten auf der Flucht aus Mekka und erster Kalif
- Aischa, die junge Frau des Propheten
- Abu Sufyan, einer der Anführer der Einwohner Mekkas, Gegner des Islam
- Ali, Vetter des Propheten und vierter Kalif des Islam
- Abd Allah ibn Umar, Sohn des Gefährten Umar
- Abu Jahl, Anführer des Heeres von Mekka in Badr
- Utba, götzendienerischer Krieger
- Ubayda, Verwandter des Propheten, gestorben in Badr
- Afra, Mutter von Muawwidh und von Awf, die in Badr starben
- Umayr, Einwohner von Mekka, der beabsichtigt, den Propheten zu töten, dann aber bekehrt wird
- Khalid, General von Mekka
- Ubayy, götzendienerischer Krieger in Uhud
- Salman, erster Perser, der Muselman wird
- Najiya, ein Mann aus dem Stamm der Aslam
- Urwa, Beduinen-Gesandter in Hudaibiya
- Uthman, Gefährte des Propheten und dritter Kalif des Islam
- Jadd, einer der Heuchler
- Zacharias, Kind aus Medina
- Amin, junger Muselman

- Kharija, Sohn von Zayd und Karima
- Saiid, einer der »sieben Rechtsgelehrten von Medina«
- Thabit, Vater von Zayd

Bibliografie

• Ibn Ishaq, *Das Leben des Propheten* (Aus dem Arabischen übertragen und bearbeitet von Gernot Rotter), Kandern 2004 (Spohr)

Verfasst um 750 n. Chr.; eine der umfassendsten Geschichten über das Leben des Propheten und die Anfangszeiten des Islam. Historische Quelle, in der auch die Erzählung von der Himmelsreise des Propheten enthalten ist, zudem die Geschichte von den beiden Bündnissen von Aqaba, Texte über die Bekehrung der »Krieger« Usayd und Saad ibn Muadh und des Rabbiners Husayn und seiner Familie, die Konversion der Götzenanbeter Amr und Umayr sowie Einzelheiten über den Einzug des Propheten in Medina, den Tod Abu Umamas und Mukhayriqs, den Streit zwischen den jungen Männern der Khazraj und der Aws, die Schlacht von Badr, den Pakt von Hudaibiya und die letzte Pilgerreise.

• al-Tabari, Muhammad ibn Garir, *Ta'rikh al-rusul wa'l muluk*, italienische Übersetzung des Teils, der sich mit dem Leben des Propheten Mohammed befasst, von G. Buzzi, *Vita di Maometto*, Mailand 1985 (Rizzoli)

• Karen Armstrong, *Jerusalem – die heilige Stadt* (Aus dem

Englischen von Angelika Felenda), München 1996 (C. Bertelsmann)

In al-Tabaris (839–923 n. Chr.) Werk ist die Bekehrung der ersten sieben Dschinn in Batn Nakhla und die anschließende Begegnung von Mohammed mit der Gemeinde der Dschinn an einem Ort nahe bei Medina enthalten. Die Chronik von al-Tabari berichtet nicht nur über das Leben des Propheten, sondern auch über die ersten Kalifen. Ein Teil des von Umar verfügten Erlasses wird auch in dem Buch Karen Armstrongs erwähnt, die vor allem ein geschichtliches Porträt der Stadt Jerusalem zeichnet.

• Martin Lings, *Muhammad. Sein Leben nach den frühesten Quellen* (Übersetzung ins Deutsche von Shukriya Uli Full), Kandern 2004 (Spohr)
• Virgil Gheorghiu, *La vie de Mahomet*, Paris 1989 (Editions du Rocher)
• Muhammad Hamidullah, *Le Prophète de l'Islam, sa vie, son œuvre*, vol. 2., Paris 1998 (el-Najah)

Zeitgenössische Autoren. Martin Lings bietet eine Synthese aus einigen der ältesten »Viten«, die durch weitere Episoden, insbesondere den Pakt von Hudaibiya, noch vertieft wurden. Eingehender mit dem täglichen Leben der damaligen Zeit befasst sich das Werk von Gheorgiu, in dem die alte Stadt Medina, die Beziehung zwischen den Beduinen und den Sesshaften sowie weitere wichtige Episoden, wie etwa die Bekehrung der Aslam, hervorragend dargestellt werden. Die Biografie von Hamidullah schildert wichtige Aspekte wie Bildung und Administration in der Stadt Medina. Sie beschreibt den Unterricht in der Moschee von Medina sowie Zayds Aufgabe als Sekretär des Propheten und Zeuge der Offenbarung, zudem die Begegnung zwischen Mohammed und dem Erzengel Gabriel.

• *Il Libro della Scala di Maometto*, Mailand 1991 (SE)
• Miguel Asín Palacios *La escatología musulmana en la Divina Comedia. Historia y critica de una polemica*, italienische Übersetzung von R. Rossi Testa, sowie Younis Tawfik, *Dante e l'Islam*, Parma 1997 (Pratiche).

Die Beziehungen zwischen den spirituellen Himmelfahrten des Propheten (und anderer großer Heiliger des Islam) und Dantes *Göttlicher Komödie* gaben Anlass zu mancherlei Überlegungen und Kontroversen. Den Ausgangspunkt dafür bildet neben dem berühmten mittelalterlichen *Libro della Scala* das Werk des spanischen Priesters Miguel Asín Palacios (1871–1944).

• Muhammad ibn Saad, *Kitab al-Tabaqat al-Kabir*, englische Übersetzung von S. Moinul Haq und H. K. Ghazanfar, 2 Bde., Pakistan Historical Society, Karachi, Pakistan, 1967–1972.
• Leone Caetani, *Annali dell'Islam*, Mailand 1905–1926 (Hoepli).

Die überlieferten biografischen Notizen über Zayd ibn Thabit sind in den Sammlungen über die »Viten« der Gefährten Mohammeds enthalten, wie etwa die des Ibn Saad (9. Jh. n. Chr.). Sie konzentrieren sich auf den Zeitraum, nachdem Zayd zum Sekretär des Propheten berufen wurde. Hinsichtlich der Person des Zayd ist die Chronik der ersten Jahre des Islam von dem italienischen Orientalisten Leone Caetani besonders hervorzuheben. Hier wird

Zayds Erlernen der hebräischen Sprache, seine Rolle in der muselmanischen Armee bei der Aufteilung der Beute sowie seine Funktion als Fahnenträger der Banu al-Najjar beschrieben.

• Sahih al-Buhari, *Nachrichten von Taten und Aussprüchen des Propheten Muhammad*, ausgewählt, aus dem Arabischen übersetzt und herausgegeben von Dieter Ferchl, Stuttgart 1991 (Reclam).

Die Anthologie enthält Äußerungen des Propheten, beispielsweise die Rede, die er während seiner letzten Pilgerreise hielt.

• Qadi 'Iyad, *Shifa' bi-ta'rif huquq al-Mustafa*, italienische Übersetzung von I. Zilio-Grandi, *I Miracoli del Profeta*, Turin 1993 (Einaudi)
• al-Nawawi, Muhyi al-Din, *Riyad al-Salihin*; italienische Übersetzung von Angelo Scarabel, *Il Giardino dei Devoti*, Triest 1990.

Die Sammlung des Iyad al-Qadi (1088–1149 n. Chr.) beschreibt viele »Wunder«, die ich in meinem Roman aufgreife, so die Geschichte vom Mimosenbaum und der Vervielfältigung des Dattelfladens, die Begegnung zwischen dem Wolf und dem Hirten und schließlich den Tod Zayds.

• Francesco Gabrieli, *La letteratura araba*, Florenz 1967 (Sansoni).

Diesem Band sind die Gedichte der vorislamischen Dichter entnommen.

• Paul Vulliaud, *La Kabbale Juive*, Plan de la Tour 1976 (Edition d'Aujourd'hui), Erstauflage 1923.

Aus Vulliauds Text ist die Beschreibung des jüdischen Talismans entnommen, den Zayd von dem Eremiten in der Wüste geschenkt bekam.

Der Dialog zwischen den Juden und den ersten Muslimen geht auf Fragen zurück, die die Rabbiner dem Propheten tatsächlich stellten. Allerdings wurde diese Begegnung von mir frei rekonstruiert.

• Ahmad Abd al-Waliyy Vincenzo, *Islam, l'altra civiltà*, Mailand 2002 (Mondadori)

Dieser Band des Verfassers enthält eine allgemeine Darstellung der islamischen Kultur in geschichtlicher, spiritueller und intellektueller Hinsicht sowie Hinweise auf die gegenseitige Beeinflussung der Weisheiten von Orient und Okzident. Enthalten sind darin auch Ausführungen über die islamische Interpretation einiger Stellen aus der Bibel, so zum Beispiel das Evangelium des Johannes.

• S. D. Goiten, *A Mediterranean Society*, University of California Press 1999.

Die Beschreibung der Synagoge von Medina ist den antiken Kultorten des Mittleren Orients nachempfunden, wie sie in Goitens Buch geschildert sind, welches auch einen interessanten Querschnitt durch das Zusammenleben der jüdischen und islamischen Gemeinden bietet.

• Georg Fohrer, *Glaube und Leben im Judentum*, Heidelberg/Wiesbaden 1991 (Quelle und Meyer).

Die Details zur jüdischen Liturgie sind nicht historisch rekonstruiert, sondern allgemeinen Texten über die religiösen Rituale der Juden entnommen.

• Abu Hamid Muhammad al-Ghazali, *Die kostbare Perle im Wissen des Jenseits*, Kandern 2003 (Spohr).

Die Beschreibung des Lebens nach dem Tode lehnt sich an einige klassische Werke an, wie etwa das von Abu Hamid al-Ghazali.

• A. Augustinovic, *»El Khadr« and the Prophet Elija*, Jerusalem 1972 (Franciscan Printing Press).

Einige Personen hat der Verfasser erfunden, so zum Beispiel Karima und den Juden Isaak, ganz zu schweigen von dem Kamel Uhud, dem heldenhaften »Wüstenschiff«. Dagegen ist der Khidr oder Khadir eine zentrale Gestalt der »esoterischen« islamischen Tradition. Zu der Beziehung des Khidr zum Propheten Elias und zum heiligen Georg bietet das Buch von A. Augustinovic interessante Fakten.

Nachwort

Die in diesem Buch enthaltenen Zitate aus dem Koran wurden vom Verfasser ins Italienische übersetzt und von der Übersetzerin ins Deutsche übertragen.

Die Schilderungen im vorliegenden Buch weisen viele romanhafte Elemente auf, wobei jedoch immer versucht wurde, den Charakter dieser historischen Epoche so weit wie möglich zu erhalten. So spiegelt zum Beispiel Zayds Begegnung mit dem christlichen Mönch das Treffen zwischen dem jungen Mohammed und dem Mönch Bahira wieder, das dreißig Jahre zuvor in der Syrischen Wüste stattgefunden hatte. Die Episode im Tempel der Manat allerdings ist frei erfunden. Sie hat vor allem die Aufgabe, die Auseinandersetzung zwischen Muslimen und Götzenanbetern deutlich zu machen, die sich über einen langen Zeitraum der ersten islamischen Geschichte erstreckte. Eine weitere Episode, die nicht in den Quellen zu finden ist, ist die der Befreiung Mundhirs. Sie ermöglichte, die Bekehrung der Dschinn in den Roman einzufügen. Als Sinnbild für die Rivalität zwischen Juden und Muslimen wurde die Begegnung zwischen Shas und Umar dargestellt, dabei sind die Worte, die Umar spricht, den Quellen entnommen. Wenn es Burayda auch tatsächlich gegeben hat, so trifft das nicht auf seine Hochzeit mit Nawar zu, eine literarische Fiktion, die dazu dient, die Beziehung zwischen Nomaden und Sesshaften zu beleuchten, die sich gegenseitig ergänzten und so für die Geschichte des Islam von großer Bedeutung waren. Schließlich wurde der Kreis einiger historischer Persönlichkeiten stark erweitert und durch Anleihen bei anderen Personen bereichert.

Berichte über einen Aufenthalt Zayds in Jerusalem sind nicht bekannt, während die Vorwegnahmen des Weltendes und der zweiten Ankunft Jesu den islamischen Überlieferungen entnommen sind.

Inhalt

Hitonari Tsuji

Der weiße Buddha

Roman. Aus dem Japanischen von Ursula Gräfe und Kimiko Nakayama-Ziegler. 288 Seiten. Gebunden

Nichts weniger als eine literarische Meditation über die tiefgründigsten Fragen des Lebens ist dieser so weise und gleichzeitig so moderne Roman von Hitonari Tsuji. Poetisch und dennoch glasklar erzählt der Superstar der japanischen Literaturszene die Geschichte eines Mannes, der als Sohn eines Waffenschmieds auf der südjapanischen Insel Ono das Licht der Welt erblickt und ein Jahrhundert des Krieges, aber auch der Hoffnung und Liebe durchlebt. Und der eines Tages einen großen Wunsch in sich verspürt, der zur Lebensaufgabe reift: Er macht sich daran, den Knochenstaub aller auf der Insel Begrabenen zu sammeln, und errichtet einen imposanten weißen Buddha als Behältnis für die unzähligen Erinnerungen. Denn kein Menschenleben soll je wieder in Vergessenheit geraten.

01/1732/01/R

PIPER

Maarten 't Hart
Der Psalmenstreit

Roman. Aus dem Niederländischen von Gregor Seferens.
432 Seiten. Gebunden

»Zwei Schiffe mehr, du wirst Gott loben und preisen, du wirst der größte Reeder von Maassluis sein.« So einfach stellte sich seine Mutter das vor. Doch um diese Schiffe zu bekommen würde Roemer Stroombreeker zunächst einmal Diderica heiraten müssen, ein abscheulicher Gedanke, denn Diderica überragte ihn um Haupteslänge, und ihr Geruch erinnerte ihn an einen riesigen Heilbutt. Natürlich, man schrieb das Jahr 1739, der Heringsfischerei war keine goldene Zeit beschieden in diesen Tagen, und auch die Reederfamilie der Stroombreekers mußte schauen, wo sie blieb – aber sollte Roemer dafür auf die Liebe der mittellosen Anna Kortsweyl verzichten? Am Vorabend des grimmigen Aufruhrs um eine neue Bibelübersetzung beginnt Maarten 't Harts detailreicher und eleganter historischer Roman.
In »Der Psalmenstreit« versetzt Maarten 't Hart uns in das Maassluis des 18. Jahrhunderts: Dramatische Lebensgeschichte und Zeitbild einer bewegten Epoche zugleich, ist es ein großer Roman über Liebe und Konvention, Individualismus und Toleranz.

01/1616/01/R

PIPER

Claudia Schreiber

Ihr ständiger Begleiter

Roman. 224 Seiten. Gebunden

»Es gab Tage, da spürte Johanna wieder die Pedale des alten Harmoniums unter ihren Füßen. Sie konnte sich gut erinnern, wie dieses Instrument damals die Luft einsog und schwerfällig den Choral herausbekam.« Aber diese Tage liegen eine Weile zurück. Das war, als ihr ständiger Begleiter sie noch beschützte, vor der Winterkälte und den Strafen ihres sehr entschlossenen Vaters, des Predigers. Einmal rettete Er Johanna sogar das Leben, als ihre Brüder sie im Stich gelassen hatten. Doch schon bald begann Er, ihr Vorschriften zu machen. Während ihrer ersten großen Liebe, Rob, entpuppte Er sich als Spielverderber, der sie schließlich sogar erpresste. Doch als Johanna sich von Ihm trennen will, wird sie Ihn nicht mehr los …

»Ihr ständiger Begleiter« ist ein Roman voller Kraft, Leidenschaft und Originalität: Es scheint eine Liebesgeschichte und ist es doch nicht. Auf ganz besondere Weise – zart, radikal und mit feinem Humor – erzählt Johannas dramatische Beziehung zu Gott von Liebe, Toleranz und religiösem Eifer.

01/1607/01/R